西田正宏著

松永貞徳と門流の学芸の研究

汲古書院

序に代えて

「古今伝授」は歴史の中に消えた儚い現象に過ぎなかったのであろうか。

江戸時代には、広く「国学」と呼ばれる学が意識される中で、「古今伝授」の狭量さが非難され続けた。その「国学」が本居宣長を迎えるに至って国家を語る学問となる。国家に頭を垂れる御用学問と、消された「古今伝授」とは、共に、国家の体制に組み込まれることを強く指向した「学び」の姿勢を持っていた。

平安時代の末頃に、古今伝授は「和歌の家」が成立することによって、その基礎を固めた。藤原俊成は勅撰和歌集『千載和歌集』の撰者となることによって御子左家の第一歩を踏み出した。これ以降、勅撰和歌集の撰者となることは「家」の「師」としての必須の条件となった。師は弟子に口伝によって特別の事柄を教えた。「秘密」が生まれ、当事者以外には知られない世界が出来上がっていく。秘密の原点となる『古今和歌集』を通して、天皇を頂点とする国家のありようが探られ、「日本記」が新たな歴史の証言書として作り直された。それでも、栄枯盛衰を繰り返す人間天皇が見えた。この時、三種の神器こそ天皇を語るに相応しいものとされて、三種の秘密が生まれた。「三鳥三木」の秘密の重さは天皇に成り代わっての重さであった。これは最早、和歌の家に関わるだけの事ではなく、国家のあり方を問う大問題であった。仏教者も、神道者も、陰陽者も皆こぞって関わり合っていかざるを得なくなったのである。

しかし、私の口伝は出版という技術によって公開され、「古今伝授の家」によって天皇の権威が保たれることになった江戸時代の初め、『古今和歌集』を初めとする「学び」は、そのあり方を変えざるを得なかった。松永貞徳はこんな時に生まれ合わせたのである。師と呼べるに相応しい人を持たなかった貞徳は、多くの古注に学び、自らの立場を確立していく。故人の創り上げた枠組みの中から、いくぶんかの自由な隙間を見出していく作業が続く。そして晩年には、「師」となっていた。貞徳を「師」と仰ぐ弟子は絶えることなく、作業も営々と続けられていく。

天皇の権威は、江戸幕府との鬩ぎ会いの中で辛うじて保たれていた時、地下であった貞徳一流は、どのように天皇を守っていこうとしたのであろうか。否、貞徳一流のみならず、天皇を見守る人々には、どのような思念があったのであろうか。

これらの総量は、「古今伝授」という得体の知れない概念の内で考えられ、語られるには余りに大きすぎる。

出口の見えない難解な問題を抱えながら、「学び」は続けられていく。「学び」の末には、いつか「師」と呼ばれる時がくる。その時、「学び」は、「学びの人」に、どのような世界を用意しているのであろうか。「古今伝授」ということは、儚い夢物語ではないかもしれない。

二〇〇五年十一月

三輪　正胤

目次

第二章　貞徳門流の学芸

はじめに―本書の構成と目的―

本論に入る前に、本書の構成と目的について、記しておきたい。

本書は、松永貞徳、およびその門流の学芸について、彼らの著した学書や注釈書を検討することで、その学芸史上における意義について、考察を加えたものである。松永貞徳の学芸、その門流の学芸、さらに歌論と実作との関係を論じた三章に分かち、それぞれ目次のように章立てした。

第一章で取り上げた松永貞徳については、夙に小高敏郎氏に『松永貞徳の研究』(一九五三年十一月、至文堂刊)・『松永貞徳の研究　続篇』(一九五六年六月、至文堂刊)の二著があり(注)、貞徳の生涯と著作について、詳細に論じられている。しかしながら、この著書の刊行からも、既に半世紀を過ぎようとしており、その後の新資料の発見や、研究の進展に伴い、改めて考え直すべき点も少なくない。また小高氏の研究が基本的に貞徳の伝記研究に根ざしておられたため、ひとつひとつの著作についての検討が、十分であるとは言い難い面もあり、そこにも問題とするべき点が残されている。しかし、小高氏の著書の刊行後の貞徳研究は、伝記資料として個別に新資料は加わったものの、その著作の内容に踏み込んでの議論は、ほとんど進展していないと言っても過言ではない。

本書の第一章では、その貞徳の著した歌学書および注釈書などをとおして、貞徳の学芸に迫ろうとした。貞徳は、地下派を代表する歌人であり、多くの門弟を輩出し、中世の歌学を集大成した人物として一般には、評価されている

（和歌文学大辞典など）。そして、その集大成した歌学は、概ね二条家流つまり宗祇以降、貞徳自身が師と仰ぐ細川幽斎を経ての歌学であり、貞徳自身もそこから大きく抜け出ることはなかったと、ひとまずは考えられてきた。けれども、その評価は、あくまでも全体を大雑把に捉えたものであり、彼の遺した著作について個別に検討を加えて考察することは、やはり、必要であると思われる。小高氏の著書以降、歌学書や注釈書の研究、特に中世におけるそれらの研究の進展は目覚ましく、その中世の歌学書や注釈書類との「切れ」と「続き」という両側面から、貞徳の歌学書も検討する必要があるのである。貞徳の学芸は、従来は、「中世の秘伝思想」の悪癖を引きずる、中世の残滓のように捉えられてきた。言わば、中世からの「続き」の面ばかりが強調され、正当な評価が与えられて来なかったのである。本書では、その中世の秘伝墨守という形式の中にも、貞徳の「新しさ」や「志」が認められることを検証し、逆に新しさばかりを強調することが多い近世の学芸史に、この面を繋いでいくことを目的とする。中世から近世に至る過渡期の学芸史の中に、それぞれの著作を定位することにも留意しつつ、貞徳の歌学書や注釈書を虚心に読むことをこころがけ、六条家歌学の摂取をはじめとする貞徳の歌学の方法や特徴を、著作を通じて浮かび上がらせようと努めた。加えて、そのようにして形成されてきた、晩年の貞徳の志向、特に万葉学への傾斜についても言及した。

第二章では、貞徳門流の学芸について、第一章の貞徳の場合と同様、彼らの著作の具体的な検討から、貞徳を経て彼らに伝わってゆく学の継承の問題とともに、その学の達成について、検討を加える。貞徳の門流、すなわち望月長孝・平間長雅・有賀長伯の研究は、日下幸男氏の『近世古今伝授史の研究　地下篇』（一九九八年十月、新典社刊）に、資料の博捜を通しての詳細な年譜考証が具わる。けれども、奥書の類から人物のネットワークを探索することに中心が置かれたその研究においては、彼らの著作の内容についての言及はあまり窺えない。したがって個別の著作の内容の検討は、ほとんど手つかずといってもよいであろう。研究史上に取り上げられないことは当然のこととして、辞典類にすら立項されていない場合も多い。本書では、まずそれらの解題的研究を目指すべく、書誌的な報告から説き起こし、先行する注釈との関係などを論じ、その検証を通じて、彼らの著作の近世前期学芸史上における意義について考察を加えた。従来ほとんど見過ごされてきた資料であるが、それらは、学僧として現代でも評価の高い契沖の古典学にも通じる面を具えているのである。契沖へと繋がってゆく近世前期の学芸の歩みは、今まで看過されてきたとも言える、貞徳そしてその門流によって、確実な一歩が進められていたことが認められるのである。

さらに第三章では、彼ら門流の著した歌学書について検討を加えた。近世の歌学書の研究は、一九九七年に近世和歌研究会によって、『近世歌学集成（上）（中）』（明治書院）が刊行されたことにより、基本的な堂上の歌学のテキストは提供された。また新日本古典文学大系の『近世歌文集（上）（下）』（岩波書店）や新日本古典文学全集の『近世随想集』（小学館）および、『歌論歌学集成』（三弥井書店）の刊行により一部の歌学書には注釈も付され、研究は画期的に進展した。しかし、それらはほとんど堂上のものに限られている。本書で取り上げたのは、貞徳門流、つまり地下の歌人によって著された歌学書である。これらもまた、研究史上、伝記研究の資料として引用されるばかりで、その内容については十分な検討が加えられてきたとは言い難い。本論文では、その歌論の達成が堂上の歌論に比肩するものであることを見届けつつ、けれども、それだけにはとどまらない、いかにも地下歌人らしい特色も具えていることを指摘し、その点についても考察を及ぼした。またそれらの歌学書の中で論じられてきた彼らの歌論が、実作に如何に関わるかという点についても、言及した。

（注）この両書は一九八八年十月に臨川書店から「新訂」と冠して復刊されている。本論文での引用は、基本的にこの『新訂　松永貞徳の研究』および『新訂　松永貞徳の研究　続篇』により、『研究』・『続篇』と略して示すことにする。また、本論文で

扱う資料は、未翻刻のものも多い。その引用については、論に影響が及ぼさない限り、書名や人名等特別なものを除いて、適宜通行の字体に改め、句読点を付した。また引用した論文の中には旧字体で書かれているものもあるが、それも新字体に改めた場合があることをあらかじめお断りしておく。

松永貞徳と門流の学芸の研究

第一章　松永貞徳の学芸

第一節　貞徳の歌学の方法－『傳授鈔』を中心に－

一　はじめに

本節では、松永貞徳の学芸の一端を窺うために、初雁文庫に蔵せられている貞徳の『古今和歌集』の注釈書、『傳授鈔』を取り上げる。(1)まず貞徳の注釈の形成と方法を先行注釈書との関連を検証することで、確認する。またそこで展開される貞徳の自説を中心に、彼の他の著作をも視野に入れ、貞徳の自説がいかなる要素で形成され、どのような志向を抱いていたのかについても検討を加えたい。

二　貞徳の立場

Ｉ　師説をまもること

『傳授鈔』は、夙に西下経一博士によって紹介され、(2)小高敏郎氏も『続篇』に書誌的な解題を付された。初雁文庫が国文学研究資料館に寄託されるに至り、『初雁文庫主要書解題』にやや詳しくその内容が紹介されるところとなった。そして、この本全体の内容について、もっとも深く踏みこんで検討されたのは、片桐洋一氏である。(3) 片桐氏の解題に依りつつ、小高氏の奥書の読解も参照しながら、『傳授鈔』について私なりにまとめると次のようになる。

①この注釈書は貞徳の『古今和歌集』の講義を、門人（蝙翁＝和田以悦）が編集したものであること

②主に次に挙げるような諸注を集成したものであること

・一禅抄（兼良公作、号「童蒙」）

・相傳抄（細川家に代々伝えられた抄、「傳抄」とも）

・細川家抄（「細抄」とも）

・師抄（細川幽斎から吾師貞徳が聞書したもの）

③集成された諸注のうち『相傳抄』は、肖柏の『古聞』、それも近衛尚通に伝えられた『延五秘抄』系の本文と全く一致すること

④集成された諸注のうち『師抄』は、『古今栄雅抄』に依拠していること

⑤「師云」「師今案」などの形で貞徳自身の説が記されていること

①については、奥書にも記されるところであり、問題がない。②は貞徳ゆえの仕事であり、二条家流伝来の注釈を集大成していることを示している。③④はその引用書の内容に関わることで、片桐氏の説は、概ね首肯される。私が、これより検討したいのは⑤についてである。が、その具体的な検討に入る前に、②の諸説を受け継ぐという点について若干考察を加えておきたい。

貞徳が、先行の諸注のなかで、もっとも中心に据えたと思しいのが『相傳抄』であることは、その使用頻度の多さ

から推しても疑いがない。その『相傳抄』は、既に片桐氏の指摘されるとおり、宗祇から近衛尚通を経て幽斎に受け継がれたもので、極めて正統な宗祇以降の二条家説を伝えるものであると理解される。貞徳は、自らの古今集の講義に師・幽斎より伝わる説を、まずもって第一としたのである。貞徳がいかに伝統を重んじ、師伝を受けることを大切にしていたのかは、『戴恩記』の次の例からも窺える。(4)

・「和歌無師匠」とあれば、師伝といふ事有まじきと思ふ人あり。それはおろかなる事なり。(中略)和歌に師匠はあれども、ことみちに替りて、師匠いらざる理あるによりて、師匠なしとは云へり。此正儀はおぼろげの人には伝ふべからずと云々。

・師伝なき人の歌書をよむをきけば、清濁をも弁ず、句切をも知ず、假名字をいたはると云事をも嫌はず、つむる所もつめず、はぬる所もはねず。口中の大事をしらざれば、開合をも知らず。かたはらいたき事也。

右は、そのごく一端を例に挙げたに過ぎない。『戴恩記』では、この点について繰り返し説かれているのである。貞徳が、このように師伝を受けることの重要性を強調するのは、『戴恩記』の例からも窺えるように『詠歌大概』の一節「和歌無師匠」に関わってのことである。現に貞徳は、平間長雅を経て有賀長伯に伝えられた『詠歌大概』の注釈書『詠歌大概安心秘訣』の中で、この部分について幽斎の注釈には見られない一節を付加している。(5)

和歌は、自身発得の道なれは、師匠なしといへる、尤の義なるへし。されと、此理をしらさる自見の人は、師匠はいらぬものそとおもひ、よみかたの相伝をもうけす、哥書一冊の清濁をさへうか〻はす、我意にまかせうたをよむ。是、邪見放逸の事也。

貞徳が「無師匠」という点について「尤の義なるへし」としながらも、なお「自見の人」の欠点をあげつらい、「邪見放逸の事也」とまで言い切るのは、結局は「師匠は必要である」ということを主張したいからに他ならない。「和歌無師匠」と断言されることは、自身もまた師匠であるという意識を強く持っていた貞徳にとってみれば、自らの存在を否定されることになる。それ故、貞徳はその点に必要以上に敏感に反応し、その矛盾を解消するために心を砕き、言葉を費やしたのだろう。

ならば、ここで問わねばならないことがある。それは何故、宗祇や幽斎らはこの点について特に触れることはなかったのかということである。宗祇も、また幽斎も「師匠」であった。にもかかわらず、彼らは「和歌無師匠」という一節に貞徳が感じたような矛盾を感じなかったのであろうか。

Ⅱ　古今伝授のことなど

その問いに応えるには、当時の「古今伝授」について思いを巡らすことが有効な手がかりになる。なぜならば、宗祇や幽斎と貞徳との、師匠という面における決定的な相違は、古今伝授を受けているか否かにあると考えられるからである。

宗祇を以ていわゆる古今伝授の嚆矢とし、幽斎が三条西実枝より古今伝授を受けたこと、すでに先学の研究に尽くされており（横井金男氏、小高道子氏など）、贅言を要しない。貞徳はどうか。彼は古今伝授について次のように語る。

・丸カ云、古今伝受ノ人、此切カミヲ貫之ノムスメヨリ基俊〳〵ヨリ俊成ノ卿、俊成ヨリ定家、定家ヨリ二条家ハ為家〳〵ヨリ為氏、カヤウニ伝来ト思ヘリ。世ノ人モミヌ事ナレハ、真実ト仰テ伝受ノ人ヲハ哥道ノ奥義ヲ伝ヘタル人トアガムル事ニナレリ。是、アサマシキツクリ事也。（中略）丸、此伝受ヲセザルニヨリテ、ハヂヲカクサンタメニ云ニアラズ。オソラクハ一部ノ哥ノ義理、真名序、カナ序ノ清濁マデ、コトゴトクナラヒ得テ侍レドモ、伝受ノ人数ニハイラズ。（『和歌宝樹』【イナヲホセトリ】の項）(6)

・丸云、古人ノ説サマ〳〵アル中ニ、閻浮ノ説ヲ最上トス、古今伝授ノ説モコレニ極テアルヲ、丸カ今愚案ニ正義ニアラスト云ハ尤罪オホカンナレト、イカニシテモ覚智セシ事アレハ、為口伝。（『歌林樸樕』第廿六【エンフノミナレハナヲヤマス】）[7]

この物言いから推して、貞徳は、古今伝授を正式には受けていないと考えておいてよいだろう。[8]今、「正式に」と敢えて断わった。というのは、貞徳は、その内容については十分に通じていたと理解されるからである。先に引用した『和歌宝樹』にも「オソラクハ一部ノ哥ノ義理、真名序、カナ序ノ清濁マデ、コトゴトクナラヒ得テ侍レ」とあった。また、『貞徳翁乃記』にも次のように記される。[9]

一、亡父に具して、文禄二年十月十三日に玄旨法印へ参る（聚楽御殿）。奥の間にて一ノ箱を開き、御伝受の秘本悉みよとて見せ給ふ。『伝心抄』と外題のある本、大小四巻、青へウシ。皆「三台亜槐」と奥書并御判あり。これは、三光院殿の奥書なり。玄旨御聞書きの清書の本なり。

貞徳は、父に連れられ、幽斎のもとへ行った。そこで三光院殿（三条西実枝）から幽斎に伝わった伝授の秘書『伝心抄』を被見した。『傳授鈔』には、三光院殿の説が引用されており、この記事の正当性が確認される。次にその一例を示しておく（『傳授鈔』の引用は、特に必要のない限り歌は示さず、番号のみ注記する。以下これに準ずる）。

・師云、三光院御説、冬ソ－思へハノソノ字、ハノ字ニ心ヲツクヘシ云々。（三一五番歌注）

・師説、トハヲ三光院殿マテハ文字、濁。今按、清ヘシ。（六九六番歌注）

このように古今伝授の内容に通じていることと、実際に伝授が許されていることとは、実質的な面においては、大差ないことではある。しかし「伝授」を一つの制度として捉えるならば、そこには大きな隔たりがあろう。貞徳の生きたのは、まさにその制度が確立され、ひとつの頂点を迎えた時代であった。伝授を受けていれば、疑いなく「師」

の資格が保証されている。「和歌無師匠」についても、また、型通りに講義を進めればそれで事足りたはずである。だが、貞徳には、それがなかった。だから彼は、自らが「師」であることの立場を確保するためにも、師説を受けることの重要性を説いたと考えられる。単に伝統を墨守しようとしているのではなく、そこには貞徳自身の存在と内面の問題が深く関わっていたと忖度される。

その内面に関わって、小高敏郎氏は「當時の堂上歌学、殊にその中心をなす古今伝受への崇拝は甚だしいものだつたから、歌学の師として立つ上で、正統の伝受をうけてゐないことは、随分と肩身が狭く具合の悪いことであつた。或は歌学にはさして造詣もないのに、身分のために許された人を見ては、実力があるだけに残念でもあつたらう」（『続篇』）と、そのコンプレックスの面を強調された。しかし、古今伝授を正式に許されていないことは、必ずしも貞徳にとってマイナスにばかり作用したわけではないと、私には思われる。制度に縛られていないことは、自由であるということでもあった。先に引用した古今伝授に対する貞徳の批判的なもの言いからも、そのことは窺える。彼は、むしろその自由という面を積極的に受け入れたのではなかったのだろうか（このこと後述）。

以上、貞徳は、「師」としての自らの存在にかなり自覚的であったこと、そしてそれは、正式に古今伝授が許されていなかったことに由来するであろうこと、と同時に、そのことは、古今伝授という体系からは比較的自由な立場を保ちうることを可能にしたこと、この三点を『傳授鈔』の検討に立ち入る前にまず、見定めておきたいと思う。

二　貞徳説の形成

I　師説への疑義

『傳授鈔』において、貞徳が幽斎のまとめた『相傳抄』（『傳授鈔』では「傳抄」と記されている）を中心に据えていたこと、既に述べたとおりである。しかし、それを受ける師説、つまり貞徳自身の説に目を向けると、必ずしも全面的にその説を支持しているわけではないことに気づかされる。以下にその例を示し、検討を加えよう。

　古今集仮名序の六歌仙を列挙するところ、宇治山の僧・喜撰について、

　　傳抄ニ、宇治山ト人ハイヘトモト云ヘキヲ、イフナリト云ル所、暁ノ雲ニアフト云々。師今案、此義信用シカタシ。只、哥ノ体ヲ云也。喜撰ハ心イカ、ソト其感ヲ思義也。此人カスカナル体ノ面白ヲ云リ。多キコヘネハトハ、一首ナレトモ筆ノ余情ニカケリ。妙也。詞カスカハ、幽玄ノ義也。

「傳抄」は仮名序の「こと葉かすかにして、はしめをはりたしかならす」という喜撰に対する評について、具体的に「わが庵は…」の歌に即して「宇治山ト人ハイヘ共ト云ヘキヲ、イフナリト云ル所」と指摘したと考えられる。それに対し貞徳は「此義信用シカタシ」と断じ、「只、哥ノ体ヲ云也」と述べるにとどまる。また、一一一番歌の例、

　　散はなを何かうらみん世中にわか身もともにあらん物かは

　　傳抄、花ヲ惜心ニハ留ヘキヤウニ思フニ、サモアラス、散行時思ヒカヘシテ観シタル理也。チル花ヲ何カト其マ、ニミレハ、事アサキ也。花ヲモ、風ヲモ恨アマリテ思ヒ佗テナルヘシ。師今案、風ト云注、如何。タ、花ヲ惜テ身ヲ観シタル也。共ニトハ、世中共ニ也。世ト、モニト云義也。

「何かうらみん」という表現について「傳抄」は「花ヲモ、風ヲモ恨アマリテ」とその「うらみ」の対象を明らかにする。しかし、貞徳は「風ヲモ」「うらみ」の対象としたことに疑義をはさみ「タ、花ヲ惜テ身ヲ観シタル也」と結

論づける。

この二つの例から窺えるように、表現されていないことがらへの貞徳の注釈は慎重である。一歩踏みこんで解釈しようとした「傳抄」に比して「ただ〜である」と、貞徳の姿勢はあくまでも冷静である。この慎重で、冷静な姿勢は、次の例からも見て取れる。

夕されは螢よりけにもゆれとも光みねはや人のつれなき（五六二）

傳抄、ケノ字、勝。古来イヒ伝フ。顕注、異也トモマサル心ニカヨヘル歟。師説、勝ノ字、本説不知。万葉ニ異ノ字アレハ、是ニツクヘシ。マサル義叶也。ユフサレノコト、顕注又密勘ニ委シ。ヨクアタラヌ歟。此義注、別勘ニアリ。

「けに」の用字について「傳抄」は「古来イヒ伝フ」ということをその根拠として「勝」を示す。貞徳は「勝ノ字、本説不知」と「勝」説を退け、「異」説を採用する。これは注釈の中にも引かれているように既に『顕注密勘』が指摘するところではある。が、宗祇以来の幽斎説を退け、顕昭説を取り上げた点をここでは見逃してはならないだろう。二条家流の学統を受け継ぐべき貞徳はその説を否定し、六条家説を以て自らの説の根拠としたのである。

このような貞徳の師説に対する姿勢を問題にするとき、今一つ触れておくべきことがある。それは仮名序の「富士の煙」「長柄の橋」の「たつ」「つくる」の論争についてである。この部分、様々な諸注を引用しつつ「師今案、不立也。尽也。口授別勘ニ載之」と、貞徳は結ぶ。宗祇以来の二条家説が「不断・造」説であることを鑑みれば、貞徳が全く反対の説を支持していることが知られる。この点について片桐氏が、「諸注集成という注釈書の形態が、このように、みづからの学統の権威ある説に対しても、是々非々的に対応してゆくという姿勢の反映として存在していたことがわかるのである」と述べておられることに(10)、別段、異論があるわけではない。けれども、もう少し貞徳の積極的な意志を、私は、汲み取りたい。先に検討した六条家説を以て自らの説の根拠とした点についても、また然りである。貞徳は、何も新説をことさらに提示したわけではない。従来あった説の一方を採用しただけである。二条家伝来の説を選択しないことに、いささかの躊躇はあったであろう。しかし、貞徳が採用した、もう一方の説もまた、権威のある、伝統に支えられた説であった。

ただ師説を受け継ぎ、伝えれば事足れるほど、貞徳の「師」としての地位は安泰ではなかった。実際はともかく、少なくとも、彼はそう感じていた。二において指摘したとおりである。ならば、貞徳は、少しでも師説とは違う見解を示すことで、自らの師としての権威化をも図ろうとしていたと推量される。とはいうものの、何もかも、やみくもに否定したわけではない。慎重に、冷静に採るべきは採り、批判すべきを批判した。その自由さは、正式に伝授を許されていないことにおいて保証されていたこと、既に述べたとおりである。

これら「傳抄」への貞徳の疑義と、彼自身の見解の提示は、他にもまだ数多く見受けられる。この姿勢は『傳授鈔』を形成する重要な要素のひとつである。

Ⅱ　古注の利用

『傳授鈔』における貞徳説が「傳抄」の批判を通して自らの説を展開してきたことは、今、述べた。しかし、貞徳の説の全てがそうであるわけでは、もちろんない。独自に展開している部分も多くあろうが、なんらかの注釈を参照している場合も、当然あろう。その点を考察しようとするとき、次のような例が、有効な示唆を与えてくれる。

いたつらに過る月日はおもほえて花みてくらす春そすくなき（三五一）

師説、此哥、賀ノ心ニナルヤウニ心得ヘキ也。徒ニ過ルトハ、長命ナル義也。（中略）古注ニ賀ノ時、哥ヨム義有云々。

わか心なくさめかねつさらしなやをはすて山にてる月をみて（八七八）

師談、伯母捨山ノ古事ハ、顕注ノ義ノ如ク、伯母ヲ甥カ捨タルニシテ其理明也。哥ノ心ハ、古注ニアレトモ不全。顕注密勘ニモ非ス。今案、名山ニテル月ヲミテ、昔ハ姨サヘステタル所ナレトモ今夜ノ月ヲミテ、此景気面白、心ハ捨ラレス執着シタル心ヲ慰カヌルト云リ。捨ト云字ヨク立テ、義明也。

これらの例のなかで、注目されるのは「古注」を引用している点である。この他にも「古注」はしばしば引用されている。では「古注」とはいったいどのような注釈書であろうか。あるいは「古注」というのは「古き注」を指す一般的な物言いで、特定の注釈書を指しているわけではないのかもしれない。[11] ただ二で述べたように、引用した注釈書については『傳授鈔』はその出典を逐一明らかにしている。二で示した以外にも、宗祇の注は「祇注」、飛鳥井家の注釈は「蓮心院殿説」、また『顕注密勘』と書名を記す場合もある。以上を鑑れば、「古注」は、少なくともこれらとは違う注釈（書）であると言えよう。そして、貞徳は自説を形成するためにこの「古注」を利用しているのである。とはいうものの、残念乍ら、これだけの言説から、この「古注」がどのような注釈（書）であるのかを推定することは極めて難しい。まして管見に及んだ範囲の『古今集』注釈書のなかからとなれば、それもなおさらのことであろう。が、なんとかその面影を窺い知る手立てが、ないわけではない。『傳授鈔』内部にその手がかりを求めうる。仮名序の注釈の中にも「古注抄」や「古注」などの引用が認められるのである。次にその一例を示そう。

花になくうくひす、水にすむかはつの聲をきけは

古注抄云、日本紀云、大和国ニアル僧ノ弟子死シテ三年シテ化鳥テ「初陽毎朝来。不相還本栖」是ヲ鶯ノハラハノ哥ト云。紀良定、住吉ノ浦ニ行テ、忘艸ヲ尋ケルニ、美女ニアヘリ。来春ヲ契テ尋ケルニ、女ハナシ。濱ニカヘル

ノ跡ニ「住吉ノ濱ノミルメモ忘ネハカリニモ人ニ又トハレヌル」是ヲ日本紀ニ、カハツ女ノ哥ト云リ。私云、
当流不用。

「うくいす」や「かはつ」が実際に歌を詠んだとする、中世の『古今集』注釈書のなかではしばしば見受けられる有名な説話である。例えば、この説話を記す注釈書として『三流抄（古今和歌集序聞書（能基注））』や『毘沙門堂旧蔵本古今集注』（以下『毘沙門堂本』と略す）などが直ちに想起されよう。かなり簡単であるので「古注抄」なるものがいったいどのような注釈書であるのかは確定できない。けれども、細部に注目して検討すると次に挙げる『毘沙門堂本』に比較的近いことが確認される(12)。

又鶯、河ツノ哥ヨミタル事證アリ。日本記云、大和国ニアル僧フカク思フ弟子アリ。後、弟子死テ後三年ヲヘテ、彼師ノ家ノ前ニ鶯来テナク声ヲキケハ「初陽毎朝来。不相還本誓」トナキケリ。恠テ声ヲ摸テカキテ見レハ「ハツ春ノアシタコトニハキタレトモアヒカヘラサルモトノチカヒヲ」ト云哥也。恠思テネタル夜ノ夢ニ告テ云「我ハ汝カ弟子ナリ。生テカヘテ鳥ト成テ此ニ来レリ」ト云ケリ。是ヲ日本記ニハウクイス童ノ哥ト云也。又、カハツ哥ヲヨムト云事、日本記云、紀良定、住吉ノ浦ニ行テ、ワスレ草ヲ尋ケルニ美女ニアヘリ。来春ヲ契テ尋来リケルニ、女ハナシ。ツク〲トヲル所ニ、カヘルノ濱ヲアユミトホルヲ見ニ、其跡哥ナリ。「スミヨシノハマノミルメモワスレネハカリニモ人ニ又トハレヌル」トアリ。此ヲ日本記ニハ、カハツ女ノ哥ト云リ。此二ヲ挙ナリ。

弟子が鶯となって帰ってくるのを「死テ後三年ヲへテ」とする点、後半の住吉の話で「来春ヲ契」る点、またその出典を「日本記ニハ、カハツ女ノ哥ト云リ」とする点などが、「古注抄」が、『毘沙門堂本』系の注釈（書）であるという推定の根拠となるだろう。ちなみに『三流抄』では、それぞれ「或る年ノ春」、「後会ヲ契ル」、出典については『万葉』としている。もう一例、『毘沙門堂本』の対応箇所とともに示そう。

たけきもの、ふの心をもなくさむるは哥也

古注ニ、天智天皇ノ御宇、藤原千方将軍、伊賀伊勢ヲ打シタカヘテ、金鬼、風―、水―、隠形―ト云四鬼ヲ随ヘリ。

◎『毘沙門堂本』関連箇所

鬼ノ哥ニメツルト云事、日本記云、天智天皇ノ御時、藤原千方将軍ト云者、伊賀伊勢ヲ打取テ王命ニ不随。（中略）彼千方、四ノ鬼ヲツカヘリ。金鬼、風鬼、水鬼、隠形鬼ナリ。

四匹の鬼を「金鬼」「風鬼」「水鬼」「隠形鬼」とする点が一致している。『三流抄』では、この四鬼を「風鬼・水鬼・金鬼・一鬼」としていることから、いよいよ以て「古注」は『毘沙門堂本』系に近い注釈であることが確認されよう。

さらに、もう一例。これも、『毘沙門堂本』の対応箇所とともに示す。

なにはつのうたはみかとのはしめなり

古注ニ、應神御子五人、一、高津宮、二、長柄宮、三、熊柴宮、四、難波津宮、五、宇治稚倉宮、上三人ハオヤニ先立死。

◎『毘沙門堂本』関連箇所

應神天皇ニ五人ノ王子御座ス。一者高津宮、二長柄宮、三熊柴宮、四難波津宮、五宇治稚倉宮ナリ。上三人ハオヤニ先テ死給ヌ。

以上の検証から、いくばくか「古注」の輪郭が見えてきた。それは『毘沙門堂本』系に比較的近い注釈であると言えるだろう(13)。

それでは、ここで立ち返って、歌注に引用されていた「古注」について改めて検討を加えておこう。先に引用した例を今一度参照されたい。三五一番歌では、「古注」に「賀ノ時、哥ヨム義」が述べられているという。『毘沙門堂本』を見てみると、賀の歌の最初の歌の注釈にどのような賀の時に歌を詠むのかが記されている。あるいはこの部分と対応しているのであろうか。八七八番歌については「伯母捨山ノ古事」ばかりに諸注は関心が向いている。その中で貞徳は「哥ノ心」を考えようとしている。わずかに「古注」が「哥ノ心」について述べているが、それは「不全」であるらしい。『毘沙門堂本』を繙くと、

　註云、此哥ハ、藤原ノ清経、信濃守ニテサラシナノ里ニスミケルカ、都ナル妻ノ恋シキ時シモ、月ノ白ヲ見テヨメル哥也。

とある。貞徳の言うように「哥ノ心」を述べていないわけではない。けれども、この記述が直ちに貞徳の言う「古注ハアレ共、不全」と対応しているかは、定かではない。歌注が引用する「古注」は、概ね三五一番歌や八七八番歌の如き状況で、その引用があまりにも短いため、仮名序ほどは明確にできないものばかりである。

　ところが、師説＝貞徳説をさらに検討してゆくと、「古注」とはことさら明記せずに『毘沙門堂本』系の注釈に依拠したと思しい注釈が散見するのである。次にその一端を例示し、考察を加えることにしたい。先程来と同様、まず『傳授鈔』を引用し、『毘沙門堂本』の関連箇所を併記して示す。

【資料一】

　里はあれて人はふりにし宿なれや庭も籬も秋の野らなる（二四八）

　　師説、人ハ母也。ノラハ野原ノ中畧ノ詞也。ヤノ字、ハノ字ノ心也。ナレハナトノ心也。

◎『毘沙門堂本』関連箇所

（前略）人ハフリニシト云者、我母ノ年ノ老テ、フルクナリタルヲ云也。ノラトハ、野原也。中略ノ言也。

【資料二】

しの、めのほから〳〵と明ゆけはをのか衣々なるそ悲しき（六二七）

師抄、ホカラ〳〵ハ、朗字也。又、未明ト訓ス。此哥、御門御哥ト云リ。誠以正直ニシテ、イツモノコトニシカモ哀深シ云々。隠名、文徳。可尋之。

◎『毘沙門堂本』関連箇所

註云、シノ、メト云者曉ノ名也。ホカラ〳〵ト云者朗々トカケリ。此哥ハ、中納言利基カ娘ヲ一夜メシテ、曉カヘラムトシケルニ、文徳天皇ノアソハス哥也。

【資料三】

恋しねとするわさならしむは玉のよるはすからに夢にみえつゝ（五二六）

師説、秦始皇ノ時、天クラクナル物アリ。トラヘテミレハ、烏也。其羽ヲオホフ羽ニ玉アリ。ソノ玉クロシ。故ニ号ス。又カラスアフキト云艸、射干ト書。其艸ニ花咲實ナル実クロシ。此事トモ云リ。然ハ、ウハ烏、ハ、扇（羽皷）也（以下略）。

◎『毘沙門堂本』関連箇所（四四九番注）

（前略）抑烏羽玉ト云事ハ秦武政用記ノ一巻云（中略）穆王ノ時五尺ノ烏天ヨリ飛來レリ。天下忽ニ暗シ。（中略）家ノ戸ニアミヲハリテ、内へ人ヲ入テ、羅ニ追カケテ、捕之。此烏ノ羽ニ黒玉アリ。（中略）依之、夜ノミナラス黒事ヲハ皆烏羽玉ト云ナリ（以下略）。

【資料四】

足曳の山田のそほつをのれさへ我をほしといふうれはしきこと（一〇二七）

師説、ソホツハ、田ノオトロカシ也。竹筒尺余ニコシラヘテ、水流ニヒタシカケ、水ミチヌレハ覊ル。添水ト書也。其音ニテ猪、鹿ヲオトロカス。此声我巨々トナル也。蓮心院殿説、又二位法印ノ説也。

◎『毘沙門堂本』関連箇所

註云、ソホツニ有多義。一ニハ、田ニ水ヲカクルトテ竹筒ヲキリテ水ヲ受テ、ハネサセテ、声ヲナシテ鹿ヲ驚ス也。イツモヌル、故ニ、ソホツトハ云也。潤。

【資料一】、「のら」という言葉を「のはら」の「中略」であると説明する。この「中略」という説明の方法は、中世の注釈にしばしば見られる方法であるので、必ずしも『毘沙門堂本』系の注釈書によったとは言い切れないかもしれない。しかし、この歌の、この注釈に、この方法を使ったという一致は偶然ではないだろう。【資料二】は「読み人知らず」の歌に作者名をあてる方法。ただし、引用が「師抄」となっている点は注意するべきか。片桐氏が既に指摘されているように、「師抄」は『古今栄雅抄』に依拠していた。が、私に調査したところ、そうではない部分も少なからず見受けられた。おそらく貞徳の見解が付け加えられたと思しい。例えば、一七五番歌注。

師抄、漢王傳云、烏鵲橋之江敷紅羽　二星舎之前冷秋風非紅葉。七夕ツメハ、ツマ也。崇徳院ノ御本ニハ、橋ヲ直シテ舟トカ、レタリ（以下略）。

「漢王傳」以下の漢詩文は、『毘沙門堂本』にも見られる。(14)しかし、『古今栄雅抄』に引用は見られない。一方「七夕ツメハ」以下の引用は、全く『古今栄雅抄』に依拠しているのである。【資料二】もまた同様の例であると考えられる。つまり『古今栄雅抄』に記載されず、貞徳が独自に説を展開したと考えられるところが、『毘沙門堂本』系統の注釈に一致するのである。【資料三】は、「うはたま」の本説を記す。本説を示すこともまた、『毘沙門堂本』系統の注釈に特徴的な方法であった。『傳授鈔』の説話的な記述は極めて簡単ではあるが「秦始皇ノ時」にその本説を求めている点、『毘沙門堂本』系の注釈の存在をその背後に認めてよいだろう。『三流抄』も類話を記しているが、それは仮名序注であり、歌注に本説を記す『毘沙門堂本』との関係のほうが近いと言える。【資料四】は「そほつ」の基本的な説明が一致している。『傳授鈔』末尾に「蓮心院殿説、又二位法印ノ説也」と見えるので、これらの説によったとも考えられよう。けれども、この注釈には「竹筒で作って」ということは記されていない。また「添水」という用字は、『毘沙門堂本』系統の注釈と近しい関係にある、佐賀県立図書館本『古今集聞書』に、

一説、又、そほつとは、添水此字也。副水とよめる。是、実義也。

と見える。この点も『毘沙門堂本』系の影響を考えてよい傍証となる。ならば、ここで再び「蓮心院殿説、又二位法印ノ説也」と記されていることについて考えておく必要があろう。『蓮心院殿説古今集註』を繙くと、[15]

山田の僧都は、おどろかし也。ゲンヒン僧都は、山田を守し事有。うれはしきは、愁也。此物の鳴様、我巨々となる也。水筒にお丶くたまる時こぼる丶、其時、なる声を云也。（以下略）

とあり、音に関する記述が一致している。このことから、この部分に関しては「蓮心院殿説」に依拠したと考えておいてよいだろう。

以上、検証してきたように、貞徳は、自らの説の形成に「古注」と呼ぶ『毘沙門堂本』に代表されるような注釈を利用していたと考えられる。「古注」とことさら明示しないのは、直接の引用ではなく、自説に取り込む形で利用したからであろう。それほど深く貞徳のなかに「古注」は浸透していたのだと思われる。それではなぜ貞徳は『三流抄』系ではなく、『毘沙門堂本』系の注釈を利用したのであろうか。たまたま同系統の注釈書を手に入れていたに過ぎないのかもしれない。またこの系統の注釈書の違いが貞徳の時代にどれほど明確に意識されていたかも定かではない。敢えて理由を思案するならば、『毘沙門堂本』系の注釈には、歌にも注釈が施されていることが、まず考えられよう。

また流派という点から言えば、『毘沙門堂本』系の注釈は、顕昭の注釈を取り込んでいることから、六条家末流のものであると考えられている。既に指摘し、次にも述べるように、顕昭注の利用とも合わせて貞徳は、六条家説を意識して『毘沙門堂本』系の注釈を利用したとも考えられる。ならば、貞徳は、基本的に地下歌人として二条家末流に身を置きながら、自説の形成に巧みに六条家説を利用したことになろう。ともあれ二条家伝来の説のみならず、「古注」を以て自らの注釈の一つの拠り所としたこと、これが『傳授鈔』を形成するための二つめの方法である。

Ⅲ　その他の場合

『傳授鈔』における貞徳説が、師説に疑義を提示したり、「古注」を利用したりすることによって形成されていたこと、確認してきたとおりである。しかし、それで全ての貞徳説がおおいきれるわけではない。確認してきた以外の貞徳説について、いささか検討を加えておきたい。

先に確認したなかに、顕昭の説を自らの説の根拠としていたことが窺えた。その点について、もう一例、『顕注密勘』の関連部分と併記して例を示す。

【資料五】（六一三番歌注）

師説、人ノトヒキタリヌルニ、アハテ、カヘシタル哥也。顕注ニ、ミルメナキ－ト詠ルハ、ミルコトモナキ我身ヲウシトソヘタル也。師、但我身ヲヨムハ、此恨オコセタル男ノ身ヲウシト詠ル也。我身ヲ恨ムトシラネハヤトモ詠ルナルヘシ。アハスト恨タル哥ノ返シ也。下略。師、伊勢講尺ノ時、今按ノ説也。

◎『顕注密勘』関連箇所（『日本歌学大系　別巻五』による）

みるめなき我身をうらとよめるは、見ることもなき我身をうしとそへたる也。但、わがみとよむは、このうらみおこせたる男のみを、うしと思ひしれとよめる也。又我身をうらむとしらねばやともよめるなるべし。あはずと恨たる歌の返し也。かれなであまのあしたゆくくるとは、人の中のたゆるをばかるゝと云、かれ〳〵になるともいひ、よがれすともいふ也。あしたゆくくるとは、しげくありくには、あしのたゆき也。（密勘部は略す）

右に示したとおり、『傳授鈔』の顕昭の説は『顕注密勘』によっている。「顕注」とその出典を明記している部分はもちろん、「師」以下も『顕注密勘』によっていることは明らかである。一般的に、二条家流の注釈書では『顕注密勘』を利用している場合、密勘部＝定家説にのみ依拠していることが多い。しかし、貞徳は顕昭説も同等に扱っているように見受けられる。これは貞徳が、流派の問題に拘らず、「顕注＝顕昭説」を積極的に受け入れた結果である。

また「古注」利用の延長線上にあると考えられるのが、「よみ人知らず」の歌に人名をあてたり、本説を指摘したりする方法である。次にその一例を示す。

【資料六】

きたへ行雁そなくなるつれてこしかすはたらてそ帰るへらなる（四一二）

師説、（中略）或説、キタへ行ノ哥、作者、是治カ妻、紀後定カ女。有常カ甲斐守ニテ下ル、是治モ下リシ也。

【資料七】

わか齢君かやちよにとりそへてと、めをきててはおもひてにせよ（三四六）

師説、臣ノ我齢ヲ君カ八千代ノ齢ニ残シソヘテ、久シカレト、臣ノ心ヲ何レモサシテ云リ。周文王ノ定命ヲ少武王ニユツリ玉フト云本説アレハ也。又云、老人ノ久シキ齢ヲ君カヨハヒニ又トリソヘテ、サヤウニト、メヲキテ、思出ニセヨト云義也。

【資料六】は、作者を示す例。「或説」として引用される注釈は、いかなるものか断定できないけれども、『毘沙門堂本』では「滋春の妻」となっており、関連が推測される。【資料七】は「本説」を指摘している。これは『毘沙門堂本』系の注釈には見出せない。しかし、貞徳が自家薬籠中のものとしていたなんらかの注釈（書）に依拠している可能性は否定できないだろう。もしそうであるのならば、「古注」利用の例として付け加えることができる。そうでないのならば、「古注」の方法を学んだ結果、貞徳が新説を披露したとも考えられる。『傳授鈔』には、次に示すように、既成の注釈への不満も述べられているのである。

師説、オシメ共春ハト、マラス。サレトモ空ニ霞カ立テアレハ、春ノ行道ヲ立カクスヤウナレハ、サテハトメタラハ、トマルコトモアランヤト思ヒ捨ラレヌ所ヲ云リ。心ヲ残シタリ。イツレノ抄ニモ、此義理不分明。（一三〇番歌注）

四　貞徳の志向したこと

幽斎の説（『相傳抄』）をその中心に据え、それに疑義を投げかけ自説を示し、また「古注」を利用して、自説を形成し、時には新説をも提示する。以上が『傳授鈔』における師説＝貞徳説の主たる方法であった。

貞徳にとって、二条家流という大木に身を寄せることは、簡単であった。古今伝授を正式に許されていなかったとはいえ、幽斎の弟子である。それなりの地位も築いていたであろう。けれども、貞徳は、それだけでは満足しなかった。いや「和歌無師匠」へのこだわりを想い起こせば、むしろ安心できなかったと言った方が適切であろうか。そこで貞徳は新しい拠り所を求めた。

その一つが、顕昭の説である。顕昭の説は六条家の歌学を代表する説であり、何よりも実証に支えられた説であった。『傳授鈔』においても、その顕昭の説の利用は確認されたが、何よりも歌語辞典『歌林樸樕』となってそれは結実していると見受けられる。『歌林樸樕』は、その説と方法の根幹を、顕昭の『袖中抄』に仰いでいるのである。[16]

もう一つは、「古注」である。もちろん「古注」の内容については宗祇も幽斎も知らぬところではなかったはずである。彼らの注釈にもわずかではあるが、その影響を窺うことができる。しかし、少なくとも彼らはその説を自らの説に取り込み、積極的に自説として主張することはなかった。むしろ、否定的に取り上げられているのである。けれども、貞徳はその説を自説の形成に利用した。そこには貞徳の「学を衒う」という一面も反映していたであろう。さらに、幽斎たちとは違う、講義を聴講するものにとっては興味深い説を披露することで、貞徳は、師としての自らの権威化を図ろうとしていたとも考えられる。『戴恩記』の冒頭部で「忝くも丸が若年より歌学を仕り奉りしは」と、ことさら師の名前を何人も列挙する部分にもそのことが窺えよう。つまり、貞徳は、これほどの有名な師匠の何人からも教えを受けたのだと述べることで、師伝の大切さを説きながら、その一方で自身の権威をも高めようとしているのである。このことは、貞徳が歌学者流『八雲神詠伝』の成立に積極的な役割を果たしたこととも無関係ではあるまい。歌学者流『八雲神詠伝』の成立に関わって、三輪正胤先生は次のように述べておられる。[17]

強大な権威をますます強めていた御所伝授の様相をみるにつけ、貞徳は地下の間にも一つの権威がほしかったのであろう。神道者流『八雲神詠伝』はその権威を借りるには最もふさわしいものであった。師幽斎や自己のもつ秘伝を多々記し、自己の権威化をも計りつつ生まれ変わったのが、歌学者流『八雲神詠伝』であったのである。

このように貞徳が、権威を志向した背景にも、やはり正式に古今伝授が許されていなかったということがあると考えられる。この古今伝授に対して、晩年近くになると貞徳はそれとは異なる立場に立つことを強調するようになる。例えば次の『戴恩記』の例からもそのことが窺える。

・扨、「人の世となりて、すさのをの尊より、みそもじあまり一もじはよみける」と有。神代によみ給へる歌を、人の世とかけるに子細ありと云々。それは古今伝授の人のしる事なれば、それに相伝せらるべし。丸は、たゞ歌の読方に付て承りし通を十がうちに一つ二つしるし置侍る也。

・又紙面にのせず、詞にて伝ふる秘事多し。定家卿より幽斎法師まで、一器の水を一器にうつすやうに、口づから伝へ給しなり。是よみかたの口伝と中秘事也。詠歌大概にもれたるよみかたあるまじきやうに、人のおもふべけれど、大概と書にてある事をしるべし。又人丸相伝といふ事あり。是はさしてよみ方の用にたゝざれども、此みちまなぶ人は必伝べき事也。

どちらの例も「読み方の口伝」について述べている。この言い方自体は珍しいものではなく、例えば『耳底記』などにも見える。[18]が、しかし、ここで見逃してはならないのは、それが「古今伝授」や「人丸相伝」と対応されて使われている点である。はじめの例は『古今集』仮名序の一節について、様々な説は「古今伝授の人のしる事」なので「それに相伝」してもらえばよいと、貞徳はやや突き放した言い方をする。そして、自分の立場は「たゞ歌の読方に付て承りし通を十がうちに一つ二つしるし置」くことなのだと結ぶ。後の例では、定家より幽斎まで「口づから伝」えられた「よみかたの口伝と中秘事」のあることをまず述べる。そして、その点については『詠歌大概』に全て尽くされているように思えるけれども、実はそうではなく、貞徳自身が自説を主張できる余地があることを強調している。最後に「人丸相伝」のことに触れ、それは「さしてよみ方の用にたゝ」ないけれども、和歌を学ぶ人にとっては必要なことなのだと結んでいる。

また『傳授鈔』においても、古今伝授の三鳥の一つ「いなおほせ鳥」について、

師説、イナオホセ鳥ノ本体、相伝ノ秘鳥ナレハ、右ノ説ニマカセ置ヘシ。三鳥ノ中ニ呼子鳥ハ、哥ノ題ニ出ルナ

レハ、其題ヲ得タラン時ハ、不可憚云々。（以下略）

と、新たな伝授説を展開するのではなく、伝授に対して極めて冷静な、むしろ、突き放した立場を採っている。『傳授鈔』には他にも物名部（三木など）に「伝授ノ説ニハ」という言い方が見える。これらも自説の立場と伝授とに一線を引いている表れであると言える。

このように貞徳は古今伝授からは自由であり、また冷静でもあった。しかし、それ故、結局は新しい権威を志向していたこと、先に述べたとおりである。ならば、自らの権威を支える拠り所として、貞徳は何を考えていたのであろうか。例えば、その一つに「和歌三尊」のことが考えられる。貞徳は、この「和歌三尊」について次のように記す。

師云、今も人丸の御弟子有へし。和歌無師匠とは、和歌の本分也。定家卿は、古今集を眼として、歌道をたて給へは、定家卿は貫之を師とす。貫之は亦人丸を師とす。人丸・貫之・定家を和哥之為三尊、是、当流秘伝也。

これは、先に引用した『詠歌大概安心秘訣』の「和歌無師匠」の注釈の一節である。同じ説は『戴恩記』にも窺える。人丸―貫之―定家を三尊とした点も貞徳の独自の見解かもしれない(19)。しかし、注目するべきは、この三人を師弟という関係で結んだ点である。「和歌無師匠」という部分にあれこれと言葉を費やして説明をしつつ、この三人を師弟関係で結ぶことにより、見事に師弟関係の重要性を説きえたことになる。三尊の最後に位置づけられた定家は、言うまでもなく二条家流の祖であり、敢えて言うならば、貞徳自身とも繋がる人である。ここに貞徳の権威もまた保証されることになる。「是、当流秘伝也」と結んだところには、流派としての意識も垣間見られよう。

最後に中院通茂の説を松井幸隆が聞書した『渓雲問答』（日本歌学大系第六巻）の記事を示す。

貞徳流に百人一首に五首の秘歌と申す事、申し習はし候。御相伝にも有之事にやと奉尋処に、しらぬ事なりと仰にて、歌はどれ〳〵ぞと御尋有り。これ〳〵の由、申上る処、御笑ひなり。

貞徳がどれほど意識していたかは定かではないが、彼の死後、有賀長伯の時代には「貞徳流」という流派が意識されていたことが窺える資料である。この「御笑ひ」が正統に古今伝授を受け継ぐ学統である通茂の貞徳流に対する嘲笑でしかないのか、貞徳流の伝える百人一首の秘歌が、中院流とも一致していたことを知った、複雑な苦笑いであったのか、あるいは、別の意味が込められているのかは、これだけの文脈では、判断し難い。しかし、中院家にして貞徳流という流派が、多少なりとも意識されていたことは、注意しておいてよいと思われる。

五　おわりに

『傳授鈔』を一つの材料として、貞徳の歌学の方法について考えた。貞徳は、少なくとも、一条家流地下派に一条家の説を、ただ伝えただけではない。自ら意識的に、そこからさらに一歩踏み出そうとしていたと考えられるのである。

幽斎のものを貞徳が伝えた書はもちろんのこと、貞徳の説を伝える望月長孝、平間長雅、有賀長伯などの著作についても改めて目を通す必要がある。[20] 小高敏郎氏が紹介された貞徳伝書、あるいは貞徳偽書と呼ばれる一群の書は、貞徳という人が、ある時代に、ある権威を持ちえたことを裏づけているであろう。これらのむしろ評価の低かったものに光を当てることで、中世の歌学秘伝の近世への流伝の様相が浮かび上がってくると期待される。と同時に貞徳が、貞門俳諧の祖としてまつりあげられていく過程をも明らかにすることができるのではないだろうか。

【注】

（1）本節での引用は、この初雁文庫本により、特に問題のない限り、適宜通行字体に改め、句読点などを補った。なお、内容が全く同じもので、平仮名書きのものが書陵部（鷹・二六六・三六八）にも蔵せられている。
（2）「古今和歌集研究史」（『国語と国文学』、一九三四年四月）。
（3）「初雁文庫本「伝授鈔」のこと」（『中世古今集注釈書解題六』、一九八七年六月、赤尾照文堂刊）。
（4）日本古典文学大系（小高敏郎氏校注、岩波書店刊）による。引用に際し、表記を改めたところがある。
（5）伝本は、多いが、便宜上静嘉堂文庫のマイクロフィルムによった。引用に際し、適宜通行字体に改め、句読点を付した。
（6）岩瀬文庫本による。適宜通行字体に改め、句読点を付した。『和歌宝樹』については、本章第三節参照。
（7）内閣文庫本による。適宜通行字体に改め、句読点を付した。また、日本古典全集本（山田本）も参照した。『歌林樸樕』については、本章第一節参照。
（8）この点については、既に小高敏郎氏も指摘されている。また後の記事であるが、『三冊子』に季吟の発言として「貞徳も古今伝授の人とは見へず」と見える。
（9）新編日本古典文学全集『近世随想集』（小高道子氏校注、二〇〇〇年六月、小学館刊）による。
（10）前掲注（3）『中世古今集注釈書解題六』。
（11）「古注」については赤瀬信吾氏が室町時代の注釈を中心に述べておられる（『中世文学』三十三号、一九八八年六月）。「古めかしい」と言うような否定的な意味合いもあるようだが、貞徳は特にそのような用い方はしていない。
（12）引用は、片桐洋一氏編『毘沙門堂本古今集注』（一九九八年十月、八木書店刊）により、適宜句読点を付した。
（13）ちなみに、曼殊院に蔵せられている『毘沙門堂本』の異本とされる注釈書は『古注上』（外題）と称せられている。たとえ一般名詞的な用法であれ、このように呼ばれていた注釈書があったことは注目するべきか。
（14）この部分『毘沙門堂本』は引用書を『漢書』とする。『三流抄』にも『漢書』として引用されるが、それは仮名序の注釈であるので、影響関係は薄いと考える。なお『冷泉家流伊勢物語抄』は『漢主伝』としてこの詩を引用している。貞徳のいう

「古注」の範囲が広がるかとも思われるが、このような例はこれのみである。
(15) 片桐洋一氏『中世古今集注釈書解題四』(一九八四年六月、赤尾照文堂刊)による。
(16) このことについては、次の本章第二節において詳述した。
(17) 『歌学秘伝の研究』(一九九四年三月、風間書房刊)、第四章第二節による。
(18) 貞徳の言う「よみかたの口伝」の内容は、用例から推しても、なお曖昧である。幽斎の言うところについては、『耳底記』の用例から「多く題詠歌の詠み方を説いたものと考えられよう」と大谷俊太氏は結論された(「謙退の心－近世初期堂上和歌一面－」、『国語国文』第五十四巻第五号、一九八五年五月)。なお、本章第二節参照。
(19) 和歌三尊ではないが、和歌三神といえば、一般には住吉・玉津嶋・人丸を指す。
(20) 第二章における一連の論考は、そのささやかな試みである。

第二節　貞徳の志向―『歌林樸樕』をめぐって―

一　はじめに

『歌林樸樕』（以下『樸樕』と略する）は、松永貞徳が著した歌学書の一つである。貞徳の直孫である松永尺信軒永三の書いた識語に「大父及晩年著述之故」と見えるように貞徳晩年の著作である。歌語を掲出し、先行の歌学書を引用し、貞徳自身の説を加えている。整理されないままの草稿本が伝来現存している(1)。本節では、この『歌林樸樕』に展開される貞徳説を中心に検討し、晩年の貞徳が志向していたことについても思いをめぐらしたい(2)。

二　『樸樕』の方法

『樸樕』が先行の様々な歌学書を引用し、その後に「丸案ニ」「丸云」という形で貞徳自身の説を加えていることは、既に日本古典全集の解題（正宗敦夫氏）に説かれるとおりである。例えば『能因歌枕』『綺語抄』『童蒙抄』『奥義抄』『袖中抄』などが引用されている。あたかも種々の歌学書を博捜しているかのようである。しかしこの点については、改めて考えてみなければならない。次のような例が散見するからである[3]。

能因坤元儀云、肥前チカノ嶋ニヒ、ラコノ崎ト云所ニハ、夜トナレハ、死タル人アラハレテ父子相見云々。【ミ、ラクノシマ】

和語抄云、カシマノ社ニ大ヒラノ帯ノヤウニシテシヲキテ、男女ノ占ニアフヘキニハ、風ナト吹テ、輪ノヤウニナルヲ云也。【ヒタチオヒ】

『能因坤元儀』も『和語抄』もともに佚書である。貞徳の時代には存在していたという可能性も、全くないわけではない。が、この部分は、次に挙げるように『袖中抄』[4]所引のものとほぼ一致している。

今考能因坤元儀云、肥前國ちかの島、此嶋にひ、らこの崎と云所有。其所には夜となれば死たる人あらはれて父子相見と云々。

和語抄云、彼國の鹿嶋の社におほひらおびのやうにして二つおきてをとこをうなあひあはぬ事を占ふに、あふべきには風など吹かへして輪のやうになるを云也。

これらの佚書は、『袖中抄』からの引用と考えるべきであろう。また、次の如き例もある。

又能因哥枕云、ミナムシロトハ、水下石也。【イナムシロ】

綺語抄云、鷹ヲハスヘテ箸鷹ト云也。【ハシタカ】

今、ここに引用した『能因哥枕』・『綺語抄』は、ともに現存伝本には当該記事を見出しえない（『袖中抄の校本と研究』の頭注でも指摘されており、管見に及んだ範囲でもそうである）。現在伝わっていない伝本を貞徳が披見した可能性も否定できない。が、この部分も次に示すように、『袖中抄』が引用する『能因哥枕』・『綺語抄』の当該箇所と合致しており『袖中抄』によったと考えるほうが穏当であると思われる。

又能因歌枕云、みなむしろとは水下なる石也云々。これは水下の石をむしろによする也。
綺語抄云、鷹をばはしたかといふ。又小たかの名にかゝる鷹のある也。

如上の例は枚挙に暇がない。

引用の佚書が一致する場合、現存伝本に見当たらない記事が一致する場合と、『樸樕』が『袖中抄』によっている、二つの顕著な場合について述べた。これらのほか『樸樕』の引用する『袖中抄』以外の歌学書は、ほとんどすべて『袖中抄』の引用箇所と合致するのであって、その引用箇所が『袖中抄』に見出せないという例は皆無である。このことから、『樸樕』に引用される歌学書は、おしなべて『袖中抄』所引のものであると考えて差し支えない。

一方、『樸樕』には引用書については何も触れられていないので、一見貞徳自身の説のように見える所がある。例えば次の如くである。

ホハアラハナル詞也。ロハ休字也。アタシハワタシ也。或ハ、フロニフミアタシトモ有。ホトフト同音也。【ホロニフミアタシ】

しかし、この記述は『袖中抄』に見えるところ、

あまぐもをほろにふみあだしなるかみもけふにまさりてかしこけむかも
顕昭云、ほはあらはなる詞也。ほにいづ、ほにこそなどいふ詞也。ろはやすめ字也。あだしはわたしと云詞也。あとわと同ひゞき也。あま雲をあらはにふみわたしてなる神と云也。或はふろにふみあだしとも有。ほとふと同五音也。（以下略）

とほぼ一致するのであって、『袖中抄』によっていると推断してもよかろう。こうした例も数多く見出せる。つまり、『樸樕』は引用する歌学書については、全面的に『袖中抄』に依拠していると考えられるのである。(5)

また、『袖中抄』の項目と『樸樕』とを対比させると、ほぼ九割がた一致する。『樸樕』はその項目をイロハ順に編集し、そのイロハ内の順序は『袖中抄』の掲載する順序にほぼ一致している。となれば、実際にある『袖中抄』の伝本を横に置いて、それを参照しつつ『樸樕』は著されたと考えられる。

それではこの『袖中抄』の顕昭説に対し、貞徳はどのような立場を採っているのであろうか。代表的な例を挙げて、検討を加えたい。

【資料一】

フルキミヤコトハ、奈良也。石上トマチカキヤウニヨメリ。（中略）タトヘハ此平安城ノ外ヲモ山城ノ内ナレハ、京ヘノホルト云心ニヤ。是皆顕昭ノ説也。尤聞事也。【イソノカミフル】

【資料二】

丸云、古人トテモ事ヒロキ道ナレハ、誤リナカルヘキニアラス。カヤウニ證拠分明ナルヲハ、ミツノミマキヲハアヤマリニシテ、ヘミノ御牧ヲ正トシ、顕昭ノ説ヲ可用也。【ヲガサハラミツノミマキ】

【資料三】

丸云、カヤウノムツカシキ事マテ尋求メ、委シルシヲキ、今ノ我等ニシラセ玉フ顕昭ノ御心、タ、菩薩ニテコソ侍レ。【カウテフサス】

【資料四】

丸云（中略）夜戸出ノ事、顕昭ノ説、殊勝也。【ヨトテノスカタ】

【資料五】

丸案ニ、右ノ説ケニモナカラ、日本紀ヲ見レハ（中略）ツノサハフハ角障也。（中略）顕昭モ日本紀ヲハ委ハ未見

トミエタリ。【ツノサフル】

【資料六】

丸云（中略）サレハ、ナツケモト云モ人ニナツケソト云義ナレハ、名ナリソト制シタル心ヒトシキ故、一草二名也。顕昭法師、日本紀ヲ見オトサレタリトミエ侍ル。【ナツケモ】

【資料七】

一説ニ、ヲブチノマユカキト云リ。顕昭ハ是モ面白説ト云。丸案ニ此説難用。【アサモヨヒ】

【資料八】

丸案ニ（中略）ツ、ハ、筒也。清テヨムヘシ。シカルニ、顕昭ノ曰ルヤウニ、筒トハカリ心得テハ、一夜ノヘタテナトヨミカタシ。【アシツ、】

資料一から四までは、顕昭説を支持する例。資料一・二は「是皆顕昭ノ説也。尤聞事也」、「顕昭ノ説ヲ可用也」と多くの説の中から顕昭説を採用するべきだとしている。また、このように積極的に肯定し、支持しないまでも「顕昭云」という形で『袖中抄』の説だけを引用し、貞徳自らの説を加えていない所も多い。これも顕昭説を受け入れているると考えてよいだろう。資料三・四は、その説を肯定するだけではなく、「顕昭ノ御心、タ、菩薩ニテコソ侍レ」と、様々な考証の末、その説に到達した顕昭を称揚している。特に、資料三のように綿密な考証をしているものに対する貞徳の評価は高い。

資料五から八は、顕昭説を否定している。資料五・六に窺われるように、「日本紀ヲバ委ハ未見トミエタリ」、「日本紀ヲ見オトサレタリトミエ侍ル」と、考証が十分ではなかった顕昭に対する貞徳評は厳しい。先に見た資料三の場合とちょうど対照関係になる。この実証を重んじるのは、『樸樕』全体に貫かれている姿勢である。そして、この姿勢は晩年の貞徳に特に顕著である。次に挙げる『傳授鈔』[6]の例からも、そのことは確認されよう。

夕されば螢よりけにもゆれども光みねばや人のつれなき（五六二）

傳抄、ケノ字、勝。古来イヒ伝フ。顕注、異也トモマサル心ニカヨヘル歟。師説、勝ノ字、本説不知。万葉ニ異ノ字アレハ、是ニツクヘシ。マサル義叶也。（以下略）

「傳抄」は幽斎の古今集注釈書。師である幽斎が示す「勝」説を、貞徳は「本説不知」と退ける。そして「万葉」にあることを根拠として顕昭の挙げる「異」説を採用する。また、『樸樕』は、

又事ノ次ニ申ス。手向ト云詞、神ニハアリ。佛ニハ未聞。或人云、宗祇発句ニ佛ニ手向トセラレシト云々。縦其句アリトモ、證哥ナクハ、和哥ニハ不用。佛ノ事ニヨマヌ道理至極セリ。【イハシロノマツ】

と、たとえ宗祇が「句」を残していたとしても、「證哥」が無いことを理由に、和歌で詠むことを戒めてもいる。

そもそも実証を重んじ、本説や証歌のないものに徹底して疑義を挟んでゆくのは、とりもなおさず『袖中抄』に見られる顕昭の方法であった。『袖中抄』には「童蒙抄並に奥義抄に、わすれ草の一名を忍草とかける、おぼつかなし」【わすれ草】や「奥義には男をよしゑやしと注せり。ふるき文どもに付て、古歌どもをば不了簡歟」【はしきやし】のように、先行の歌学書、それも義兄清輔の『奥義抄』に対しても、しばしば手厳しい評が加えられている。[7]貞徳は、この顕昭の姿勢をも含めて、『袖中抄』に全く倣って『樸樕』を著したと考えられる。

以上のように考察を進めてくると、自ずと問わなければならないことがある。それは、何故『袖中抄』、あるいは「顕昭」でなければならなかったのかという問いである。次にその点について考察したい。

三　『樸樕』の執筆意図

その問いに応えるために、貞徳が顕昭（顕昭説ではない）をどのように位置づけていたかを考えることが、一つの有効な手がかりになろう。ここで注目されるのは、『樸樕』の次の記述である。

恩ヲシラヌハ、畜類ニ同シ。哥人ハ多ケレトモ、カヤウノムツカシキ事ヲ書留テ、今ノ我等ニ智恵ヲ付玉フ顕昭ノ御心根アリカタキ事也。大知識也。大仁者也。此道、此法橋ホト功忠アル人無之。読方ニハ、定家卿、哥学ニハ顕昭也。両人ノ御恩ヲシラヌ好士ハ、冥加アルヘカラス。何ニテモ、編置レタル書ヲ見テ、何トモ思ハテ、結句、アシキコトアレハ、誹謗ヲサス人アリ。心得ヌ事也。ヨクトアシクト書留テ、末代ニシラシメントヲ思心ヲ感シ、一切ノ物、本ヲハ戴テ見ルヘキ事也。【ユハタ】

貞徳は、顕昭のことを称賛し、高く評価している。歌の道を「読方」と「哥学」の二つに大きく分かち、それぞれの代表する人物として定家と顕昭を挙げていることに注意しなければならない。

定家は言うまでもなく御子左家の祖である。この定家の死後、彼の正統をどれだけ伝えているのかの争いが、いわゆる二条・冷泉・京極の争いであった。貞徳が師と仰いだ細川幽斎は、宗祇以降の二条家流を受け継ぐものであり、貞徳もまた、大きく言えば、二条家末流に連なる人であった。貞徳が定家をして「読方」の第一人者としたことは、故のないことではない。だが、「哥学ニハ」として顕昭を挙げたのは何故か。定家一人を挙げれば、それで十分ではなかったか。あるいは貞徳は歌道伝授が「読方」だけでは不十分であると主張したかったのであろうか。

とはいうものの、定家に正統に繋がる人であるためには、たとえそれが単なる制度に過ぎないとしても、やはり、当時においては「古今伝授の人」（『戴恩記』など）でなければならなかった。にもかかわらず、既に小高敏郎氏などによって指摘され（『研究』・『続篇』）、本章第一節でも述べたように、貞徳は「正式に」古今伝授を許されてはいない。『樸樕』の次の如き記述もそのことを裏づけている。

いざこゝに神世はへなんすがはらや伏見の里のあれまくもをし

古今読人不知也。顕昭云、隆縁ト云僧ノ伏見仙人カ哥トイヘト、無證。（中略）丸云、或古今伝授ノ本ヲミルニ、此哥天照皇太神ノ御詠ト秘事カマシクアリ。博学ノ顕昭スラ如此カキヲカルル上ハ何ノ證拠ナキ事ト知ヘシ。カヤウノ事ヲ心得テ、末生慥ナル證ナキ説ヲ信スル事ナカレ。（以下略）【スカハラヤフシミ】

「古今伝授ノ本ヲミルニ、此哥天照皇太神ノ御詠」であると述べていることから、貞徳は古今伝授の内容については熟知していたと思われる。その上で貞徳は、古今伝授と一線を画そうとする。「秘事カマシクアリ」という口調に、当時の古今伝授に対する貞徳の批判的な姿勢が窺われよう。と同時に、ここで見逃してはならないのは、「證拠ナキ事ト知ヘシ」、「慥ナル證ナキ説ヲ信スル事ナカレ」と、その批判があくまでも実証が無いという点に向けられていることである。感情的に、やみくもに古今伝授を批難しているわけではない。『樸樕』全体に貫かれていた、実証を重んじる姿勢がここにも窺われる。貞徳は、決して冷静さを失ってはいないのである。この部分は、『傳授鈔』にも「師説」として、

此哥伝受ニ天照太神ノ神詠ト云リ。彼翁ニ化シ給フニヤ。サモ有ヘキコト也。

と見える。『傳授鈔』の段階では、まだ古今伝授にそれほど批判的ではなく、『樸樕』に至るにつれて、その姿勢が強調されるようになることも知られる。『袖中抄』から実証中心の学問姿勢を学んだということが、その背景に認められよう。

「正式に」古今伝授を許されてはいないことで、貞徳は定家を挙げるだけでは自らの権威を支えきれないと感じていたのではなかろうか。そこで、顕昭を持ち出すことで、その権威をさらに強固なものにしようとしたと忖度される。定家一人だけでは、安心できなかったのである。と同時に、このことは、貞徳に「師」という立場の危うさをも感じさせることになったと思われる。『戴恩記』や『三十六人集注釈』[8]などで何度も「師説の大切さ」や「師伝を受けることの重要性」が強調されるのは、そのためであろう。この点については、『樸樕』にも、

　コレハ万葉ニ人丸ナドノシロシメサヌ事ヲバ、石川卿ニトヒタマフニ今自見シテ、師伝ヲセヌ哥人ハ、アサマシキコトト云コト也。【アサモヨヒ】

のように、しばしば見受けられるところである。

けれども、「古今伝授の人」でないことは、貞徳自身、その立場の危うさとともに、それ故の自由さも持ち合わせたと判断される。先に述べた古今伝授への批判的な視角もその表れであろう。『傳授鈔』においては、「古注」の摂取という形でそのことが窺えた[9]。

ここに、貞徳が顕昭を積極的に受け入れた、もう一つの理由がある。御子左家と六条家の争いは、遠い過去のこととはいえ、二条家流が積極的に六条家歌学（顕昭説）を評価してきたとは、言い難い。少なくとも表面上は、そうである。しかし、貞徳は、その自由さゆえ、真正面から顕昭の『袖中抄』を採り上げることができたのであろう。既に述べたように、たとえ「正式に」古今伝授を許されていないとはいえ、貞徳は幽斎の弟子である。「読方」については、その幽斎からの二条家流を受け継ぐということで、貞徳は定家と繋がる存在であった。今、ここに、こうして『樸樕』を著すことで、「哥学」の先達、顕昭とも繋がったことになる。顕昭の学問への姿勢に倣い、その説に対し、時には肯定、称揚し、時には批判する。冷静の眼を保ちながらも、顕昭を評価することは、結局は貞徳、自分自身を

権威づけることに他ならなかった。顕昭を対象として述べられたことは、顕昭に繋がる貞徳自身のことにもあてはまることとなる。師説の大切さを説くことが、結局は貞徳の自説の重要性を強調することになるのと同じ論理である。貞徳はしばしばこの論理を用いた。『樸樕』は、まさに、この顕昭の「哥学」を貞徳が受け継いでいることを宣言するために編まれたといっても過言ではあるまい。

ここで言う「哥学」とは、『袖中抄』や『樸樕』の性格から、専ら「歌語」つまり「ことば」にかかわる学問と考えて差し支えなかろう。貞徳が、この「哥学」を重要視していたことは、次に示す『三十六人集注釈』にも見えている。貫之の「あふ坂の関の清水に影見へて今や引くらん望月の駒」の歌についての言である。

（前略）此次第をみれは、信濃の望月の駒は廿三日なり。貫之の御哥は、十五日の名月を指て望月とよめるか。しからは、名月にはあらさるへし。廿三日は月のをそき比なり。かやうの事、よく相尋て知べし。哥学にあさくては叶べからす。【駒引夜更てはなき證哥】

貞徳は、歌語「望月の駒」について、「望月」が「十五夜」を意味するのか、「信濃の望月」（地名）を意味するのかを『公事根源』を援用しつつ考証し、その後に、右に引用したところが続く。ならば、ここでいう「哥学」もまた、歌語に関わっての学問だと考えてよかろう。

それでは、それに対比させられた「読方」とはいかなる概念であろうか。歌の「読方」、つまり「詠歌」に関する概念であることは言うまでもないが、「読方ニハ、定家卿」とあることから『詠歌大概』を想起することはあながち的外れではあるまい。その冒頭に説くところ「情以新為先［求人未詠之心詠之］（［　］内割注）」から推せば、「情（こころ）」の問題に関わる概念であると言えようか。ならば、「哥学」は歌語つまり、もっぱら「詞（ことば）」に関する学問、「読方」は何を詠むかという趣向、つまり「情（こころ）」に関する問題を主とする学問であると理解できるのではないだろうか。

この「情（こころ）」に関する問題は、『愚問賢注』以来、二条家流における最も根本的な問題であった。[10] そして、貞徳の師である幽斎の歌論の中心問題もここにあった。[11] さらに一時代後の元禄期の堂上歌論の説くところも、また同様であった。[12] 幽斎も、堂上歌人たちも、ともに「古今伝授の人」である。この問題はまた古今伝授の切紙を繙けばわかるように、古今伝授においても重要な問題であった。貞徳を取り巻く環境は「古今伝授（の人）」であふれていたと推察される。ならば、顕昭が持ち出され、ことさら「歌学」が強調されることも納得される。以上のことから、『樸樕』はかなり意識して古今伝授に対抗する面を含み込んで編まれたと言えるのである。

晩年になればなるほど貞徳が、古今伝授を意識するようになることは、先に『傳授鈔』と『樸樕』とを対比させて述べたとおりである。当時の古今伝授は、いわゆる「切紙伝授」であった。『三十六人集注釈』には次のようにある。

当時古今集伝受の人は知るへきかとおもへは、夢にも知給はす。知給はぬも理りなり。古今伝受の切帋にもいなおほせ鳥は、鶺鴒也とはかりしるして、なにのゆへに此鳥をいふともあかさす。あらぬ事に表して夫を伝受といふなり。是等をよく思へは、浅ましき事なり。（以下略）【宿のへ】

「古今伝授の人」ではない貞徳が、その権威を崩すためには、この「なにのゆへ」を明かしてゆくしかなかった。『樸樕』が『袖中抄』の引用から説き起こされるのは、何よりもその考証部分に重きを置いていたからに他あるまい。貞徳には、学を衒う一面が確かにある。しかし、そうしなければ自らの権威を保ちえないことを、実感していたのではなかろうか。

されば、もはや『樸樕』を、単なる歌語辞典と見ることはできまい。例えば、次のような物言いが散見する。

・丸案ニ、此師伝ノ説ハ、シノニヲリハヘホス衣ノ哥ノ義ニハヨク叶ヘリ。（中略）古哥共ニ夏神楽ヲスル證、

明白也。可用之。但、此上ニテ今一重タカキ口伝アリ。【カハヤシロ】
・向後我等カ門流、カヤウノ詞ヲムサト不可用者也。【コノモカノモ】
・丸云（中略）コレハ、彼万葉ノ哥ニアル古ノシツノヲタマキノ類也。シツト云哥ニハ、多ク古ヲヨミソヘ侍ル。是ニハ口伝アリ。【シツハタオヒ】

自らの「門流」を意識し、「口伝」があるとするのは、伝書にしばしば見える物言いである。このことは『樸樕』に伝書的内容が盛り込まれていることを意味している。『樸樕』の現存伝本が複雑な様相を示しているのも、これが伝書的性格において受け止められた一側面を示すものと思われる。このことが意図的であったかどうかは、なお検証が必要であろう。しかし、結果的に『樸樕』が貞徳の志向の反映として、成立していることに注目したいと思う。

かくて貞徳は、「読方」「哥学」のそれぞれの最高の権威者を師と仰ぎ、それを受け継ぐこととなった。たとえその最末流に位置づけられるとしても、ようやく師としての権威を獲得しえたのではなかったか。もちろん既に多くの門弟を抱え、外面的には疑いなく師であったであろう。私がここでいうのは貞徳自身の、その内面においてである。『樸樕』でも師伝を受けることの大切さを強調していたことは、既に述べた。が、一方で貞徳は次のようにも述べている。

・能々吟味シテ猶ヨキ説アラバ、可被改之。【トカヘル鷹】
・サレドモ、丸カ分際ニテ定カタシ。後ノ君子ヲ待ツ。慥ナル證説不出之間ハ、先コレニテヲクヘシ。【ヤマノトカケ】
・丸案ニ、コレハヤスク心得ラレタル哥也。（中略）カヤウニムツカシキ事ヲ丸カ今ヤス〳〵ト了知スルトテ書付タラハ、ケニモトハ思ヒナカラ、ニクシト思テ、カヘリテソシラル、コトモアルヘケレハ、同志ノ人ニカタリ

テ慰ヘシ。【シナカトリヰナノ】

たとえ師説であっても、改めることを憚らないというのは『樸樕』の基本姿勢であった。しかし、師説を尊重して、新説を出すのに、いかにも遜った口調である。先達があれこれと議論したことを簡単に結論づけてしまうことにも、かなり謙虚な姿勢ではある。けれども、これを額面通りには受け取れまい。むしろ、この口調に貞徳の自信の表れを読み取るべきではなかろうか。

四　おわりに

貞徳は、新しい流派を築こうとしていた。『樸樕』の【エフノ身ナレバナヲヤマズ】の項[13]で、貞徳は次のように述べている。

是等ニ比スレハ闇浮ノ身スクレタル故、二条家・冷泉家トモニ闇浮ノ説ニテヲカレシナリ、ヨク吟味シテミ候ヘ（中略）此哥ハ戀ノ歌ナレハ、其義不叶也。（中略）サレハ丸カ了見ニハ、衛府ノ身ナルヘシ。六衛府ハ武官也。君ヲ守ル者也。

二条家・冷泉家の説を退けて、自説を立てようとしているのは既成の流派を越えようとしている表れではないか。少なくとも、晩年の貞徳には、その志向があったように思う。案ずるに、顕昭説（六条家歌学）を再評価すること、そのことからそれは始まった[14]。もっとも『樸樕』には、歌語だけを挙げて注を施していないものや、ごく簡単にしか注されていないものもある。したがって貞徳が最終的にどのような秘伝書を著そうとしていたのかは定かではない。『樸樕』を著しつつ、やがて貞徳は万葉集研究へと傾いてゆく。北村季吟の『萬葉拾穂抄』に窺えるところである。

『袖中抄』に万葉語が多く取り上げられていたことが、貞徳を万葉集研究に向かわせる一つのきっかけになったであろう(15)。その万葉集研究の先達としても、六条家歌学はあった。しかし、『樸樕』に現れた貞徳の自信のある口調を想い起こせば、そんな消極的な理由だけで『万葉集』を取り上げたのではあるまい。「古今伝授」を含めて『古今集』だけがかまびすしく取り上げられる状況の中で、貞徳は、意識的に『万葉集』を取り上げたと考えられる。そうすることによって、貞徳は、新しい伝授を確立しようと模索していたのではなかろうか。

【注】

（1）『樸樕』の伝本については、小高敏郎氏の『続篇』に示されたものが唯一の研究である。小高氏は調査の結果、伝本を四系統に分類された。その第一系統本が草稿本であり、他はそれを門流のものたちが整理、編集してゆく過程で生じた異本であるとされる。本節の考察は専らこの草稿本を対象とした。他人の手が加わっていないので、貞徳自身の考えを、もっともよく反映していると思われるからである。引用は、その第一系統に属する内閣文庫本により、日本古典全集本（山田本）と倉野憲司氏の「歌林樸樕考異」（『国語と国文学』、一九三二年一・二・三月）に示された倉野本を適宜参照した。引用に際し、適宜句読点を付した。また、一部表記を改めたところもある。なお、貞徳の他の歌学書、『和歌宝樹』や『歌林樸樕拾遺』を含めた『樸樕』伝本の様相については、後述するように、それらが「辞書」ではなく「秘伝書」的性格を有することを考慮に入れて考える必要があろう。

（2）『樸樕』の記事なども引用しつつ、この点に着目された論文に、上甲幹一氏「松永貞徳の歌學」（『文學』、一九四七年七月、岩波書店刊）がある。

（3）以下、『樸樕』の引用は、まず本文を示し、その後に【　】で項目を示した。

（4）『樸樕』の利用した『袖中抄』は、独自記事の一致の度合いなどから学習院大学蔵本系の一本であると推察される（『袖中抄の校本と研究』解題参照）。よって引用は、同系統の穂久邇文庫本（『日本歌学大系別巻二』）による。

（5）なお、『樸樕』の『袖中抄』以外の利用書として『釈日本紀』や今川了俊の『言塵抄』などが考えられる。が、その点については本節では、問題としない。
（6）引用は初雁文庫本による。適宜句読点を付した。一部表記を改めたところもある。なお『傳授鈔』については本章第一節で考察した。
（7）このことに関しては、西村加代子氏『平安後期歌学の研究』（一九九七年九月、和泉書院刊）第三章「顕昭と清輔－学説の継承と対立をめぐって－」に詳しく論じられている。
（8）伝本により書名が異なるので、便宜上このように呼ぶことにする。「三十六人集」より詞を選び出し、その典拠の歌とともに注釈を付したもの。西尾市立図書館岩瀬文庫などに蔵せられる。以下の引用は『詞の手ほどき』と題される岩瀬文庫本により、適宜句読点を付した。なお、この書が疑いなく貞徳の著作としてよいことなど、この書をめぐる問題については、本章第四節において詳述する。
（9）本章第一節参照。
（10）例えば、鈴木元氏『室町の歌学と連歌』（一九九七年五月、新典社刊）第三章などに論じられている。
（11）大谷俊太氏「幽斎歌論の位置－作歌法に則して－」（『国語国文』第五十四巻第十号、一九八五年十月）に詳細に論じられている。
（12）上野洋三氏『元禄和歌史の基礎構築』（二〇〇三年十月、岩波書店刊）Ⅲ部第1章「元禄堂上歌論の到達点－聞書の世界」に詳細に論じられている。
（13）この箇所は内閣文庫本には脱落がある。よって引用は『日本古典全集』（山田本）によった。
（14）慶安四年に『袖中抄』は刊行される。これは歌書出版史上においてもかなり早い部類に属している。翌五年には『奥義抄』が刊行される。当時の歌書出版の具体的な様相はよくわからないが、『樸樕』の六条家歌学の評価と、これらの刊行とを結びつけようとするのは、私の妄想に過ぎないのであろうか。ちなみに『樸樕』の依拠していた『袖中抄』の系統と版本の『袖中抄』は同系統に属している。なお、この歌書の出版をめぐる私見は『三十六人集注釈』の和歌本文のことを具体例に、本章第五節において述べた。

（15）　貞徳の万葉集研究について述べられた論文に藤井信男氏「安土・桃山時代の萬葉集研究」（『萬葉集大成（文献篇）』、一九五三年八月、平凡社刊）がある。本節で取り上げた『樸樕』を中心に考察されている。また大久保正氏「長流の萬葉研究書とその史的性格」（『萬葉の伝統』、一九五七年、塙書房刊）にも下河辺長流の万葉研究以前の研究として貞徳への言及がある。引用資料の一部が重なるが、両論文ともに万葉集研究史における『樸樕』の位置づけに眼目があり、本稿とは立場が異なる。なお、貞徳が万葉集研究を志向しており、具体的な作業を進めていたのではないかと言うことについては、『和歌宝樹』の検証から、本章第三節において考察する。

第三節　『和歌宝樹』の編纂

一　はじめに

松永貞徳は、その晩年近く、ことば（歌語）への関心を高め、二種の歌学書を著している。[1]『和歌宝樹』（以下『宝樹』と略する）と『歌林樸樕』（以下『樸樕』と略する）が、それである。[2]第二節では、『樸樕』を取り上げ、その歌語注釈の方法と「丸云」という形で記された貞徳説の検討を通して、晩年の貞徳が、六条家歌学（『袖中抄』）を積極的に自らの学問に取り込み、最晩年には、万葉集研究を志していたのではなかったかと推察した。

本節では、『宝樹』を中心に、その点も考慮しつつ、改めて貞徳の歌学の全容について、広く考察を試みたいと思う。なお、『宝樹』の現存伝本には、書写と伝来に関する奥書が記されるばかりで、貞徳による成立を窺わせるような奥書・識語の類いはない。が、その内容から推しても、小高敏郎氏の説かれたごとく、『樸樕』同様、貞徳「壮年以降」の著作と考えてよいだろう。

二　依拠した資料について

『宝樹』は、早くに活字化された『樸樕』とほとんど同じものとみなされたためか、小高氏の『続篇』以来まとまった研究は、ない。そこで、まずその基礎的研究として『宝樹』の依拠した資料について検討を加えたい。

『宝樹』は、イロハ順に歌語をまず項目として掲出し、注釈を施すという形式で編纂されている。小高氏は、この『宝樹』の注釈形式には、次のような四つの型が判然と見出され、この形式はイロハ各項のうちで第一の形式が終われば、第二の形式というように順次採られていることを指摘された。便宜上その四つに番号を付し、用例を省略して引用する。

即ち、本書（『宝樹』＝引用者注）は叙述に四つの型が見出される。

①「一、……トハ……」の如く普通の注釈の型に従つたもので、多くはその説明が短い。

②先ず冒頭に「俊頼ノ歌ニ……」としてその歌をあげ、これについて顕昭の説を引いてゐるものである。これは比較的長文が多い。

③必ず堀川院百首歌合中の歌を引いてゐるものである。この形式の注釈には短いものもないが、あまり長いものもなく、各條大体同じ位の分量を持つてゐる。

④必ず「定家卿ノ給ク」で始まり、行を改めてその説を引き、終わりに自説などを加へてゐるものである。これは殆ど長文のものである。

若干の例外は存するものの、小高氏の述べられたことは、概ね首肯できる。けれども、小高氏はそれぞれが依拠した資料については言及されていない。そこでこの小高氏の指摘された四つの形式に従って、『宝樹』が依拠した資料について、まず確かめておきたい。この四つの形式は、その依拠した資料に対応しているからである。

①の形式は、すでに『宝樹』の中に依拠した資料が明かされている。例えば【カタマケヌ】を見ると、

カタマケヌトハ、片儲ト書。古哥ニ、

鶯ノ木ツタフ梅ノウツロヘハ桜ノ花ノ時カタマケヌ

春カタマク、冬カタマクナト云モ、カタカケタル心也。八雲ニ、鶯ノ哥ノカタマケハ、アナタニトラレテ、コナタニスクナキト侍リ。丸オモヘラク、梅花ノウツロフヲミテ、桜ノ時ヲ設タルト聞ユ。カタハ半分ノ義ナルベシ。

とある。ここは「八雲ニ」とあるように、『八雲御抄』巻第四言語部・料簡言に、[3]

うぐいすのこつたふむめのうつろへはさくらのはなのときかたまけぬ

かたまくとは片設とかけり。又ことやうにもかけり。すへてこの詞ひとつにあらす。万葉に多「ゆふかたまけ」「はるかたまけ」「ふゆかたまけ」なともよめり。皆心はかはらす。もの丶ありまうけたるてい の心にもかよひたれとも、此歌にてはあなたにとられて少き心なり。桜花のさきたるほとに桜のころは、かたまけりといへる也。清輔抄まつ心といへり。

と見え、細かな点での相違はあるものの、概ね『八雲御抄』によっていることが知られよう。この『八雲御抄』の利用については、このように「八雲ニ」と明記されている方がむしろ珍しい。【カホ鳥】を見ると、

カホ鳥ハ、春日ニヨメリ。カタ恋スルモノト云、ヨルヒル絶ス恋スルトイヘリ。マナクシバ鳴春ノ野トイヘリ。源氏ニモアリ。定家卿不知之ト云。推之、タ、ウツクシキ鳥也。但未決。

と、一見、貞徳自身の注釈であるかのような記述である。特に「但未決」という部分は、注釈を施した時点での見解

にも見える。けれども、この部分を含め【カホ鳥】の部分は次に示すように、全く『八雲御抄』（巻第三枝葉部・鳥部）によっている。

かほとりは春日山によめり。かた恋する物と云り。よるひるたえす恋すといへり。まなくしはなく春のと云り。源氏物語にもあり。是其鳥と定歟。但定家不知之といふ。推之、只うつくしき鳥也。但未決。

それでは、膨大な歌語を収集した『八雲御抄』から貞徳はどのような詞を抄出したのであろうか。この点について試みに「ア」部の冒頭部を手がかりに考えることにしたい。先ず冒頭部の詞を便宜上番号を付して掲出すると次のとおり。

一、アマノイハクラ　二、アラ玉ノ恋シキカケ　三、アマソキ　四、アガタノ井戸　五、アソ　六、アマノクヒタ　七、アマノミハシラ　八、アチサイ　九、アキサ　一〇、アマツ、ミ　一一、アユキ　一二、アラチヲ　一三、アラ男　一四、アマツカセ　一五、アシウラ　一六、アマツ罪クニツ罪　一七、アキサリ衣　一八、アケノ衣　一九、アシカラヲ舟　二〇、アカラヲ舟　二一、アシスタレ　二二、アヤヰ笠　二三、アラトコ　二四、アマノカコ弓　二五、アマノムラキミ　二六、アラミカケ

四以外はすべて『八雲御抄』に依拠している。掲出された詞の順序に注目すると、一は『八雲御抄』巻第三・枝葉部の天象部「天」に採られている詞である。以下、二は同・時節部「年」、三は同・地儀部「嶺」、五は同・地儀部「土」、六は同・地儀部「田」と続き、二六の枝葉部・神部までほぼ『八雲御抄』の順序通り並んでいる。このことは、とりもなおさず『宝樹』編纂に当たり、実際に『八雲御抄』を参照し、そこから抄出したことを物語っていよう。『八雲御抄』巻第三・枝葉部は歌語に注釈を施したところであり、『宝樹』において、そこからの引用が多数を占めるのは、当然の措置である。ただ、この場合、四が『八雲御抄』には項目がなく、問題が残る。あるいは、『八雲御抄』の三

と五の間に「井」の項目があり「あか井」があることから連想が働いたのかもしれない。また、一八と一九の順序が「衣」に関する詞があるので、その連想で先に「衣」に関する詞が並べられたのであろう。この程度の入れ替えはときどき窺える。

なお、後に指摘するように『宝樹』には『藻塩草』に依拠したと見られるところがある。そのことから『八雲御抄』どおりではないが、これは一七に【アキサリ衣】と「衣」に関する詞があるので、その連想で先に「衣」

も『藻塩草』からの孫引きではないかとも推量される。しかし、今、確認したとおり、詞の並びから見て『八雲御抄』から直接引用したと見て差し支えない。もとより『藻塩草』も『八雲御抄』を利用しており、『宝樹』と詞が重なるのはそのためである。「ア」部に限ってもそのほとんどが重なっている。けれども、『藻塩草』ではそれぞれの詞の採られている巻が分散しており、そこから別々に詞を集めてきたとは、到底考えられない。また『藻塩草』には、【アマノイハクラ】の項は見えない。それだけが『八雲御抄』によったとするのも不自然であろう。以上、『八雲御抄』の利用が孫引きではないことを確認したうえで、改めて、『八雲御抄』からどのような詞が『宝樹』に採られているのか、貞徳の選択の意図を考えたい。

そのためには、まず、それぞれの詞と注釈の依拠資料を確認する必要があろう。それを示せば、次のとおりである。(4)

一、アマノイハクラ…日本書紀神代巻。
二、アラ玉ノ恋シキカケ…『八雲御抄』は貫之の歌とするが、未詳。
三、アマソキ…万葉四〇〇三「安麻曾曾理」。
四、アガタノ井戸…未詳。
五、アソ…万葉三八四一「池田乃阿曾」、三八四二「穂積乃阿曾」。
六、アマノクヒタ…日本書紀神代巻。

七、アマノミハシラ…日本書紀神代巻。
八、アチサイ…宝樹「万ニ、ヤヘ咲トイヘリ」、万葉四四四八。
九、アキサ…万葉一一二二。
一〇、アマツ、ミ…宝樹「馬ノ皮ヲアマツ、ミトイフ」、「雨障」という意での「あまつつみ」は万葉五二〇など。
一一、アユキ…日本書紀神代巻。
一二、アラチヲ…拾遺集九五四・人麿。
一三、アラ男…『八雲御抄』は「あらをら」とする。万葉三八六二「荒雄良」など。
一四、アマツカセ…宝樹「アマツ風トハ宣旨ヲイフト基俊ノ説也」。
一五、アシウラ…宝樹「アシウラトハウラナヒノ名也。万ニアシウラヲソセシトヨメリ。（以下略）」、万葉三〇〇六。
一六、アマツ罪クニツ罪…祝詞。
一七、アキサリ衣…宝樹「丸思ラク……万ニ七夕ノ五百機立テオル布ノトヨメリ」、万葉二〇三四。
一八、アケノ衣…後撰一一一六。
一九、アシカラヲ舟…万葉三三六七など。
二〇、アカラヲ舟…万葉三八六八。
二一、アシスタレ…新撰六帖八四二（為家）など。
二二、アヤヰ笠…梁塵秘抄三二七。
二三、アラトコ…万葉二二〇。

二四、アマノカコ弓…日本書紀神代巻。
二五、アマノムラキミ…日本書紀神代巻。
二六、アラミカケ…能因歌枕。

一見して『万葉集』による詞が多いことに気づく。概ね万葉語が基本になっていることが認められよう。次に目立つのは、『日本書紀』神代巻の詞である。貞徳が『日本書紀』に関心を寄せていたことは、『樸樕』が『袖中抄』以外に『釈日本紀』を依拠資料としていたことからも窺える。しかし、この場合は、たまたま「ア」部を例にとったため語頭に「あまの」がつく詞が多く、『日本書紀』の詞が多くなってしまっただけで、この点は『宝樹』全体には及ぼせない。それ以外については、例えば、一〇において注は『八雲御抄』によっているが、詞は指摘したように万葉のものである。一二も「人麿歌」であることから万葉語あるいは古歌の詞と認識されていたのであろう。二二の『梁塵秘抄』も古歌と認識されての採用かもしれない。二一や二二は『八雲御抄』に注がなく、貞徳が自説を展開していると思われるものである。

以上のことから、若干の例外は存するものの、『八雲御抄』からは、『万葉集』あるいは古歌に関わる詞が選択されていると見て差し支えなかろう。このことは『宝樹』全体を見渡しても認められる。

②は、掲出された歌語が俊頼の歌に求められるもの。依拠した資料を明記しているわけではないが、俊頼の歌を引用し、顕昭の注釈が付されているとなれば、『散木集注』が直ちに想起される。その一例として【シホコシノヒ】の注釈を次に挙げ、『散木集注』も併記して示す。

雪中遠情ヲヨメル　俊頼

ス、タレルマヤノアレヨリモルユキヤミシシホコシノヒニモフルラン顕昭ノ云、ス、タレルトハ、　煤ノ垂也。万葉ニハ、スシタレトヨメリ。ストシト五音同故也。ナニハヒトアシヒタクヤハ酢四タレトヲノカツマコソトコメツラシキ。マヤノアレトハ、マヤトハ、両下トカケリ。庶人舎也トソ、和名ニハ注シタル。アレトハ、荒タルヒマ也。シホコシノヒトハ、越前国ニ潮越ト云所有。樋ヲ懸テ、潮ヲクミコス故ニ、潮越ト云也。

『散木集注』（『日本歌学大系別巻四』による）

雪中遠情

煤垂れるまやのあれよりもる雪やみししほこしのひにもふるらむ

す丶たれるとは、煤の垂也。万葉にはすしたれとよめり。すとしと五音同ゆゑなり。なにはびとあしびたくやは酢四たれどおのがつまこそとこめづらしき。まやのあれとは、まやとは両下とかけり。庶人舎也とぞ、和名には注したる。あれとは荒れたるひまなり。しほこしのひとは、越前国に潮越といふ所あり。樋を懸て潮をくみこす故に、潮越と云ふなり。

右のとおり、「顕昭ノ云」以下の注は全く『散木集注』によっている。今、一例を挙げたにすぎないが『宝樹』に見える俊頼の歌（散木集）と顕昭の注は、ほぼすべてこの『散木集注』に依拠している。『散木集注』からの選択基準は確定しがたいけれども、『散木集』が、俊頼が万葉語や古歌の詞を積極的に用いた歌集であることや、先に挙げた例のように、『宝樹』が引用する顕昭注が、しばしば『万葉集』を引用することを考え合わせると、貞徳の関心は、万葉語や古歌の歌語にあると考えられる。

③は、和歌の右肩に「堀」と注記されており、引用和歌が『堀河百首』であることは容易に知られる。そこで注釈部分について、『堀河百首』の古注釈類に目を向けることにする。例えば、【ムトナミ】の例。

ムトナミトハ、妻ノ此事

堀ナニ事ニコノムトナミハアヤカリテイトフ涙ノシノニチルラン　俊頼

アヤカルトハ、其物ニ似タルヤウノ事也。恋路ヲヲコノムトハナケレト、アヤニクニ物思フ涙ノシキリニ散ト也。ナミノ心ニ取ナシテ、ナミノチルニアヤカリテ、ナミタモ散ニヤト読タルニヤ。

丸カ云、ムトナミト云哥、此哥ノ外ニイマダ不見及。今ノ代ニ、サウベキ人モナキ。（中略）カヤウノ事ニツキテ、アサマシキ末世ニ生ヲウケテ、シラヌ事ヲ問アキラムベキ人ナシト独涙ヲオサヘ侍ル。（以下略）

「丸カ云」と貞徳説が記される前に展開されている注釈は、『堀河院百首聞書』[5]に、

あやかるとは、その物に似たるやうの事也。恋ちをこのむとはなけれと、あやにくに物おもふ涙のしきりにちると也。波の心にとりなして、波のちるあやかりて涙もちるにやとなけきたるにや。

とあり、依拠していると見てよい。しかし、『散木集注』のように引用された『堀河百首』の注釈が、すべてこの『堀河院百首聞書』に一致するわけではない。異なるものも少なからず見受けられる。例えば、【ユフコリ】の場合。

夕コリトハ、霜ノユウベニコリカタマルヲ云也。

堀夕コリノハダレ霜フル冬ノヨハ鴨ノウハケモイカニナユラン　公実

ハタレハマダラ也。タモシ濁ルベシ。

ただし、この場合、『堀河院百首聞書』とは一致しないけれども、次に示す『堀川百首肝要抄』とは部分的な一致を見る。

夕こりのはたれ霜ふるとは、夕にこりかたまる霜也。はたれは、またら也。うたに儀なし。

『堀川百首肝要抄』は貞徳が編纂したと思しい注釈で[6]、この一致はむしろ当然であろう。しかし、『堀河百首』を引

用している箇所については、いまだその依拠資料を明らかにできないのものも多い。けれども、『宝樹』の資料を忠実に引用するという姿勢から推量して、様々な『堀河百首』の注釈から寄せ集めてきたとは考えがたい。『堀川百首肝要抄』編纂のために貞徳は様々な注釈書を収集していたかもしれない。したがって、先に指摘した注釈内容をも合わせ持つ、いまだ知られていない全く別な注釈書を参照したという可能性を考慮するべきであり、後考に期することにしたい。『堀河百首』の歌が多く万葉語を取り込でいることから、『堀河百首』を取り上げたこと自体が、すでに万葉語を意識した選択であったと思われる。

最後に④の形式。これもまた『宝樹』自体がその注釈の中に依拠した資料を明記している。

定家卿ノの給ク、

袖ヒチテ結ヒシ水ノコホレルヲ春立ケフノ風ヤ解ラン

ヒチテトハ、ヒタシテト云心也。此詞、昔ノ人コノミヨミケルニヤ。古今ニハオホクミユ。後撰ニハ一ツ二ツアルニヤ。今ノ世ノ哥ニハヨムヘカラストコソ、イマシメラレシ。

丸カ云、此イマシメラレシトハ、俊成卿ノ御イマシメ有シト云事也。定家卿ノ俊成ヨリ古今伝受ト云ハ、此僻案抄ノ中ニ少〳〵有。外ニ別ニ有トハ思ヘカラス。是ヲモトタテニシテ、末孫ノ切紙等ヲ作タテタルトシルヘシ。【袖ヒチテ】

『僻案抄』（『日本歌学大系別巻五』による）

袖ひちて結し水のこほれるを春たつけふの風やとくらむ

ひちてとは、ひたしてといふ心也。この詞、昔の人このみけるにや。古今には、おほく見ゆ。後撰には、すくなし。今の世の歌にはよむべからずとぞ、いましめられし。

右に併記して示したように、その引用が定家の『僻案抄』であることが知られる。『僻案抄』の利用もまた、『八雲御抄』の場合と同じく、引用をいちいち断ってあるほうがまれである。ただ『僻案抄』の引用の場合、必ず「定家卿ノ（の）給ク」ではじまっている。貞徳が定家を重んじていたことはその著作にしばしば窺えるところである。『宝樹』においても、定家説尊重の意識は強い。

以上が『宝樹』のもっとも中心となる四つの依拠資料である。

続いて、その他の依拠資料について、確認しえたものを挙げておきたい。例えば「サ」部を例にとると、冒頭の『八雲御抄』の利用に続いて、後に指摘する『秘蔵抄』などの利用の後、『散木集注』の利用の前に、言葉に関して極めて簡略な注釈が三十ほどある。この部分は、「丸云」と貞徳の自説が展開されているところも多いのであるが、その詞と簡略に示された注釈は、『藻塩草』巻二十・詞部に依ったものであると考えられる。一例を対照して示すと、次のとおりである(7)。

和歌宝樹	藻塩草
サスラフ	さすらふ
一、サスラフトハ、ナガサル、事也。	るらふする也。又さすらふる共云り。
サカシオロカ	さかしをろか
一、サカシオロカトハ、賢愚也。	さかしは賢也。をろかは愚也。古今序也。
	これは哥道によりて、賢過を召知也。
サクル	さくる
一、サクルトハ、遠ザクル也。去ノ字ヲ	さけたる也。放儀也。去共離共書。

カケリ。
サラニ　　さらに
一、サラニトハ、アラタメタル心也。コ　　又と云心もあり。又あらためたる心もあり。
トサラニト云カゴトシ。
サシグミ　　さしくみ
一、サシグミトハ、サシヨリ也。ヤガテ　　やかてと云詞也。又云、さしよりに云也。
ノ心有。ク文字濁べシ。初対面ヲ云事モ
有。

また、引用された和歌から『秘蔵抄』の利用が認められる。その一例を『宝樹』と『秘蔵抄』とを併記して挙げる。

一、サヾエコ鳥トハ、鴬ノ親鳥ヲイフ也。
カキ子ツタフサ、エコ鳥ヨハヤ行テ鴬サソヘ春ノマウケニ
サ、エコ鳥ハ、鴬ノ親也。鴬ノ老ヌレハ、サ、エトイフ鳥ニナル也。サ、エコ鳥トツ、クベシ。
丸思ヘラク、二番目ノサ文字ハ濁べシ。今ノ世ノ人、ミソサヾヘトイフ鳥カ。是モソノ字ヲ濁テ溝サヾヘト
ヨムガヨキ也。カヤグキトイフモ此鳥ノ名也。鷦鷯トカク也。

『秘蔵抄』（『新編国歌大観』第五巻による）
かきねつたふさささえ小鳥よはや行てうぐひすさそへはるのまうけに（一三八）　赤人
ささえ小鳥とは鶯のおやなり、うぐひすも老いぬれば、ささえといふ鳥になるなり、ささえこ鳥とつづくべし。

『秘蔵抄』は南北朝時代前後、連歌師によって編まれたと思しい異名和歌集である。『和歌呉竹集』に影響を与えて

いることが指摘されている（新編国歌大観解題（赤瀬信吾氏））。『宝樹』の例はその利用の確かな、比較的早いものと認められるのではなかろうか。歌語の選択については、『八雲御抄』や『散木集注』などの例と同様、「赤人歌」が契機になっていると考えられよう。なお、この「赤人歌」は『万葉集』には見出せない。

さらに、『梵灯庵袖下集』によったと思しいところも見える。例えばその一例、【オボロ舟】という詞について『宝樹』は次のように注する。

　オボロ舟トハ、オボレタル舟也。仁徳天皇ノ御舩ノノコリテ有ヲイフ也。フルキ事ニ取モチユ。

　イタツラニ難波堀江ノオボロ舟月水ナラテスマジトソ思フ

「オボロ舟」は『梵灯庵袖下集』、今川了俊の『落書露顕』、『匠材集』などに見出せる詞である。『宝樹』は、引用された和歌の一致から『梵灯庵袖下集』によっていると見てよいだろう。『落書露顕』や『匠材集』には、和歌は引用されていない。『梵灯庵袖下集』(8)には、

　難波の朧舟と申は、春にてはなし。昔難波の天皇と申せし君のめされたる御舟を、崩御の後、ふる舟と成て、難波ほり江にくちたるを、朧舟とは申也。返々本説を能心得わけて、朧舟をばすべし。いかにも舟のくちいでたる趣をすべし。春の夜の月とあらば、朧舟と付べし。本哥万葉、

　いたつらの難波堀江の朧舟月水ならですまじとぞ思ふ

とあり、『宝樹』は簡略化されているが、関連は疑えまい。この「オボロ舟」が『宝樹』に採られたのも、『梵灯庵袖下集』が「本哥」として示した、『万葉集』には見出せない「万葉」歌によるものと考えられよう。

他にもその利用を指摘しうる顕著な例として『古今栄雅抄』が挙げられる。この利用は貞徳の古今集注釈書『傳授鈔』が『古今栄雅抄』を利用していたことと揆を一にする(9)。また、他にも『毘沙門堂旧蔵本古今集注』の部分的な利

用や『和歌童蒙抄』などの利用も確認される。未だ詳らかにしえないものも存在するものの（例えば「鷹」に関するものなど）、おおよそこれらの書が中心となって『宝樹』は編纂されているのである。

三　『宝樹』と『樸樕』と

それでは次に、以上の検討をふまえて、『宝樹』と『樸樕』の関係について改めて考えておきたい。従来、この二書の関係については、次のような見解があった。

A、『樸樕』を草稿本、『宝樹』を精撰本とする。（久松潜一氏「松永貞徳の和歌宝樹」（『上代日本文学の研究』））

B、『宝樹』は『樸樕』の増訂本とする。（上甲幹一氏「松永貞徳の歌学」（『文学』、一九四七年七月））

しかし、これらの説はともに『樸樕』に『宝樹』の一部が混入している『樸樕』伝本のうち第三系統本によって立論されていた。小高敏郎氏は、『続篇』において、『樸樕』伝本のうち最も原本に近いと思われる第一系統本と比較され、さきに引用した『宝樹』の四つの叙述形式について述べられた後、次のように結論づけられた。

だが兎に角、和歌宝樹には、かゝる顕著な叙述形式が認められるのだが、歌林樸樕の方には之が見られないので、この両書は叙述の形式が異なつてゐるといふわけなのである。

この見解は、それまで内容に深く立ち入って検証されないまま漠然と位置づけられてきた二書の関係を、はっきりと否定したものである。私も小高氏の述べられたことに異論がない。むしろ今まで検証してきた『宝樹』の依拠資料の調査結果から、積極的にこの見解を支持したい。『樸樕』がその歌語注釈においては全面的に『袖中抄』に依拠していたことは、本章第二節において指摘したとおりである。『宝樹』は、先に述べたごとき資料に依拠している。このことからして、すでに採り上げられている歌語が異なることは言うまでもない。たまたま一致している【エフノ身】について、比較して示すことで、その点はさらに明確になろう。

『樸樕』（この部分は内閣文庫本に脱落しているので、日本古典全集本で示す）

丸云、古人ノ説サマ〳〵アル中ニ、閻浮ノ説ヲ最上トス。古今伝授ノ説モ是ニ極テアルヲ、丸ガ今愚案ニ非正説ト云ハ尤多罪ナガライカニシテモ覚知セ事アレバ為口伝。（中略）伝ル人ナクバ、後生ハ猶シラズシテ此長哥ノ作者ノ本意、未来永劫アラハルベカラズト存ズレバコ、ニカキ侍ベシ。（長歌、略す）袖中抄ナドヲミレバ、此エフノ身ヲ蝶ノ身ナレバト云説モアリ、荘周ガ胡蝶ニナリシコトナド云義ヲトリテ、本ヲ亡、テフト書タル也。是等ニ比スレバ閻浮ノ身、スグレタル故二条家・冷泉家トモニ閻浮ノ説デヲカレシナリ。（中略）此哥ハ恋ノ歌ナレバ、其義不叶也。シナバ死ベケレドモ、主上ノ御為ナラデ私ノ用ニ一命ヲ失ハ非道トナゲキタル者ナリ。サレバ丸ガ了見ニハ、衛府ノ身ナルベシ。六衛府ハ武官也。君ヲ守ル者也。

『宝樹』

定家卿ノ給ク、

カリナハニ思ヒミタレテフル雪ノケナバケヌヘリ思ヘトモエフノ身ナレハナヲヤマス

金吾申サレケルハ、閻浮ノ身ナレハヲエフト書タルナリト侍ケル。閻浮トハ、人界ノ身ナレハ、オモハジトオモヘドモカナハハスト云ヨシ也。コレモ世ノツネナル詞ニモアラネト、ツタヘタルヤウアリテコソハ申サレケメ。猶髣髴ナレト、習侍タル説ナレハ注付之。丸カ云、エフノフ字ヲ濁ルベシ。閻浮也。此世界ハ須弥ノ南ナレハ、南閻浮提ト云也。シカルニ此長哥ノ一首ノ心ヲヨミミレハ恋ノ哥也。シカレハ恋ユヘニキヘバ消ントオモヘドモ閻浮ノ身ナレハナヲオシムト云義理ハサノミケニモトハオモハズ。丸ツク〳〵ト思案スルニ、此哥ノ作者六衛府ノ中ノ人ナルベシ。六衛府ハ、左近衛、右近衛、左衛門、右衛門、左兵衛、右兵衛也。是ハ天子ヲマモル職ナレハ、衛府トハ云也。（以下略）

『樸樕』は『袖中抄』を引用する。『宝樹』は「定家卿ノ給ク」ではじまることから『僻案抄』によっている。ともに貞徳が熟慮の末、新説を唱えているところであり、結果として「衛府」という結論に達している。この例から『宝樹』、『樸樕』の二書の直接の関係はおのずから否定されるであろう。それは、とりもなおさず、依拠資料の相違によるのである。なお、『樸樕』が「つまらない樹・枝」という意味でその命名に、いかにも貞徳らしい謙遜が窺えるのに比して、『宝樹』が「宝の樹」と命名されているのは、いささか違和感がある。小高氏が『続篇』で述べられた「貞徳が自ら名づけた書名ではない」とされた見解に従いたい。

ならば、なぜこのような二種の歌学書が編纂されたかが、問題になろう。貞徳の執筆の時期や関心の違いも考慮されなければならない。が、そのことに直接、言及する資料は、今のところ見出せない。したがって、明確な答えは出せないが、次の「貞徳説の検討」をとおして、その点について迫りたいと思う。

四　貞徳説の検討

以上、『宝樹』の撰述にあたって、貞徳がとり用いた資料を検討してきた。しかし、『宝樹』はそれらの資料をただ収集、整理しているだけではない。「丸カ云」という形で、随所に貞徳自身の説を加えている。

それは、例えば「丸云、此註シカルベカラズ。思フ事ナキト心得テ置ベキ也」【オモヒクマ】のように、先に引いた注釈を真正面から否定して自説を述べるものもあり、また「丸カ云、ト地ノト文字、濁。シテシカノカ文字モ濁」

【思フト地】のように清濁に関するものも多い。これは『樸樕』にもしばしば見受けられた。けれども、基本的には、引用した歌語注釈に対して

丸カ云ク、三輪ノ明神、シノビテカヨヒ給ヒシ時、モスソニ糸ヲ付テカヘリ給ヒニシ所ヲ此山トイヘハ此歌ニ花ノ在所ヲカクスカトヨメルカ。定家卿ノノ給ハヌ事ヲ書付ルハ、オホケナキ義ナガラ、マツ思ヒヨル事ナレバ、如此。

と、謙遜しつつ、自説を披瀝するものが多い。

また、直接、歌語には関わらず、「聞書」風に歌道や歌学全般について説いたものも見受けられる。

・丸オモヘラク、哥道ハ神道、佛道、儒道ドモヲカネタル道ナレハ哥ヨム人ハカリソメニモ意地ヲヨクモツベキ義也。君子ノアヤマチハ改ム、小人ノアヤマチハカザルト、孔子ノノタマヒシニチガハズ。俊頼ノ二度ミカクレトヨミ給シハ、オホキナルアヤマリ也。サルニヨリテ、此人ノ哥ヲモハラ本哥ニモチユレドモ、此ミカクレノ詞ヲハ、後人ノ今マテトレル事ナシ。水ニカクル、事ナラズハ、ミカクレトハ誰モ〳〵ヨミ給フベカラズ。【ミカクレ】

・丸カ云、此御註哥ヨマン者ノヨキ覚悟也。（中略）モトヨリ哥道ニハ、ヨキ詞ナシ。アシキ詞ナシ。タヾヨミヤウ、ツ、ケヤウニヨルトオシヘ給ヒタル事モアレハ、一涯ニ論ズベカラズ。是ヨロツニ渡リタルコトハリ也。【モリクル月】

この【モリクル月】に説かれたことは、もともとは、『毎月抄』あたりに端を発している説であるけれども、例えば、『堀川百首肝要抄』の序文（貞徳自序）にも、

されは哥をよまんと思は、、万葉集よりはしめて三代集を見ゐて、ふるき言葉によりてそのこ、ろをつくるへし。

いは、よきことはもなく、あしき詞もなし。つ、けからに善悪はあるなり。

と、同内容の記述が見出せる。

そのなかで、『宝樹』全体を見渡して最も特徴的であると思われるのは、歌語の注釈には直接に関わらない貞徳自身の心情の吐露である。すでに今までに取り上げた資料にも、その一面は、窺われた。例えば、『堀河百首』古注釈利用の一例として挙げた【ムトナミ】の「カヤウノ事ニツキテ、アサマシキ末世ニ生ヲウケテ、シラヌ事ヲ問アキラムベキ人ナシト独涙ヲオサヘ侍ル」などもその一例である。さらにもう一例、貞徳の意見の部分だけ示そう。

丸カ云、此一部ヲミンヒト、何ノ不審モナキ哥ヲ、爰ニ取出書ソトアサケリ給フヘケレド、堀川院ノ両度ノ百首ノ御哥は末代見習ベキモノト定家卿読方ノ御教ニ有ニヨリテ、ヨキ人ノ註本ヲモトメテ此中相マジユ。題ヲ取、哥ヨム時、名所ヲ二ツ取合テヨミタル古哥、殊ノ外タヨリニナルモノニテ侍ルユヘカクノゴトシ。此條、秘蔵ノ口伝ナガラ、当時日本ニ師伝ノ哥ヨミタヘテ、丸一人ニナレリ。余命明日ヲモシラネバ、タソニツタヘントと思ヒメクラセドモ、丸イヤシケレハ、信ズル人モナシ。兎角古来古人ノ秘蔵セシ事ドモ九牛カ一毛ホド思ヒ出シツ、、紙面ニノセ置テ、将来此道ヲ希ントモガラニ見セ申サントノ心ザシ也。ミン人嘲不可給。【星崎ヤアッタ】

また、このような物言いとほぼ同じような口吻で語られるのが、古今伝授に対する見解である。

（前略）……オソラクハ哥ノ義理、真名序、カナ序ノ清濁マデコト〳〵クナラヒ得テ侍レドモ、伝受ノ人数ニハイラズ。サリナガラ、今日マテハ、此切紙ナトヲモ有ト云事ヲ人ニモシラセズナカラ、近年ハ箱伝受ニナリ、其箱ヲウリカフモノオホケレハ、丸一人カクシ置タリトテ、カクサルべキ事ニアラズ。サルニヨリテ、末代ノ君子、丸ラマテ此偽ヲシラザリシト笑ハン事ヲハチ思ヒテ、是モ邪義ナルべケレト、愚案ノオモムク所ヲ少シ申テミルベシ。此書ヲミン人、心ヲシツメテナメシリ給ヒ、但シ、カク云トテ、古今伝受ノ事跡無義ニハアラス。【イナ

オホセトリ】

かくのごとき古今伝授への一定の距離を置いた、批判的とも取れる言説は、晩年の貞徳に特に顕著であった。同様の記事は、『樸樕』にも見出せる。

いさこゝに神世はへなんすがはらや伏見の里のあれまくもおし

古今読人不知也。顕昭云、隆縁ト云僧ノ伏見仙人カ哥トイヘト、無證。（中略）丸云、或古今伝授ノ本ヲミルニ、此哥天照皇太神ノ御詠ト秘事カマシクアリ。博学ノ顕昭スラ如此カキヲカルル上ハ、何ノ證拠ナキ事ト知ヘシ。カヤウノ事ヲ心得テ、末生慥ナル證ナキ説ヲ信スル事ナカレ。【スカハラヤフシミ】

こうして二つの古今伝授に関する貞徳の見解を並べてみると、『樸樕』と『宝樹』の違いに改めて気づかされる。『宝樹』のそれは、直接の批判というよりは、そうするに至った貞徳の心情の吐露とでも呼ぶべきものである。自説を述べるに際し「愚案ノオモムク所ヲ少シ申テミルヘシ」と謙遜するのは、貞徳の常套の物言いである。先に引用した【星崎ヤアツタ】のところでも「秘蔵ノ口伝」を述べた後、「当時日本ニ師傳ノ哥ヨミタヘテ、丸一人ニナレリ」と自負するところを見せながら、その一方で「丸イヤシケレハ、信ズル人モナシ」とやや自嘲気味に謙遜している。これらに見られる複雑な物言いは、知識も器量も十分に具わっているにもかかわらず「古今伝授の人」にはなれなかった貞徳の、その内面の挫折感に起因していると思われる。[10] ともかくも『宝樹』の古今伝授に対する意見や自説の提示は学問的であるというより、むしろ随想的であると言えるだろう。『樸樕』と比較すれば、それはいっそう明らかであると思われる。

『樸樕』は、あくまでもその説に根拠がないことを批判している。その批判は極めて実証的であると言えようか。『宝樹』と『樸樕』の性格の違いがここにも窺われる。『樸樕』は『袖中抄』に方法までも倣った、実証的な研究書であると考えられる。それゆえ、顕昭が十分な考証を怠ったとき、彼にもしばしば厳しい批判の目が向けられたのであろう。それでは、『宝樹』の編纂目的はいったい奈辺にあるのであろうか。様々な歌学書の博捜から裏づけられるように、何よりもまず歌語の収集がその第一の目的であったと推量される。したがって、そこに示された貞徳の私見はむしろ二次的なものであったと思しい。『樸樕』に比べて付された量も少なく、心情を述べるようなものが多いのも、その注釈の検証や自説の主張に眼目がなかったからに他なるまい。ならば、どのようなことを目ざしてその歌語は収集されたのか。この点については、後に改めて考察することにしたい。

その前に貞徳の古今伝授に対する見解について、いま一つ確認しておかねばならない点がある。それは、貞徳の古今伝授への批判的な言説は、あくまでも「当時」の「古今」伝授に対するものであって、「伝授」という行為そのものに対するものではないという点である。現に先に引用した【イナオホセトリ】のところにも「但シ、カク云トテ、古今伝受ノ事跡無義ニハアラス」とあった。すでに述べたように、それはそれらの説が実証されていないことへの批判であった。『袖中抄』の実証的態度に倣った『樸樕』、先行の研究を博捜した『宝樹』は、まさにその点を克服するために編まれたとも言えるだろう。

貞徳周辺において、なお「伝授」が重要視されていたことの何よりの証左として、『樸樕』の伝本状況の複雑さや、それに関わる『宝樹』の京都国立博物館本（以下「京博本」と略する）のごとき伝本の存在がある。『宝樹』の撰述意図について考察する前に、この京博本の伝本のなかでの位置付けについて考えたい。

五　京都国立博物館本の位置

『宝樹』の伝本は、西尾市立図書館岩瀬文庫に一本、前田育徳会尊経閣文庫に二本、そして、京都国立博物館に一本知られている。このうち岩瀬文庫本と尊経閣文庫本の二本は、内容的にほとんど同じ本と見てよい。しかし、京都国立博物館本（以下、「京博本」と略す）は、この岩瀬文庫本系(11)とは異なる伝本である。

京博本は貞徳の子孫、松永誠四郎氏旧蔵本で、『歌林樸樕』・『尺五堂全集』とともに当時の京都恩賜博物館に寄贈されたものである。はじめに、簡単に書誌について記しておく。

写本。袋とじ、十巻、十冊。二六・八×一九・八糎。薄茶色の絹表紙。

外題『和歌寶樹　一（〜十）』（題簽）

内題なし。奥書・識語の類いもない。

平仮名書きで、随所に同筆の細字書き入れが見られる。

この京博本についても、かつて小高氏が調査され、

尊経閣本より若い筆写だが、筆写はよい。本文は尊経閣本と同じく片假名を用ゐてをり、両者には、第一巻末尾の條の排列順序が少し異るだけで、他には筆写の誤によつて生じたもの、ほか異同はない。

と、紹介されている。が、私の調査した本は平仮名書きであった。京都国立博物館に寄贈された松永誠四郎氏旧蔵の『宝樹』はこの本だけであり、小高氏がその著書に「片仮名を用ゐてをり」と記されたのは、なにかの勘違いではないかと思われる。また、小高氏は全体として、他の本と大きな異同はないと判断された。が、この京博本の性格を見

究めるためには、細部に亘って慎重に検証する必要があると考える。

まず、目につくのは、その叙述方法の違いである。比較のため「ア」の冒頭部を対照させる。

岩瀬文庫本	京都国立博物館本
アマノイハクラ	○あまのいはくら
一、アマノイハクラトイフハ、天津彦ノアマクタリテ、ヲシ開給所也。	一、天磐座　天津彦のあまくたり、押開き給ふと也。
アラ玉の恋シキカケ	○あらたまの恋しきかけ
一、アラ玉ノ恋シキカケトハ、年ノ名也	一、アラタマノ　年の名也。
アマソキ	○あまそき
一、アマソキトハ、嶺ノ異名也。	一、アマソキ　嶺の異名也。
アガタノ井戸	○あかたのゐと
一、縣井戸ト云ハ、一条ノ北、東洞院ノ西ノ角ニ有トイヘリ。又、号井戸波	一、縣井戸　一条北、東洞院西角に有といへり。

ト。後撰、都人キテモオラナン蛙ナク
　アカタノ井戸ノ山吹ノ花

又号井戸波。
後都人来てもおらなん蛙なく
　あかたの井戸の山吹のはな

京博本は、語を掲出し、示しうるものについてはその漢字表記を示し、注釈を施している。この部分は、既に述べたように、『八雲御抄』に依拠しており、岩瀬文庫本は、その直接引用の形跡をとどめていると見てよい。一方、京博本は全体をこのような形式に整えたと見受けられる。漢字が示せないものについても、わざわざ一度片仮名で語を掲出しているのは、そのためであろう。また、和歌が引かれるものについては、まずその和歌を示すことを原則としている。さらに岩瀬文庫本には、細字で「丸云」という貞徳説が、後に書き加えられているところがある。京博本では、これらはすべて本文として取り込まれている。例えば、【スクモタクヒ】の項では、岩瀬文庫本では注釈の後に、細字で定家の説が書き加えられている。この部分、京博本にはさらに「此書編集の後、定家卿の御説を見出し侍る。上の注皆々悪し」と、その定家説が付加されるに至った状況までもが説明されている。京博本は、貞徳自身、あるいは貞徳周辺の人の手によって、岩瀬文庫本を再編集した本である、とひとまずは位置づけられよう。

けれども、京博本と岩瀬文庫本の相違は、そのような形態上の問題だけにはとどまらない。例えば次のような例が存在するからである。

岩瀬文庫本

ワガナラン

丸カ云、基俊ヨリ俊成卿ニ古今伝受トハカヤウノ事ドモ也。今ノ世ニツタユル切紙ナトハ、皆、チカキ世ノ衆ノ作事也。

京都国立博物館本

○わかならん

丸云、基俊より俊成卿に古今伝受とはかやうの事ともなり。今の世に伝る切帋なとは、皆、近世の作る事也。尤大切の事也。猶別巻に記ス。

岩瀬文庫本の末尾「チカキ世ノ衆ノ作事也」の「作事」は、同じ『宝樹』のなかに「ツクリ事」という用例が見られることから推察して、「つくりごと」と読み、この部分は全体として切紙伝授を批判している内容であると考えられる。一方、京博本は末尾に「尤大切の事也。猶別巻に記ス」と切紙伝授を称揚するような文辞を付け加えている。その文脈から推して、その直前の文が「近世の作る事也」となっていることは、岩瀬文庫本に見られた批判めいた物言いを、意図して和らげたと思しい。このように、むしろ切紙伝授を称揚するような文辞の改変と付加は、古今伝授、とりわけ切紙伝授に対して厳しい眼を向けていた貞徳の態度とは明らかに矛盾している。前述のごとく『宝樹』にも、痛烈な切紙伝授への批判がしばしば見受けられる。

・丸カ云、古今伝受ノ人、此切カミヲ貫之ノムスメヨリ基俊、〳〵ヨリ俊成ノ卿、俊成ヨリ定家、定家ヨリ二条家ハ為家、〳〵ヨリ為氏、カヤウニ伝来ト思ヘリ。世ノ人モミヌ事ナレハ、真実ト仰テ、伝受ノ人ヲハ哥道ノ奥義ヲ伝ヘタル人トアガムル事ニナレリ。是、アサマシキツクリ事也。【イナオホセトリ】

・丸カ云、此イマシメラレシトハ、俊成卿ノ御イマシメ有シト云事也。定家卿ノ俊成ヨリ古今伝受ト云ハ、此僻案抄ノ中ニ少〳〵有。外ニ別ニ有トハ思ヘカラス。是ヲモトタテニシテ末孫ノ切紙ヲ作タテタルトシルベシ。【袖ヒチテ】

同じ『宝樹』の内部で、このような矛盾を孕むのであれば、京博本の末尾に付加された文辞はたまたま記されたいい加減なものとして、ことさら取り上げて問題にするべきではないだろう。ところが、前掲の【いなおほせとり】の記事は、京博本では、

一、稲肩鳥　此鳥、古今三鳥の大事とて、今の代には古今集伝受なき人は、哥にも得よます、また、連歌俳諧にもせぬことになれり。昔はさもなかりし事にや。堀川院百首

公實

板倉の橋をは誰もわたれ共いなおほせ鳥そ過かてにする

板倉の橋は、備中国に有。此事別巻にしるす。

と記されるばかりである。岩瀬文庫本では、この後に切紙の内容が暴露され、諸説を紹介しつつ、切紙への批判が約四丁分にわたって展開されている。先に引用したのは、その一部である。しかし、京博本は、岩瀬文庫本が縷々展開していた切紙への批判を全く欠き、「此事別巻にしるす」という一文が付け加えられて終わっている。四丁分もの文章をたまたま欠脱してしまったとはとうてい考えられない。なによりこの一文を付加したことは、以下の部分を意図的に削除したことを物語っている。そして、この一文を付加した意味はすこぶる大きいと言わねばならない。「此事別巻にしるす」と記すことによって、なおもう一段高いレベルに秘説があることを示唆することになるからである。周知のごとく、これは中世に編まれた様々な伝書にしばしば窺える物言いであった。京博本には、

一、定家卿曰、めとにけつりはなさせりける著、めととといふもの、名也。草類也。古今伝授切帋曰、妻戸　花陰陽。易にめと丶いう草不可用之。猶見口伝。妻戸、神璽叩和質劔。日神、素盞烏尊御中不快ありしに、後には御和合ありて、素盞烏より劔をまいらせられけれは、日神より玉をまいらせられけり。日神、素盞烏は御兄弟なれとも、夫婦の事、極秘也。猶別巻にくはし。【めとにけつりはな】

のような記述が散見する。ここでは「切帋」が暴露され、さらに「別巻」があることを示唆することで、その秘伝性が強調されている。岩瀬文庫本には「猶別巻にくはし」の一文はなく、ここでも約四丁分にわたって詳細に【メトニケツリハナ】の注釈が施されている。そして最後は「何ノ不審モナキニ、オロカニテ此義ヲシラヌカラ秘事トナシテ、此作事ヲバシイデラレタルモノ也。此推量、露モタガフベカラズ。定家卿ノソサウニ書ステ給ヒシニ、別ノ事有マシキト、ツヨクオモハルベキ也」と【イナオホセトリ】などと同様、切紙批判で結ばれている。

このように、京博本では、切紙伝授への批判はことごとく削除され、むしろより重要な秘説の存在をにおわせるような文辞が付加されている。また、先に引用した【袖ヒチテ】の末尾一文「是ヲモトタテニシテ末孫ノ切紙ヲ作タテタルトシルベシ」を京博本は欠いている。以上のことが認められるならば、この部分も書写過程における単純な脱文であるとは考えられない。切紙批判の一文が意図的に削除されたとみてよいと思われる。さらに、【わかならん】のところに、切紙称揚の文辞が付加されていたことを思い合わせるならば、京博本は、きわめて伝書的性格の強い本として改変されたと考えてよいのではないだろうか。「別巻」という秘伝書の存在をにおわせることによって、その点が強調されることになる。「別巻」がいかなるものであったかは、「別巻」が現存していないので定かではない。ただ「別巻」と記されているところの内容から推せば、貞徳が自説を主張している部分を集成したものである可能性があろう。

さらに京博本には、岩瀬文庫本を詳しくした記事や、本文と同筆の多くの細字注（割注のものもある）が存在する。付加された部分や改変されたところが明らかになるように、対照して、その一例を示す（割注は《　》で示す）。

岩瀬文庫本

カシハ手

一、カシハ手トハ手ヲ打ヲ云。神膳也。丸カ云、神ニ膳ヲスヘテ、神主ノ手ヲ打事ノ有ナヤ。

カハウチ

一、カハウチ、山ノ中ナル川也。譬ハ、川上ノナカレイテハシメ也。

ヒムロ木

京都国立博物館本

○かしはで

一、膳部　大膳職　内膳司　主膳司を云也。又、神前にて手をたゝくをかしはてと云。抑手あはせ、手をうつは神道の拝礼の極也。拍手の字形似たるによりて、かりに、かしはてと云也。是また深秘也。

○かハうち

一、川宗　山の中にある川也。たとへは川上流出る始也。《宗源の立処、神道の奥義也》

○ひむろき

一、ヒムロ木トハ、紐呂樹ト同シ。此才呂伎トモ書。
神ナヒニ日モロキタテ、イムトイヘト人ノ心ハマモリアヘスカモ
是ハ神籬也。年中行事ノ哥合ニ、家尹ノ哥ニ
祭セシハツキノミケヲ取ソヘテ君ニソナフルケフノヒモロキ
題獻胙也。判云、事外難題也。胙ヲ奉ルト云事ハ、昨日ノ釈奠ヲ本寮ヨリ内裏ヘ奉ル事也。ミケトハ神食ト書トカヤ。

一、胙　紐呂樹　比茂呂伎
神なひにひもろきたて、いむといへと人の心はまもりあへすかも
是は神籬也。年中行事哥合に、題獻胙
家尹
祭せしはつきのみけを取そへて君にそなふるけふのひもろき
判云、事外難題也。胙を奉ると云事は、昨日の釈奠を本寮より内裏へ奉る事也。みけとは神食と書とかや。《胙ハ祭の餘食にて漢家の事なり。また神籬　磐境太卜の三種ハ卜部家の深秘なり。》

これらは、「是また深秘也」「神道の奥義也」「卜部家の深秘なり」と記されるように、秘説を付け加えたものであり、先程来指摘してきた京博本の伝書的一面をさらに強調するものと言えよう。

以上、京博本が『宝樹』伝本のうち、極めて特異な伝本であることは確認しえたかと思う。それは伝書的性格の強い本として改変された本である。京博本のごとき伝本が存在することは、貞徳周辺において、なお「伝授」という形式が重要視されていたことを物語っていよう[12]。

この京博本を、細字注も含めて抄出したのが、『歌林樸樕拾遺』（書陵部蔵）である。既に小高氏によって、題簽に記された『歌林樸樕』とは直接関係はなく、『宝樹』の抄出本であることが指摘されている。そして、それが岩瀬文庫本からではなく、京博本からの抄出であることは、次の【ワカナラン】の例からも確認されよう。

丸云、基俊ヨリ俊成卿ニ古今伝授トハ、カヤウノ事トモナリ。今ノ世ニ伝ル切帋ナトハ、皆近世ノ人ノ作ル事也。尤大切ノ事也。猶別巻ニ記ス。

京博本と同様、「作ル事」となっており、「尤大切ノ事也。猶別巻ニ記ス」の一文が付け加えられている。他の箇所の異同も京博本に一致する。

小高氏が考証されたように、この『歌林樸樕拾遺』を取り入れることによって『樸樕』の第三・第四系統とされる伝本が生まれた。『樸樕』の伝本状況が複雑であること、そしてその複雑ならしめている要因が『宝樹』の伝本の一つにあることなどを総合して考えると、これらの書は、それぞれがそれぞれの立場によって改変された「伝書」の性格を色濃く持つ書として、位置づけられなければならない。

六　『和歌宝樹』編纂の意図

最後に、『宝樹』の詞の収集に当たっての意図とその目的について考えておきたい。すでに二で確認したとおり、詞は万葉語や古歌の詞が中心に選択されていると見てよい。貞徳が、特に『万葉集』を重んじていたことは、例えば『戴恩記』（日本古典文学大系による）に、

定家卿詠歌大概に、「風躰は寛平以往の歌を見習ふべし」とあり。寛平以往とは、萬葉の比をさす也。(13)

と見えることや、『詠歌大概安心秘訣』（静嘉堂文庫本による）にも、『詠歌大概』の一節「唯以旧歌為師」を注釈して、

旧歌とは、万葉より三代集までの内のよき歌は、心姿共にけたかく、実のかけたる所なけれは、師とせよとのをしへ也。

と述べられているところからも窺えよう。同じく『詠歌大概安心秘訣』には「古歌取に九ヶ条の口決秘伝あり」として、その第一条に

一、古歌ニハ、古キカ上ニモ古キ歌ヲ専一ニ取ヘシ。万葉ナトノヤスカラヌ詞ヲ、艶ニ取ナシタルカ能也。

と述べられている。但し、歌の姿に関しては『詠歌大概安心秘訣』にも「尤万葉古風を捨るにはあらねとも、むかしの淳朴の躰にかへりてよまんとするは却て今の世の辺見也」と、必ずしも『万葉集』に学ぶことを肯定してはいない。けれども、「万葉ナトノヤスカラヌ詞ヲ」とあるように、詞を『万葉集』から取ることは、むしろ勧めている。

周知のごとく、連歌の世界においては、二条良基の『九州問答』に「連歌ハ俊頼、顕昭ガ説モ親行・仙覚ガ源氏・萬葉ノ説ヲモ皆可用也」と見え、万葉語を用いることは珍しくはなかった。宗祇には、『万葉抄』という『万葉集』の簡単な注釈書があり、実作にも反映されていることが指摘されている[14]。また和歌においても、三条西実隆は『万葉集』の歌を独自に分類し、『万葉一葉抄』を著している。もとより貞徳の万葉集観もこれらと同一線上にあり、直接には師である幽斎の教えを受け継いだものと思われる。しかし、万葉集研究（注釈）の具体的な成果を、彼らは残してはいない。

貞徳が『万葉集』の研究（注釈）を志していたことは、「先師逍遊軒貞徳若くて玄旨法印につかふまつりしより、八旬余歳までに万葉集の註解に心ざし有て諸本をあつめ、諸抄を求めて吟翫せられしに」と、北村季吟の『万葉拾穂抄』総論の後の部分に窺えるところである。『宝樹』のこれら万葉語、古歌の詞の収集もまた、晩年の貞徳の志向を

反映した、その具体的な試みであったと言えよう。

当時の二条派歌学の伝統のなかにあって、このように万葉語や古歌の詞を取り上げたことは、注目されてよい。貞徳を取り巻く環境は、そのことに極めて消極的であったと推察されるからである。同時代の聞書類からも、そのことは窺える。例えば飛鳥井雅章の言をまとめた『尊師聞書』（『近世歌学集成』）には、

万葉の事を仰られて、土佐日記さへ上代の事にてしれかたきに、万葉はまして上古の事なれはしれぬ事のみと也。一、集は三代集并二条家三代集みるへし。（中略）近代にては、柏玉御集、雪玉集、草庵集みるへし。

と記されている。このような万葉集や三代集への評価は、二条派歌学において伝統的であったと思しく、『愚問賢注』（日本歌学大系五巻による）に、

萬葉三代集以下、みな聖人の糟糠なり。（中略）いたづらに古語をかり、旧典を学ぶ事なかれ。萬葉猶規範とするにたらず。いはんや三代集以下其実落て、其花のみのこれり。

と同様の記述が窺える。

このような伝統の中で、古歌の詞や万葉語に注目したことは、先に述べたように、実隆、幽斎や連歌の影響の下にあることとはいえ、貞徳の積極的な意志も汲み取るべきであろう。「古今伝授」かまびすしきなかにあって、また十分な先学の注釈の蓄積が具わるなかにあって、今更らしく『古今集』を取り上げたとしても、当時否定的な価値しか与えられていなかった「古注」を再評価し、自らの講義にいささかの新鮮味をもたせる程度であろう。『古今集』を講義する（『傳授鈔』を著す）なかで、貞徳は、そのことを実感したのではなかったか。ましてや貞徳は、「古今伝授の人」ではない。「古今伝授」を金科玉条のようにふりかざすわけにもいかなかったのである。

ところが『万葉集』は違う。少なくとも貞徳周辺に、全てを注釈するような研究はなかった。いわゆる古歌に関し

ても状況は同様である。ならば、万葉語なり古歌の詞をいちいち検証してゆくことで、全く新たな地平が切り拓かれてくると期待される。貞徳は、そう確信したのではなかったか。その確信が貞徳を万葉集研究・古歌研究へと向かわせたと考えたい。『樸樕』と『宝樹』は、方法と依拠した資料は異なるが、その確信の具体的な成果と見なせよう。それは、当時のいわゆる二条派とは異なる観点からの歌語の収集であった。

また、既に指摘したように、これら二書が万葉語や古歌の詞の収集を目指しながら、ともに古今伝授にかかわる語を取り上げ、それを契機に古今伝授の距離を置くような、むしろ批判的な発言を展開していたことも見逃してはなるまい。特に『宝樹』が全体の編纂状況から顧みて、必然性の薄い「イナオホセトリ」や「メトニケツリハナ」などを取り上げているのは、そこで古今伝授について語ることにその眼目があったからであろう。貞徳の二つの歌学書、『樸樕』と『宝樹』撰述の意図の中心を、この二点に見定めておきたい。

最後に『宝樹』の撰述意図に関わって、注意されるのは、貞徳の残した実作との関係である。例えば、貞徳は「おぼろ舟」という詞を用いて、

おぼろ舟とこれをやいはん艇さす六だの淀のはるの夜の月（『逍遊集』二八一〔河上春月〕）

という和歌を詠んでいる。既に述べたように、貞徳は『宝樹』にこの詞を取り上げ、『梵灯庵袖下集』によって注していた。実作に目を転じてみると、『新編国歌大観』を検索する限りでは、貞徳以外にわずかに一首、『六華集』に定家の歌（但しこの定家歌の出典は未詳）として「難波江やあし間の月のおぼろ舟霞にまがふ春の明ぼの（七五）」が見えるだけである。「おぼろ舟」は連歌の詞であり[15]、貞徳は、それを積極的に和歌に取り込んだと考えられる。[16]『宝樹』が詞を理解するための歌学書としてだけではなく、実作のための書としての一面も具えていたことの一端が、この例から窺われる。【ナカチハノ神】や【サイタツマ】など、他にも実作との関連を指摘できる。先に引いた『詠歌大概安

心秘訣』が、詞を『万葉集』から取ることを勧めていたことを考え併せれば、貞徳にとっては、歌語研究が直接、実作に結びついていたと推察される。

ならば、ここに、いわゆる二条派の伝統的な歌語の枠から抜け出し、全く別な観点から歌語を増やしてゆこうとする貞徳の積極的な意志を窺うことはできないであろうか。

七　おわりに

貞徳の歌学書撰述をめぐって、主に『宝樹』に焦点を当てながら、『樸樕』との関係、伝本の孕む問題、その撰述意図などについてあたう限りの考察を試みた。注釈に引かれた典籍や、『万葉集』への関心など、結果として、『樸樕』同様、『宝樹』にも六条家歌学の影響を指摘しておいてよいだろう。六条家歌学の復興と既成の歌学への反発は、貞徳にとって一体であったと忖度される。

例えば、『宝樹』に窺えた万葉語の考証は、直接ではないにせよ契沖などへ受け継がれてゆく、実証的方法であると評価できる。しかし、貞徳が目指した方向は、決して契沖には結びつかないものであるとも言える。それは、貞徳の歌学の行き付く先には、やはり、「伝授」が意識されていたと思われるからである。

実作との関わりについては、視野を拡げて改めて検討しなければならない。また、『藻塩草』や『梵灯庵袖下集』などの連歌学書との関わりについては、その一端を見ようとしたにとどまり、この点も今後の課題である。

【注】

（1）『樸樕』も『宝樹』もイロハ順に編集されており、「歌語辞典」とも呼びうるが、本章第二節でも言及し、後にも述べるように、この二書は複雑多岐にわたる伝本を持つことから、本稿では、敢えて「辞典」としなかった。

（2）『宝樹』の伝本は、西尾市立図書館岩瀬文庫に一本、前田育徳会尊経閣文庫に一本、京都国立博物館に一本知られており、これらについては小高敏郎氏『続篇』に詳細な報告がある。報告された以外に尊経閣文庫にもう一本ある。このうち岩瀬文庫本と尊経閣文庫の二本は、ほとんど同じ内容の本と見てよい。一部岩瀬文庫本が尊経閣文庫本の書写の誤りを糺す部分があることを考慮して、本稿では岩瀬文庫本を用いることにする。なお、京都国立博物館本については五で詳述する。また、『樸樕』は内閣文庫本により、日本古典全集本を参照した。引用に際し、適宜句読点を付した。

（3）片桐洋一氏編『八雲御抄の研究　本文編・索引編』（一九九二年二月、和泉書院刊）所収の国会本によるが、他本を参照し改めたところもある。適宜句読点を付し、表記を改めた場合もある。

（4）調査にあたっては、片桐洋一氏編『八雲御抄の研究　研究編』（一九九二年二月、和泉書院刊）を参照した。示した歌番号は『新編国歌大観』による。ただし『万葉集』は旧番号を用いた。必要と思われる場合のみ『宝樹』を引用した。

（5）橋本不美男氏・滝沢貞夫氏著『校本堀河院御時百首和歌とその研究古注索引篇』（一九七七年四月、笠間書院刊）。以下、ここに翻刻された資料はすべて同書による。

（6）『堀川百首肝要抄』については、本章第六節において詳述する。

（7）『藻塩草』の引用は、大阪俳文学研究会編『藻塩草　本文篇』（無刊記版本を底本とする。一九七九年十二月、和泉書院刊）による。項目をはじめに掲出し、その下の割注を次行に示すことにした。

（8）『梵灯庵袖下集』の引用は、島津忠夫氏『連歌の研究』（一九七三年、角川書店刊行）による。

（9）本章第一節参照。

（10）この貞徳の「古今伝授」に対する複雑な心情については、本章第二節においても言及した。

（11）「岩瀬文庫本」と同系統の本という意味で以下、便宜上「岩瀬文庫本」と呼ぶことにし、引用は岩瀬文庫本をもって、代表させる。

（12）京博本の改変に関わった人を想定することは難しい。ただ「神道の奥義也」、「卜部家の深秘なり」という物言いや、例えば、

　酒をみわと云事、日本紀云、崇神天皇八年、活日か歌に、このみきはわかみきならすやまとなすおほものぬしのかみしみきいくひさく云々。大物主神は三輪の御事なり。同推古天皇十九年くすりのみかりあり。其日諸臣、きもの、色、かふりの色のまゝにし、髻萃させり。（中略）三輪は酒の名、髻萃はかさしと云、證拠是也。【みわすへまつる】

のように、付け加えられた細字注が、しばしば日本紀の知識に基づいていること、また『樸樕』の【八雲立】の項目に細川幽斎を介して「吉田ノ二位殿」との交流の記事があること、さらに貞徳周辺には『八雲神詠伝』なる書物の存在することなどから、京博本の改変には、吉田家周辺の神道者の関与も考えうるが、推量の域を出ない。

（13）すでに小高氏が日本古典文学大系（岩波書店刊）の頭注に指摘されているように「風躰は寛平以往の歌を見習ふべし」は『詠歌大概』ではなく『近代秀歌』の一節である。

（14）両角倉一氏「宗祇の万葉集享受―『万葉抄』その他―」（『連歌俳諧研究』六十二号、一九八二年一月）。

（15）例えば、連歌寄合集『修茂寄合』は、「難波」の付合として「おぼろ舟」を挙げている。

（16）このことは、鈴木健一氏が当時の和歌と連歌の関係を論じられたなかで、「この《連歌→和歌》が結果としてもたらしたのは、伝統的な歌ことばの解体であると総括できるだろう」（『近世堂上歌壇の研究』「第一部第二章、五、堂上和歌と連歌」、一九九六年十一月、汲古書院刊）と述べられたこととも関連するだろう。

第四節　『三十六人集注釈』の著述Ⅰ－注釈の内容をめぐって－

一　問題の所在

『三十六人歌仙家集解難抄』は、「三十六人集」の歌のなかから、歌語を挙げ、その典拠となった歌を示し、注釈を施した書である。一般に版本の書名を採ってこのように呼ばれ、また辞書類もこの書名で立項されている。が、伝本によって、書名が異なり、この書名で必ずしも統一されているわけではなく、特に写本のなかには『古歌註』と称するものもあり、書名から内容を想起することは困難であることを考慮して、以下、便宜上『三十六人集注釈』と仮称する。

版本として元文四年に刊行されており、その「序文」と「書とめ」から細川幽斎の著作として扱われてきた。[1]しかし、版本には一字下げの部分があり、そこには、幽斎没後の人物名が見え、一字下げの、つまり後に加えられたと考えられる注釈を除いた、先行する写本の存在が想定される。そして、現にそのような写本が存在するのである。

ところが、現在知られている写本には、「幽斎」の識語を持つものだけではなく、「長頭丸（松永貞徳）」の識語を持つものが存在する。[2]

本節では、幽斎・貞徳の他の著作と突き合わせ、専ら注釈の内容から、『三十六人集注釈』が、どちらの著作と見なすのが妥当であるのか、検討を加えたい。さまざまな角度から考証を加えることは、自ずとその歌学の特徴を浮かび上がらせることにもなると期待される。

二　伝本について

本論に入る前に、伝本について、基本的なことを確認しておきたい。先に述べたように、伝本は、まず写本と版本に分かれる。さらに、その写本の中に、幽斎の識語を持つものと、貞徳の識語を持つものとが在る。但し、内容については、写本間に大差はない。ほぼ同一内容と見なして差し支えなかろう。煩雑になるので、詳細な書誌は省略して、さしあたって必要な点を以下に示す。

A、写本

《貞徳識語本》

現在までに知りえたのは、西尾市立図書館岩瀬文庫蔵本と彰考館蔵本の二本。小高敏郎氏によれば岩瀬文庫本には、『貞徳詞の手ほどき』という題簽があったようだが、現在はない。内題もない。彰考館蔵本には、『古歌註　全』という題簽がある。内題はない。ともに（便宜上、岩瀬文庫本により、行変わりに／を入れて記す）、

三十六人の家集は、常に見習へき」由、詠哥乃大概にみへたれ共、大部／なれは、見る人まれなり。又見る／すへしらねは、取へき哥をしらす。／とるましき詞とるゆへに、今、用捨して／童蒙の為となすものなり。秘へしく。

正保三年七月七日　　長頭丸

という識語を有し、岩瀬文庫本には、この識語に続けて、

此一冊延陀丸免許令書写遂／校合者也

慶安元年戊子七月七日　　良也

寛政七乙卯年中秋下旬／白鯉館主人写畢

という書写奥書が在る。

《幽斎識語本》

現在までに知りえたのは、

①『歌仙家集難詞抄』（題簽・内題も）・東洋文庫岩崎文庫蔵

②『歌仙秘抄』（外題表紙に直接墨書、内題『歌仙家集難詞抄』（目録））・書陵部蔵

☆日下幸男氏『近世古今伝授史の研究　地下篇』（一九九八年十月、新典社）にも言及がある。

③『歌仙家集難詞抄　全』（題簽・内題なし）・書陵部（鷹司）蔵

④『三十六人集抄』（題簽・内題なし）・書陵部〔特51〕蔵

⑤『三十六人家集抜書並注』（題簽・内題なし）・書陵部高松宮蔵

⑥『歌仙解難抄』（細川家蔵）

☆発表者未見。土田将雄氏『細川幽斎の研究』（一九七六年二月、笠間書院刊）では、書陵部の二本（前掲③④：引用者注）とともに挙げ、「右にあげた諸本はいずれも転写本である」とする。

⑦『卅六人家集難詞　法印玄旨作』（題簽・内題なし）・曾根誠一氏蔵[3]

の計七本。[4] 伝来に関する識語を有するものもあるが、省略に従う。全てに（便宜上、書陵部本を以て代表させる。行変わりに／を入れて記す）、

三十六人之家集は、常に見習ふへきよし、詠哥大概／に見えたれとも、大部なれは、見る人希也。／又見るすへしらねは、とるへき哥をしらす。とるまし／き詞をとる故に、今、用捨して、童蒙のためとなす／物なり。秘へし。〳〵。

天正十七暦　林鐘念二日／法印玄旨在判

と、幽斎の識語が在る。伝本によって、行移りなどに多少の相違はあるが、内容は全く変わらない。

B、版本

外題（題簽）『細川玄旨　三十六人歌仙解難鈔』。内題『三十六人歌仙家集解難鈔』。元文四年刊。三巻、三冊。「京都書房・吉田四郎右衛門　同・野田弥兵衛　同・上坂勘兵衛江戸書林・野田太兵衛、大坂書肆・瀬戸物屋傳兵衛」による版行。『国書総目録』などによれば、国会・内閣・静嘉堂・九大・京大・東大など比較的多く現存している。異版は聞かない。序文（林論文Aに翻刻あり）と写本の幽斎識語と全く同文の「書とめ」を持つ。

以上が、伝本のあらましである。写本と版本の問題については、最後に述べることにして、この注釈書が、幽斎、貞徳のどちらの著作とするべきか、検討することにする。

三　貞徳著作の裏付け

内容の検討に入る前に、まず、幽斎、あるいは貞徳の周辺に「三十六人集」に注釈を施したということが確認されないか確かめておきたい。

　管見の限りでは、幽斎周辺に「三十六人集」に注釈を施したという記事は見出せない。貞徳は、『歌林樸樕』の【トカヘル鷹】のところで、[5]「丸案ニ、イツレモ後ノ人ノ推量ノ説也。三十六人ノ哥仙ノ伝ハナキトミエタリ」と、「三十六人集」の注釈が先人にないこと（幽斎のことも含めての発言であろうか）について言及し、この後、顕昭説を批判しつつ自説を展開し「能々吟味シテ猶ヨキ説アラハ、可被改之」と結んでいる。『歌林樸樕』に言うように「三十六人集」に先人の優れた注釈がなかったことが、この注釈書執筆の動機になった可能性があろう。また『堀河百首肝要抄』（貞享元年版本）の序文には、「三十六人集」について、

　丸、むかし、九条禅定殿下玖山公、玄旨法印などにふかくたつねたてまつりて、いさゝか耳の底にのこれるを思ひ出るにまかせ、此集を抄出して、童蒙のなきをやめ侍る。

と記されている。[6]この記事からは、貞徳が『堀河百首肝要抄』執筆以前に「三十六人集」に注釈を施していたことが知られる。[7]

　また、貞徳の『古今集』の注釈を和田以悦が聞書きした『傳授鈔』（初雁文庫本による。句読点私意）の「いなおほせとり」（二〇八番）の注釈にも、

　師説、イナオホセ鳥ノ本体、相伝ノ秘鳥ナレハ、右ノ説ニマカセ置ヘシ。三鳥ノ中ニ呼子鳥ハ哥ノ題ニ出ルナレ

ハ、其題ヲ得タラン時ハ、不可憚云々。

私云、此後三十六人集ヨミ、キ、ケル時、能宣集哥ヲ以テ、此義ニヤト、ヒ侍レハ、此哥アル上ハ、異論ナシト云々。（能宣集の詞書と歌省略）此鳥本体ノ義、別勘ニ載之。

とあり、「私云」として以悦の語るところによれば、『古今集』の講義の後、「三十六人集」の講義が開かれたことが知られる。この記事に対応するように『三十六人集注釈』では能宣歌「かりにとて我宿のべにくる人はいなおほせ鳥にあはんとや思ふ」のところで「いなおほせ鳥」が取り上げられ、古今伝授への批判が展開されている（このこと後述）。以上のように幽斎の他の著作には、「三十六人集」への注釈の記事が見出せず、貞徳にはそれが見出せるのである。外部徴証からは、ひとまず『三十六人集注釈』が貞徳著作と認められることを確認しておきたい。

四　貞徳の歌学との一致

それでは、内容面からの検討に移りたい。『三十六人集注釈』の特徴の一つに、古今伝授に対して一線を画した、どちらかと言えば、批判的な言辞がある。例えば、【つゝら杖】の項目では、(8)

此哥の題、越後といふ国の名をもの、名に読いれ給ふに、ゑちの字は見へて、せむの字、哥の面に見へす。是は、とせの字、年の字なれは、かく読るか、年の字のこゑ、せんともよめり。たとへは、然の字をねん共せんとも読かことし。但、これはおもての説なり。うらの説は、大事にて口伝有之。惣別物の名よみやうに三色あり。古今伝授の人もえしらす。是皆読方の秘伝といへり。

と、述べられる。この古今伝授への批判的な記事だけでも、幽斎著作とは認め難い証左のひとつである。が、ここでは、特に、「読方の秘伝」と「古今伝授」が同列に論じられていることに注意しておきたい。(9)「読方の口伝」という言い方自体は、幽斎の歌論のなかにもしばしば窺え、それほど珍しくはない。けれども、「古今伝授」と共に使われる例は、幽斎のものには見出せない。このような物言いは、既に本章第一節でも引用したが、例えば、貞徳の『戴恩記』（日本古典文学大系による）の、

扨「人の世となりて、すさのをの尊より、みそもじあまり一もじはよみける」と有。神代によみ給へる歌を、人の世とかけるに子細ありと云々。それは古今伝授のひとのしる事なれば、それに相伝せらるべし。丸はたゞ歌の読方に付て承りし通を、十がうちに一つ二つしるし置侍る也。

という物言いと、よく一致していると思われる。また、例えば、「人丸相伝」という秘伝と「読み方」の関係について、『戴恩記』は次のように記す。

又紙面にのせず、詞にて伝ふる秘事多し。定家卿より幽斎法印まで、一器の水を一器にうつすやうに、口づから伝へ給しなり。是よみかたの口伝と申秘事也。詠歌大概にもれたるよみかたあるまじきやうに、人のおもふべけれど、大概と書にてある事をしるべし。又、人丸相伝といふ事あり。是はさしてよみかたの用にたゝざれども、此みちまなぶ人は、必伝べき事也。

「読み方」の役に立たないことでも、歌道を学ぶものにとっては、重要なことがあるのだと説くこの姿勢は、次に引いた『三十六人集注釈』の、

又、わつかといふ詞もその心はおなし。夫輪束とかく也。輪とは、太刀のつはをいふなり。万葉に、われといふ枕詞におほく剣、太刀とよめるも、此義なり。太刀、剣もつはより、かみつかの方は、みしかきゆへなり。此説、古人いまた披露せす。さしてはいらさる儀なから、根本をしらされは、あしき事の有ゆへ、くわしく爰にしるし

侍る。【はつ〳〵に】

という考え方と揆を一にする。

如上の例以外でも、例えば、歌語についての記述にも貞徳の特徴が窺える。『三十六人集注釈』は、歌語「しどけなし」をめぐって、

帯紐をむすはてある躰をいふよりをこりたる詞なり。此本哥ありとて、卒尓にとり用ひは、俗にちかきになり侍るへし。然とてあしきことはにはあらす。よく〳〵吟味すへし。

と述べる。「卒尓にとり用ひは、俗にちかきになり侍るへし」、「よく〳〵吟味すへし」とその使用について慎重な面を残しつつも、「然とてあしきことはにはあらす」とするところに、貞徳の、いわば俗語許容とも言うべき一面が窺える。この点は、例えば『堀川百首肝要抄』[10]に、

なころは、大波也。なは波の下略。こは声の下略。ろは万の詞の付字也。こもし、にこる歟。おつるは、恐る、也。つの字、にこるへし。俗言の様なれ共、かやうの古哥にあれは読にはゝからす。【なころ】

とあることと通じ合っている。さらにこの方針は、貞徳からその門弟にも受け継がれたと思しく、望月長孝の『哥道或問』（天理図書館蔵）にも[11]、

真実正直に己かおもひをつゝけん哥は、云ふるせる事にても、俗語にても、風体あしくても、文字余るとも、たらすとも、其誠より、神慮に叶ひ、願ひも成就し、心も清浄に成事、疑ひなし。

と、説かれるところなのである。

このような俗語許容という形での歌語の拡大については、『三十六人集注釈』には、先に挙げた以外にも、

桜木といふ詞、近代連哥の嫌詞にして、あしきことはのやうに、人皆思へり。（中略）惣別、哥道には、よき詞

なし。あしき詞なし。たゝつゝけやうにて、よくもあしくも成詞、一とをり侍る。（中略）哥仙の読置たまへる詞にあしき事は侍らされとも、時うつり、代かはりて、万葉の哥に用さるも有を、俊成、定家見分給ひ用捨せし事也。夫さへ哥詞すくなくなりて、をしき事なるを、其後愚なる宗匠、私にかやうのよき詞を嫌詞になせし事は、いと口おしき事にこそ侍れ。【桜木の花】

と窺え、貞徳流の歌学のひとつの特徴と見なすことができよう。

五　幽斎の歌学との矛盾

以上、『三十六人集注釈』が貞徳の他の著作と多くの点で合致することを確認した。では、幽斎の著作とは、いかなる関係にあるのであろうか。ここではその点について検証したい。いま、貞徳が、俗語許容の点も含め、歌語の拡大を図ろうとしていることを述べた。歌語を掲出することから説き起こされる『三十六人集注釈』自体が、そのような意図で編まれているといっても過言ではない。けれども、幽斎は『耳底記』（日本歌学大系第六巻による）の「慶長四年二月十五日」の条で次のように述べる。

人の知らぬ事を強くしたがるはあしき事也。それはいつものことでから、面白き事ならぬ所で、或はめづらしき手爾葉をよみなどする事也。まぎらかしものなり。人の不審するやうにする、下手の事也。

すでに林論文Ｂに指摘されるように、このことは、先に述べた『三十六人集注釈』の編纂姿勢そのものと大きく矛盾していると言わざるをえない。林達也氏は、版本だけを対象とされて論じておられたため、この点を幽斎の歌学との「矛盾」として捉えられた。しかし、貞徳識語本の存在を考慮するならば、この点は、貞徳の姿勢の反映として、矛盾なく受け入れられる。

いま少し具体的な例を示そう。幽斎は、同じく『耳底記』の「慶長四年三月廿一日」の条で、

しほさゐは、しほざかひといふ詞なり。かやうの詞好むべからず。勅撰の歌をみよ。かやうのめづらしきはあるべからず。秀逸の歌にさやうの事なし。

と述べる。今度は具体的に「しほさゐ」という「めづらしき」詞を使うことを戒めている。ところが、この「しほさゐ」は、『三十六人集』の『人麿集』（正保四年『歌仙家集』版本による）に、

しほさひにいつしの浦にこく舟にいものるらんかあらき浜へに

と見えるところなのである。ならば、幽斎のこの戒めは、『三十六人集』の詞について、『三十六人集注釈』が、

又有馬の道にてとあれと、かやうの哥仙の書たる詞は、皆、金言なれは、有間山に時鳥をよまんもくるしかるへからす。【しつこ、ろ】

と述べる姿勢とは、全く相容れないものである。したがって、『三十六人集注釈』を幽斎の著作とすれば、その編纂姿勢そのものに大きな矛盾を孕むことになるのである。

幽斎著作と考えた時に生じる矛盾は、全体に関わることだけでは、ない。注釈のいちいちの面にもその点は窺える。例えば、その代表例として、古今集仮名序の注釈でしばしば問題となる「長柄の橋」の「尽きる」・「作る」説が挙げられる。

古今の序には、なからの橋もつくるときく時は、うたにのみそ心をなくさめけると有。桓武の御時新しく造なをされたれは、作の字よきといふ説あり。此哥をもちてみれは、尽の字尤正説なり。伊勢のうたに、津の国のなからの橋もつくる也今は我身をなに、たとへん。此哥にて古今の序もかけり。興風の哥にて不審をはらし侍る。桓

武の御宇より、伊勢、興風の時分迄は、百年にあるれは、橋のこほれん事うたかひなし。古今伝授の歴々、尽・作の両説にまとひて今の世にも知る人なし。秘へし。〱。【なからの橋の事】

右に引用したように『三十六人集注釈』は、「興風の哥にて不審をはらし侍る」とし、「尽きる」説を採る[12]。例えば、宗祇の『両度聞書』[13]には、

一の説、ふじのやまのけぶりは人の思の切なる時はたち、おもひのなき時はたえぬるを、いまは不断になれば、おもひの支証にならぬよし也。ながらの橋は、身のふりゆくたとへにいひこしを、つくりてあたらしくなれば、これもたとふるにかひなければ、たゞ歌をよみてなぐさめとするの義也。

と見え、実枝の説を幽斎が継承した『伝心抄』[14]にも、

彼橋ノフリハテ、、イタツラニナルヲ、ツクリテ中興ノ義也。アル世トナレハ、ヨロコハシキ心ニテ、今ハタ、哥ニノミソ、ナクサメケルトイヘリ。

とあり、貞徳の継承するべき正説は、「作る」説であった。それに対し、貞徳は、『傳授鈔』で、

二條冷泉家共ニ「造」ノ字也。師今案、不立也。尽也。〔口授別勘ニ載之〕（〔　〕は割注）

と、「尽きる」説を採っており、『三十六人集注釈』と一致を見る。

以上の検証から、少なくとも現存の『三十六人集注釈』は、貞徳著作と見て差し支えないと考える。なお、その識語に記された年号「正保三年」については不審がないわけではない。その年、貞徳は、大病を患っていたと思われるからである（『傳授鈔』などによる）。しかし、小高氏も説かれたように、その年に実際に「三十六人集」の講義を行ったのではなく、伝書としてまとめたものを授けた年と見ておきたい。

六　自信と謙遜と

『三十六人集注釈』が、貞徳の著作とするならば、次に挙げるような物言いは、その貞徳の特徴をよく表していると思われる。

されは、此哥も大なるいゑ作りのとみ床有をさしていふなるへし。これ、師説にあらすといへとも、まつ、こ、にしるす。正説出む迄は、此儀を守らるへき歟。【とみゆか】

この師説を越えて自説を記しておこうとする貞徳の姿勢は、特に晩年に顕著である。そして注意しておきたいのは、一方で「正説出む迄は」と謙遜する態度である。同じような物言いは、『三十六人集注釈』にもしばしば窺えるが、他の著作、例えば『歌林樸樕』にも、

丸カ分際ニテ定カタシ。後ノ君子ヲ待ツ。慥ナル證説、不出之間ハ、先コレニテヲクヘシ。【ヤマノトカケ】

と見える。また、同様の物言いは、『堀川百首肝要抄』にも、

しなか鳥、袖中抄に色々取沙汰せらるれ共、終に落着なし。（中略）憚なから、丸、此鳥の名を案するに、鳴也。（中略）三百余年、天下歌人のしられさる事を、只今弁明し侍るは、丸、此道に深き故、冥慮の不斗授給へる物ならし。

とある。[15]何よりも貞徳の自信を支えていたものは、「此道に深き故」と記すように、歌道への精進であったと忖度される。師資相承が何よりも重んじられたこの時代にあって、師である幽斎の説に対しても、

幽斎法印御口伝ニ、ウラハ心ト云義也。人ノ心ト云物ハ、上ヘハミヘヌ裏ニアル故也。サレハ心サヒシ、心カナ

シト云理也ト仰ラレ侍ル。尤ト存ナカラ、藤ノ裏葉ナト云詞ノ時ハ、少モ不叶。（『歌林樸樕』【サイタツマ】）

と、師説を批判する眼も貞徳は養っていたのである。先に挙げた古今伝授への批判的な態度や「長柄の橋」の説も、この批判する眼の反映として捉えられよう。『歌林樸樕』には、

先哲ヲモトクニアラス。只其哥〳〵ノ正義ヲ糺ハカリ也。先哲、霊魂アリトモ、丸ヲニクミ玉フヘカラス。誤ヲタヽスハ、先哲ノ本意ナレハ、カヘリテ、ホメ玉フヘキカトコソ。【タキマチ】

と、貞徳の心情が吐露されていて、興味深い。

七　写本と版本と

最後に写本と版本の相違について、いささか検討を加えておきたい。既にこの点については、小高氏が版本には、秘伝に関わる文言が多く削除されていることを指摘されている。また、版本段階で追加された注釈が岡本宗好の手に成るのではないかという、林氏の論も具わる（林論文A）。

小高氏の言われたことの一例を具体的に見ておきたい。先に挙げた「長柄の橋のこと」の末尾、写本では、

此哥にて古今の序もかけり。興風の哥にて不審をはらし侍る。桓武の御宇より、伊勢、興風の時分迄は、百年にあまれは、橋のこほれん事うたかひなし。古今伝授の歴々、尽・作の両説にまとひて、今の世にも知る人なし。秘へし。〳〵。

とあり、一方、版本では、

此哥にて古今の序も書り。興風の哥にて不審をはらし侍る。桓武の御宇より、伊勢、興風の時分まて、百年にあ

まれは、橋のこぼれんことうたかひなし。然るに歴々の人々、尽・作の両説にまどひ侍る。秘すへし。〳〵。となっている。「古今伝授の歴々、尽・作の両説にまとひて、今の世にも知る人なし」と古今伝授への批判的な言辞を含む写本に対し、版本からはその「古今伝授」が削除され、批判の対象がぼかされるとともに、「今の世にも知る人なし」という批判的な物言いも削除されている。結果的に版本の文脈では、何を言おうとしているのかよくわからなくなってしまっている。版本製作に当たり、おそらく秘伝書的性格を薄め、啓蒙書編纂という意図から施された「さかしら」が、古今伝授に一定の距離を保ち、批判的な一面を持つ「貞徳の特徴」を削ることになった。ならば、版本は「幽斎」の著作としても矛盾は生じない。あるいは、このような版本に見られる「さかしら」は「幽斎」著作に見せるために巧まれたものであった可能性もあろう。いずれにせよ、版本段階でのさかしらが加わっていることは、疑いないと思われる。

【注】

（1）例えば、『日本古典文学大辞典』（一九七九年四月、岩波書店刊）、『和歌大辞典』（一九八六年三月、明治書院刊）（どちらも川村晃生氏の執筆）は、ともに幽斎の著作とする。また次に示す林達也氏の二つの御論考は、専ら版本を対象とし、幽斎の著作であることを前提として論述されている。なお、以下に引用する林氏の論文は、全て、左のものからで、便宜上「林論文Ａ」などと呼ぶこととする。

Ａ「三十六人歌仙解難鈔と岡本宗好」（『駒沢国文』三二号、一九九五年二月）

Ｂ「天正期歌ことばへの関心一端」（『歌ことばの歴史』、一九九八年五月、笠間書院刊）

（2）貞徳識語本については、夙に小高敏郎氏に紹介がある（『続篇』）。以下、小高氏の説は全てここからの引用である。但し、小高氏は、版本の『三十六人歌仙家集解難鈔』については、補足記事を付されたが、幽斎識語本の写本の存在については全く言及されていない。

（3）本節は、和歌文学会第七〇回関西例会（一九九九年七月三日　武庫川女子大学）における口頭発表を中心にまとめたものである（初出）。その発表の質疑の中で、花園大学教授曾根誠一氏より御架蔵の「三十六人集注釈」の存在についてお教えいただき、その後、奥書部分の複写などの資料をお送りいただいた。幽斎の識語に続いて、曾根氏蔵本は、宝永元年の風早実種の奥書を有するものである（ただし書写奥書は元文三年）。本稿の立場は、いったん奥書から離れて、内容の検討を通して、著者を認定しようと試みたものであって、曾根氏蔵本も同系統の伝本である限り、書写者が著名である奥書の信憑性については、むしろ「幽斎」の享受の問題として、改めて考察するべきだと考える。よって、曾根氏蔵本の存在も、他の幽斎識語本と同様に扱うことにした。

（4）『古典籍下見展観大入札会目録』（一九九九年十一月、東京古典会）に掲載された八七番の『以敬斎聞書』は、「幽斎無名抄巻之坤」と合冊されたものである由、記されていたが、その「幽斎無名抄巻之坤」は、《幽斎識語本》系統の「三十六人集注釈」であることを浅田徹氏より御教示賜った。②の『歌仙秘抄』は、有賀長伯所持本を北条氏朝が書写したという奥書を有する（なおこの書は更にその転写本）。また『以敬斎聞書』には「玄旨法印は定家卿の再来と世の人いふ事」という、ことさら「幽斎」を顕彰する記事も見受けられる。《幽斎識語本》の影には、長伯の存在が見え隠れするのであるが、これ以上の憶測は慎みたい。なお、浅田氏には、合わせて、北駕文庫『歌仙玄旨抄』（国文学研究資料館紙焼写真C1498）の存在も御教示いただいた。これもまた、《幽斎識語本》の一本である。

（5）『歌林樸樕』の引用は、貞徳の意図を最も反映していると考えられる草稿本系統の一つである内閣文庫本による。なお『歌林樸樕』については、本章第一節で詳述した。

（6）この記事については、既に小高氏の指摘するところである。なお『三十六人集注釈』との関連も含めて、『堀河百首肝要抄』については、本章第五節で論じた。

（7）なお、この記事を素直に読めば、あたかも幽斎に教えを請うて注釈を施したように見える。しかし、貞徳は自分がよき学統に繋がることをことさら強調する傾向にあり、実際に教えを受けたかどうかは、なお、疑問が残る。

（8）以下、『三十六人集注釈』の引用は、大きく本文に違いがないことから便宜上、岩瀬文庫本により、適宜句読点を付す。『三十六人集注釈』は、まず語を掲出し、歌を引き、注釈を施すという形式を採る。引用に際しては、論に必要がなければ、歌は引かず、注釈部分のみ記すことにする。また注釈の途中から引用する場合もあるが、いちいち断っていない。

（9）以下、論述の都合上、本章第一節で述べたところと重なるところがある。

（10）引用は、内閣文庫本により、適宜句読点を付した。

（11）望月長孝の『哥道或問』については、第三章第一節参照。

（12）ちなみに「三十六人集」を見ることで、『古今集』の秘伝の疑義を晴らしたというところ、さらにそれに続いて古今伝授への批判が展開されるところは、先に引いた「いなおほせ鳥」の場合と同様である。

（13）片桐洋一氏『中世古今集注釈書解題三（下）』（一九八一年八月、赤尾照文堂刊）による。

（14）『古今集古注釈集成　伝心抄』（一九九六年二月、笠間書院刊）による。ただし、適宜句読点を付した。

（15）この記事については、本章第六節でも引用し、そこでは『歌林樸樕』との関係から論じた。

第五節　『三十六人集注釈』の著述Ⅱ－和歌本文をめぐって－

一　はじめに

第四節では、専らその注釈の内容から、『三十六人集注釈』の著者について考えてきた。結果として少なくとも現存の注釈は、貞徳のものであると断じてよいと思われる。が、そこでは扱えなかった問題に『三十六人集注釈』の和歌本文のことがあった。そこで、その点について、本節では考察を加えたいと思う。以下に、まず『三十六人集注釈』の和歌本文と正保四年に刊行された『哥仙家集』の和歌本文が、基本的に一致することを検証し、続いてその意味するところについて考察を及ぼしたい。

二　本文の処理について

『三十六人集注釈』の伝本は、第四節でも記したように、貞徳系一本、幽斎系七本、その後未見ながら、教示により知りえたものまで含めると、現在のところ計十一本の写本が知られている。注釈本文については、それぞれに一長一短があり、一伝本を最善本と見なし、それに依拠することはできないようである。[1] 注釈本文ほどではないけれども、和歌本文についてもまた同様である。したがって、いくつかの伝本を参照しつつ校訂を加えたうえで、検討することにした。その点について、まず断っておきたい。本文の一致という微妙な問題をあつかう以上、またこの論が説得力を持つためにも、少し迂遠な手続きではあるが、二、三例を挙げて、その本文処理の方法について、述べておきたい。稿者の立場は、『三十六人集注釈』を貞徳の著作と考えるので、貞徳系である岩瀬文庫本に、便宜上よることとし、幽斎系の伝本も参照しつつ和歌本文を校訂した。

岩瀬文庫本独自の誤り（基本的には誤写）と考えたのは、例えば次のような場合である。

①和歌本文と注釈内容で岩瀬本のなかで齟齬を生じる場合

【若桜】の項に挙げられる和歌は、

いつしかとうへて見たれは若桜さかりて春のすきぬへきかな

である。一方でその注釈には「「さかすて」はさかすしてなり」とある。岩瀬本の第四句「さかりて」では、この注釈と齟齬することになる。幽斎本系の伝本では「さかすて」となっており、岩瀬本の誤りであると判断して「さかすて」と校訂した。

②意味が取れない、あるいは歌として音数が足りない場合

【草のかう】の和歌、

白露のいかにそむれは草のかうをしひことに色やくるらん

の第四句「をしひことに」では、音数が六音で足らないうえに意味も通らない。幽斎本系の伝本では「おくたひこと

に」となっており、岩瀬本は「し」は「く」の誤写（但しこの字体はかなり紛らわしい）、「た」は脱字と考えた。あるいは、「く」と「た」の草体がつながって「し」一字と見誤った可能性もあろう。

③文脈が通らず、加えて誤写過程が想定できる場合

例えば、【まれら】の例歌として引かれる、

山里にまれら成ける郭公またともきかぬ声を聞哉

の下の句「きかぬ声を聞」くでは、意味を成さない。幽斎本系の伝本では「なかぬ」となっており、その本文で考えるべきであろう。「奈」（な）の草体と「支」（き）の草体の誤写と判断した。

④②と③の事例から判断して、岩瀬本には、独自の誤写があると考えざるをえない。幽斎本系の伝本と照らし合わせて、明らかに誤写過程が想定しうるものは校訂した。

三　本文の一致をめぐって

以上のような校訂を踏まえて、『三十六人集注釈』（岩瀬本）の和歌本文と正保四年に刊行された『哥仙家集』の一致する度合いについて調査した。結論を示せば次のようになる。全和歌数百八十七首中、仮名遣い・漢字仮名などの違いを除いて、

①岩瀬本の和歌本文に何の本文校訂も行わずに和歌本文が完全に一致するもの……百四十三首

②先に述べたような方法で本文校訂を行うことで一致するもの……十九首

したがって、『三十六人集注釈』の和歌の約八十七パーセントに当たる百六十二首が『哥仙家集』と一致することが確認される。もちろん個々別々には、「三十六人集」の代表的本文である西本願寺本系や書陵部本系と一致する場合もあるけれども、『三十六人集注釈』が著されるに際し、「三十六人集」のさまざまな伝本を手元において、いちいち別系統の本文を利用したと考えるのはあまりにも現実味のない想定であろう。また一部を除いて、歌の順序が一致することも両者の一致ということを積極的に支えてくれる。(2) とはいうものの、二十五首、一致しないものが存在するのもまた事実である。続いてこの点について検討しておきたい。

いま一致という時、基本的に『哥仙家集』の本文に『三十六人集注釈』が一致する場合だけを問題にしてきた。しかし、一致しない二十五首の中には、次のような例が見受けられる。『哥仙家集』の本文が一字欠けていたり、本来の音数でないため「本」という注記を施している例である。これらは、版下段階での誤り、あるいはそれを彫る段階での事故が考えられる。

例えば、「をしの鏡」の項目の信明の和歌「逢時の別はをしの鏡かも面影にのみ人の見ゆらむ」の初句は、『哥仙家集』では、「あふ本きの」となっている。『信明集』の書陵部本では「あかつきの」となっているが、この初句が「あかつきの」ではありえない。この和歌はもともと「あふときの」と記されていたが、書写、あるいは版本作成段階の何らかの事故で、「と」が脱落したと考えられる。したがって「逢時の」の本文を持つ『三十六人集注釈』と一致していると考えて差し支えないだろう。他にも同じように処理できるものがある。ならば、一致しない場合でも、『哥仙家集』が版下段階（あるいはそれ以前の可能性も）で誤写していたり、誤刻していたりする可能性がある。例えば、「八十瀬のなみ」の例歌として挙げられる重之の歌、

なとり川やそせの浪そさはくなる紅葉やいと、よりてせくらん

は、『哥仙家集』では、第二句が「やなせの浪」となっている。「やなせ」で歌意が取れないわけではないけれども、『重之集』の西本願寺本も「やそせのなみ」となっており、『哥仙家集』の段階で、「そ」の草体が「な」に誤られたと思しい。他にもそう考えうる例を見出せる。また、周知のように『哥仙家集』には多くの異本注記が加えられており、その本文までの一致を考えることが許されるならば、一致しないものとして括り出した二十五首は、五首にまで減らすことが可能である。

『三十六人集注釈』はあくまでも写本であること、『哥仙家集』は底本（もちろん写本）から版下作成、さらにそれを彫るという工程を経ていることを考慮すれば、この五首は誤差の範囲として処理してもよいのではないだろうか。この五首を特に重視して、今までの推定を全て覆し、他の可能性を並べ立てて、説明することが全く不可能なわけではないが、いたずらに無理な推測を重ねる必要も無いと思う。何より『三十六人集注釈』の和歌には、「三十六人集」の他の代表的な伝本には見られない『哥仙家集』独自の例があり、両書の和歌が一致することを強く支持してくれる。例えば、「くさた」の項目に挙げられる公忠歌、

くさたにてあきよりとをにみへしかと程へにけれはかりつみてけり

は、まさに「くさた」の例歌としてあげられたのであって、その注釈も「くさたは、草のふかき田なり」で始められる。しかし、この和歌は、『私家集大成』等の解題によれば、四系統に分類される『公忠集』のどの系統の本にも見えず、わずかに流布本系（西本願寺本系）の内「内閣文庫紺表紙本」と『哥仙家集』に見えるだけである。先述した状況から、『三十六人集注釈』がここだけ特別な本を用いたとは、考え難い。ならば両者が「一致」する有力な証拠となろう。

また、「霞立まふ」の項目で挙げられる赤人集の次の和歌、

あをつゝら糸をたえぬと春の日に霞立まふけふ暮しつゝ

は、その注釈に「糸とは、つゝらのかつらをいふ。青柳の糸たへすといふかことし」とあるように『三十六人集注釈』の例歌としては、第二句は「糸をたえぬ」という形でしかありえない。『赤人集』の西本願寺本では「いもをたつぬ」となっている。また『哥仙家集』と同系統とされる書陵部本でも「いもをたえぬ」である。『哥仙家集』だけが「糸をたえぬ」となっていて、「三十六人集注釈」に一致する。

またこれに続く「なつかき」の和歌は、

梓弓ひきつへき夜はなつかきの花咲迄にあはぬ君かな

であって、この項目を立てているわけであるから注釈にも「……なつかきは、たゝなつの柿の木也。花は、卯月末つかた咲て、五月のつゆのうちにはちると見へたり。夏柿、よき詞なり」と見える。林達也氏は、他に「夏柿」とする本文が見られないことを指摘され、

おそらくは、類従本系統から生成した本文なのであろうが、この本文が流布していないという一点において、「夏柿よき詞也」という言挙げは普遍性をもち得ない。

とされた[3]。今、その歌語に対する評言の当否はともかく、この和歌自体は、『哥仙家集』に見えるのである。

以上、『三十六人集注釈』の和歌本文が、正保四年に版行された『哥仙家集』と概ね一致することを確認した。

四　本文が一致することの意味

これまでは敢えて、「一致」という言葉を使って論じてきた。では、この「一致する」ということは、果たしていかなる意味を持つのであろうか。導き出される可能性は、次の二つに集約されるであろう。

①『三十六人集注釈』は正保四年版本『哥仙家集』出版後に『哥仙家集』の和歌に注釈を施したものである。

②『三十六人集注釈』に使われた「三十六人集」と正保四年版『哥仙家集』の底本としての「三十六人集」が同系統（あるいは同じ）である。つまり共通の祖本とでも呼ぶべき本文が想定できる。

従来は、このような場合には、①で示した結論、つまり版本に注釈が施されたと考えてきたのではないだろうか。しかし、今の場合は、それでは説明がつかないと思われる。仮にそうであると想定するためには、『三十六人集注釈』の成立を伝える年号（識語の年号）を全て否定しなければならない。が、その点を否定する積極的な根拠は今のところ見出せない。稿者は現存の『三十六人集注釈』の著者が貞徳であるという立場に立つ。ならば遅くとも識語に見える「正保三年」までにこの注釈書は成立していたと考えられ、正保四年に刊行された版本の『哥仙家集』を参照することは不可能である。

また仮にこの『三十六人集注釈』を幽斎の著作と考えるならば、その成立は、同じく識語に書かれた「天正十七年」ということになるが、『哥仙家集』を参照することはできないという結論に変わりはない。

さらに先に見た版本作成段階での事故と思われるような箇所にも注釈が施されていたことを考え合わせるならば、結論は②以外には考えられない。一致しなかった例の中で、『哥仙家集』の独自のものは、版下作成段階での読み誤りであると考えられ、そのことは、共通の祖本が存在する蓋然性を高めるように思われる。

「三十六人集」の重要性を説き、その和歌に注釈を加えた人（貞徳と考えてよいだろう）と、そのわずか一年後に『哥仙家集』を出版した書肆が、同じ系統の「三十六人集」の本文を利用していたのである。つまり、その祖本と呼ぶべき「三十六人集」を利用して、一方では、歌が抄出され注釈書が編まれ、また一方では『哥仙家集』出版のための底本（直接の版下ではない）とされたのである。このことについては、偶然の一致だと考えるのが穏当な解釈であろうし、当時の「流布本」とでも呼ぶべき本が、両者の使った系統の本だったとも考えられよう。

しかし、正保版本の書肆である中野はこれだけ大部な「三十六人集」をいったいどこ（誰）から手に入れたのだろうか。そのことに誰も関与していなかったのかということは疑問である。書肆中野が「三十六人集」を個々別々に寄せ集めてきたと想定するのは無理があるから、やはりまとまったものを利用したと見るのが妥当であろう。既に市古夏生氏が「堂上方では出版を殊の外嫌っていたらしい」と指摘されるように[4]、堂上方では出版行為そのものを嫌っていたふしがある。細川幽斎の『詠歌大概抄』などは早くに版本が出ているにもかかわらず、堂上方ではずっと書写され続けているのである。そんな彼らから、「三十六人集」が直接流出したとは、考え難い。またいったいどれほどの見込みがあり、売れるという確信を得ていたのかも定かではない。

これらのことを思い合わせるならば、貞徳の『三十六人集注釈』が『哥仙家集』と同系統の「三十六人集」を以って注釈を加えていたと考えられる事実は、改めて注意される。正保四年版『哥仙家集』の書肆「中野道也」（＝中野小左衛門）には、次のような歌書類の出版が確認できる。[5]

寛永十二年　　八雲御抄
寛永十三年　　自讃哥註（宗祇）
寛永二十一年　右京大夫家集
正保四年　　　哥仙家集
承応二年　　　大和物語抄（北村季吟）

万治四年　女郎花物語（北村季吟か）
寛文元年　土佐日記抄（北村季吟）
寛文十一年　和漢朗詠集註（北村季吟）
延宝五年　逍遊愚抄（貞徳家集、和田以悦序文）

特に正保四年『哥仙家集』出版後、貞徳一門である北村季吟や和田以悦と書肆中野の密接な関係が推測されるのである。彼らと書肆中野との関係がいったいいつから始まったのかは、確認する資料を持たないけれども、それ相応の信頼関係がなければ、特に貞徳の私家集『逍遊愚抄』の出版などは容易には、引き受けられないのではないだろうか。そう考えるならば、晩年の貞徳かあるいはその周辺のものが、書肆中野と近い関係にあったとしても不思議ではない。

この点を重く見るならば、次のような憶測を加えることは許されるであろうか。貞徳周辺では「三十六人集」の重要性が唱えられ、その歌語が実作に用いることの可能性も説かれていた。「三十六人集」の本文が調えられ、同時に貞徳による講義も行われた。第四節で既に述べたように、『傳授鈔』には「三十六人集ヨミ、キ、ケル時」とあり、『古今集』の講義の後、「三十六人集」の講義が開かれたと推量される。結果として、それは『三十六人集注釈』の形に結実したのだろう。『三十六人集注釈』の識語には、

三十六人の家集は、常に見習へき由、詠哥乃大概にみへたれ共、大部なれは、見る人まれなり。又見るすへしらねは、取へき哥をしらす。とるましき詞とるゆへに、今、用捨して、童蒙の為となすものなり。秘へし。〳〵。

と説かれていた。「正保三年」という識語に見える年は、貞徳が大病を患っており、直接講義を行ったのではなく、まとまったものを門人に授けたと見るべきであろうから、それ以前に『三十六人集注釈』は編まれていたと見ておいてよい。また貞徳が改めてその重要性を説いたのであるから、その本文全体もまた必要とされたであろう。そこで、

「三十六人集」の出版の話が持ち上がった。版本の底本（直接の版下ではない）提供は約束され、しかも一定の読者が見込まれるのである。あるいは、限定出版のようなものであったかもしれない。書肆中野にとっても、それは決して悪い話ではなかったはずである。(6)

ならば、その共通の祖本として想定される本文はいったいどのように成立したのかということが、次に問題となろう。今のところそれに応える資料は持ち合わせていない。例えば、『私家集大成』の解題を見ても分かるように「三十六人集」の伝本の中で『哥仙家集』の多くは一系統として立つことから考えても、どこかの段階で、代表的な伝本を参照しつつ編集された可能性があると考えられる。あるいは、貞徳の師である幽斎あたりが所持していたものかもしれない。あるいは、その本文作成もまた、「三十六人集」総体としての重要性を説いた、貞徳その人の仕事ではなかったかとも想像されるのである。が、その想像を裏付ける根拠はなく、これ以上の憶測を重ねるのは慎しむべきであろう。本稿では、「底本提供者」としての地下歌人の役割が容認されるのであれば、それで十分としなければなるまい。

五　おわりに

例えば『袖中抄』は、慶安四年に刊行されている。上野洋三氏の「近世歌書刊行年表―寛永～元文―」（『元禄和歌史の基礎構築』所収）に照らし合わせても、比較的初期の出版に属している。識語などからも、誰がその版行に関わったのかは、全く不明ではあるけれども、当時、最も『袖中抄』を利用し、その重要性を最も心得ていた一人に貞徳がいたことは確かである。彼の『歌林樸樕』は、何より『袖中抄』に規範を仰いでいたのである。(7)ならば、その版行に何らかの形で貞徳、あるいはその周辺のものが関わったのではないかと憶測したくなる。当時の書肆がどれほどの教養を身に付けていたのかは、よく知るところではないけれども、歌書の出版に関しては、彼らの力だけで単独に為し得たとは、考え難いのである。

出版するべき書目の選定、底本となるべき本文の提供、校訂、ルビふりなど、どのように関わっていたのかは全てについて判然としているわけではないけれども、地下の歌人たちが何らかの形で、初期の歌書出版に関っていたと考えておいてよいのではないだろうか。あるいはこのようなことは既に漠然と考えられてきたのかもしれない。本節では、注釈書の和歌本文の問題を具体例とすることで、その可能性を高めるべく努めるとともに、近世初期の歌書の出版についての試論を展開した。

【注】

（1）曾根誠一氏「『三十六人歌仙家集解難鈔』の写本について－幽斎系と長頭丸系本文の検討－」（『花園大学文学部研究紀要』第三十二号、二〇〇〇年三月）。

（2）一つの集の中では、『赤人集』に一ヶ所、丁を隔てての入れ替わりがある。『兼盛集』、『貫之集』にも一ヶ所ずつあるが、それらは連続した和歌の入れ替わり。また集のまとまりとしては、『哥仙家集』の順序で概ね一致するが、『哥仙家集』では第十冊にあたる『順集』と第十一冊にあたる『元輔集』が、そのまま第十三冊にあたる『信明集』の後ろにずれている。ただし、その中での歌の順序は変わらない。もともと一冊ずつであったものを『哥仙家集』の段階で合冊しているのであろうから、集全体の順序が入れ替わっても、特に問題とはならないであろう。

（3）第四節で引用した前掲の林論文B。

（4）市古夏生氏「物の本の世界－法語と歌書－」（『近世初期文学と出版文化』、一九九八年六月、若草書房刊）。

（5）矢島玄亮氏『江戸時代　出版者・出版物　集覧』、上野洋三氏「近世歌書刊行年表―寛永～元文―」（『元禄和歌史の基礎構築』、二〇〇三年十月、岩波書店刊）などを参照した。

（6）近世の初期の特に歌書については、版本になったからといって一概に広く流布していたとは言えない面もあると思われる。それほど多く刷られたとは考えられないのである。今述べたような内輪の出版であった可能性も考慮しておくべきだろう。おかしな言い方だが、版本という形での（あるサークルにしか流通しないという意味での）秘伝的な書物もまた、存在し得たのではないだろうか。のちに「秘伝」を題名に持つ本が出版される。もちろん「秘伝暴露」なのであるが、同時に「版本」という「秘伝書」もまた、全く容認されないものではなかった、つまり限定的出版もありえたのではないかと思われるのである。

（7）このことについては、本章第二節において考察した。

第六節　『堀河百首』の注釈をめぐって

一　問題の所在

版本の題簽および内題から一般に『堀河百首肝要抄』と呼ばれている『堀河百首』の注釈書は[1]、その版本の内題の下に「細川幽斎秘説　貞徳記之」とあって、ひとまずは、「堀河百首」についての細川幽斎の秘説を松永貞徳が記したものとして理解される。

しかし、その注釈内容の検討から小高敏郎氏は、「そこでその説を検してみたが、幽斎の説か貞徳の説を識別することは困難である」とされ、版本に付された自序の語るところや、本文中にしばしば窺える「丸云」などの記述から、「本書は、貞徳が幽斎の堀河百首の講義の聞書をもとにし、之に九條稙通の説や自説を加味し、新に編んだものと考ふべきであらう」と結論付けられた（『続篇』）。また版本にしか見られない序文の問題については、「三十六人集」の注釈書の序文との関連を指摘され、そこに両者の成立事情を明確にすべき手がかりを含んでいることも示唆された。

以上の小高氏の本注釈書の性格についての記述は、十分に首肯されるのであるが、その後の『堀河百首』の注釈の研究の進展に伴い、小高氏の著書の段階では、確認されていなかった伝本（写本）の存在が報告された[2]。それは新潟県立図書館に蔵される『和歌の詠み方秘伝抄』（題簽）と題された本である（以下、「新潟本」と略称する）。『校本堀河院御時百首和歌とその研究　古注索引篇』（以下『研究古注篇』と略称する）の解題によれば、この「新潟本」はすこぶる注目すべき伝本であるという。つまり、その奥書には、幽斎の名しか見えないのである。『研究古注篇』では、「この幽斎の奥書により、此の注が、幽斎の手になるものであることは、ほぼ確実であろう」と述べられる。貞徳の関与は全く認められないというのである。

けれども、議論はそう単純ではない。既に小高氏の指摘があるように、内閣文庫に蔵されている本は、正保二年の貞徳識語を有している。この識語をどう考えるかということについては、『研究古注篇』では触れられていない。

以上のことから、この注釈にはいったいどの程度の貞徳の関与があったのかということが改めて問題となろう。版本と貞徳の関わる写本しか知られなかった時代においては、小高氏の結論は、すこぶる妥当なものであったが、「新潟本」の存在は、そのことを根底から覆す可能性もある。テキストの形態上からは、幽斎の単独の著作とも考えられるのである。そこで本稿では、奥書の問題はいったん外へ措き、注釈の内容の検討からこの注釈書の性格を再確認し、改めて編者（注釈者）の問題について考えたい(3)。

二　伝本の整理

内容の検討に入る前に、伝本について簡単に整理しておこう。まず写本と版本に大きく分けることができる。写本については『研究古注篇』にも紹介されているが、記述に誤りがあるのでその訂正と若干の補足を含めて示すことにしたい。なお基本的に同一の本文で、内容について論を進めるにあたり、大きな問題となる違いはない。伝本によって書名が異なり、写本で『堀川百首肝要抄』（内題）と題するものは、東京都立図書館蔵本だけであるが、便宜上、『肝要抄』として論を進めることにする。掲出する本文は「内閣文庫本」を底本とし、適宜他本も参照した。

A、写本

《幽斎奥書本》

①新潟県立図書館本

『研究古注篇』において、新しく報告されたもの。外題内題ともに『和歌の読方秘伝抄』とする。次に示す奥書がある。

「初度百首之内」の奥書には、

此一巻於座右為披見也。敢不可出窓外、尤和歌読方之秘抄所仰之

天正十七年仲秋天玄旨法印在判

また、「後御百首之内」の奥書には、

右一巻座右為披見也。敢不可出窓外耳矣

天正十九林鐘念八日法印玄旨在判

さらに、ともにこの奥書のあとに、

中院殿前内府通村公御秘本、蒙御免許令書写、深納函底、雖憚他見、依難応望黙止、今不動院祐海法印令伝授畢、努々不可有他見者也。

承応第二秋九月吉辰　一楽軒法橋永治判

と記される。『研究古注篇』では「通村が此の年（承応二年）の二月に薨じている点で疑問が残る」とされたが、こ

れは、通村の生前にこの注釈書を披見し、書写を終えていたと考えてもよいのであって、「疑問」としなくともよいと思われる。この奥書の人物などについて『研究古注篇』に特に言及はないので、少し補足しておけば、「一楽軒法橋永治」は伊藤栄治のことである。また伝授したとされる祐海法印は『百人一首師説抄』などをまとめた人物で、栄治の弟子。伊藤栄治の事跡については、川平敏文氏「伊藤栄治―ある歌学者の生涯」[4]に詳しいが、この注釈書のことについては触れられていない。栄治は、貞徳門弟と考えられるが、直接その関係を示すものは知られていないと言う。

先に述べたように『研究古注篇』では、この奥書を持つ新潟本の出現により、『肝要抄』の著者の問題は決したとされる。が、内容に眼を向けてみると、本文は、『研究古注篇』の翻刻の底本に使われた「内閣文庫本」や版本と大きく異なることはなく、後に検討するように、この本にも「丸云」などの形式で貞徳の私見も記載されている。したがって、幽斎の奥書をそのまま純粋に信用して、その注釈の全てを幽斎のものとするには疑問が残る。またこの「新潟本」は、「内閣文庫本」などと比べると、書写の際の単純な目移りになどよる誤脱が見られ（【百九　みぬま】・【百九十　宿もせ】など）、本文としては、善本とは言い難い。『研究古注篇』が、この本が幽斎著作を裏付ける決定的な本であるとしながらも、翻刻にあたっては内閣文庫本を底本として使用されたのは、そのあたりの事情を考慮してのことであろうか。

②長崎県立図書館本

未見。近世文学会が長崎大学で開催された折に、長崎県立図書館蔵の善本・稀書展があり、展観された。その折に編纂された解説書によると、[5]外題は、『和歌詠方秘傳抄抜書』、上巻が『太郎百首』、中巻は『三十六人集』、下巻は

『次郎百首』の注釈書で、「幽斎の簡潔な評が所々付されている」という。『太郎百首』の後ろに「幽斎（天正十七年）—栄治（正保二年）」、『三十六人集注釈』の後ろに「幽斎（天正十七年）—長頭丸（正保二年）—一楽軒栄治（正保二年）」、また『次郎百首』の後ろに、通村のことも記された新潟本に近い「幽斎（天正十七年）—栄治（正保元年）」の奥書がある。内容の検証が、必要であるが、伊藤栄治の名前が見えることから、ひとまずは、新潟本と同系統のもの（あるいは抄出本）であると判断した。

《貞徳奥書本》

内閣文庫本

『研究古注篇』の翻刻の底本。外題は『両度百首抄　康和　永久』（題簽）、内題はない。『研究古注篇』には特に言及されていないが、右に示すような、貞徳の奥書がある（小高氏も指摘）。

右注説依需和田宗達抄書而授与之
不可有他見者也
正保二年乙酉端五日　　長頭丸　在判

《幽斎・貞徳に関する記述のない本》

①彰考館本

外題は『堀河両度百首鈔』（題簽）、内題は『堀河両度百首之抄』とする。後半に北村季吟の注釈が合冊されている（『研究古注篇』に翻刻されている）。その両注釈の間に、此抄は、先師逍遊軒、人のために草し給へる也。（中略）猶かの百首の中にめつらかなること、もおほかるを、此しりへにかいつらね、又ききをき見出し、古人の説々にまかせて置なる程をそへて、子孫にのこし侍し。

と、おそらくは季吟の手になると思しい序文とでも呼ぶべき文章があり、そこには「此抄は、先師逍遊軒、人のために草し給へる也」とあり、『肝要抄』が貞徳の著作であると認識されている。なお、「内閣文庫本」「彰考館本」にはともに頭注があり、『研究古注篇』では「貞徳自身の注は内閣文庫本などには頭注形式で書き入れられている」とするが、それは誤りである。次に示す「九州大学本」同様、「拾穂案スルニ」などと書かれているように頭注は、北村季吟の注釈である。

②九州大学附属図書館本(6)

『堀河両度抄』と題する、「元禄三年孟春」の書写奥書を持つ書写年次の確かな本。先に述べたように「内閣文庫本」「彰考館本」と同様、北村季吟による頭注がある。なお季吟注の「太郎百首」の部分については上野洋三氏によって翻刻されている。

③東京都立日比谷図書館加賀文庫本

外題は『堀川院百首抄』（題簽）、内題は、版本と同じ『堀河百首肝要抄』。『研究古注篇』に「刊本の親本らしい」と指摘される。「親本」という意味を図りかねるが、版本特有の序文を持つわけでもなく、また内題の下に、「細川幽斎秘説　貞徳記之」とあるわけでもない。写本のうち唯一内題が版本と一致しているが、それだけでは「刊本の親本」と見ることはできないだろう。また序文や内題の下の記事を持たないことから、版本の写しということでもないだろう。

B、版本

外題、内題ともに『堀河百首肝要抄』。披雲軒主人の記す跋文の日付に「貞享改元歳次甲子孟春上旬」とある。大阪府立中之島図書館をはじめ比較的多くの図書館に所蔵される。写本系統にはない序文を持つ。小高氏の『続篇』に既に紹介されており、また長文でもあるので、『肝要抄』撰述に関わる部分のみ引用する（句読点私意）。

今はたねむりのいとま、堀川御百首太郎次郎のうち、とり用ひてよきことは、証歌となるへきたくひ、数百首をゑらひ出て堀河百首肝要抄となつけ侍るものなり。

この記述よりも前のところで、『堀河百首肝要抄』編纂以前に「三十六人集」について、『肝要抄』と同様、歌に「とるへき」詞を選定したことが記されている。

三　『三十六人集注釈』との関係―伝本と構成―

この版本の序文に関連して、伝本の問題としてもう一点触れておくべきことがある。それは、『三十六人集注釈』との関係である。

『肝要抄』の伝本の状況を鑑みるとき、私どもは、ひとつの興味深い事実に思い至る。それは、先に序文をめぐって小高氏が、成立の問題と関わると示唆された『三十六人集注釈』の伝本状況と極めて類似しているということである。[7]それは、

①幽斎奥書（天正十七年）、貞徳奥書（正保）を有する写本が存在すること。
②基本的に幽斎の著作として、ともに刊行されていること。

の二点においてである。(8)

先の第四節において、『三十六人集注釈』の内容の面から検討を加え、それが貞徳の考え方や説を多く反映しており、貞徳の著作と見るのが妥当であり、幽斎の著作であるとは、到底考えられないことを論じた。幽斎の奥書は偽奥書と見なさざるをえないのである。ならば、『肝要抄』にも全く同様の可能性が考えられるのであるが、さしあたっては、テキストの伝本状況の類似のみを指摘するにとどめ、以下、そのことを前提とはせずに、『肝要抄』についても、内容の面から検証することにしたい。

結果として、この注釈書に貞徳の影が大きく認められるならば、この伝本状況の類似は、幽斎著作ではない可能性を高め、と同時に貞徳著作であることの有力な証拠となるであろう。

さらにこの『三十六人集注釈』との関連は、伝本の状況だけにはとどまらない。その注釈書としての構成も全く同じであると言って差し支えない。『肝要抄』は既に『研究古注篇』に翻刻されているが、これは、『堀河百首』を研究する人の便を慮って、注釈が歌番号順に取り上げられている。しかし『肝要抄』の実際の構成は、そのようにはなっていない。既によく知られた資料ではあるけれども、構成については、『研究古注篇』の解題でも触れられていない。また小高氏も『三十六人集注釈』と同体裁であると述べるにとどまる。もちろんその指摘で十分なのだが、この構成は本注釈の性格を考える上でも大変重要なことがらであると思われるので、少し詳しく、その点について述べておきたい。

序文にもあるように、『肝要抄』の基本的な関心は歌語にあるわけだから、その歌語がまず掲出される。次にその歌語を含む『堀河百首』の歌が挙げられ、注釈が施されているのである。そしてそれは『堀河百首』の歌人ごとに整理されている。具体的には、「権大納言藤原公実」から始まり以下、公実の歌を出典とするものが十四首続き、「権中納言大江匡房」へと移る。歌の数は各歌人一定しておらず、「師頼」のように三首しか取られていない者もいる。一人の人物の中での順序は、ほぼ『堀河百首』の並びに準じている。この構成は『三十六人集注釈』が、まず「人丸」(『人丸集』)から始まって、そこから歌語を抽出し、注釈を加え、「人丸」が終われば「家持」(『家持集』)へと移って行くのと全く同じである。『堀河百首』の伝本の中に歌人別に百首をまとめたものの存在を聞かないので、この構成は、『三十六人集注釈』に倣って、意図的に構成されたと考えてよいだろう。したがって、序文に既に述べられていたように、『三十六人集注釈』執筆後、全く同じ構成と方法で、この『肝要抄』も編まれたといってよい。さらにこの構成と方法は、詞の掲出・歌の例示・先人の注釈の引用・貞徳の意見の展開と見ることができ、そのように捉えるならば「注釈書」としての性格はむしろ薄く、貞徳の二つの歌学書、『歌林樸樕』『和歌宝樹』と極めて類似していると言えるのである。

四　貞徳の私見をめぐって

以上のように、歌語の掲出・歌・そして注釈という構成を採っていることからも知られるように、注釈は当然一首の理解よりも歌語自体にこだわったものが多く、また末尾にしばしば「とり用ゆべし」などと、その詞を実際に詠んでよいかどうかの判断も示されている。その注釈のなかに「丸云」という形で、貞徳が私見を加えている部分が見出される。この点について『研究古注篇』では、これらの字句は「但丸が失念歟。医家に問わるへし」の個所が端的に窺わせる如く、幽斎の講義を貞徳が筆録したということの注釈の成立過程を、これらが物語っているものと解される。

とする。が、私の見るところ、そのような部分は、右の引用部分だけであって、おおむね「丸云」として、貞徳が私見を展開していると見受けられる。おそらく「丸云」として示された私見自体が、一見短く見えるところがあるので、その部分だけをこのように講義の様相を示したものと見誤られたのではないかと思われる。まず「丸云」として述べられているところから検討することにしたい(9)。

例えば、次のような例。

此歌顕昭自筆の本に云、むろのをしねと云事、不審也。むろは、早稲也。（中略）しかるを、しねは晩稲也。むろのおしねとつゝけん事如何。若、紀伊国のむろ郡のをしねとよめる歟。たなゐは種をひたしてをく井也。（中略）是までは顕昭也。丸おもへらく、「むろのをしね」とよめるところ、作者の粉骨也。其ゆへは、わせのたねをひたすむろへ、去年取ちかへてをしねをまきしゆへ、当年あやまらしと云事をいはんとて、思ひ出てとはよめる也。さにてこそ面白けれ。秋かりしむろのわさたを思ひ出てとよめは有ことにて、何の詮有へからす。惣別うたには、所詮と云ならひありて、詮なき事をはよまぬ物也。上手下手のかはりめ、此時にあらはる。是一大事のよみかたなれとも、こゝに註す。此説、あたに思ひて見給はゝ、不知恩の人にて、此道冥加あるへからす。又たなゐとは、田の中の井と云事を中略の詞也。【百八　むろのをしね】

これは「是までは顕昭也」とする前半部は、次に示すように顕昭の『散木集注』を引用している。

むろのおしねといふこと、不審なり。むろは、早苗なり。（中略）しかるをおしねは晩稲なり。むろのおしねとつづけむこと如何。若、紀伊国のむろの郡のおしねと読歟。たな井は種をひたしておく井なり。（以下略）（『日本

歌学大系　別巻四』による）

その『散木集注』引用の後に「丸おもへらく」と貞徳が私見を加えている。「惣別」以下は、歌の「よみかた」全般に関わる私見である。「あたに思ひて見給は、、不知恩の人にて、此道冥加あるへからす」と、「不知恩の人」を厳しく戒める一文は、貞徳の著作にはしばしば窺え、貞徳の常套句とも言える。最後に「たなゐ」のことを記すのは、前半同様、顕昭と意見が異なるからであろう。このような形式での先行注釈書の利用は、貞徳の『歌林樸樕』や『和歌宝樹』にもよく見られる方法である。とりわけ顕昭の説は、貞徳のもっともよく学ぶところであったことは既に、前節までに繰り返し述べてきたところである。ならばこの注釈の場合、前半の「顕昭也」というところまでを、幽斎が『散木集注』をそのまま利用し、それに貞徳が私見を加えたと見るよりは、顕昭説の引用を含め、一括して貞徳の注釈と見ておくのが妥当であろう。したがって、少なくともこの注釈に幽斎は関わっていないと考えられる。また本章第三節で考証したように、『和歌宝樹』が『散木集注』を出典の一つとしていたように、貞徳にとって『散木集注』は、言わば自家薬籠中のものであった。この部分については、『和歌宝樹』との関連も見出すことができる。『和歌宝樹』も『肝要抄』と同様、前半は、『散木集注』を引用する。その後「丸か云」として、

常ノヲシネナラハ、冬カケテカルベキヲ、此哥ニ秋カリトヲカレシ五文字ニテミレハ、ワセノ中ノ奥テト云事モ有ナルベシ。（中略）紀国ノムロニハアラザルベシ。サテコソ、下ノ句ニ去年ノムロノオクテハ、秋中ニ、ハヤクカラント、種ヲイソギテマク心ヲヨメルカ。

と貞徳の私見が述べられる。両書の先後関係が今ひとつはっきりしないので、どちらからどちらへと論が展開したのかは、にわかには決しがたいけれども、共に顕昭の「むろ」を「紀伊国」の地名と取る説には反対で、「むろ」と「おしね」が重なる矛盾を、そこにこそ作者の工夫があるのだとして解釈しようとする姿勢は、変わらない[10]。

また「冬寒み末のかれ葉も落はて、もとしのはかりたてる芦哉」の注釈は、

祇注云、末葉は落果て、本のしの、やうなる葉斗残るを云也。以上。丸おもへらく、しのはしけき也。もとしけかりし所の葉はかり残ると云事歟。篠には、不可有之。【百八十七　もとしのはかり】

とあり、前半が、「祇注云」とその引用が明記されるように、「本しの計とは、末葉は落て、本の篠の様なる計のこりたる也」（神宮文庫蔵『堀河院百首抄出』（『研究古注篇』による））と、宗祇の説に全く一致している。その「篠」説に対して、貞徳は「丸おもへらく」として「しけき」説を提示するのである。前半が、宗祇説、そしてそれを受けて、貞徳が自説を展開するわけであるから、ここにも幽斎の独自の説が展開されているわけではない。

以上は、先行する注釈に貞徳が私見を述べている場合のみを取り上げたけれども、貞徳自身の私見は付されずに先行する注釈の記述だけに終始することもある。以上述べてきたことを考慮するならば、このように先行の注釈書を利用する場合は、その引用主体は貞徳である可能性が高いと言えるのではないだろうか[11]。

このような貞徳の発言は、先行注に対して、私見を加えるだけではない。例えば、「みぬま」という歌語を掲出して、次のような注釈が展開される。

此題は、杜若なれとも、うた恋歟。（中略）此歌をこゝに註する事、末生のため也。其故は或は鳰、或は沼、或は杜若、或は水、或は芦、或は鷺なと云題にて、何とも思ひよりの詞なき物也。さやうの時、此俊頼の杜若と云題にて、鳰鳥のすたくみぬまとかさりたてゝ、恋やらん、述懐やらん、故なき事をゆへあるやうに、歌からつよく心ふかけなれは、歌厚く聞えて殊勝に侍る也。此境に心持を教へんとして巨細に書顕し侍る。能々吟味して、丸か志の程をも推量給へし。【百九　みぬま】

この場合「丸」つまり貞徳の私見を「丸か志の程をも推量給へし」の部分だけであると考えるのは、不当であろう。

いちいちの例を挙げて検討しているわけではないので、判断しにくいけれども、先に引いたように『研究古注篇』の解題では、このような「丸」の発言部分のみを、貞徳説と見なしているような感がある。しかし、言うまでもなくこの部分は、その前に述べた事柄について、「能々吟味して、丸か志の程をも推量給へし」と言っているのであるから、貞徳の私見は、ここで展開された注釈全てということになる。一読して、この注釈が歌語の注釈でもなければ、歌一首の解釈でもないことは明らかであろう。ここで述べられているのは、「鳰」「沼」「杜若」などのように「思ひよりの詞」が無い題の場合には、この俊頼の歌のように「かさりたて、」「故なき事をゆへあるやうに」詠めという事である。ここで注意しておきたいのは、詠歌のあるべき姿からは程遠い、かなり強引なことを説いたことに対して、「此境に心持を教へんとして巨細に書顕し」たのだから、その点を「能々吟味して」「志の程をも推量」してほしいと願う貞徳の物言いである。つまりこの部分に関して言えば、発言の責任は全て貞徳にあるのであって、幽斎は関わっていない。

さらに、この俊頼の歌に対する評価は、『歌林樸樕』にも、

丸案ニ（中略）ヨクヨク哥ノ厚事ヲ吟味スベキナリ。定家卿ノ、俊頼ノ哥ヲホメラレテ、ウラヤミ給モコレラノ哥ニテシラレタリ。彼卿ノ哥一重ナルハ、マレナリ。皆カヤウニ厚侍也。コレヲイヤシキ事ヲヨメルハ、カヘリテヤサシキ也。此風ヲイヤシト聞ハ、無相伝ノ歌人ナリ。是イヤシカラズ、コレハ、ツヨキ哥ナリ。【シ、ネ】

とあり、俊頼の歌を「強く」「厚い」歌であると捉える点が一致している。したがって、この部分は、全く貞徳が私見を述べていると考えてまちがいない。

また『歌林樸樕』との関係で言えば、『肝要抄』とその注釈が一致する場合もある。例えば、「しなか鳥」の解釈をめぐってである。『肝要抄』では、

　しなか鳥、袖中抄に色々取沙汰せらるれ共、終に落着なし。（中略）憚なから、丸、此鳥の名を案するに、鴫也。鴫ははしの長き物なれは、はしなか鳥と云事也。はの字を上略したる詞也。（拾遺集神楽歌引用、略す）是にて覚悟し給ふへし。三百余年、天下歌人のしられさる事を、只今弁明し侍るは、丸、此道に深き故、冥慮の不斗授給へる物ならし。

と、『袖中抄』を引用しつつ、それまでの説の歴史を振り返りながら、「憚なから」と貞徳は、自説を展開する。『歌林樸樕』でも「顕昭云」と、まず『袖中抄』を引用した後、

　丸案ニ、是ハヤスク心得ラレヌル歌ナリ。（中略）丸カ今ヤスヤスト了知スルトテ、書付タラハ、ケニモトハ思ナカラ、ニクシト思テカヘリテソシラル、事モアルヘケレハ、同志ノ人ニカタリテ慰ヘシ、ト書サリツレト、又カキテケスハ、何事ヲカ云ラント疑人ノ希ヲハラサン為ニコ、ニアラハス也。是ハ鴫カ居ル野ト云コトナリ。鴫ハ根本ハシナガキモノナレハ、「ハ」ノ字、「ナカ」ノ字ヲ略シテ「シキ」ト号ストミヘタリ。今シナガトリモ、「ハ」ノ字ヲ上略シテ云也。（以下略）

と、全く同様の説を展開しているのである。自説を述べるに当たって、躊躇する心情を吐露し、謙遜しながらも、なお自説を主張するのも、『肝要抄』において「憚なから」と切り出したり、自説を展開した後に述懐する態度と一脈通じるものがあろう。言うまでもなく、ここにも幽斎が関与した形跡は全く認められない。

　この謙遜したり、述懐したりなど注釈の「物言い」ということに注目するならば、「丸云」と貞徳の私見であることが明示されていなくとも、他の著作と照らし合わせることによって、貞徳が私見を述べているのではないかと推量される部分も、少なからず存在する。

　例えば、

是らよき証歌也。仍末生覚悟のためにこれをしるす。【八十一　めにつく】

……舟と云字なくとも、とかむへき事にあらすと先達の教也。為覚悟載之。【三十二　吹わけ】

は、『歌林樸樕』の「右ノ説ハ鴨ノ長明カ無明抄ノ説ニハ相違也。為覚悟載之」【ス、キ】という物言いに極めてよく似ていよう。また、

不相伝歌人すこしも知へきことにあらす。こゝにあらはしたき儀なから、自見の人の師伝をかろしむるつらのにくさに筆をたつ物也。これ意地のわろきにはあらす。古語に聖人道を秘するにはあらす。秘して伝へん為と云々。

【九十九　思ひ草】

に展開される「自見の人」に対する批判的な視点は、貞徳の著作にはしばしば窺えるところであり、既に本章第一節においても指摘した。例えば、『詠歌大概安心秘訣』には、「自見の人は、師匠はいらぬものそとおもひ……邪見放逸の事也」とあり、また『歌林樸樕』にも「自見シテ師伝ヲセヌ哥人ハ、アサマシキコト、云事ナリ。【アサモヨヒ】」と見える。師伝を尊重しない、独りよがりのあり方を認めないというのは、『載恩記』などにも散見し、貞徳がしばしば主張するところである。「丸云」とは記されていないけれども、これも貞徳の意見と考えておいて差し支えないだろう。貞徳にとって、師より相伝を受けることは、自らの立場に照らし合わせても極めて重要なことがらであって、独りよがりで納得し、「師伝」を否定する人がいることは、許せないことであったのだ。

以上、「丸云」と明示して、貞徳が私見を加えたと思われる部分、また貞徳の他の著作に照らし合わせて、おそらく貞徳の私見だと判断される部分について検討を加えてきた。『研究古注篇』の解題が「幽斎の講義を貞徳が筆録したということこの注釈の成立過程を、これらが物語っているものと解される」としていたのは、そのようなところが全くないわけではないけれども、改められるべきであろう。貞徳の私見は、本注釈書にとって、極めて重要な位置を占め

ているのである。

五　幽斎著作の可能性

以上、内容について考証を重ねた結果、貞徳が、この注釈に大きく関与していることが判明した。ここでは、幽斎の関与の可能性およびその度合いについて、検証することにしたい。

そのためには、幽斎の自説であると確実に指摘できるところが探し出せれば、一番確実なのであるが、果たしてそのような部分を指摘できるであろうか。今まで検討してきたことから、先行の注釈を引かないところ、また「丸云」（あるいは断らない場合も見受けられるが）として貞徳が私見を加えないところが、基本的には、幽斎説である可能性を指摘できるところである。しかしながら、この判断は、すこぶる厄介である。幽斎に限っては、他に比較検討する資料を見出していないし、「幽斎云」や「玄旨云」などのように自らの説の部分を明示するところがないからである。つまり幽斎の意見であってもよいが、貞徳の意見ではいけない理由もないのである。

したがって、ここでは、幽斎と『堀河百首』の接点について考えることにしたい。少なくとも幽斎がどのような興味で、『堀河百首』を捉えているかがわかり、この『肝要抄』の性格とそれが合致するならば、幽斎の関与の蓋然性は極めて高くなると思われるからである。例えば、『耳底記』の記事から幽斎の『堀河百首』への関心のありようを窺うことができる。「本歌取り」の議論に関連して、幽斎は、

次云、堀河院の百首まで本歌にとるなり。そのうちでもよき人のを本歌にとるなり。これが習なり。（『日本歌学大系　第六巻』による）

と述べている。短い記述であるので、その本意を図りかねるところもあるけれども、幽斎にとっては、まず第一に本歌取りの範囲を限定する基準として『堀河百首』に関心が向けられていた。「そのうちでもよき人」とさらに限定しているることから、全ての堀河百首歌人の歌を本歌としてよいと考えているわけではないのだろう。もちろんこの幽斎の発言は、『愚問賢注』（『歌論歌学集成　第十巻』による）の、

本哥をとるには堀河院の作者までをとる。其已後はとるべからざるよし申。此分子細なきをや。（以下略）

本哥は後拾遺などまでの哥也。堀河院百首の作者も俊頼朝臣などの近来とる事ありと八雲御抄に見え侍歟。彼卿百首作者も人の口にある名哥などのそれとおぼゆるをとるべきにや。（以下略）

という問答に基づいているとみてよい。そしてこの『愚問賢注』は、そのなかでも述べているように、『八雲御抄』巻第六用意部「第四　古歌をとる事」の、

近代俊頼が歌などは、やうやうとることになりたるや。それも猶ちかき歌をとるに似たり。歌をとらむには、なほ古き歌をとるべきなり。（『日本歌学大系　第三巻』による）

ということを受けているのである。

ならば、『耳底記』の発言は、幽斎がことさら『堀河百首』に強い関心を抱いていたというよりは、本歌取りにあたって、伝来の説を述べたに過ぎないということになろう。『肝要抄』の関心は、基本的に「歌語」にあるのであって、幽斎の関心と一致するとは言い難い。また、『肝要抄』には、例えば俊頼など、特定の歌人だけが取り上げられているわけではなく、この点も「よき人のを」と限定する幽斎の発言とは矛盾することになる。少なくともこの発言から読み取れる限り、『肝要抄』の編まれたのと同じ方向では、幽斎は『堀河百首』に関心を抱いていなかったと思われる。

では、貞徳はどうであろうか。いったん序文に書かれていたことを外に措けば、貞徳にも『堀河百首』に限定して、「歌語」を問題にしている発言はない。けれども、前節までに述べてきたように、貞徳が「歌語」に並々ならぬ関心を寄せていたことは、他の著作からも明らかである。その一つ『和歌宝樹』は『堀河百首』を出典のひとつとしているのであるから、その延長線上に『肝要抄』が編まれたとしても矛盾はないと思われる。

六　おわりに

いくつかの新しい資料を追加し、個別に内容について検討を加えた結果、『肝要抄』の、少なくとも現存するテキストは、貞徳著作と考えておくのが妥当であると思われる。いったん措いておいた伝本状況が『三十六人集注釈』と類似するということが、ここに至って、幽斎著作を否定し、貞徳著作であることの有効な状況証拠となろう。つまり『三十六人集注釈』同様、幽斎の奥書は造られた可能性が高い。この時代に幽斎仮託書が作られることは、彼が地下歌人の祖と仰がれ、様々な伝書の奥書の筆頭に幽斎の名が現れることを思い合わせるならば、それほど不思議なことではないだろう。集めうる全ての証拠は、貞徳を指していると認められるのである。

もちろん、幽斎が関わらなかったとは、断定できない。例えば、注釈書としてはまとめられずに終わったけれども、貞徳が幽斎から教えを受けた可能性もある。しかし、だからと言って、この注釈書を全く幽斎のものとして読むことには、無理があるだろう。

【注】

（1）例えば、『和歌大辞典』（一九八六年三月、明治書院刊）では、この書名で立項されている。
（2）橋本不美男氏・滝沢貞夫氏著『校本堀河院御時百首和歌とその研究古注索引篇』（一九七七年四月、笠間書院刊）において紹介された。
（3）なお、「次郎百首」九十四首に付された注釈は概ね短く、他に参照すべき資料があまりないことなどから、考察は基本的に「太郎百首」に限ることにした。
（4）『雅俗』第九号（二〇〇二年一月、雅俗の会刊）による。
（5）若木太一氏・大庭卓也氏編『善本・稀書展解説』による。この資料の提供をはじめ、川平敏文氏に種々ご教示を賜った。なお、この項の執筆は、田村隆氏。
（6）この本についての記述は、全て上野洋三氏「北村季吟の『堀河百首追考』」（大阪俳文学研究会会報第十三号、一九七九年十二月）による。
（7）本章第四節参照。
（8）『三十六人集注釈』には正保三年、『肝要抄』には正保二年の奥書があり、『三十六人集注釈』の成立が先とする序文と一見矛盾するが、小高氏も説かれるように、それぞれの年次は、注釈をまとめたのではなく、門弟に伝授した年であると考えておいてよいと思われる。
（9）以下、『肝要抄』の引用は、内閣文庫本を底本とし、適宜他本も参照し、句読点を付した。まず本文を引用し、その後ろに括弧でくくって抽出された歌語を記した。歌は必要ない限り省略した。
（10）本章第三節でも述べたように、『和歌宝樹』の典拠の一つに『堀河百首』があり、そこで展開される貞徳の説は、「ムロノオシネ」の例に見るように引用する先行の注釈書から、貞徳の私見まで、『肝要抄』とほぼ一致する場合もある。が、必ずしも全てが一致するわけではない。これは、それぞれの著作が、その目的を異にするためであり、また編纂された時期が違うためだと思われる。
（11）もちろん、その引用主体が、幽斎である可能性がないわけではない。しかしたとえ幽斎であったとしても、その注釈があくまでも先行注釈書の引用にとどまる限り、それ自体に幽斎の意見が反映していないことは確かである。したがって、その部分を「幽斎の注釈」として読むことはできない。

第二章　貞徳門流の学芸

第一節　望月長孝『古今仰恋』の方法と達成

一　はじめに

本節では、従来、『古今集』注釈史上、見過ごされてきたと思われる望月長孝の『古今集』の注釈書『古今仰恋』（以下『仰恋』と略す）を取り上げ、注釈の形成や方法について、基礎的な検証を行う。また、ほぼ同時代に著され、現代も高い評価を得ている碩学・契沖の『古今余材抄』（以下『余材抄』と略す）との比較を通して、長孝の注釈の達成を見究めようとするものである。

二　『古今仰恋』概説―伝本・奥書のことなど―

『仰恋』の現在知られている伝本は片仮名で書かれた「国会図書館本」（以下「国会本」）・「京都大学文学部閲覧室本」（以下「京大本」）と平仮名で書かれ、国会本・京大本の頭注などが、基本的に注釈の末尾に本文化されている「三井家旧蔵カリフォルニア大学バークレー校本」（以下「三井本」）の三本である。内容に特記すべき大きな違いはない。

よって本節においては国会本を底本とし、三井本を参照することにした。引用に際し、適宜句読点を付し、通行字体に改めた。

国会本と京大本はともに十冊本。国会本は、真名序の注釈を巻末に置くという形で整理され（本来そうであったかは未詳）、左のとおり分冊されている（外題も）。

第一冊……仮名序
第二冊……春　夏　秋（上231まで）
第三冊……秋（上232から）　冬　賀　離別　羇旅　物名
第四冊……恋（一～三）
第五冊……恋（四～五）　哀傷
第六冊……雑（上）
第七冊……雑（下）
第八冊……雑體
第九冊……大歌所御歌　東歌　墨滅
第十冊……真名序

京大本は、真名序の注釈を冒頭に置く。したがって、以下が一冊ずつずれ込む形になる。ともに秋の部が、中途半端なところで中断されているが、これは、実際の講義の形態を反映しているごとくである。つまり、仮名序の「やまとうたは」というところに「初日　十月十五日」とあり、以下「ちからをもいれすして」が「十月廿一日」と続いていく。この講義の始まりが、延宝六年であったことは、「恋一」のところに「延宝七年未三月四日　廿一座」とあることから知られる。先に見たように秋の部の中途半端なところで冊子が分かれるのは、「秋上一三一番の歌」で「十四座」が終わり、「秋上一三二番の歌」から「十五座」が始まることに呼応している。「雑躰一〇〇五番の歌」のところに「十月四　三十九座」と記されて以下、記述を欠くが、全体で、四十五回程度の講義であったかと推量される。真名序注の末尾に両本ともに、次の奥書が記されている（国会本よる。字配りは異なるが、京大本も全く同じ）。

> 右、古今の一部の抄は、先師広沢隠士長孝、門人のために雑談の時、反古にみつから書付られしを集め置て唯元法師に伝らる。予としを経て、したしみあるにより、是をつたへ畢。火神の障りもいふかしくて新にうつし、家珍とす。先師題号とはなくて、仰恋の二字をかゝれしかは、今是を改るに及はす。且唯元は、先師ゆかりの人にして、親炙し、此道をきかれしによりて、其書皆相伝せられしとなむ
>
> 元禄十五壬午年

奥書の言うところによれば、長孝が門人のために行った講義を書き付けた、言わば講義ノウトがあり、それを唯元法師に伝え、それをまたある人が相伝したが、「火神の障り」のことなどを憂慮して、新たに写しなおして、「家珍」としたのである。後にも述べるように、長孝の説は、「師談」「師云」等の形式で、記されているけれども、それは、清書の段階でこのように整えられたと思しい。また、その「雑談」の折の聞書も取り込まれた可能性もあろう。

さて、この途中の相伝者である「唯元法師」であるが、彼の事跡については、定かではない。このあたりの資料を

博捜された日下幸男氏の『近世古今伝授史の研究』に「長孝の猶子か」と記されるけれども、特に確証があるわけではない。また、上野洋三氏[1]が、

今日長孝の伝が今一つはっきりしないのは、長雅－長伯の系統のみ聞こえて、唯元らの一統に承け継がれたであろう記録が見当たらないからなのであろう。とにかく元禄九年（一六九六）正月二十日、粟田山荘に隠棲して（神宮文庫蔵『平間長雅和歌集』による）以後晩年を各地に隠者然として送る長雅からは、想像もつかないナマ臭い事件が、長孝の死をめぐって惹き起こされたことだけは推測される。

と指摘するように、何らかの事件のために、この『仰恋』も長雅系統には伝わらなかったと推量される。その点について関連する資料として、既に日下氏や上野氏も引かれた資料だが、長伯の『以敬斎聞書』の記事を参考までに引用する[2]。

長孝の古今の抄といふ物あり。是は、秘訣口伝を顕にあらす。長孝の門人の中に十人餘り人数を撰み、願ひによりて、たゝ哥面を講せられし時の抄也。古今の雑談抄也。此抄、長孝身まかり給ひしころ、長雅、喪にこもりて居給ひけるか、長孝の墓にまふて給ふける跡にて、孝師の親族なと、心を合て、かれこれとりのけし書ありけり。その中に此雑談抄もありしと也。その後、門人等とりかへしてんといきとほり侍りしかと、雅師の制し給ひけるとなん。此雑談の抄、今、大坂の民家にあるよし、風聞ありとなん、師の語り給ひし。

私云、是は、長伯師の、またいと若くて長孝の門人と成給ひて、程なく、孝師、身まかり給ふける比の事なれは、雅翁の物語にて聞しと語り給ひし。【長孝の古今の抄といふ物ある事】

右の中の「是は、秘訣口伝を顕にあらす。長孝の門人の中に十人餘り人数を撰み、願ひによりて、たゝ哥面を講せられし時の抄也」という発言は、額面通り受け取ってよいかどうか、疑問が残る。後に述べるように『仰恋』には、

「秘訣」や「口伝」を示唆した部分が多く見受けられるからである。『仰恋』の内容を長雅が知っていたかどうかは疑わしい。貞徳には『伝授鈔』があり、季吟には『教端抄』があり、そして長孝にも『仰恋』がある。本来ならば、長雅や長伯にもまとまった『古今集』の注釈書があってもおかしくはないのだが、その存在を聞かないこと、少なくとも『仰恋』に類するものが長雅系に伝えられた形跡がないことなどを考慮すると、やはり、「ナマ臭い事件」が長孝の死をめぐって惹き起こされ、結果的に『古今集』の注釈書は長雅たちには、伝わらなかったのだろうと思われる。

また三井本には、国会本・京大本に見られるような元禄十五年の奥書はない。全二十冊で、ほぼ部立てごとに書写奥書が記されている。仮名序の注釈の「第二冊」に「享保五庚子年四月上旬　祝部安之丸写之者也　印」とあるのをはじめとして、その書写は同人によって、「享保七壬寅年五月中旬」に「第二十冊」真名序注を書き終えるまで続く。書写者「祝部安之丸」は「春下」の奥書から「祝部成真」であることが知られるが、この人物については未詳である。

伝本をめぐる問題について、なお附言すれば、日下氏は前掲の著書のなかで、大阪府立中之島図書館蔵『古今和歌集両度聞書（内題）』（住友家旧蔵書）の書き込み（片仮名）は、望月長孝の自筆で、『仰恋』との関連を示唆される。重要な指摘であるけれども、自筆認定に外部徴証はなく、注釈の内容も『仰恋』に比して少なく、『仰恋』と部分的な一致を見るものもあるが、両書の関係についてはいま少し精査する必要があるかと思われる。また長孝の周辺にあったと思しい注釈群は、中之島図書館蔵「古今集諸抄」（甲和―279）（全て写本で、同装丁）としてまとめられた一群かとも推量される。というのは、後述するように『仰恋』が利用したと思われる注釈書群と多く重なっているからである。このうち『古今飛鳥井家伝来抄』に（平間）長雅印が捺されており、全体が同体裁であることから鑑みて、長雅周辺に伝わった注釈書群であることが推測される。全体については、『仰恋』との対応を改めて検討しなければならないだろう。またこれらは長孝伝来の注釈書ではなく、長雅の段階で、集められたり、写されたりした可能性も大きい。

さらに同じく中之島図書館には、長雅印が捺されているもので、本来は「古今集諸抄」と同じ一群と思しい『古今連著抄』（十口抄）という注釈書も存在する。これも一部に『仰恋』との関連が見出せるものの、それが、『仰恋』の草稿的なものにあたるのか、あるいは抜書きであるのか、また直接には関係しないのかは、即断できない。以上、『仰恋』の伝本とこの注釈書をめぐる問題について述べてきた。続いて、注釈の内容の検討に入りたい。

三　『仰恋』の方法―引用する先行注釈書を中心に―

まず、「仮名序注」から検証する。「仮名序注」には、長孝の思想の反映として神道や陰陽五行説、仏教的な事柄に付会した説が多く見られるとともに、諸説の引用も多岐に亘り、仮名序注の特殊事情がはたらいているところが少なからずあり、これはこれで、いったん『古今集』注釈史や古典学という枠組みから切り離して、むしろ独自に扱うべきだと考える。したがって、仮名序注については、本節では歌注との関連で、先行注釈書との関係についてのみ言及した。[3] また真名序の注釈は、宗祇以外にはあまりなく、これもいま少し時間をかけて検討したうえで、長孝の学芸の問題として考えたい。よって、歌の注釈を中心に考察することを断っておく。

Ⅰ　仮名序注の方法

仮名序注だけではなく、歌注も含めて、『仰恋』の基本的な注釈は、

①まず「宗祇抄」「宗祇云」などの形で宗祇の説を引く。

②続いて、「師談」「師説」「師云」などの形で、長孝の説が展開される。

という形式を採る。「長孝の説」は、「師説」「師談」「師云」という形で記されているが、この叙述の違いが意味のあるものであるのかどうかは、即断できない。先に述べたように長孝自身が反故に書き付けたものを「師説」、講義の聞書の長孝説を「師談」「師云」と区別したかとも推測されるけれども、伝本によって、この部分の言い方が変わっている場合もあり、「師」の「説」を記しているということは確認されるが、それがどのように違うのかは、今のところ明確にできない。但し、「師談」（あるいは「師云」）と「師説」（あるいは「師」）が同じ注釈の中に出てくる場合は、後の説が『傳授鈔』の「師説」（＝貞徳説）と基本的に対応しているのであって、貞徳説と考えてよいと判断される。

では、注釈の検討に移ろう。まずはじめに「めにみえぬおに神をもあはれとおもはせ」の注釈を挙げる。

『仰恋』

　宗祇抄、鬼神トハ、賢聖ノ魂也。惣テハ、人々ノ魂也。神ハ、心也。哥ヲ詠スルニ心ノ感動スル、則鬼神ヲアハレト思ハスル也。（中略）

　宗祇抄、伊賀国ニ鬼ノ人ヲ損スル事アリシ時「土《草イ》モ木モ我大君ノ国ナレハイツクカ鬼ノスミカナルヘキ」ト読テ、其事ヤミタリトイヘル事モアリ。

　　師云、是ハ、天智ノ御宇ニ千方ト云逆臣……（以下「千方説話」が続く）

先に述べたように、まず「宗祇抄」を引く。この「宗祇抄」が、『両度聞書』[4]であることは、

　鬼神とは、賢聖の魂也。惣而は、人々の魂也。神は、心なり。歌を詠するに心の感動する、すなはち鬼神を哀とおもはする也。（中略）又伊賀国に鬼の人を損する事ありし時「土も木も我大君の国なれはいつくか鬼のすみかなるへき」とよみて、其事やみたりといへる事もあり。

と、「土モ木モ」の和歌を引いていることなど、全くと言ってよいほど一致していることから確かめられる。その引

用する『両度聞書』の系統が、版本系のものであることも、写本系を代表する伝本である「近衛尚通本」には、

めにみえぬ鬼神とはつねに人のいふ義にあらす。鬼神とは、宗廟の事也。たゞ心の事也。心にあはれぶ所、すなはち鬼神をおはれとおもはするなり。

とあるばかりで、「土も木も」の歌に触れられていないことからも認められよう。[5]「師云」として述べられる長孝説は、引用は省略したが、「千方説話」を引いている。ここも説話が引かれているように、仮名序注の長孝説における先行の注釈書の利用の顕著な例として、説話を引く注釈書の利用が挙げられる。『三流抄』や『毘沙門堂旧蔵古今集注』などが著名で、それらの影響はこの時代にまで及んでいるのである。『仰恋』で引用されているのが、どの系統のものであるのか、にわかに断定はできないけれども、明暦四年孟春の刊記のある『了誉序注』の利用は比較的顕著である。例えば、「ちからをもいれすして天つちをうこかし」の注釈。『仰恋』の「師談」は、能因法師の「祈雨説話」を引いた後、

又、清輔抄ニ、アル児ノ癩病ヲ煩ヒテ、人前モナリカタク、深山ニ隠レテ、人ニモ不逢、明暮歎キ居タルニ、郭公ノ声ヲキヽテ、

カタラフモ嬉シクモナシ郭公ウキ山人トナレルト思ヘハ

此哥ニ天神地祇感応アリテ、彼癩速ニ平癒シケリト也。

と、「癩平癒説話」を語り、さらに「古キ物語ニ」として「姨捨山枝折型説話」が続く。この「癩平癒説話」が仮名序注に引かれるのは珍しく、管見の限りでは、次に引く『了誉序注』だけである。[6]

アル児、癩病ヲ受ケ、深山ニ陰居シテ、更ニ不見人。歎キ居タル処ニ、廊公ノ鳴ニケルヲキヽテ読メル、

語《カタラント》　喜《ウレシク》モナシ郭公ウキ山人トナレルト思ヘハ

時ニ天地哀ムニヤ。無難《ナンナク》如故《モトノゴトク》平癒シキ。此事見清輔家集。

『仰恋』との一致はこの部分だけではなく、前の「能因祈雨説話」からこの「癩平癒説話」を経て、「姨捨山枝折型説話」へと展開する説話の並びも一致しており、『仰恋』が『了誉序注』を参照していることは、確かであろう。これらの説話を引く注釈書の利用については、例えば北村季吟の注釈書などがそうであるように、この時代においては、むしろ否定的に扱われてきた。その中にあって、『仰恋』が、それらを自説の形成の方法として巧みに利用している点は、『仰恋』の特徴のひとつとして注目されてよい。

Ⅱ　歌注の方法と依拠した先行注釈書

では次に、歌の注釈の検討に移りたい。歌注も仮名序注同様、「宗祇云」という形で『両度聞書』を引用した後、「師談」という形で、長孝説が展開されるという形式を採っている。以下、この「師談」つまり長孝説が、どのような注釈を基盤に形成されているのかを確認してゆく。叙述からは、一見、全て長孝自説のように見え、先行する注釈書を引用していることは、ごく一部の注釈書（『顕注密勘』など）を除いて、明らかにされない。けれども様々な注釈書類と対比してゆくと、まず『古聞』系注釈書を利用していることが認められる。以下、『仰恋』と『古聞』を併記して挙げ[7]、考察を加えたい。なお、『仰恋』がまず引用する『宗祇抄』『宗祇云』は仮名序注で検証したように版本系の『両度聞書』であり、以降の考察においても特に問題としない限り、その部分は省略し、長孝の説を記した「師談」とあるところから引用することをお断りしておく。

《例一》

『仰恋』

まてといふにちらでしとまる物ならは何を桜に思ひまさまし（春下70・題知らす・読人不知）

師説、マテテフニトヨムトイヘトモ此分ニヨムヘシ。マテトハ、チルナマテト云心也。シバシマテ、ヤヨヤマテ同心也。又一説チラテアルナラハ、何ヲ桜ニ思ハンソト云リ。当流ニハ、散事ノヤスキヲ感シテ、花ヲハフカク思フ事也。シカルニ、チルコトヲマテト云ニチラテトマル花ナラハ、カヤウニ花ヲ思ヒマス事ハ有マシト云心也。

『古聞』

まてとは、ちるなまてといはん為也。ちらてあらは、なにを桜におもはんそ、といふ説あり。当流、ちる事の程なきを感にて、花をは思ふ也。しかるに、ちらてとまらは、花を思ます事は有まし、といふ心也。

一読して明らかなように、「当流」説も含めて、その利用は、顕著である。このような利用のされ方が、『古聞』利用の典型である。

《例二》

『仰恋』

野へちかく家ゐしせれは鶯のなくなるこゑはあさな／＼きく（春上16・題不知・よみ人しらす）

師談、詞ツ、キ古躰ニシテ、抜群トミユ。餘情アリト云々。野ヘチカク家居スレハ、鶯ノ声ヲ毎朝聞テ慰ト悦タル也。我宿ヲ述懐シタル餘情アリ。

『古聞』

是も鶯のこゑを愛し思ふ也。哥心はきこえたり。我宿のさまを述懐したる心あり。鶯のこゑを朝な朝な聞事をもて、なくさめたる心也。詞のつゝき古躰にして、抜群とみゆ云々。余情有と云々。

右の場合は、「詞ツヽキ古躰ニシテ」と始まる『仰恋』と、「是も鶯のこゑを愛し思ふ也」と始められる『古聞』は、一見全く異なる注釈のように見える。しかし、対応するように傍線を引いておいたように、それは叙述の順序が異っているだけであって、内容は一致しているのである。

《例三》

『仰恋』

梅花を折て人に送りける　　とものり

君ならて誰にかみせん梅花色をも香をも知人そしる（春上38）

師云、人ヲ賞シテ、君ナラテトハヨメル也。梅ノ色香モシル人ナラテハシラヌヲ君ヨリ外ニハ誰ニカ（底本「シ」あり、三井本により削除する）、ミスヘキソト也。心ヲシラヌ人ニ物ヲミスルモ、イヒキカスル事モカヒナキ物ナラハ也。万ノ事ニ知人肝要也。

裏ノ説、大事、小事トモニ人ニイヒ合セン事ハ、人ニヨリテ其機ヲ見テイヒモシ、又見セモスヘキ事也。人ノ程ヲ不知シテハ、我思フ事トテモ、ソヽロニイフヘカラストノ教也。和哥ハ、教誡トナル物ナレハ、如此ノ理、肝要也。此哥ハ貫之ヘ梅ヲ送ルトテ、ヨメルトナン。色ヲモ香ヲモ知人ソシルトイヘル、尤ナルヘシ。

『古聞』

人を賞して、君ならてとよめる也。色は大躰也。香はくはしき也。万の事に知人肝要なる事也。

裏〜、大事、小事共に人に云あはせむ事は、人によりて其機をみていふへき也。人の程をしらすしては、我思事とても、そゝろにいふへからすといふ心あり。和哥は、すへて此国の教誡となる物なれは、如此之理、肝要也。

『仰恋』の長孝説には、このように、しばしば「裏説」が窺える。この「裏説」は、右に示したようにほとんどが『古聞』によっていると見て差し支えない。また、「師談、（中略）裏説、夫婦ノ中ニカキラス、世上万事ニ付テ、アカヌサキニ止ミヌルヲ、道トスルト教誡セリ。（恋四717・題しらす・よみ人不知）」と『仰恋』が「裏説」として引用している部分が、『古聞』に、「そをたにとは、それを成ともの心也。心明也。夫婦の中にかきらす世上の理にもあたるへし。十分ならむと思ふましき教也」とあって、本文と一致している場合もある。

いずれにしても「長孝説」の形成に『古聞』系の注釈書が大きく関与していることは確かであろう。

続いて、その利用が認められるのは、『古今栄雅抄』系の注釈書である。先ほどと同様併記して引用しつつ、考察を加えてゆこう。(8) 一概には言えないけれども、全体の傾向としては、故事の引用、和歌の用例などが一致する場合が多い。

《例四》

『仰恋』

山のさくらをみてよめる　　素性法師

みてのみや人にかたらん桜花手毎に折て家つとにせん（春上55）

師云、コトカラ大キニ、春メキタル哥也。心ハミタリト斗、人ニカタルヘキ歟。折テ見ヌ人ニ、家ツトニセント也。又一二句ノ心ミテノミヤカタラン、折テヤミセンノ心モアリト也。ツトハ、土産也。裏《ツヽミ》トモ書。万ニ見エタリ。俗ニ、ミヤケト云也。ツ、ミテヲクル物ナレハ云也。山ツト、浜ツト、都ノツト、同事也。此哥ハ、思フトチ、山ノ桜ヲ見ニ出テ、此花ヲ人ニカタルハカリハ、ヲロカナルヘシ。イサ花ヲ手毎ニ折テト云ル也。

『栄雅抄』

人にかたるばかりは、おろかにあるべければ、花を手ごとにをりて、家づとにせんと也。いへづとは土産也。世俗に、みやげといふ事也。万葉に裹と書。つ、みてくる物なればいふなり。山づと、浜づと、都のつとなど、その物をいふ。

例えば、右の場合、『古聞』には、「哥は、義なし。ことから面白云々。ことに春の躰に似合たりと云々」とあるばかりであって、一致しない。『仰恋』がいかにも自説のように「俗ニ、ミヤゲト云也。ツ、ミテヲクル物ナレハ云也。山ツト、浜ツト、都ノツト、同事也」と「つと」の用例を挙げているけれども、それは『栄雅抄』によっているのである。また、

師談、サカサマニ年モユケ、カヤウニトリアヘス早キ心也スクルワカ齢ヤ、トモニカヘリテ、ワカクナランヲト也。是又老ノカナシキ故ニ、ワリナク愚ニカク云リ。（『仰恋』、雑上896・題知らす・よみ人しらす）

と、

さかさまに年もゆけ、とりあへず、すぐるわがよはひや、ともに帰るならば、わかくなるべきにと也。（『栄雅抄』）

のように、ほぼ同文的一致を見る場合もある。

さらにこの『古聞』と『栄雅抄』の両注釈書を巧みに接合して利用している場合も見受けられる。三書を併記して挙げる。

《例五》

『仰恋』

独して物をおもへは秋の田の稲葉のそよといふ人のなき（恋二584・題しらす・みつね）

師談、為明卿自筆ニハ、秋ノ夜トアリ。秋ノ田可然トソ。心ハ、独ノミウキ物思ヒスレトモ、思人ハイフニ不及、誰アリテ、サゾツラカラント云人ノナキトヨメリ。ソヨハソヨク詞ニテサソト云ヤウニ、此哥ニテハ、聞ユヘシ。又稲葉ノソヨト音スルホトモコタフル人ノナシト恨ミタル也。ソヨハ、稲葉ノ縁ナリ。

後撰 花薄ソヨトモスレハ秋風ノフクカトソキクヒトリヌル夜ハ

『古聞』

そよとは秋の田によそへたり。我思人のみならす、さそといふ大方の人の哀を、かくるさへなき由也。為明卿筆、夜とあり。秋の夜のと書る本あり。心かはるへし。秋の田、可然にや。

『栄雅抄』

秋の夜のいなばのそよと音するごとく、独ものおもふに、さぞといひて、とふ人のなきとうらみたるよし也。そよは、さやにおなじ。そよぐ心也。さぞといふ心にもいへり。此歌の心にかなへり。又よめる歌などの風情にも。

後 花薄そよともすれは秋風のふくかとぞきく独ぬる夜は

新 古篠の葉はみ山もそよとみだる也我は妹おもふわかれきぬれば

秋風のふくにつけてもとはぬかな荻の葉ならば音はしてまし

「為明卿自筆ニハ、秋ノ夜トアリ」という本文上の問題から始まり、前半部はほぼ『古聞』に、また『後撰集』の引用を含めて、「そよ」ということばをめぐっての議論は、ほぼ『栄雅抄』によっているのである。

《例一》から《例五》まで、このような注釈書の一致が説得性を持つために、できる限り全文を挙げ示してきた。また、この後にも挙げるさまざまな例からも確かめられるように、『仰恋』が『古聞』あるいは、『栄雅抄』に全く依拠せずに自説のみを展開する例はほとんど見られない。その一方で、注目しておきたいのは、明らかにそれらの先行注釈書を利用しながら、その引用を明記せず、また文章としては全く一致するわけではないということである。もちろん、完全に一致する伝本が出現しないとは限らないが、叙述の方法から窺うに、その可能性は低いと推断される。それは、「師談」と記されるように、いったんは、長孝が自分のものとして咀嚼し、それらを手元において参考にしつつ、自らの言葉として注釈していると考えられるからである。

以上、『仰恋』は、『宗祇抄』をまず引用し、肖柏の『古聞』や『栄雅抄』を軸に自説を形成していることが確認された。この二つの注釈書の利用が特に顕著で、それ以外には、『頭注密勘』（これは『顕注』などと明記して使われていることが多い）や、漢籍や説話的な注釈が引かれている場合の出典は、『毘沙門堂本』系統の注釈（頭注で示される場合も多い）を参照している。

それはそれとして、それらの先行注釈書の利用は、第一章第一節で取り上げた貞徳の『傳授鈔』が、「師抄」として『栄雅抄』を中心とした注釈書を引き、「伝抄」として『古聞』の特に『延五秘抄』系を軸に、貞徳自身の説を加える形で形成されていたことと揆を一にしていると言える。つまり長孝もまた、貞徳の示した『古今集』注釈の方法の伝統に則ったわけであって、長孝としては妥当な選択であったのである。

四　先行注釈書の否定

三では先行注釈書の利用について検討を加えてきた。しかし、『仰恋』には、先行注釈書を利用して自説をまとめるというだけではない一面が窺える。そこには、盲目的に利用するだけではなく、冷静の眼を以って検証し、長孝なりの選択が働いていると見受けられるのである。次にその点について検討したい。

先に述べたように、全体にわたって、『宗祇抄』＝『両度聞書』をまず引用するのが『仰恋』の方法であるが、その引用した宗祇説に対しても、批判的に検討し、誤りを指摘する場合がある。

《例六》

なかしともおもひそはてぬ昔より逢人からの秋の夜なれは（恋三636・題しらす・凡河内躬恒）

宗祇、義アラハ也。人カラ濁ルヘシトソ。

師談、（上略）人カラ、宗祇ハ濁ルヘキ由アレト、誤リナルヘシ。此人カラハ、人故ナトノ心也。宿カラ、我カラナトニ同シ。当流清ル（底本「濁ル」三井本にて改める）也。源氏空蝉ノ巻ニ「空蝉ノ身ヲカヘテケル木本ニ猶ヒトカラノナツカシキカナ」。是ハ濁リテヨム也。

右の例では、「人から」という言葉の清濁が議論となっている。『仰恋』の引く『宗祇抄』では、「人カラ濁ルヘシトソ」とあり、その濁音説に対して、長孝は「宗祇ハ濁ルヘキ由アレト、誤リナルヘシ」と真っ向から否定する。後半は『栄雅抄』を利用している。この部分は『両度聞書』では、版本、尚通本ともに「人か（が）らによるへしとそ」

という本文であって、「による」が誤写されて「にこる（濁る）」という本文が生成してしまった可能性もあり、実際に宗祇が、注釈において「にごる」説を採っていたのかは問題が残る。けれども、今はその当否よりも、長孝が宗祇説に対して「誤り」であると述べていることが注意されよう。また、単に批判するだけではなく、「此人カラハ、人故ナトノ心也。宿カラ、我カラナトニ同シ」と、清んで読まねばならない理由を説明している点にも注目しておきたい。

また、貫之の「ふたつなき物とおもひしを水底に山の端ならてはいつる月影（雑上881）」という歌に宗祇は「アラハ也。無餘情云也」と手厳しい批評を加える。この意見に対し、『仰恋』の長孝説は、

師説、餘情ナシトイヘト、眼前ニミタル所ヲ能云ル也。（中略）面白ク述タル哥也。但二条家ニハ、心入スキタル由也云々。「雲間ナル片ワレ月ノカタハレハ落テモ水ニアリケルモノヲ」トイヘル古哥ハ誠無餘情。口キカマシト申サレシ。此境心得タキ事也。

と、眼前に見えたところをうまく述べている歌で、「面白ク述タル」と反論している。「但二条家には、心入すきたる由也」と述べる『古聞』の意見も踏まえつつ、長孝の考える「餘情のない」「古哥」の例を挙げて、自らの説の強化を図る。ここでも批判が批判だけに終始せず、長孝が、例を挙げて、その理由を説明しようとする点に注意しておきたい。

《例七》

みても又またもみまくのほしけれは馴るを人はいとふへらなり（恋五752・題しらす・読人不知）

師談、目モカレス、ミタレトモ、シケク行通ヒ馴ルヲ、人ハイトフヘキ也。人トハ、世間ノ人ヲ云ト也。此説、

古キ説ナレトモ、不可用。是ハ、アヘトモ〳〵、アカスミマクホシキハ、人ノ心ハ習ヒナレハ、能々思慮ヲメクラセハ、所詮ナル、ヲコソイトフヘケレト、世間ヘサシテ云リ。尤也。正説ハ、真実ナル、ヲイトフニハアラス。ミレトモ〳〵アクトキノナケレハ、アヤニクナル心ノケシカラスト思ヒテ、責テノ事ニカク云ル也。面白説也。

意味フカシ。

右に挙げた『仰恋』の「師談」が「此説、古キ説ナレトモ、不可用」とする前半の説は、『栄雅抄』に、

めかれす見たけれど、しげく行かよふて、むつましくするを、人はいとふべきと也。人とは、世の人をいふ。

と述べるところと一致しているのであって、「不可用」と退けられたのが、『栄雅抄』の説であったことが知られる。批判というほどの強い口調ではないけれども、このように『栄雅抄』の説は、否定されることが多い。ここでも、その説を否定したうえで、長孝は、「正説ハ」と自説を展開している。

この『栄雅抄』に比して、『古聞』の説は否定されることは少ないが、例えば、次に挙げるように、やはり退けられる場合がある。

《例八》

雪の降けるをみて読る　　紀友則

雪ふれは木毎に花そ咲にけるいつれを梅とわきておりまし（冬337）

宗祇、木毎ヲ梅ト云字ヲヨメリト云ハ不用。心ハ無儀。

師談、諸木共ニ雪フレハ、花咲テ面白キ中ニ殊ニ梅ヲ愛シテ云リ。当流ニ梅ノ字ノ説不用トイヘトモ、正説ハ梅ノ字也。サレト、ムヘ山風、木毎ナトハ自然ノ手柄ナリ。是ヲユルセハ、未練ノ作者アラヌ文字ノ哥ヨミ出

スヘキヲ、オサヘテノ事ナリ。木毎ニ花トイヘルハ、諸木皆梅ノコトクミユレハ、イツレヲ梅トワキテ折マシト云リ。誠ニメテタク、ツヽケタリト基俊、俊成、被感哥也。

「木毎」に「梅」を重ねて読む説を「宗祇」も「当流」も「不用」とする。(9)にもかかわらず、長孝は、「正説」として採用する。「当流」説を否定することにためらいがあったのか、何故「当流」がその説を採用しなかったのかを推量し、「未練ノ作者アラヌ文字ノ哥ヨミ出スヘキヲ、オサヘテノ事ナリ」と「未練ノ作者」のことを慮ってのことだと述べる。長孝がここまで主張できたのは、「基俊、俊成、被感哥也」とあるように『悦目抄』がその根拠になっているとも考えられる。が、それは直接の引用かどうか疑わしく、『栄雅抄』に、

木毎にを、梅といふ字といへど、是は、自然とみえたり。此歌上下かけあひて、末代の人よみいでん事かたかるべし。梅字木毎とよめり。いづれを梅とわきてをらましと、つゞけてめでたきと、基俊はいへり。

とあり、ここはそれを取り込んで、自説を形成していると推量される。

さらにまた、この両注釈書の説を、ともに否定する場合も見受けられる。

《例九》

『仰恋』

宵のまもはかなくみゆる夏虫にまとひまされる恋もするかな（恋二561・題しらす・紀友則）

師談、此夏虫、螢也。一説、夏虫ハ、宵ノ程コソハカナゲニモ、ユレ、我ハ更行マテマトヒマサルト也（↑古聞）。又宵ノ間ノ螢ノキエヤスケニ、トヒアリクヨリモ、我恋ハ、マトヒマサルト云（↑栄雅）。両義心エカタシ。宗祇前ノ聞書ニハ、宵ノ間トハ、何トナク読ル詞也。間ニ心ナシトナリ。此哥聞ヤウイアリ。宵ノ間モハ

カナクミユル螢ノヤウニ、思ヒコカレシカ、更行クニシタカヒテ、猶思ヒニムスホ、レテ、マトヒマサル恋モスル哉ト也。可秘。

『古聞』
夏虫は螢也。宵の程、螢のはかなくもえて、むすほゝれたる思ひをみつゝ、我思は猶まさりたると読る也。猶はかなき思也と也。間もとは、何となくよめる字也。

『栄雅抄』
よひの螢の光のはかなくきえやすげに見えて、とびありくよりも、我恋にまどふ心は、猶まさると也。

念のために両注釈書を併記し、さらにその説が『仰恋』のどの部分であるかを矢印で注記した。両説を引用したうえで、「両義心エカタシ」とする。では、いったい長孝は、何を心得がたく思い、結果としてどのような主張をしているのであろうか。わかりにくいところもあるけれども、ここでは、歌の上の句と下の句を一続きに見ないことが批判されていると思われる。つまり、『古聞』は「螢は宵の内だけだが、一方で私は夜の更けるまで恋に惑っている」と解釈し、また『栄雅抄』は「宵の内の螢に比較して、私はもっと、恋に惑っている」とする。それに対して、長孝は、上の句も「宵ノ間モハカナクミユル螢ノヤウニ、思ヒコカレシカ」と、上の句が、対比するべきものとして「夏虫」を詠んでいるのではなく、自分のことを比喩的に詠んでいるのだと主張する。解釈の当否は今は問わないが、「両義心エカタシ」としたうえで、長孝が、自分の意見をきちんと述べていることに注目しておきたい。また「年をへてきえぬ思ひはありなからよるの袂は猶氷りけり（恋二596・題しらす・友則）」の「師説」においても、『栄雅抄』と『古聞』を引用し、「両説トモニ、難信用」としたうえで、長孝が自身の説を加えている。

以上、『仰恋』が先行注釈書を検証し、批判したり、否定したりしている場合の一例を挙げ、検討してきた。先に確認したように、利用する場合も多かった『古聞』や『栄雅抄』にも冷静に対処していることが見て取れよう。つまり批判が、ただ「他流の説であるから」などという流派意識ではなく、注釈をしっかり読み込んだ上で、長孝の判断が下され、批判や否定に終始するだけではなく、自身の説を展開しているのである。

五　注釈の達成—契沖『古今余材抄』との比較から—

『仰恋』の注釈の形成を、如上のように認めたうえで、続いて、長孝とほぼ同時期、正確には少し遅れて成立を見た、現代でも評価の高い契沖の『余材抄』と比較することにしたい。そうすることによって『仰恋』の『古今集』注釈史上における位置も明らかになると期待されるからである。今更らしく、『余材抄』の現代の評価を言い立てるまでもないであろう。現代を代表する注釈書もしばしば引用しており、その点についても確認しつつ、長孝の注釈の達成について、考察を及ぼしたい。

例えば、小町の有名な一首「色みえてうつろふものは世の中の人の心の花にそ有ける（恋五797・題不知）」の歌では、初句「色みえて」の清濁をめぐって、意見が分かれている。片桐洋一氏はその点について、様々な注釈を博捜したうえで、[10]

> 「色見えで」とする説も古くからあったことが知られるのである。（中略）契沖が「発句の『て』文字すむ説あれど、『心の花』誰かその色を見し」と言っているのに従うべきことは明らかなのである。

と、初句の清濁をめぐって、契沖の説で決したというニュアンスで述べられる。念のために引用しておけば、『余材抄』には、[11]

花といふ花はうつろふ色見えてこそうつる物なるを、只世の人の心の花のみうつろふ色も見えすしてうつり行とよめり。これも世の中とひろくいえど、人をさす也。発句のてもしすむ説あれと、心の花誰か其色を見し。哥はさのみよむ事なれど、濁るはすなほ也。

とあるのであって、契沖もまた「清む」説のあることも心得ていて、濁音説を主張したことが知られる。片桐氏の述べられたように、例えば、『栄雅抄』には、

世中の人の心の花は、色の見えてうつろふものにぞあると也。五文字の清濁、清るよしと也。両説なり。濁るは叶はざると也。

と見え、清音説もまた、当時、十分力を持っていた説であったと推量される。したがって、そのなかで契沖が濁音説を唱えたことは、契沖なりの読みの到達が窺われ、片桐氏が契沖をことさら取り上げられていることも故なしとしない。それでは長孝の講義（『仰恋』）では、どのような説が採られたのであろうか。引用すれば次のとおり。

宗祇、色アル物コソ、ウツロフト云事ハ侍ルニト云心ニヤ。此哥、恋ニモカキルヘカラス。

師談、一説、五文字ノテ文字清テヨシ。濁ルハ、不叶由アリ。但当流ハ濁ル也。人ノ心ハ色ニミエスシテウツロフ物也。色ニミエネハ、モシヤ〳〵ト頼ムウチニ、ウツロフ事ヲ恨ル哥也。世上ノ人ノ心モ如此。又テ文字清テヨメハ、思ヒ内ニアレハ、色外ニアラハル、ト云テ、心ノウツロヒタル時ハ其マ、色ニモミユルト也。但、心アサカルヘシ。

まず一説として、引かれているのが、『栄雅抄』であるらしいこと、文言の相似からまず間違いあるまい。その説に対し「但当流ハ濁ル也」と当流説が、濁音説であることを述べ、『栄雅抄』を退ける。そのあとに展開される解釈は、色にみえすしてうつろふ也。人の心の上は色にもみえすして、心中のうつろふを恨たる也。色にみえねは、もし

やもしやとたのむにうつろふ事あるをうらむるなるへし。世上の人心も如此。

とする『古聞』に依拠しつつ形成されており、濁音説が主張される。これは先に指摘してきた長孝の『仰恋』における典型的な注釈の形成の方法である。その説が、すでに『古聞』の「当流説」に依拠しているとしても、先に見たように、長孝は、たとえ伝来の説であっても否定することがあることを考慮するならば、契沖と同じ濁音説を採っていることは、長孝なりの判断が働いていると考えてよい。さらに「テ文字清テヨメハ、思ヒ内ニアレハ、色外ニアラハル、ト云テ、心ノウツロヒタル時ハ其マ、色ニモミユルト也」と清音説にまで、一応の検討を加えているところに、長孝の目配りの確かさが窺われるのである。

いま一例を挙げたに過ぎないが、私の見るところ、『仰恋』には、このように契沖に匹敵する説を主張するところが、少なからず見受けられる。以下、その点について、さらに具体的に検証を加えていこう。

Ⅰ　諸注の否定を通して自説の形成に至る場合

契沖の『余材抄』が従来の説を否定して、新しい説を、根拠を示して述べることが多いこと、既に指摘されている通りであろう。その「否定」から「新説」へという自説形成の方法について言えば、『仰恋』にもしばしば同様の方法が窺われる。例えば、次の例。

《例十》

なぬかの日の夜よめる　　凡河内躬恒

七夕にかしつる糸のうちはへて年のをなかく恋やわたらん（秋上180）

宗祇、是モ只、年ノヲ長クト打歎ク由也。

師談、乞巧奠ト云……（中略、由来については『栄雅抄』引用）……扨哥ノ心ハ、一説（中略）巧ヲコフトイヘハ、乞ヤワタラント云リ。不用説也。只願糸ハ、竹頭ニ糸ヲ左右ニ七ツ続也。其糸ノ打ハヘテナカケレハ、年ノヲナガクトソヘタリ。（中略、『古聞』による）年々ナカク、コヒワタラント歎ク由ナリ。

右の引用中に注記したように、ここは『栄雅抄』と『古聞』の両注釈書を巧みに利用して、長孝説が形成されている。そのなかにあって、「巧ヲコフトイヘハ、乞ヤワタラント云リ。不用説也」と、「乞巧奠」の「乞う」を歌の中の「こい」に掛けるという説は退けられている。この説は、『栄雅抄』に、

……わがこひわたるべきと也。是は、乞巧といふ事、たくみをこふといふ事なれば、乞やわたらむといふ。（以下略）

と見えるところ。長孝は、同じ注釈の中においても、『栄雅抄』のよきところは採り、納得できない点は否定するという是是非非に判断を下しているわけである。一方『余材抄』に眼を向けると、

（上略）或抄に、乞巧はたくみをこふとよめは、ねかふ事を乞やわたらんとなりといへるは、用へからす。たゝ恋やわたらんなり。かしつるいとのといへるは打はへて年の緒なかくといはんため也。

と、「或抄」を引き「用へからす」としている。この否定される「或抄」が『栄雅抄』を指していることは疑いない。ならば、この注釈は『余材抄』と『仰恋』で見解が一致しており、同等の知見に達していると見てよい。この他にも『余材抄』には『栄雅抄』を否定する場合が散見し、広く『栄雅抄』の扱いにおいて、『仰恋』と『余材抄』は同じ視点に立つことが多い。

また『宗祇抄』に対しても同様のことが見受けられる。例えば「百人一首」にも採られた「奥山に紅葉ふみわけ鳴

鹿のこゑ聞ときそ秋はかなしき（古今215・よみ人しらず）」の歌について、注釈の中で議論されてきたのは、「ふみわけ」の主語をめぐってとこの歌の詠まれた時季をめぐっての二点であると思われる。前者については、契沖以後の問題であるので、いまは措くとして、詠まれた時季については、有吉保氏『百人一首』（講談社学術文庫）によって、次のようにまとめられている。

古注は「奥山」が「外山」「端山」に対する称であることに注目し、（中略）したがって、古注はこの歌を晩秋の詠と解しているわけであるが（応永抄「秋ふかく成行て」など）改観抄は「此もみぢふみ分といへるは、秋更はて、の落葉にはあらず。木葉は奥山より先色付て、は山は後に色付物なる上に」であると古注と正反対の説を提示している。

古注に比して、契沖の『改観抄』が新しい見方を提出したごとくである。『余材抄』においても、

或注に、外山の紅葉なと散過ては、鹿も山深くこもる物なり。深山の紅葉さへ散はつるをふみ分て、物かなしく打鳴比、秋はことに悲しき物なり、とあるは心得かたし。花は暖気にもよほさるれは、外山より咲て奥山は遅く、紅葉は寒気にもよほさるれは、奥山は早く、外山は遅き物なり。

とあり、契沖は同様の説を展開している。ここで引かれる『或注』は、宗祇の『両度聞書』で、この否定から自説が展開されるのである。では同じように、『両度聞書』の引用から入る『仰恋』は、この宗祇説に対し、どう対処し、どういう見解に達しているであろうか。

宗祇、外山ノ紅葉ナト散過テハ、鹿モ山フカクコモル物也。深山ノ紅葉サヘ散ハツルヲ踏分テ、鹿ノ物カナシク打ナク比ノ秋、コトニ物カナシキ心也。何コトモ物ノキハマリ行ヲナケク義也。

師云、猿丸ノ哥也。元明ノ比ノ人也。此注誤リト云。深山ノ紅葉サヘ散ハツルヲフミ分テトニルハ、見ヤウア

シカルヘシト也。紅葉ハ深山ハ早クチリテ、外山ハオソクチル物也。外山ノ紅葉ハ暮秋ノ末ニモノコリナトシテ、初冬ノ比モアルモノ也。サルニヨリテ此哥、暮秋ノ比ニハ、不入ナリ。是ハ秋ノフカク至ル比也。中秋ノ末、暮秋ノ始比ナルベシ。其時分世上ノ秋ノ悲シキト也。秋ノアハレハ何比ソ。奥山ニ紅葉フミ分ナクシカノ声聞時ソノソ文字ニテ、天下ノ秋ノ哀ヲイヘリ。奇妙ナル哥トソ。裏ノ説アリ。

まず注目されるのは、「深山ノ紅葉サヘ散ハツルヲフミ分テト云ルハ、見ヤウアシカルヘシト也」と、宗祇説が否定されている点であろう。そのうえで、契沖と同じような説明が施され、「中秋ノ末、暮秋ノ始比ナルベシ」と結論付けられている。いかにも契沖の卓見であると説かれたところであるけれども、まさに契沖と同等の知見に長孝説も達していたのである。なお、付言すれば、この説は、『伝心抄』（実枝―幽斎）以来の説であり、両者はそれを受け継いだに過ぎないかもしれない。が、ここではその叙述の展開の類似にも注目しておきたいのである。

以上は、『栄雅抄』、『宗祇抄』の否定をとおして、契沖・長孝ともに相応の達成をみた場合の、その一例を採り上げてきた。この両注釈書が、契沖のみならず、既に検証したように、長孝においても冷静に取り扱われてきたことを思い合わすならば、それは、当然の結果であるとも言えよう。しかし、契沖においても長孝においても比較的信頼が置かれていると考えられる顕昭の説に対しても、如上のごとき例が窺え、注意されるのである。例えば、「津国のなにはおりはす山城のとはにあひみん事をのみこそ（恋四696・題しらす・読人不知）」という歌の「なには」の掛詞をめぐって、古注釈書類の説は「名には」と「何は」に二分される。「片桐全評釈」では、『顕注密勘』や『両度聞書』を例に「名には」説を述べたあとで、

契沖の『古今余材抄』が「なには思はずとは、何事は思はずといふ心なり」と注し、「常にたゞ君にあひ見む事をのみこそおもへ。其外の何事をば思はずとなり」と訳してからはおおむねこの解釈が用いられているのである。

と述べられている。つまり『余材抄』以来、「何は」説が採られるようになったのである。そこで、『余材抄』を確認すれば、

これは津国の難波に山城の鳥羽を対して、ともに秀句によめる哥なり。なには思はすとは、何事は思はすといふ心なり。（中略）常にたゝ君にあひ見む事をのみこそおもへ。其外の何事をば思はすとなり。（中略）顕注になにはおもはすを、名にはおもはす。まことにあはんと思ふといふなりと釈せられたるはかなはす。こと哥にも難波を名にはとも何はとも便にしたかひてつゝけたり。つのくにのなにはたかはぬ、つのくにのなにはたゝまくなとよめるは、名とつゝく。我を君なにはの浦に、我はなにはの何とたに見す、津のくにのなにはの事か、なとつゝけたるは何とそへたり。

とあり、ただ「何は」説を述べるだけではなく、後半には、具体例を示し、いかにも契沖らしい、実証の一面が窺われる。確かに「なには」に「名前」の「名」を掛けるのは、顕昭以来、『毘沙門堂本古今集注』をはじめ『浄弁注』・『両度聞書』・『古聞』・『栄雅抄』・『伝心抄』・『傳授鈔』・『教端抄』など、すべてその説を採っており、そのなかにあって、「顕注」説を「かなはす」と退け、「なには思はすとは、何事は思はすといふ心なり」と「何」説を主張したところは、現代の注釈に照らし合わせても、十分に注目されてよい卓見である。では、『仰恋』はどうか。

宗祇、名斗ニハ思ハス。常ニアヒミシ事ヲコソト云リ。両国ハ枕詞也。

師説、顕昭ナトモ、名聞ニハ思ハス、真実ニ常ニアヒミンコトヲノミ思フト云リ。此説不可然。ナニハ思ハストハ、何ノ事モ思ハス、只常住アヒミン事斗思ヒノト云心ナリ。此説ヨキ也。「津国ノナニハノ事カ法ナラヌ」ト読メルモ、ナニヤカヤ万ツノ事ヲ云ル也。

まず宗祇・顕昭説を「此説不可然」と否定し、契沖同様「ナニハ思ハストハ、何ノ事モ思ハス」と「何は」説を展開

しているのである。そしてそれを補強するために「津国ノナニハノ事カ法ナラヌ」と『後拾遺集』の「津の国のなにはのことか法ならぬ遊び戯れまでとこそ聞け（後拾遺雑六1197・遊女宮木）」という和歌の例を挙げている。これは、契沖が「何」の用例の最後に挙げたものと一致する。

なお先行する諸注釈のうち、『蓮心院殿古今集註』[12]に、

なにはとは、名聞にはなき也。とはにとよむ也。ときはに也。「き」を略也。此なにはを、大樹　常徳院殿（＝足利義尚）、なにとも思はずと被仰し也。異説也。

と見え、「常徳院殿（＝足利義尚）」が「何事」説を述べていたことを「異説」として挙げている。『仰恋』との関係については即断しかねるけれども、仮に『仰恋』がこの説を採用したに過ぎないとしても、「顕注」をはじめとして、伝来の説が全て「名前」の「名」説を採る中で、「何」説を採用し、さらに和歌の例までも示していることは、十分に評価されてよい。そしてそれは、まったく契沖の説に一致しているのである。

Ⅱ　視点が一致する場合

以上は、先行注釈書との関係において、『仰恋』と『余材抄』の自説の形成と達成について検討してきた。さらに両注釈書の中には、先行の注釈書が触れていないところにおいても、引用書や、説が一致するところが、窺える。次は、その点について、検証する。

《例十一》

『仰恋』

くもり日の影としなれる我なれは目にこそみえね身をははなれす（恋四728・題しらす・しもつけのをむね）

師談、（中略。『栄雅』＝『顕注』を引く）猶口伝ノ説、カケトシナレルトハ、思ニヤツレタル身ヲイヘル也。ヤセタル人ヲカケノ様ナリト云ニ同シ。ソレヨリクモリ日トヲキテ、カケトナルトツ、ケテ、其心ヲイヒノヘタリ。

『余材抄』

顕注には（略す）。今いはく、是は曇りたる空の日の影はありとも見えぬやうに、我心は君か身をはなれず、たちそひたれど、君かしらぬとよめる也。影としなれるといふに、おもひやせたる事をもかけたるなるへし。

右に、『仰恋』と『余材抄』とを併記して引用した。ともに『顕注』の説を引いたうえで、歌の解釈を施している。全く同文というわけではないけれども、『仰恋』の「カケトシナレルトハ、思ニヤツレタル身ヲイヘル也。ヤセタル人ヲカケノ様ナリト云ニ同シ」という解釈が、契沖の「影としなれるといふに、おもひやせたる事をもかけたるなるへし」に極めて近い。この説は、少なくとも今まで注意して見てきた注釈書類には見当たらない説であって、両者が同じ解釈を施している例として注目されよう。

また、「いつのまにさつき、ぬらん足引の山ほと、きす今そなくなる（夏140・題不知・よみ人不知）」の注釈には、類想歌として、同じ『古今集』の「昨日こそ早苗取りしかいつのまに稲葉そよぎて秋風の吹く（秋上172）」を、長孝、契沖ともに指摘するけれども、この歌の注釈にこの歌を引用するのも、管見の注釈では、この二書に限られる。

今はできる限り、先行の注釈書が指摘しないことを一例としてあげるべく努めてきたけれども、既に先行の何らかの注釈書で指摘されていることを両注釈書が挙げており、一致しているということも含めるならば、右のような例は、さらに増えることになる。

以上、実証に基づいて自説を形成し、現代でも高い評価を得ている契沖の『余材抄』に、長孝の『仰恋』が、その方法も、またそれをとおして得られた見解も、ずいぶんと一致する面があることを論じてきた。

従来は、特に地下歌人の注釈は、「秘伝」を墨守し、そこから抜け出せず、また流派の独自性を高めるために、しばしば牽強付会な説を主張する、中世的な悪癖を引きずっている点ばかりが強調されてきたように思われる。が、その点は、ひとまずは彼らのあり方として、認めたうえで、虚心に注釈を読んでいくと、彼らの説の中には、契沖と同等の知見に達しているものも、決して少なくは、ない。

至った説が、たとえ契沖とは関わらなくても、このように自説の形成の方法、ひいては注釈の方法だけを抽象化して考えるならば、長孝と契沖は、ますます接近することになるであろう。本稿では、片桐洋一氏が、

諸注集成といえども、みずからの学統によって用うべき底本は決っている。しかし、その後に多くの説を同じ次元で並べ、その優劣を検討して、妥当なものを採るということは、伝来の秘説という呪縛からの解放をもたらすものでもあった。その解釈の当否は、確実にして客観的な根拠によって決定されるからである。契沖に始まる近世の古今集注釈の土壌はこのあたりにあったと言うべきであろう。

と述べられたことを[13]、できる限り具体的に考証するよう、努めてきたのである。

さらに、如上のことが認められるならば、成立の先後から言えば、延宝六年から講義が始められた、長孝の『仰恋』の成立は、『余材抄』（元禄四年頃か）のそれに先立つのであって、契沖の『古今集』の注釈基盤に、従来指摘されてこなかった『仰恋』を付け加えるということも、当然、考慮されなければならないであろう。本章の以下の節でも論じるように、それはそれで十分に可能性があるようにも思える。しかしながら、契沖自身にも、また長孝をはじめとする門流の者たちの周辺にも、両者の直接交流を示す資料は、未だ見出されず、それはやはり可能性の域を出ない。

契沖から突然新しく始まるかのように記述されることの多い注釈史が、地下歌人らの注釈の存在を評価することによって、旧注から新注へと繋げることができるということを、ここでは、改めて確認しておきたい。

六　おわりに

なお、最後にもう一点、付言しておきたい。それは、長孝と契沖との立場の違いである。いわゆる「みたりの翁」の説をめぐって、『仰恋』は、

昔ヨリ其名ヲシラサル也。シラヌヲ秘事ト云ト近代ノ抄ニ見エタリ。浅間敷事ナリ。四人ノ撰者シラレタレハコソ、三代ノ翁ト書リ。又シラヌヲ秘事トイハ、、哥道ニハシラレヌ事多ケレハ、イツモ秘事ニシテヤムヘキ歟。相伝ナキ人ノイヒナグリタルコト也。必不可用。殊当集ノ秘伝也ト云々。

と、かなり激しい口調で、「秘事」を否定する者を批判する。そもそもこの「みたりの翁」の秘事を否定したのは、

左の詞書に此みたりの翁の事、此集四人の撰者の勘へえずして注し付ざる事を、末学浅智の身として、勘しらん事いかでかあらん。秘事などいふ人あり。信ずへからず。

とする『栄雅抄』であって、ここは直接には、『栄雅抄』の見解を退けたとも取れる。けれども、さらに「相伝ナキ人ノイヒナグリタルコト也」と断言するところを見れば、「秘事」を大切にし、さらには、それを「相伝」する「師」の存在を強く意識しての物言いなのであろう。「相伝ナキ人」が、勝手なことを言うので困るという批判は、既に第一章で繰り返し述べてきたように、貞徳以来しばしば窺える、この流派の特徴的な考え方であって、長孝自身も「師」としてあることに自覚的で敏感であったことの表れであると忖度される。

それに比して、契沖は、先の『栄雅抄』を引用し、ただ「此注すなほ也。尤可用」と述べるばかりである。ここに、両者の立場の違いが象徴的に表れていよう。長孝と契沖は、少なくとも表面上は、[14]「伝授」に対し、全く違う立場を採るのである。

長孝たちは、以上のような秘伝に縛られている点ばかりが、今までは、注目されてきた。つまり、貞徳や長孝をはじめとする地下歌人の学芸は、しばしば中世の残滓のように捉えられてきたと考えられる。また一方で、契沖の学芸は、近代実証主義の魁のように称揚されてきた。そのように考えれば、両者の距離はとてつもなく遠い。しかし、考察を加えてきたように、長孝の側から言えば、その注釈は、契沖と同程度の知見に、十分に達する面を具えていた。一方、契沖の注釈も、決して長い注釈の歴史からは無縁ではいられなかったのであって、学芸の達成という意味においては、長孝も契沖も決して時代の埒外にはなかったと言えるのではないだろうか。[15]

【注】

（1）上野洋三氏『元禄和歌史の基礎構築』（二〇〇三年十月、岩波書店刊）Ⅱ部第2章「有賀長伯の出版活動」。

（2）『以敬斎聞書』の引用は、国会本の本文が上野氏の論文に引かれているので、ここでは、石川県立図書館李花亭文庫本によることとし、適宜句読点を付した。『以敬斎聞書』については、第三章第二節参照。

（3）本章第二節において改めて検討する。

（4）『両度聞書』の引用は、版本は、竹岡正夫氏『古今和歌集全評釈』（一九七六年十一月、右文書院刊）に翻刻された寛永十五年版本を、写本系の「近衛尚通本」は、片桐洋一氏『中世古今集注釈書解題三（下）』（一九八一年八月、赤尾照文堂刊）の翻刻による。なお「版本系」としたのは、検証を加えてゆくなかで、ごくまれに文言の一致しないところもあり、版本を見ていたとは言い切れない面が残るからである。

（5）ただし、版本系の『両度聞書』の仮名序注は、ほとんど『古聞』にも一致しており、その引用がどちらからのものであるかは判断が難しい。後述するように、歌注においては、まず「宗祇云」として『両度聞書』が引用され、そのあとの「師談」の中で『古聞』が利用されており、序注もその形式を踏まえると判断して、『両度聞書』と考えておく。

（6）『了誉序注』の引用は、明暦四年版本（徳江元正氏の翻刻（『日本文学論究』第四十六・四十七冊、一九八七年三月・一九八八年三月）による。なおこの「カタラフモ」和歌を引くのは、八戸市立図書館本『古今和歌集見聞』にも見えるが、内容が異なっている。

（7）『仰恋』の引用は、国会本により、適宜句読点を付した。『古聞』の引用は『斯道文庫論集第二十二輯』の翻刻（底本は、尊経閣文庫本）による。ただし様々な伝本の存する『古聞』のどの伝本によっているか、あるいはそのような伝本が実際に存在するのか、あるいは現存するのかは、本稿では問題としていない。長孝自身が『古聞』の利用を明記していないことやその叙述のありようから見て、長孝のなかでいったん咀嚼されたうえで、利用されている可能性もあり、一致するものを探索することはそれほど重要ではないと考えるからである。

（8）『古今栄雅抄』の引用は、大阪女子大学附属図書館蔵延宝二年版本による。適宜『中世古今集注釈書解題四』（一九八四年六月、赤尾照文堂刊）に納められた『蓮心院殿古今集註』も参照した。なおこの場合も『古聞』の場合同様、利用した具体的な一本を突き止めることが、可能かどうか疑わしく、よって、その注釈書の系統の利用が認められれば、本稿の目的は達せられる。

（9）「当流」という言い方は、伝来の説を指す場合と、長孝が自らの流を指してそう呼んでいるのではないかと思われる場合もあり、判断が難しい場合がある。したがって、ここでは「当流」が『古聞』説と一致する確実な例を取り上げた。

（10）片桐洋一氏『古今和歌集全評釈（上）（中）（下）』（一九九八年二月、講談社刊）による。以降「片桐全評釈」と略称する。以降の片桐説は、この全評釈による。この全評釈は、『古今集』注釈史研究でも著名な片桐氏の評釈であり、近世以前の注釈書に眼が行き届いているとともに、現時点での最新の全評釈である。その点を考慮して、この注釈書をもって現代の注釈を代表させることにした。

（11）『古今余材抄』の引用は、『契沖全集』第八巻（一九七三年三月、岩波書店刊）による。
（12）前掲、『中世古今集注釈書解題四』による。
（13）片桐洋一氏「中世古今集注釈史素描《十二、諸注集成の流行》」（『中世古今集注釈書解題　六』、一九八七年六月、赤尾照文堂刊）。
（14）敢えて「表面上は」と断ったのは、契沖にとっては本意ではなかったかもしれないが、彼が関わったと思われる秘伝書が存在し、伝授に関わったという可能性が完全に拭い去れないからである。本章第五節参照。
（15）「時代の埒外ではない」というのは、長孝や契沖の学問の達成が、彼らの個性にのみ還元されるべきではないということを考えてのことである。結果としてそれなりの条件が整うこと、『古今集』の注釈の問題で言えば、ある程度の先行注釈書が見渡せることが必要で、結果的には、彼らしか到達できなかったかもしれない。けれども、その達成は、長い注釈の歴史のなかで培われ、徐々に形成されてきた方法を経ての達成であったと考えることもでき、広く時代の思潮として捉える視点も考慮しておくべきではないかと思われる。この点については、なお慎重に検討し、考察を深める必要を感じているが、本節においては、ひとまずは、地下歌人の注釈の達成を見届けることを、第一の目標とした。

第二節　『古今仰恋』仮名序注の性格

一　はじめに

本章の第一節において、望月長孝の『古今和歌集』注釈書『古今仰恋』（以下『仰恋』と略す）を取り上げ、その注釈の形成と達成について、論じた。そこでは、仮名序の注釈についてはほとんど考察の対象としなかった。と言うのは、『仰恋』の古今集注釈史上における意義を考えるうえでは、まずもって歌の注釈を検討することが有効であると考えたからである。また、『古今集』の「仮名序」の注釈の特殊性も考慮したからでもあった。本節では、第一節において、簡単に考証した部分も含めて、課題として残しておいた「仮名序」の注釈について、改めて考察を加えることにしたい。

二　説話を含む注釈書の利用

既に第一節で述べたことであるが、仮名序注の性格を明らかにしておくために、まず先行注釈書との関係について検討しておく。

『仰恋』が、その注釈のはじめに『宗祇抄』つまり『両度聞書』（版本系）を引用することは、歌の注釈の場合と同様である。その後に「師説」あるいは「師云」として、長孝の説が記される。その長孝の説のなかで、特に目立つのは、説話を多く引用する注釈書の引用である。例えば「花に鳴く鶯、水に住む蛙」の注釈に、

古キ注ニ、鶯ノ哥ハ日本記ニ、大和葛城寺ニ住僧ノ愛弟アリ。イク程ナクテ死ス。彼師ナケキテ児ノ住タルアタリヘ出テ思ヒ出テカナシミケル時、鶯来テ梅ニタハフレテナキヌ。其声普通ニカハリヌ。初陽毎朝来、不相還本栖ト聞ユ。硯ノ蓋上ニ書写シミレハ、

初春ノ朝夕毎ニハ来レトモアハテソ帰ル本ノスミカニ

ト云哥也。日本記ニハ鶯童ノ哥ト云。又蛙ノ哥ハ、是モ日本記云、紀良定ト云モノ、住吉ノ浦ニ行テ采《美イ》女ニ逢テ、又来春ヲ契リテ、尋行ケルニ女ハナシ。泣々濱ヲアユミ行ケルニ、砂ノ上ヲハヒケル蛙ノ跡ヲミレハ、三十一字ノ哥アリ、

住吉ノ濱ノミル目モワスレネハカリニモ人ニ又トハレヌル

是日本記ニ河津女ノ哥ト云。サレトモ当流ニ不用説ナリ。

と、実際に鶯や蛙が歌を詠んだとする『古今和歌集』の注釈書に限らず、さまざまな文献に引用される著名な説話が引かれる。[1]「当流ニ不用説ナリ」と、結果的にはこの注釈は「当流」には「不用」の説であると長孝は退ける。けれども、このように講義を聞く門弟たちにとり、興味が惹かれると思われる説話が、『仰恋』には、すこぶる多く引用されているのである。このことは、ひとまずは、実際の講義の内容が、この聞書に反映している結果であると考えられよう。考証や理論を述べることに終始するだけではなく、それがたとえ「当流不用」の説であるにしても、講義の

場においては、具体的な例話は必要であったと思われるのである。

なお続いて、その様相を見渡しておこう。

「ちからをもいれすして天つちをうこかし……」の注釈では、そもそも最初に引用する「宗祇抄」が能因法師の「祈雨説話」を取り上げていることに端を発して、「師談」として「天河苗代水ニセキクタセ天クタリマス神ナラハ神」の歌を伴うかたちで祈雨説話が詳しく引かれる。この説話に関しては、長孝の歌論をまとめた『哥道或問』(2)にも、

◎能因法師は和歌をもつて、旱魃を退治し、天地のやまひをさへ治せし也。

◎能因は、仏道の人なれと、歌道の信仰すくれしゆへに、旱魃を仏道をもつていのらす、和歌を以いのれり。神もそのまことに感して、雨をふらしたまへり。

などと見えており、長孝にとって、歌道修行の結果、感応の歌を詠んだ能因は、よき目標であったのかもしれない。

続いて「カタラフモ嬉シクモナシ郭公ウキ山人トナレルト思ヘハ」の歌によって癩病が平癒したという説話が「天神地祇」が「感応」した例話として記される。さらに「又古キ物語」として、「奥山ニ枝折ルシホリハ誰タメソ吾身ヲ分テウメル子ノタメ」の歌を引くいわゆる「姨捨山枝折型説話」が引用される。

続く「めにみえぬおに神をもあはれとおもはせ」の注釈では、まず引用される「宗祇抄」に「伊賀国ニ鬼ノ人ヲ損スル事アリシ時、土モ木モ我大君ノクニナレハイツクカ鬼ノスミカナルヘキト読テ、其事ヤミタリトイヘル事モアリ」と見え(3)、それを詳しく語る形で「師云」として「千方説話」が展開される。

是ハ天智ノ御宇ニ千方ト云逆臣、伊賀伊勢ノ国ヲ押領シ、王命ニ不随。其時軍勢ヲ度々ツカハサルレトモ、カツ事ヲ不得。彼千方四鬼ヲ手勢ニ持リ。金鬼・水鬼・風鬼・隠形鬼也。金鬼ハ、其身金ノ盾トナツテ、矢モ伐モ身ニタヽス。水鬼ハ、敵ヲヨセテ後、水トナリテ軍勢ヲ損ス。風鬼ハ大風トナリテ、敵ノ陣屋ヲ吹破ル。隠形鬼、

萬騎ノ前ニ立タレハ、味方ノ勢カクレテ思フヤウニ押ヨスル。サレハ勝負ヲエスシテ、一首ヲ読テ千方カ城ヘオクル。土モ木モノ哥也。其時四鬼此哥ヲ感得シテ、千方ハ無道ノ熊カチト詮議シテ、千方カ本ヲ立去リ、又其後千方ハ亡ヒシ也ト。

さらにこの説話に続いて、「神功皇后新羅征伐説話」が付加されている。

また「神ノ哥ニ感シタマフ」例としては、住吉の神が現形する話が引かれ、「是ハ伊勢物語ニテ口伝スル事トソ」とされている。続いて和泉式部の「物思へハ澤ノ螢モ我身ヨリ」の歌と（貴船）明神の返歌が記されている。これもまた「神の感応」ということで引かれているのであろう。「男女の中をもやはらけ」の例歌としては、『伊勢物語』第二十三段の「風吹ハ」の歌が物語とともに引用され、さらに続けて、

又雲井草紙ニ、昔大和国ニ男アリケリ。男、其妻ヲサヒシ、又外へ通ヒケリ。然ルニ此妻恨ル心ナカリケレハ、男佐ミテ、何事カアルヤトテ、其行ヤウニテ、側ラニ陰レテ見ケレハ、前栽ノ方ヲ詠シテ居タリケルカ、鹿ノ鳴ヲ聞テ、

我モシカ鳴テソ人ニ恋ラレシ今コソネヲハヨソニノミキケ

男、是ヲ聞テ耻シク思ヒテ、ソレヨリ外へ行事ヲト、メタリ。カヤウノ事ヲ貫之ノ心ニコメテ書ルニハアラネトモ、タトヘヲトリテ、引事也。又嵯峨天皇ノ后、帝ヲ恨ミタマヒ、

ワスラル、ツラサハイカニ命アラハヨシヤ草葉ノナランサカミン

ト読タマフニ、御門、御心トケ給ヒテ、モトノヤウニ御恵アリトナン。此哥続日本記ニアリト云リ。カヤウノ事、代々撰集、物語ニ数多アリ。

と、二つの例話が記されている。また「たけきもの、ふの……」の注釈には、「師談」として『伊勢物語』の第五段

の話が引用され、さらにその後に次の如き説話が述べられる。

又中比、道ヲスクルモノ、人ノ家ニ花盛ンニミエケレハ、感ニ不堪、ヤカテ其家ニイリヌ。「遙人家花便入不論貴賤与親疎」ト云詩ノ心ニ乗シテルニヤ。ヤサシク覚エケルヲ、此家ノ主、不敵ニタケキ者ナルカ、此花見ル者ヲ恠キ盗賊ナリトテ、トラヘテカラメヲ責ハタリケルニ、男、サハク気色ハナクテ、

白浪ノ名ニハ立トモ吉野川花故シツム身ヲハウラミン

ト読ルニ、武キ心和キ、此男ヲユルシケルト也。尤哀ナル歌ナリ。是又事也。カヤウノ証例猶アマタアリ。

以上、『仰恋』が最終的に「成孝敬、厚人倫、美孝化、移風、易俗」という『毛詩』の一節を引用した後に、その解釈を施しつつ、

此文ノ心ハ、詩ノ徳ニ依テ健キアラ夷モ又武威ヲ施ス者モ、和キテ孝ヲナシ、敬ヲイタス。然ル時、国納リ、人倫ニアツシ。孝和ヲウルハシウシトハ、萬民ニ哀ヲホトコス姿ナリ。是等ノ徳、皆以テ詩ノ志ヨリ起リタレハ、此風ヲ移シテ俗ノアラキ心ヲ和クルト也。詩歌同根ナレハ、毛詩ノ心ヲ以テ引合セタル也。此序ノ本意ナリ。所詮ニ神陰陽ノ和ヨリ、於人倫君臣・父子・夫婦・兄弟・朋友モ和悦ノ道ノ大徳ナリ。

とまとめるように、ここまでは、まさに歌の徳を、さまざまな説話を引用しつつ具体的に述べてきたのである。『仰恋』に見られるこれらの説話による注釈は、細かな点では、相違するところもあり、それぞれに簡略化されているところもあるけれども、明暦年間に刊行された『古今序注』、いわゆる『了誉序注』に、その根幹を仰いでいる。引用された説話の配列の一致、他の注釈書類にはあまり見られない説話（姨捨山枝折型説話など）を引用すること、また出典の類似（雲井草紙）などから、そのことは確認されるのである。第一節においては、その概略を述べ、結論の

みを示しておいたが、改めて、以上の点を確認しておきたい。

それはそれとして、このように多くの説話を含む注釈を利用していることは、単なる先行注釈書の引用の問題にとどまらず、注意しておくべきことであろうと思われる。と云うのは、『仰恋』とほぼ同時代に成立した契沖の『古今余材抄』や北村季吟の『古今教端抄』などには、このように詳細に説話を引用する態度は、ほとんど見出せないからである。説話を背景に持つ解釈が加えられることがあっても、多く引かれることも詳細に語られることもない。それらはあくまでも仮名序の注釈の文脈上引かれたに過ぎない。『了誉序注』が明暦年間に刊行されていることから、彼らがそれを読む機会は十分にあるはずである。あるいは、実際に読んだかもしれない。しかし、彼らは長孝のように説話を引く注釈書を利用することには消極的であったのである。

これらの点を考慮するならば、『仰恋』の「当流不用」ばかりを重視し、これほど多く引かれる説話群を無視することはできないであろう。むしろ説話による解釈がわざわざ述べられていることの意味を考えるべきであろうと思われる。

例えば、契沖の『古今余材抄』のように、仮名序の正確な理解のみを追求してゆくならば、そこに説話による解釈を引用する必要がないのは、当然の帰結であろう。歌の注釈を見る限り、長孝もまた、学を追求し、先行する諸説に対し、冷静なまなざしを保持していたと思われる。少なくとも歌の注釈に説話による解釈は見られない。にもかかわらず、仮名序注においては、説話を取り込んでいる。そこには、やはり彼の積極的な意志を認めざるをえないだろう。

思うに、これほどの説話を引いたのは、長孝たちが歌を詠むという行為に極めて実際的な効能を認めていた、あるいは信じていた、もしくは、見出したいと考えていた表れではないだろうか。晩年の長孝の門弟でもあった有賀長伯の『以敬斎聞書』によれば、当時の地下の人々にとって、歌は「やことなき雲の上人などのもて遊ひ玉へる事」(4)と認識されていたらしい。ならば、そのような「雲の上人」の「もて遊び」であるという認識を打破するためにも、歌そのものに力があるのだと、歌の効能を具体的に説話によって示すことは、すこぶる重要な意味を持っていたであろう。いま眼前に居る門弟たちの和歌修行への不安を取り除くためにも、歌の効力を説くことは、確かに必要なことだったのである。その実効性の重視が、仮名序注に、説話を多く引用させたのであろう。逆に言えば、仮名序のこの部分はそのことを説くのにもっともふさわしい部分でもあったのである。そしてこのことは、『哥道或問』に、

逢て後の愛着は、陽中の陰にてかろきなり。これらの執着を心にとめさるやうにせむに、元来、此病、自己の心根より出たる病なれは、他の力をかり、人の業をもて治しかたし。これに用る良薬、外になし。たゝ和歌也。和歌は、心の清き所より起りて、神のたすけを兼たれは、治せすといふことあるへからす。

と「恋の情」の「執着」を払うのは「和歌」しかないのだと説くことと揆を一にする考えであろう。彼らにとって、和歌は決して「雲の上人」にのみ許された「もて遊び」ではなかったのである。

三　仮名序注の歌論

二においても、仮名序の注釈と長孝の歌論との密接な関係を指摘したが、ここでは特に仮名序から離れて、「歌を詠む」行為に直接触れた部分について検討したい。『哥道或問』に説かれていたことと共に、長孝の歌論がいかなることを志向していたのかを、更に明確に探ることができると期待されるのである。

先の二の最後に見たように、〈歌を詠むことによって執着をはなれる〉ということは、例えば、

◎おほよそ人の心のうちに執着する事の有るは、尤陰気にして神の清心にたかふ。其執着する所を和哥にていひ

ほとく時、心をのつからほからか也。
◎桜ちるとき、藤、山吹に心をうつし、藤、山吹うつろへは、又ほと〻きすをきく。かやうにたのしみもてゆく心のみなれは、霞をあはれみ、露をかなしふ心とはなる也。人界のたのしみの中に淫欲尤ふかくはなれかたし。四時の景物は、あはく、はかなき物也。其あはく、はかなき物に心をうかせ、淫楽のふかくして、離れかたき所をはなる〻か歌の徳也。

などと繰り返し説かれる『哥道或問』のもっとも中心をなす考え方だと思われる。
そのことについて『仰恋』では「あるは花をそふとて」の注の中で、いわゆる「作国説話」を「不用」と退けた後に、

師談、……爰ヲ以テ能々思慮スヘシ。凡哥人ト云ハ、只情欲ヲ離レテ、心ヲ空虚ニシテ、聊モ物ニ執ヲト、ムヘカラサル事也。サレハ花ニ対シテハ花ヲ見、月ニ望ミテハ月ヲアハレミ、当一念〳〵。風景ヲ感シテ一念ヲト、ムヘカラス。シカレハ、情欲ヲノツカラハナルヘキトソ。是真実ノ教へ、哥道ノ詮トスル所也。

と説かれるところである。さらに「世中にある人……」の注においても、

師云、コトワサハ、世間ニナストナス事思フ事ノワサニアラス、夕、言葉ノ事也。（中略）此界ニ生ル者、其事業ナキニアラス。二六時中ノ萬ノ事業也。枕ヲトルモ、夢ヲ見ルモ、又徒ニアルト云モ、事業也。サレハ思慮遷易クシテ、哀楽変シテ、皆心ヲ苦シメテ安カラス、其事業苦シミニヒカル、所ヲサクルハ、歌也。（中略）花ヲミテハ花ヲ愛シ、月ヲ見テハ月ヲ憐ム。只当意〳〵ノ外、余念ナシ。サレハ此道ニ住スレハ、世間ノ是非ヲノカル。世間ノ是非ヲノカルレハ、安楽ノ世界也。

と同様のことが繰り返されているのである。

歌によって執着を払うためには、『哥道或問』に、

尤自己の歌ならては、をのか病根治しかたし。自己の哥と云は、人のいひふるさぬ所也。

と述べられるように、「自己の歌」を詠まなければならない。そのためには、

古人いひのこさゝれは、全躰あたらしきといふうた、今の世にいてきかたき事なれと、修練の功によりて、てにをは一字にても、あたらしくなるやうあるへし。

と修練の大切さが説かれることになる。直接に修練と言う物言いは、仮名序注には見出せないけれども、「とをき所もいてたつあしもとより」の注釈のところに、

師云、裏ノ説……（中略）表ノ説ハ、我々哥ヲヨマント思ヒタツ始ヲ云。稽古次第ニ相続シテ道ノ佳境ニ入ノタトヘナリ。或ハ遠国ヘユカン人、ワツカニアユミ出テ、アナトカシナヤ、是ホトワツカニ歩ミユカンニハ、サハカリ遠キ方ヘハ、叶フマシキト思ヒテヤミナハ、行人、永久其所ヘハユキツカス。一歩ヨリ始ルト心エテ不達者ナカラモ、年月ヲワタリテ行ニ、ナトカ至ラサラン。哥ノ道如此。

とある。また「是前ニモ云ルカコトク興ハ哥ノ本ナリト心エテ稽古スヘキ由也」と、先の例と同様に稽古が重要であることが、別のところでも述べられている。修練の重要性が述べられることと稽古の大切さが説かれることは揆を一にしていると見て差し支えないだろう。

以上、長孝の『哥道或問』に示された歌に対する基本的な考え方が、『仰恋』にも反映されていることを確認してきた。これは同じ長孝から発せられたことであるから当然のことでもあろう。けれども、『古今集』の仮名序の注釈のなかで、このような注釈からはなれて歌を詠むことの根本原理が説かれていることに注目しておきたいのである。

四　流派をめぐる問題

古今集仮名序の注釈史を考える中で、「富士の煙」が「不立」か「不断（絶）」かと「長柄の橋」が「作（造）」「尽」なのかという点は避けて通れないであろう。最後にその点について、検討しておきたい。

第一章第一節において貞徳の『傳授鈔』を取り上げた折に、貞徳が、宗祇以来の二条家流の伝来の説「不断・造」を退けて、諸説を検討した結果として、「不立・尽」という結論に達したことについて論じた。その点について、片桐洋一氏が「諸注集成という注釈書の形態が、このように、自らの学統の権威ある説に対しても、是々非々的に対応してゆくという姿勢の反映として存在していたことがわかるのである」[5]と指摘されたことを受けて、さらにそれが貞徳の積極的な選択であったと評価したのである。では、長孝は宗祇説に対し、どのような立場を採り、自らの見解を展開しているであろうか。

まず結論から確認しておきたい。「富士の煙」については、

師云、他流ハ世中上古ニカハリタル事ヲ云。富士ノ煙ハ、不絶タテルカ、今ハタ、スナリ。長柄ノ橋モフリテ絶タルガ、アタラシクツクルナリト。聞人ハ何事モ上古ニカハリタレハ、哥ニノミソナクサムルトイヘル也。能キコエタリ。是冷泉家ノ説ニ大様同シ。

また、右にも触れられていたけれども、「長柄の橋」については、「宗祇抄」が、「ツクル、造也。ナカラノ橋モ、今ハ作ルナレハ、古ヌル身ノタトヘニモナラヌ心ナリ。俳諧ノ部ニテハ、尽ル也。前ニ注ス」とするのを受けて、

師云、昔ヨリ尽ル、造ル、両義アリ。トモニ用。又俳諧ノ哥モ造ル心ニテモ叶フ也。

と、ひとまずは結論が示される。が、ここから長孝の例歌を示しての、長い考証が始まる。

抑不立不断、両説、二条家冷泉家各別也。冷泉家ニハ不立ノ義ヲ用ユ。煙ノタ、サレハ思ヒヲナクサメカタキ心也。橋ヲ作ル事ハ両家同義也。不立不断ニ付テ口伝等アリト云々。

と、改めて結論めいたことを述べながら、さらにまた、国会本にしておよそ六丁半に亘って、延々と考証が続くのである。これは極めて優れた学的態度であると評価できるかもしれないけれども、やはり、ここは長孝の一方の説に決めることへの逡巡する心を付度するべきであろう。

最終的に行き着いた結果が、

……カヤウノ歌アレハ、造ルトモヨムヘシ。又尽ルトモヨムヘシ。フシノ煙モタ、ヌ時モアルヘケレト、哥ニ絶ス立ツヨウニヨミ来レハ、今モ煙タツト云コトワサ、世ニノコレリ。サレハ其コトク道ヲ学フガ正道ノ哥道ナリ。巨尺ヲイヒ、物シリタル注ヲイハンハ、実ニ博学ノ事ナレトモ、哥ノ真実ノ道ハイヒカタシ。猶口伝アリトソ。

という物言いであるのは、さまざまな諸説を検証し、何よりもその博学ぶりを披瀝した長孝自身の態度を勘案する時、その姿勢と大いに矛盾していると言わざるをえない。長孝をはじめこの流派の人たちにとって、博学であることが、歌道の本質を究めたことにならないと考えていたらしいことは、先にも引いた長伯の『以敬斎聞書』の「哥学とよみかたの事」の項目の中で、

師云、いかに哥学ありても、よみ方の伝なきものは、真実の所をしらす。たとへは、佛道の上にても、学者と道人とのことし。何程学文は廣くし侍りても、道心なくては、実の道にはうとかるへし。たとへ学文なくとも、道人に出合て、心堅固なれは、真の佛道者なるへし。学文廣くして、我か博識にまかせて、口に云の、しるとも、道人に出合て、唯一言の下に閉口すへし。哥学は、様々と故人の書残したる事多けれは、夫を知る迄也。よみ方の傳を得て、哥

道を知るは、是即道人也。其故は、哥をよみ出すは、仮初の所行にあらす。実は、心地より発る所にして、心法のさた也。哥学をのみ廣くしける人も、よみ方の傳をしれる人に逢ては、一言の下に閉口すへし（以下略）。

と、述べられていることからも明らかであろう。にもかかわらず、ここでの饒舌ぶりは、二条家流という大きな流派の説とそれに真っ向から対立する直接の流派の師である貞徳の説との齟齬に加え、さらに長孝自身の考えとの折り合いをいかにつけるかの、その苦心の表れでもあろう。彼らにとっては、やはり「流派」や「伝授」の問題は、避けては通れなかったのである。

五　おわりに

以上、『仰恋』の仮名序注の孕む問題について、検討を加えてきた。歌の注釈においては、第一節において検討したように、伝授思想をはじめとする中世の残滓の面ばかりが注目されてきた点を省みて、『仰恋』の達成が今日でも評価の高い契沖の説に劣っていないということに、主に焦点を当てて論じた。

が、仮名序注に限って言えば、むしろより中世の古注の影が、強く残っていると言わざるをえない。しかし、論じてきたように、その面は消極的に評価されるべきではなく、その饒舌と逡巡と諸説の羅列にこそ、長孝の主張するべき歌論を読み取る必要があるのではないだろうか。

【注】

（1）　先行するどの注釈書によっているのかは判断が難しいけれども、細かな点（人名など）に注意すれば、この場合は、『毘沙門堂旧蔵本古今集注』系の注釈書に拠っていることが確かめられる。
（2）引用は、基本的に天理図書館本によるが、一部祐徳稲荷神社蔵中川文庫本を参照して校訂した。なお『哥道或問』については、第三章第一節において詳述する。
（3）既に前述し、また本章第一節でも指摘したが、ここもまた、引用する「宗祇抄」が版本系である証左となる。近衛尚通本にはこの和歌は引用されていない。
（4）『以敬斎聞書』は国会図書館本による。「和歌も修行至れはひともゆるす事」の項。ここは長伯が、医者を志し京都に遊学したが、和歌の道に転じたことなどについて語るところ。長伯が医学修行を怠り、和歌を志していること聞きつけた親類が、長伯をいさめる文のなかでの物言いである。当時の地下の人々の和歌に対する認識の一例と考えてよいだろう。なお、『以敬斎聞書』については、第三章第二節で論じた。
（5）第一章第一節参照。
（6）片桐洋一氏『中世古今集注釈書解題六』（一九八七年六月、赤尾照文堂刊）。

第三節　平間長雅『伊勢物語秘註』の形成

一　はじめに

本節では、平間長雅の学芸について考えるために、長雅の『伊勢物語』の注釈書『伊勢物語秘註』を取り上げる。従来あまり知られていない資料であるので、伝本のことから説き起こし、その内容に言及することとする。また同時代の注釈書にも配慮しつつ、注釈史上における意義についても検討したい。

二　伝本と成立

『伊勢物語秘註』（以下『秘註』と略す）の現在知られている伝本は次のとおりである。内容に問題とするべき大きな違いはない。

①鉄心斎文庫本

袋とじ三冊。縦二八・八糎、横二〇・六糎。黄色地海松文様などの下絵表紙の左肩に鳥の子金銀下絵の題簽を貼

り『伊勢物語秘註　天（地・人）』と外題を記す。料紙は楮紙。奥書は、まず、

右伊勢物語一部者、諸説勘合
師説之秘註也。不可有他漏
脱也。
右伊勢物語注解者、二條家本説師
師相承之秘本たりといへとも、
年来懇望之上、歌道感厚心而、
老後書写相授而已。尤如誓盟
之他見有へからさる者也。
蘆錐斎南浦居士
享保四巳亥仲夏吉辰　素慶印

とあり、続いて、

右伊勢物語抄者、細川幽斎玄旨
法印、貞徳翁明心居士、狭々野屋翁
長孝、風観斎長雅、蘆錐斎
南浦居士伝来之秘注也。誠於此
道甚深之極秘、雖為千金莫伝
之書也。為授愚娘、新書写之読

曲清濁等加朱者也。
墨点之読曲清濁等者、伝来書之趣也。
享保十九甲寅秋八月廿五日書写功終
墨流斎宗範

と、その書写に関わる奥書があり、さらに「享保廿一年丙辰天弥生十八日、篠原相雄」に授けられた旨が記されている。(1)

②東大寺図書館本

前掲の「鉄心斎文庫本」と同系統の伝本。「鉄心斎文庫本」の「享保十九甲寅秋八月廿五日書写功終　墨流斎宗範」までの奥書は全く一致する。その後「享保廿年乙卯六月朔日」に東大寺僧正・成慶に伝授されたもの。日下幸男氏に奥書と伝授のことについての言及がある。(2)

③九州大学音無文庫本

「享保四巳亥仲夏吉辰」に「阿闍梨妙弁雅院」なる人物に授けられたもの。奥書（「天福二年」の伊勢物語の奥書の後、空白をあけて）は次に示すとおり（句読点私意）。大津有一氏によって「享保四年の『伊勢物語秘註』」として紹介されている。(3)

右伊勢物語一部者、諸説勘合師説之秘註也。
不可有他漏脱也。

此本者二條家本説勘合、師々相承之秘本たりといへとも、年来懇望之上、感歌二厚心而、老後書写相授るのみ。尤如誓盟之他見有へからさる者也。

蘆錐斎南浦居士
素慶

享保四巳亥仲夏吉辰
阿闍梨妙弁雅院

右従長雅翁南浦伝授之趣也。

④弘文荘待賈古書目第八号所載本

前掲の大津氏の著書に言及されている。大津氏は「九州大学図書館蔵本はこの本の転写本か」とされる。現在の所蔵者は不明である。

①②の伝本の奥書から、『伊勢物語秘註』は、二条家伝来とされる注釈書で、松永貞徳、望月長孝を経て平間長雅から芦錐斎南浦（素慶）に伝授されたものであることがわかる。また③の九大本に「右従長雅翁南浦伝授之趣也」と見え、直接には長雅が関わっていると見ておいて差し支えないだろう。またすべての伝本に共通する相伝者・芦錐斎南浦（素慶）は堺在住の岡高倫のことである。この注釈自体の成立については未詳であるが、高倫は、元禄十七年に

『詠歌大概講談密註』三冊を長雅から伝授されたのをはじめとして、多くの伝書を長雅から授けられており、本書もその一環であったと推察される。また「鉄心斎文庫本」「東大寺本」に見える墨流斎宗範は森本朋勝のことであり、「大木村の医にして、墨流斎と号し、和歌を善くす」（『奈良県磯城郡誌』）と記されるように、医者であったらしい。なお「鉄心斎文庫本」には貼り紙がある。それは、東大寺本では朱筆の書き込みになっており、「鉄心斎文庫本」の貼り紙自体に「成慶釈」「成慶考」と見えることから、東大寺僧正・成慶の考えであることが確認される。また「鉄心斎文庫本」で墨流斎宗範の朱印が押されているところは、「東大寺本」では、その箇所を朱の枠で示しているだけで、印は押されていない。

三　『伊勢物語秘註』の方法―諸注集成の様相―

『秘註』は基本的に「諸注」を「集成」した注釈書である。奥書などにはどのような先行注釈書を用いたかは記されていないけれども、本文の引用などから、次に示すごとき注釈書が利用されたことが窺われる。そのことを確認するとともに、それらの注釈書に対して『秘註』がどのような立場を取っているかも合わせて考察する。

①闕疑抄

最も良く利用されている注釈書。「闕疑」と、その引用を断る場合が通常であるが、例えば、初段の冒頭部は、

むかしおとこ　　昔といふは、太古をも云。近古をも云。遠近によらず、過ぬるかたは皆昔也。きのふはけふの昔。けふは、あすのむかし也。朝は、夕の昔。去年は、今年の昔也。此発端の詞、殊勝也。論語に既不咎往と有。

是も過たる事をば、とがむなとの心也。業平の悪名をも書ゆへに昔と書事尤也。源氏物語にいづれの御時にかとおぼめきて書も同じ心也。此物語段々昔と書事面白也。男とは、段々業平の事也。古注に業平の異名をむかしおとこといふは、当流に不用之。むかしと心に読切て、男とよむべし。

と、一見どの先行の注釈書にも依拠していないような書きぶりである。けれども、『闕疑抄』[4]の冒頭部も、

むかし男　　昔といふは、太古をも云。又近古をも云。遠近によらす、過ぬるを昔と云也。けふは、あすのむかし、昨日はけふのむかしになる。今の事をもむかしと云へし。されは後成恩寺殿御抄にも昔は勿論、当代の事をも昔と云事有へしと有。此発端の詞、尤殊勝也。尚書の序にも古者伏儀氏之王天下也と書も、昔と云をうへに蒙らしめたり。源氏物語にいつれの御時にか、女御、更衣あまたさふらひ給ひけるとおほめきて書と同心也。此物語にむかしとおほきに云いたす、面白し。今はむかしなとのちにいふも此文勢也。むかし男と業平を云は、古注の説なり。不信用。むかしとよみきりて、男とよむなり。男といふは、段々業平の事也。

となっており、『秘註』が『闕疑抄』によっていることは明らかである。奥書にもあるように地下（貞徳）流の始祖は、細川幽斎であり、同じく貞徳門流の北村季吟『伊勢物語拾穂抄』や長雅から有賀長伯に伝授された『伊勢物語秘々注』も『闕疑抄』を中心に据えており、[5]『秘註』も例外ではない。

また、「三光院御説」として引かれる（九段など）三条西実澄（実枝）の説は、『闕疑抄』の引く御説に一致することから、『闕疑抄』からの引用であることが知られる。さらに、宗祇説（三十八段など）、宗碩説（八十三段）、堯孝説（八十一段など）も同様である。

『闕疑抄』に対する『秘註』の立場は、基本的に肯定的であると見てよい。が、例えば六十五段では、染殿后を五条后とも呼ぶと言う本文に『闕疑抄』が「不審有」としたところを、「師云、此義不審なし。染殿后をも五条后と申

なり」と師説を記し、改めて「然ば不審なし」と結ぶところから、是是非非に対処している場合もあることが知られる。

②愚見抄

基本的には、「愚見云」などのように引用を明記する。『闕疑抄』や『拾穂抄』がそうであるように、その説に対しては、是是非非の立場を採る。

③肖聞抄

「肖聞云」というかたちで引用される。『肖聞抄』の伝本系統は複雑であり、『秘註』がどの系統によっているかは確定しがたい。『肖聞抄』の伝本は、大津有一、片桐洋一両氏の研究により、七十五段に付された注釈をもとに、「文明九年本」「文明十二年本」「延徳三年本」の三系統に分類される。概ね時代が下るにつれて増補されていくようであるが、必ずしもそうではない部分も多い[6]。古活字本の底本であるとされる「文明九年本」の写本は少ない。「文明十二年本」は写本も多く伝存している。「延徳三年本」は現在のところ、続群書類従所収本と東海大学桃園文庫『伊勢物語口伝抄』くらいしか知られていない。

『秘註』は、『肖聞抄』伝本の分類の基準とされる七十五段の注釈では、「文明九年丁酉にいたりて五百九十八年也。奇也〳〵云々」と、「文明九年本」によっているように見える。しかし、この部分の前後は『闕疑抄』を引用しており、『闕疑抄』が「文明九年本」の『肖聞抄』を引いていることから、ここはその孫引きであると考えられる。三系統で全てが一致している場合も多い。しかし、例えば『秘註』六段の注釈では、おとこ弓やなぐゐをおひて　……愚見云、業平は、中将の官なれば、弓やなぐゐをおふといふ、相違なし。（中略）肖聞云、弓やなぐゐおふとは、心のたけき体をいへり。一禅御説、近衛司の事也。此夜、弓やなぐゐをおふべき事いかゞ。作事なれば、面のまゝに置べきと云々。

はや夜も明なんとおもひつゝ　女を盗出たれば、夜も長かれとおもふべきに、雷電雨夜の冷しさに、はやく明よかしとおもふ成べし。肖聞云、此時は早く夜も明よとおもふべき事ならず。されども、おもひ乱に亡然としたる成べし。おもひつゝ、此つゝの詞、明しかねたる心あり。

となっており、右に引用される二ヶ所の『肖聞抄』の最も近い本文は、次に示す「延徳三年本」系統の本文である（『続群書類従』による）。

弓やなぐゐを　心のたけき体をいへり。一禅御説、此時業平近衛司なればと云々。此夜、弓矢を負べきこといかゞ。只近衛の儀にはあらで、作事なれば、面のまゝにや侍らん。

はや夜も明なんと　此時は夜をはやく明よと思べき事ならず。されども、おもひのみだれに忙然としたるなるべし。

『秘註』に「作事なれば、面のまゝに置べきと云々」とあるところを「延徳三年本」だけが「作事なれば、面のまゝにや侍らん」と同様のことを記しており、他の二本には見えない。「おもひ乱に亡然としたる成べし」は「延徳三年本」「文明九年本」には見えるけれども、「文明十二年本」では「思の悲に忙然としたる成べし」となっている。わずかに一例を示すにとどまるが、他にも「延徳三年本」系統に近い本文が多く見られるのである。仮に『秘註』が「延徳三年本」系統の本文を使用しているとなると、当時この系統の本が流布していた確証の一つになろう。また推測の域を出ないが、古活字版（文明九年本底本）、あるいは版本に書き入れられたものを使用した可能性も考えられよう。

④巴抄

多くは、「巴抄云」というかたちで引用される。紹巴の伊勢物語の注釈書（『紹巴抄』）であると考えられる。大津有一氏が『伊勢物語古註釈の研究』に「紹巴抄は種々あるか」と項目を立てられ解説されたように、伝本も多く、その関係も複雑である。『秘註』における引用の確認は、吉永登氏蔵『伊勢物語私抄』[7]、初雁文庫本『伊勢物語註書』、『伊勢物語兼如注』と題されて影印されたものを用いた。[8]概ねこの三本のいずれかに一致するので（若干例外もあるが）、『巴抄』が紹巴の注釈であることは疑いない。伝本の多い『紹巴抄』のすべてを調査したわけではないので、『秘註』所引の『巴抄』に完全に一致する伝本が存在する可能性もあるだろう。次に一例を示しておく。

おとこのきたりける狩衣のすそをきりて……（前略）巴抄、旅中の心にて紙なきゆへ也。又は、深切を顕はす也云々。（『秘註』初段）

かりきぬのすそをきりて　旅行無紙故、又、深切をあらはす心也。（『私抄』・初雁文庫本、兼如注にも同様の記述あり）

⑤聴雪説

三条西実隆の説。引用箇所は多くない。例えば、三十九段に、

あめの下の色好みの哥にては……　……天下の好色人の口よりは、哥等閑成といふ義也。又の義、聴雪の御説には、直の字也。有のま丶にすぐに読るといふ心也。云々。

と引かれる「聴雪の御説」は、『私抄』（「初雁文庫本」、『兼如注』も同）が「……又なをは、ありのま丶にすくなとそへ

り。聴雪あそはしたると也」と引く「聴雪説」と一致している。他の例も、概ね同じ状況であることから、「聴雪説」は『紹巴抄』からの孫引きであると考えてよいだろう。

⑥兼也云・兼也説

猪苗代兼也（自笑斎兼也）の説であると考えられる。が、多くの『伊勢物語』の注釈書を博捜された大津有一氏も「兼也」の注釈書は紹介されていない。綿抜豊昭氏によって兼也の事蹟が整理されているが、[9]『伊勢物語』の注釈の記事は見出せない。したがって現時点では「兼也説」は何によったのかは未詳とするほかない。但し、比較的近い記述を持つ注釈書は確認される。それは、『伊勢物語兼如注』である。[10]ただし、文言が全く一致するわけではない場合もある。その一例を示せば、次のとおりである。

こもり江に哥　……兼也云、業平のふかくおもふと宣ふを推量にてはいかゞしらんと也。此時はさして知べきは、察して也。舟さすにもたせたり云々。（『秘註』三十三段）

こもり江に哥　……なりひらのふかく思ふと有事を推量にてはいかてかしらんと也。さしては、察して也。舟さすにあひかねていへる也。（『兼如注』）

おもひつめたると　心に日比おもひ詰たる事也。闕疑、巴抄右に同。兼也云、つめたるは集字也。おもひあつめたる事也。木の葉かきあつめなど云時、集字也。其心也。又積の字の心も有云々。（『秘註』九十五段）

おもひつめたる事　思ひあつめたる事也。積の字の心も在之。日比のおもひをはるかさむとの心也。（『兼如注』）

また、その引用に際しては、「兼也説」と明示されるのが大部分であるけれども、例えば、『秘註』六十三段冒頭の注

釈、

むかし世心つける女　付ル字也。肖聞に嫁したる女の事と有。尤也。嫁して後、又色々敷心ありて、世界へなべて、心多きやうの人の事也。おとなしからぬ也。好色成べし。畢竟は、嫁して後又好色の心付て、老女のわかやぎたる心也。此段も物語の狂言也。

まことならぬ夢がたり　見ぬ夢ものがたりをすると也。

ふたりの子はなさけなくいらへて　太郎・次郎也。いらへて、清濁両点也。清て読ときは二人の子、情なく返答する也。濁る時は、返答もせぬ也。

さぶらふ成りける　三郎也。古注は、三人の名をことごとく有之、悪説也。不用。

あはするに　三郎、夢をよく合せたる也。

けしきいとよし　満足のけしき、機嫌よき母の体也。

こと人はいとなさけなし　以下、三郎が心也。業平より外の人は、情の心なしと也。母あくまで好色もよからぬ性也。三郎が孝の心殊勝也。むかしは、親子の中にも男女の道の事、とひ、とはるゝ事有。

の根幹の部分の注釈は、『兼如注』六十三段冒頭部、

世心つける　好色心の付也。老女の又わかやく心出来たるをいふへし。此段狂言也。

まことならぬ　見ぬ夢語也。

なさけなくていらへて　て文字清濁両説、いつれもなるゝ。猶すむを用。

けしきいとよし　三郎なる子の夢あはせを女の悦也。

こと人はいと　三郎の心也。業平より外の人は、情なからんと也。

に極めて類似していることが、見てとれよう。このように明示されていなくても『兼如注』によっている場合もある。この『兼如注』は、『紹巴抄』を根幹に据えているが、増補されており、それが『兼如注』と呼ばれている。「兼如」は紹巴の弟子で、幽斎などとも交流があった。「鉄心斎文庫本」の『兼如注』に奥書はないが、『鉄心斎文庫　伊勢物語古注釈叢刊　六』の解題[11]によれば、名古屋大学附属図書館蔵皇学館文庫本には、兼与自判あるいはその臨写と目される「此伊勢物語抄者、父兼如、雖為秘本深依御懇望、許書写者也。寛永九仲冬年三　看松斎兼与（花押）」という加証奥書を具える。この相伝された兼与の弟子が兼也である。彼が弟子であることは、『兼載家伝』に「宗祇禅老－法橋兼栽－兼純－兼如－兼与－兼也」などと見えることから明らかである[12]。綿抜氏は、兼也は生没年未詳ながら、現在確認しうる資料の下限が寛永十九年で、連歌会への参加の状況などから、正保元年までに死去したと推察されている。したがって、寛永十三年に生まれた長雅との間に、直接の交流はありえない。また猪苗代家と貞徳流との直接の交流も未詳である。今のところは、『秘註』は、兼也の奥書を持つ（あるいは兼也の名がどこかに見出せる）『兼如注』系統の注釈書を手に入れ、それを「兼也説」として引用したと考えておきたい。

⑦兼載説

猪苗代兼載の説と考えられる。但し、大津有一氏によっても「兼載」単独の注釈書の存在は報告されていない。『秘註』が、兼載の注釈書としてまとまったものを利用した可能性は否定できないものの、『秘註』所引の兼載説は、ほとんどが⑥で示した『兼如注』が引用する兼載説に一致している。一例を示せば次のとおり。

むかしおとこ伊勢国にゐていきて……　　……兼載説云、爰は斎宮も帰京以後の事也。いせにては逢奉るが、帰洛の後は、斎宮つれなくましますます程に伊勢へ斎宮をひきゐて、いきてありたきといふ事也云々。此義も面白し。

（以下略）（『秘註』七十五段）

ゐていきて（前略）兼載聊注置たる物には、斎宮帰給て後、京にての事云々。其故は、斎宮、伊勢にては、打解給て、帰京の後、つれなくましませは、伊勢へひきゐ奉てあり度と也。初心の覚悟にはふかく珍重也。（『兼如注』）

兼載のまとまった注釈書を、直接、披見して、利用したのではなく、『兼如注』系統の注釈書からの孫引きである可能性が高い。

⑧師説

二で検討したように、長雅が高倫に授けたと考えられるので、長雅の直接の師である長孝の説と見ておくのが妥当であろうか。あるいは高倫の聞書とするならば長雅の可能性もあろう。但し、『拾穂抄』の「師説（＝貞徳説）」や「愚案（＝季吟説）」とも言うところとも大差なく、『伊勢物語秘々注』の「私説（＝長伯説）」とも通じるところがあることから、広く貞徳流の説として捉えておくのが妥当だろう。

⑨古注

概ね『冷泉家流伊勢物語抄』系統の注釈であると推量される。例えば、二十一段。『秘註』は、

古注に此段を小町が家出の段と云々。当流に不用之。誰ともなしに可見。

と「古注」を引く。「小町」とするのは、『冷泉家流伊勢物語抄』。例えば、同じように人物名を当てることの多い『和歌知顕集』では「有常女」とする。また、『秘註』の五十段に古哥として引かれる「さりともと数かく水はあとも

なし君が心はつらさのみして」の歌が『冷泉家流伊勢物語抄』に類似している。一書としてまとまったものではなく、行間などに書き込まれていたものを見ている可能性もあろう。基本的に「当流」は、それらの説を否定する。

⑩『伊勢物語集註』（慶安五年版本、一華堂乗阿－切臨）
書名を明らかにして引用するのは、頭注、書き入れ注の場合のみ。『秘註』が引用する和歌や漢詩文が一致する場合もあり、利用された可能性が認められる。(13)

⑪『拾穂抄』
書き入れ注、頭注の形式で引用されている。

⑫その他
四十段に引用される「称名院説」は『紹巴抄』の引く「称名院説」に、八十七段のものは、『闕疑抄』が引くものに一致する。また、「或説」として引用されるものがある。その説の多くは今のところ未詳であるけれども、『冷泉家流抄』に一致する場合もある。批判的に引用される場合が多い。

以上、『秘註』に引用された注釈書を概観してきた。これらの書目は、例えば、季吟の『拾穂抄』の序文に、

故貞徳老人彼玄旨法印の御説をまのあたりにうけ給りて、門人にとき聞せられ侍たり。当流の御説は、尤玄々幽微いはんかたなき物から、又愚見抄のおもむきにも其義をちかくとりて、学者の覚悟なるべき所々ありと、折々

は玄旨法印の御ものがたりの事どもありきとて、其初段よりはじめて、両説を双べてとき聞せられ侍し。よりて闕疑のおもむきに師説をまじへしるして、伊勢物語拾穂抄と名付侍るもの也。

と示されるものと多くは重なるものの、ここには挙げられていない『紹巴抄』系のものをはじめとする連歌師の注釈を引くのは、他にはあまり見られない、『秘註』の特徴であると思われる。引用注釈書の特徴としてこの点を確認しておきたい。

四　『秘註』と『秘々注』と

奥書などから『秘註』がまさに地下（貞徳）流の注釈書であり、また「諸注集成」と呼ばれるのにふさわしく、多くの先行の注釈書を引用しつつ編まれている注釈書であることを確認してきた。けれども、その「集成」された「諸注」には『秘註』独自の特徴も見られ、「諸注集成」という評価ではひと括りにはできないところもある。

ここでは、『秘註』と同じように長雅から相伝された、もうひとつの『伊勢物語』の注釈書『伊勢物語秘々注』（以下『秘々注』と略す）と比較することで、『秘註』の性格について検討したい[14]。

『秘々注』は、長雅から有賀長伯に相伝された注釈書であり、

這二冊者、先師風観窓講談両度之聞書也。其趣、愚見抄、惟清抄、肖聞抄、闕疑抄〔已上三抄者、皆出此抄、仍挙闕疑、略之。〕九禅抄、宗祇説、西三条実澄、後水尾院御講読聞書、或抄等、其外諸抄之取要、被講訖。故各以本書勘記略、秘説相交、令清書、為正本。雖一子、猥不伝之、深函底者也。雖然懇望及数年依、難辞、令附与訖。如誓盟、全不可有他見漏脱者也。　以敬斎長伯

という奥書を有する（〔 〕は割注）。長雅の講義の聞書であり、奥書から見ても、あくまでも「秘伝書」である。また注釈書としては「諸注集成」的な性格を持つ。この奥書に示された注釈書群と『秘註』の引くものとは異なっていることに、まず注意したい。『秘々注』が『闕疑抄』を中心に据えるのは当然のこととして、貞徳も影響を受けた九条稙通の『九禅抄』を挙げるのは、貞徳の流れを継承しているわけであるし、『後水尾院御講読聞書』を挙げるのも、同時代の堂上の代表的な理解を知るうえで、適切な判断であると思われる。

それに比して、先に指摘したように『秘註』が『紹巴抄』系の注釈を多く引くのは、やはり特異と言わざるをえないだろう。同じ長雅の関わる注釈でありながら、なぜ『秘註』は『紹巴抄』系の注釈書を多く利用したのであろうか。このことを考えることが、自ずと『秘註』の性格を考えることにもつながると思われる。

まず、その理由の一つに「正統との差異化」ということが考えられる。貞徳流の正統な門弟である長伯に伝授するべき注釈書である『秘々注』との重複を避けて、『秘註』では敢えてそれらとは異なる注釈書を利用したのではないだろうか。『秘々注』における長雅は、伝来の秘伝を忠実に長伯に相伝する役割であった。

とはいうものの、単に差別化を図るためだけに、全く何の積極的な根拠も見出すことなしに長雅が『紹巴抄』系の注釈書を利用したとは思えない。そこで想い起こされるのは、師である貞徳の紹巴評である。『貞徳翁の記』（新編日本古典文学全集）には、

一　「紹巴身まかりたり」と語り侍りしかば「あはれ、かばかりの者出来まじ」とのたまはせける間、「さやうに後生にも有がたきほどの者にてや候はん」と申し侍りしかば、「いや、さにはあらず。心もふつつかなる所多く、学問などもこまやかには見へざりしかど、仙覚ほどなる人なければ、かほどなる者出来まじきなり」と宣ふ。

と記されており、「学問などもこまやかには見へざりしかど」という断り書きは付くものの、仙覚に並ぶほど、紹巴

を高く評価しているのである。

また、「巴抄也。闕疑も同之」（十五段）や「闕疑、巴抄右に同。尤面白なり」（八十一段）と記されるところが多く見られるように、『闕疑抄』の説と『巴抄』の説がそれほど違わないという発見も『巴抄』を積極的に参照するきっかけになった可能性がある。いずれにしても相伝する者の違い（長伯と高倫と）による単なる引用資料の切り分けではなく、そこに長雅の意志が認められるとするならば、貞徳流の一相伝者として終わるのではなく、長孝の死後、一流派を築こうとする志向が長雅にはあったのではないかと忖度される。そうであったのならば『秘註』における長雅は、新しい流派の（長雅流）の創始者（師）ということになろう。とはいうものの、やはり先に述べたような正統との差異はきちんと認識されていたようで、それに加えて相伝されるものが専門歌人でないことを考慮してか、その内容は総じて啓蒙的であり、『秘々注』に比べて、秘伝的要素が希薄であるように見受けられる。例えば、初段の「はらから」の注釈。『秘々注』には、

はらからすみけり　（前略）師説、姉を恋るにや、妹を恋るにや、わかちしれす、よつて説々おほし。是は、妹を恋る也。妹に若の字例多し。又兄弟の内妹をおもひかけること、後拾恋一、はらから侍りける女の許に弟をおもひかけて姉なる女の許に遣しける、小舟さしわたのはらからしるへせよいつれか海人の玉もかるうら。

とある。そこでは「是は、妹を恋る也」と、貞徳流の『伊勢物語』の秘伝書である『伊勢物語奥旨秘訣』[15]の、

一、はらからすみけり　一説、兄弟住たるにてはなし。熟語の格を以て書る筆法なりと云々。但此説当流に不用。実はいもうとに思ひかけたるなり。

という師説と一致する注釈を施しており、『秘々注』には秘伝的な説がかなり含み込まれていることが窺われる。一方、『秘註』では、

はらからすみけり　兄弟の事也。同腹・同胞・親族万葉一腹・曹輩・腹族河海ヤカラ、如此あまた書やう有。清輔自筆の本に、女はらからとあると也。不入事也。此兄弟誰ともなしに見るべし。古注には、紀有常が女兄弟、奈良に住を云といへり。当流に一向不用。記者の名を顕したるは、其通り也。名をあらはさぬをば、誰ともなしに見るが習也。撰集の読人不知の類にてをくべし。読人不知といふ事、誰も知事なれども下の段々に注釈入事成ゆへ、次手に爰に書記ス。撰集の読人不知とは、先真実に作者不知哥、おほやけのかしこまり成人・きはめていやしき人・帝后宮の御哥、心有て御名を不書と見えたり。又一人の哥数多入ぬれば、読人不知と書事もありと云々。

と、「読人不知といふ事」にまで及ぶ極めて懇切な注釈を施してはいるが、『伊勢物語奥旨秘訣』に述べられたことには、全く触れられていないのである。

五　人の好所によるべし―長雅の自由な注釈姿勢―

以上、同じ長雅を経て編まれた『秘々注』と比較することで、『秘註』の性格をより明らかにするべく努めてきた。引用注釈書に違いがあり、そこには長雅の積極的な選択が働いていたと忖度されること、啓蒙的な側面を具えており、結果として、秘伝的な面が薄められていることなどを指摘した。『秘々注』の冗漫すぎるくらいの注釈の懇切丁寧さには、一定の評価が与えられながらも、この「秘伝的な面」は「付会でありおほかたどうかと思われる」と、その価値を貶め、従来これらの注釈書が顧みられることのなかった原因ともなっている。[16]ならば、この秘伝的側面を削ぎ落としたとも言える『秘註』は、その注釈の懇切丁寧さという意味でも評価される面を具えていよう。「諸抄を集、見とゞけて注ス」（五十四段）や「諸抄引合て分別して可見也」（六十五段）という物言いからは、先行するさまざまな注釈書に十分に目をとおしたという自負も窺える。

それはそれとして『秘註』には別の視点からも見るべきところがあるように思われる。既に引用注釈書を検証した折に、『秘註』がそれらに対して是々非々的な態度をとるところがあることは、述べておいた。その延長線上にある次のような注釈は、長雅の注釈姿勢をよく示したものとして注目される。

十八段の「むかし、なま心ある女ありけり。男近うありけり。女、歌よむ人なりければ（以下略）」という一節の「歌よむ人」が「女」であるのか「男」であるのか、古来議論があり、現在もなお定説を見ない[17]。例えば『冷泉家流伊勢物語抄』では「女哥よむ人とは、小町なり」と「小町」をあてるので、「哥よむ人」は「女」であると理解されている。この説が基本的には大勢を占めていたようで、『闕疑抄』も「此女哥に心得たる人なり。けそうして業平の心をみんとて菊の花に哥をそへてやる也」と「女」説を採る。『秘々注』もこの『闕疑抄』を引いており、貞徳流も「女」説であったと考えられる。この解釈に一石を投じたのが契沖で、『勢語臆断[18]』には、

女哥よむ人なりければこゝろみんとては、業平は好色の人にて哥も上手ときこゆれは、かれこれをこゝろみんとするなり。

とあり、「歌よむ人」を「業平」、つまり「男」であると解釈している。

『秘註』は、

女哥よむ人なりければ　此女、哥に心得たる人也云々。或説云、哥読人とは男也。女の詞也云々。此説諸抄に相違也。人の好所によらんか。

と、『闕疑抄』を簡略にして引きながら、「或説」として「哥読人とは男也」という説を併記する。『秘註』の立場からは、『闕疑抄』の引用で十分なはずである。それは伝来の説であり、貞徳もまたそれに異を唱えているわけではな

かった。先に述べたように、この「或説」は確定できない。しかし、両説を併記し、さらに「人の好所によらんか」とするところに、長雅の旧来の説だけには拘泥しない自由な注釈姿勢が窺えるのではないだろうか。

もう一例、四十四段を見ておきたい。

このうたはあるが中におもしろければ……　　此哥は、あるが中にとは、時の花に対し、月にむかひて、其当体は、趣向も有べければ、誰も読つべき事也。これは、旅行の人に女の装束を出す心ばへなれば、風情もなし。一大事の難題成を安く、おもしろく読と也。諸抄、右の注也。闕疑には、妻にかはりて業平読也。妻にかはりてよまするとと云義也。腹にあぢはひては、業平の沈吟して、腹はたをこらし、案じつらんとなり。兼也説云、業平、妻にかはりて読て、其哥を妻に読する也。それを心とどめてよますと書り。腹にあぢはひてとは、吟味也云々。兼載説云、こゝろとゞめてよます、はらにあぢはひてとは、有常の此哥をおもしろくおもふゆへに、人にもよませて聞に、我も吟味せられたると也。此説めづらしく珍重〳〵。愚見と巴抄には、此哥、面白きに、有常中々返哥に及ばぬ也云々。此説の時は、心とどめてよまずと濁りて可然也。然ば清濁両義也。前の註のごとく清て猶おもしろき也。但、人の心によるべし。

「闕疑には」以降が『闕疑抄』によっていることは言うまでもなく、その前も基本的には『闕疑抄』に依拠している。この注釈の中でもっとも問題となる点は、「心とどめてよます」の解釈である。『闕疑抄』は、「妻にかはりて業平読也。妻にかはりてよまするとと云義也」、「兼也説」も「妻にかはりて読て」とあるように基本的に代作説を採る。「兼載説」は「此説めづらしく珍重〳〵」と評されるように「有常が人にもよませた」とする。「兼也説」「兼載説」は、此うたは　　対花月にむかひては、趣向も有へし。旅行の人に衣装を送るは、大事なるを面白くやすやすとよめると也。

　はらにあちはひて　　業平沈吟の哥にてこそあるらめと也。あちはひは、吟味也。
　兼載注ニハ、有常の此哥を人にもよくよませて聞、我も吟味せられたると也。私、此説一段珍重〳〵歟。余説にては、心とゝめてよますのす文字の義理と、かす歟。

と、右に引用したように『兼如注』に見えるところ。この部分、『秘々注』は「抄」つまり『闕疑抄』を引いている。代作説に疑問を挟む余地がないことは当然で、『拾穂抄』の「師説」つまり貞徳が「女の代作によまれし心也」と言い切っているのである。したがって、貞徳流の説は幽斎以来の代作説で決着を見るはずである。

ところが、『秘註』で長雅は「兼載説」のあとにわざわざ「愚見と巴抄」を引用し、「有常中々返哥に及ばぬ也」と「よまず」説を挙げていることが注意される。結果的には「前の註のごとく清て猶おもしろき也」と、貞徳流の伝来の説に落ち着かせるとしても、さらに「但、人の心によるべし」と解釈に含みを持たせるような言説を付け加えている。長雅が実際の講義の場で、どのように語ったのかは想像するしかないけれども、「よまず」説を敢えて挙げ、「人の心によるべし」とした心持ちを憶測するならば、「よまず」説に肩入れをしたかったのではないかとも思われる。また『秘々注』の「私」説、つまり長伯が「よまずと濁る時は、此哥に返哥あるへけれとあるか中におもしろけれは、有常、心にとゝめて返哥をよます」という説を引いているのは、長雅の説を受けている可能性があろう。いずれにしても先に挙げた十八段と同じように、『秘註』には伝来の説だけには囚われない自由な注釈姿勢が垣間見られることに注意しておきたいのである。

これらの注釈の末尾に見られた「人の心によるべし」や「人の好所によるべし」という物言いは、『秘註』の中に散見する。例えば、

①それをほいにはあらで　　……両義也。人の好所によるべし。（四段）

②しら玉か哥　　……晴る夜の哥は、此物かたり下段にあり。其所に闕疑抄云、御説と祇公の注を引て、三つながらうたがひのかと云々。又巴抄などには、上二はうたがひのか文字也。下の一は哉也と云々。猶人の好所によるべし。（六段）

③愚見云……諸説いづれも捨がたき注ども也。人の好所にしたかはん歟。（十四段）

④目はたがひながら　　……又一義、愚見並兼載説には、目は違ながら也。捧物を山の動ノ見違ながら也云々。次のうたに引合見るに此説面白也。肖聞・巴抄は、前の説を用る也。闕疑には、両説ともに被注之。人の好む所によらんか。（七十七段）

⑤つめたるは集字也。おもひあつめたる事也。木の葉かきあつめなど云時、集字也。其心也。又積の字の心も有云々。愚見には、おもひ極めたる事也。榻のはしがきかきつめての詞に同云々。右諸抄、人の好所に可依也。（九十五段）

⑥巴抄此説化成おとこ業平也云々。此説いかゞ。（中略）愚見に次の哥を是も女の哥也云々。此説は巴抄に化成男業平と有に叶へり。業平の置たるかたみ共を見て、女の読る哥成べし。人の好所によるべし。（百十九段）

などである。十八段や四十四段のように、伝来の説に対して、他の説があり、確定することが躊躇われる時の物言いであるのであろう。

これらは、例えば『闕疑抄』九十六段に「但、人の所好に従ふべきか」とあり、『拾穂抄』五十四段の師説、つまり貞徳説にも「……やすらかに面白き御説と師説也。所詮所好にしたがふべし」と使われているので、それ自体は、珍しい言い方ではない。けれども、これほど多く見られるのは、やはり『秘註』の特徴のひとつとみなされ、先にも述べた長雅の「自由な姿勢」を象徴するものとして、捉えておきたいのである。(19)

【注】

（1）本稿における引用は、この「鉄心斎文庫本」を底本とし、③の九州大学本を適宜参照した。また適宜句読点を付した。振り仮名などを省いた場合もある。「鉄心斎文庫本」は、『鉄心斎文庫　伊勢物語古注釈叢刊　十二』（『伊勢物語秘注』・『伊勢物語奥旨秘訣』（冊子本）（巻子本）（二〇〇二年二月、八木書店刊）による。なお本節はその折に執筆した解題をもとに、改稿したものである。
（2）日下幸男氏『近世古今伝授史の研究　地下篇』（一九九八年十月、新典社刊）による。
（3）大津有一氏『伊勢物語古注釈の研究』（一九五四年三月、石川国文学会刊）。なお本稿での引用は、片桐洋一氏によって再刊され、青木賜鶴子氏の補注が加えられた『伊勢物語古注釈の研究（増訂版）』（一九八六年二月、八木書店刊）による。以下大津氏の説は全てこの書からの引用である。
（4）引用は、便宜上、大阪女子大学附属図書館蔵の寛永十九年版の版本をもとに、片桐洋一氏篇『伊勢物語の研究　資料篇』（一九八七年十一月第四版、明治書院刊）に翻刻された慶長二年中院通勝奥書本も参照した。
（5）有賀長伯の『伊勢物語秘々注』については、本章第四節で論じる。
（6）片桐洋一氏『伊勢物語古注釈書コレクション第二巻　伊勢物語聞書　文明九年肖聞抄・宗祇注書入』（二〇〇〇年四月、和泉書院刊）の解題が指摘する。以下の記述もこれによる。
（7）国文学研究資料館のマイクロフィルムのコピーによる。吉永登氏によって『文学論集』十六巻（関西大学）に翻刻されている。以下、引用は適宜句読点を付し、『私抄』と略す。
（8）『鉄心斎文庫　伊勢物語古注釈叢刊　六』（青木賜鶴子氏解題、一九八九年九月、八木書店刊）による。
（9）綿抜豊昭氏『近世前期猪苗代家の研究』（一九九八年四月、新典社刊）による。
（10）前掲、『鉄心斎文庫　伊勢物語古注釈叢刊　六』による。
（11）青木賜鶴子氏解題。以下の『兼如注』についての記述の多くはこの解題に基づく。

(12) 前掲、『近世前期猪苗代家の研究』による。

(13) 『伊勢物語秘々注』にも同様の引用が見られるが、直接には書名（あるいは、乗阿－切臨の名前）を引かない（『伊勢物語秘々注』では「一本」とする）。『拾穂抄』では、刊行されていたはずの『集註』への言及すらない。これは、『集註』がその序文に、『闕疑抄』に対し「書写のあやまりおほく、又相伝の正義をしるしもらせり」と批判していることから、二条家伝来の伊勢物語の注釈書の中心である『闕疑抄』を批判する注釈書は、地下流は正面きっては使えなかったと推察される。しかし、『集註』に見られる引用文献の豊富さは、それなりに評価していたようで、その部分が、言わば辞書的に用いられたのではないかと思われる。

(14) この二書について、直接論じたものは知らない。島本昌一氏「貞徳と『伊勢物語秘訣』（一）」（『近世初期文芸』第16号、一九九九年十二月）のご論考の中の「注五」で「秘々注」と「秘註」を類似のものであろうかとされ、また、同氏「貞徳と『伊勢物語秘訣』（二）」（『近世初期文芸』第17号、二〇〇〇年十二月）では、長孝の伊勢物語理解を伝える資料として、この二書を並列に扱われている。「類似」というニュアンスは難しいので、島本氏が、この二書をどのように捉えておられるかは即断しかねるけれども、以下に論じるように、この二書は、全く別の注釈書である。なお『秘々注』の引用は、大阪市立大学学術情報センター森文庫蔵本により適宜句読点を付した。本節では、専ら『秘註』との関係についてのみ言及した。『伊勢物語秘々注』の詳細については、次の本章第四節参照。

(15) 『伊勢物語奥旨秘訣』については、本章第五節において詳述した。引用は、便宜上「鉄心斎文庫本」により、適宜句読点を付した。

(16) 谷山茂氏「伊勢物語秘々注」（『谷山茂著作集』六、一九八四年年十一月、角川書店刊）。

(17) 現代の研究レベルからどちらの解釈がよいのかについては今は問題としない。後藤康文氏『伊勢物語誤写誤読論』（二〇〇〇年五月、笠間書院刊）後編第四章に言及されている。

(18) 引用は、『契沖全集』第九巻（一九七四年四月、岩波書店刊）による。

(19) このように捉えることが認められるのならば、その姿勢は本章第一節で述べた長孝の学問姿勢とも重なり、また契沖の姿勢とも一脈通じるところがあると思われる。あるいは、このような伝来の注釈に縛られない姿勢は、この時代の特色の反映であると考えるべきかもしれない。

第四節　有賀長伯『伊勢物語秘々注』の方法

一　はじめに

『伊勢物語』の注釈書について、網羅的に研究され、それぞれの注釈の特徴から、「古注」「旧注」「新注」と、その時代を大きく三つの時代に分けられたのは、大津有一氏であった（『伊勢物語古註釈の研究』）。資料の博捜に裏打ちされたこの把握の仕方は、『伊勢物語』・『古今集』などの注釈史を大きく捉えるうえで、なお有効であると思われる。しかし、それぞれの時代が、まったく関わりなく、分断されているわけではない。継承あるいは否定という形で、重なり合う面を持ちつつ、緩やかに移行してきたことは、言うまでもない。特に、古注から旧注への、そのような様相については先学の指摘も具わる(1)。

ところが、こと旧注から新注という流れに関しては、突如として新しい歴史が始まったかのごとく認識されてきた面が少なからずあるように見受けられる。例えば、『伊勢物語』初段冒頭の「むかし」の注釈に「新注」の嚆矢と位置づけられる契沖は、『勢語臆断』に「尚書」を引用する。この指摘を契沖独自のものとし、広く漢籍にまで及んで資料を博捜する姿勢こそ、契沖の面目躍如たるところであり、その点を以って、新しい実証的学問が成立したと説く研究が、ある。[2] しかし、既に山本登朗氏が指摘されたように、[3] この「尚書」を引用するのは、三条西家あたりからはじまり、幽斎を経て、松永貞徳をはじめとする地下に受け継がれてくる注釈であった。

「新注」という命名が、いささか私どもを惑わせてしまったのかもしれない。あるいは「新注」の嚆矢に位置づけられる契沖が、万葉学において高く評価されており、それが、『古今集』や『伊勢物語』の注釈の評価にまで、無反省に及ぼされた結果かもしれない。けれども、それぞれの注釈の事情はそれぞれに異なるのであって、個別に検討する必要があろう。いずれにしても、契沖に始まるとされた「新注」は「新注」と呼ぶべき面は、当然具えているとしても、旧注の残像を引きずるところもあるのであって、その点を切り分けてこそ、契沖の仕事の偉大さも再認識されるのではないだろうか。

契沖の注釈の新しい達成とされてきたことが、長孝や長雅の注釈にも窺えることなど、地下の注釈と契沖の注釈の関係については、既に本章の第一節および第三節でも言及したが、本節では、有賀長伯の『伊勢物語秘々注』を手がかりに、その点についてさらに考察を深めたい。また、先に述べたこととも関連して、契沖を取り巻く学問の環境についてもいささか言及しておきたい。

二　諸注集成ということⅠ－『勢語臆断』の場合－

まず、試みに伊勢物語第六段の注釈を取り上げる。『勢語臆断』を適宜省略しつつ、引用すれば、次のとおりである。[4] なお煩雑になるので、書き込みは省き、論述の都合上、それぞれの説の冒頭に番号を付して示すことにする。

むかしをとこ有けり女のえうましかりけるを……

①えうましかりけるはえもうましきにて、共に得の字なり。

②よばひは万葉に結婚とかけり。

③玉葛にけさう人はよにかくれたるをこそよばひとはいひけれ。からうしてぬすみ出て……あくた川といふ川をゐていきけれは……

④からうしては辛労して也。

⑤或注におもしろうしてとあり、然らす。

（中略）

⑥竹取物語に、文を見るに火ねすみのかは衣からうして人を出してもとめて奉る。

⑦芥河は津の国にあれど、こゝは作りたる事なれば、いつくといふへからす。

⑧ゐては率の字将の字をよめり。

⑨かゝる道をならい給はぬ故に露をもとひたまへるにや。草の上に置たりける露を……

⑩夜は深て行へきほとのおほけれは、こたへすして急てさし過ける也。ゆくさきおほく夜もふけにけれは……

（中略）

⑪あなやは女の鬼にくはるゝ時の詞也。おにはやひとくちにくひてけり。……あしすりをしてなけともかいなし。

⑫古語拾遺ニ云ク。古語事之甚切皆称阿那。万葉に痛の字をあなとよめれり。古語拾遺にいへるにかなへり。

⑬やう〳〵といへるははや夜も明なんとおもひつゝゐたるといふ首尾なり。
⑭あしずるは文選に蹉跎をあしすりとよむといへど、今の本にはしか点ぜる事なし。
⑮広雅ニ云ク蹉跎ハ失足也。かゝれはあしすりの心にあらす。
⑯万葉第五に山上憶良の子を失なはれたる時の長哥に、立をどりあしずりさけびふしあふきなとよみ、
⑰同第九浦島子をよめる哥にも、さけひ袖ふりこいまろび足ずりしつゝ云々。

（中略）

⑱源氏総角に……同蜻蛉に、……あしずりといふことをしてなくさま、わかきこどものやうなり。

順に検討を加えてゆく。例えば、①や⑧等、用字の指摘は、古注以来見られる注釈で、この部分も『闕疑抄』等に見える。③の『源氏物語』玉葛巻の指摘は、『闕疑抄』や『拾穂抄』には見えないけれども、『伊勢物語集註』が引用する。④も同様。⑭の『文選』等は、諸注ほとんどに指摘を見る。というように、全てではないけれども、先行する注釈書によったと思われるところが少なからず見受けられる。『勢語臆断』成立までに刊行されていた主な注釈書『愚見抄』『闕疑抄』『集註』『拾穂抄』に、刊行はみなかったけれども完成していた後水尾院の『御抄』を加えて、『勢語臆断』との関連を一覧すると、次頁の表のようになる。(5) 注釈の内容の一致するところに○を付けた。一覧したうち、『伊勢物語集註』や『伊勢物語拾穂抄』は、それ自体が諸注集成的な注釈書なので、契沖が何を実際に見ていたのかは定かではない。物言いまで全く一致するものもあれば、内容が一致しているだけのものもある。しかし、ここで確認しておきたいのは、自説を形成して行く方法として、『勢語臆断』は、ひとまずは、先行の諸説を集成する方法を採っているということである。いちいちその出典を断るわけではないので、一見すべてが契沖の説のように見える。けれども、その一致する度合いから考えて、契沖が独自に思い至ったとする方が、むしろ不自然であろう。様々な諸

注を直接に引用したとは言えないまでも、少なくとも参照していたと考えた方が、妥当であろうと思われる。契沖の注釈は、このような諸注の集成という方法から産み出されたのである。

ならば、この「諸注集成」という方法が契沖に始まるのかといえば、そうではない。契沖の登場する少し前の時代、「旧注」の最後に位置する時代に、「諸注集成」の動きが活発になる。ある程度のことに行き亘って注釈が施されたという時代の要請が、その動きの直接要因として考えられよう。また、このように、多くの説を引用することで、師説の継承を強調し、逆に自らの立場を高めようという意図もあったのかもしれない。それはそれとして、この「諸注集成」という時代が「旧注」から「新注」への橋渡しとして存在した。そして、この「諸注集成」に特に熱心であったのが、地下の者たち、松永貞徳を師とする門弟たちであったと見受けられる。先にその一端を長孝や長雅の注釈をとおして見届けた。本節では、長伯によってまとめられた『伊勢物語秘々注』を取り上げて、さらに検討を加えることにしたい(6)。

	①	②	③	④	⑤	⑥	⑦	⑧	⑨	⑩	⑪	⑫	⑬	⑭	⑮	⑯	⑰	⑱
愚見抄	○						○	○			○							○
闕疑抄	○				○		○	○	○		○			○				
集　註	○		○	○				○	○		○			○				
御　抄			○	○	○					○				○			○	
拾穂抄	○				○		○	○									○	○

三　諸注集成ということⅡ－『秘々注』の場合－

『伊勢物語秘々注』は、契沖とほぼ同時代に生きた貞徳門の平間長雅・有賀長伯によって編まれた注釈書である。注釈方法の具体的な検討に入る前に、この『秘々注』の性格について、あらまし、述べておきたい。

まず、伝本について。管見に及んだのは、大阪市立大学学術情報センター森文庫本と東洋文庫岩崎文庫本の二本。内容に問題となる違いはない。両本に共通して（〔　〕は割注）、

這二冊者、先師風観窓講談両度之聞書也。其趣、愚見抄、惟清抄、肖聞抄、闕疑抄〔已上三抄者、皆出此抄、仍挙闕疑、略之。〕九禅抄、宗祇説、西三条実澄、後水尾院御講読聞書、或抄等、其外諸抄之取要、被講訖。故各以本書勘記略、秘説相交、令清書、為正本。雖一子、猥不伝之、深函底者也。雖然懇望及数年依、難辞、令附与訖。如誓盟、全不可有他見漏脱者也。　　以敬斎長伯

という奥書がある。このあと、東洋文庫本には「享保十八年」の年号、森文庫本には「享保二十年　山中宗羽」とあり、東洋文庫本は、「享保十八年」に何者かに、森文庫本は「享保二十年」に大阪鴻池の豪商「山中宗羽」に伝授されたことが知られる。

成立について。東洋文庫本奥書の「享保十八年」がこの本の成立の下限と考えられる。が、「先師風観窓講談両度之聞書也」と見られるように、内容は、基本的に貞徳以来の説を受け継いで長雅がまとめたのであって、彼がこのような一連の秘伝書をまとめた時代、少なくとも彼の存命中には、とりあえず一書としてまとめられていたと考えて差支えあるまい。なお同じ長雅の『伊勢物語秘註』との関係については前節で述べた。

内容について。奥書にも見られるように、まさに「諸注集成」である。谷山茂氏が森文庫本を紹介された折に、

さて、本書の内容であるが、それはその名の示す通り、旧注系統の秘伝的注釈書である。しかし、その解説注釈の態度はまた極めて平明懇切で、いわゆる地下派の面目をうかがわせるに足るものである。（中略）本書は、松永貞徳―望月長孝―平間長雅、有賀長伯と流れてくる一派の見解や態度を如実に示しているのである。

と、簡にして要を得たまとめをされている。(7)

それでは、『秘々注』の注釈方法を、まず確認しておきたい。比較のために先程と同じ第六段の注釈を適宜省略しつつ、引用することにする。なお、わかりやすさを考慮して、右肩に小字で付された注釈の出典注記も小字にはせず、出典注記と引用本文の間にスペースを入れて、示すこととした。

むかしおとこありけり。女のえうまじかりけるを

闕　此段、ことに作物語也。

えうまじかりけるを

抄　得かたき女

（中略）

よはひわたり

御抄　玉かつらの巻、けそう人は世にかくれたるをこそ、よはひといひけれ。

からうじてぬすみいでゝいとくらきにきけり

御抄　辛労して、やうやうとぬすみ出たる也。

あくた川といふ河をゐていきければ

闕　禁中のあくたなかす川といふ説あれと、作物語なれは、それにも及はす。たゝ芥川にて置へしと云々。

（『御抄』の引用略）

ゐて行

抄　将の字也。句会に将師とかけり。ひきいて也。同道する也。

くさのうへにをきたり露を、かれはなにぞとなむ男にとひける

抄　夜ふかくか丶る道もみなれ給はぬ御みなれは、なにそととはせ給へつ也。（「私説」略）

行先おほく夜も更にけれは

行先おほく　抄　行先遠き心也。

夜も更にけれは　御抄　夜も更にけれはのはの字一字にて、返答せぬ心あり。

（中略）

あなや

頭書　古語拾遺　事之甚切皆称阿那。女のいふ也。

（中略）

あしずりをしてなけどもかひなし

抄　文選に蹉跎とあり。又土佐国に蹉跎《サダ》寺とて有。此字を書り。御抄　万葉浦嶋子か哥に、白雲の箱よりいて丶、とこよへたなひきけれは、立はしり、さけひ、袖ふり、ふしまろひあしすりしつ丶、略。私、なけくに堪ぬさま也。小児の足すりするさま也。（以下略）

出典注記を逐一施しながら、諸書が引用されている。『闕』は、『闕疑抄』。奥書にも言うようにそれ以外の注釈書で一致するものもあるけれども、『闕疑抄』で代表させていると見てよい。『抄』も『闕疑抄』。『御抄』は、『後水尾院御抄』。「頭書」は、原本に「頭書」されていたことの注記か。が、森文庫本、東洋文庫本ともに「頭書」にはされていない。諸注を見渡すところ、『古語拾遺』を引用するものはなく、独自の説かもしれない。「私」は、自説を述べているのだろう。この「私」については、長伯が自説を加えたとみるのが、最も可能性が高い。ただし、『闕疑抄』を

敷衍したにすぎないものや『拾穂抄』の「師説」つまり貞徳説と一致するものも多く、全く長伯独自の説とは言い難い面も残る。以上、『秘々注』は、「諸注集成」の評価にふさわしく、いちいち出典を明記しつつ、まさに先行する諸注釈書を集成しているのである。

ただ注釈を集めたに過ぎないと、顧みられることの少なかった「諸注集成」であるけれども、例えば第三節で取り上げた『伊勢物語秘註』もそうであったように、それなりの選択は働いていたと思われる。先に見た『勢語臆断』にも諸注を集成する一面が窺えたように、自説を形成するためにも先学の意見を参照することは、必要であろう。どこまで、そのことに自覚的であったかは、なお今後の課題とするとして、「諸注」を「集成」するということは、様々な注釈書から、いわば新しい一つの注釈書を編纂する営為であったのであり、その意義を積極的に認めたいのである。

四　『勢語臆断』と『秘々注』と

『勢語臆断』と『秘々注』と、「諸注集成」の面に焦点を当てて、その意義について論じてきた。ここに至って、私どもは、一つの興味ある偶然に気づかされる。それは、先に示した『勢語臆断』と『秘々注』の、取り用いた資料の一致である。それは、単なる引用資料の一致だけにはとどまらず、引用箇所から、字句にまで及んでいるところも見受けられる。第六段を例にとれば、『勢語臆断』独自の説かと思われた『古語拾遺』の引用が『秘々注』にも見える。それにもまして注目しておきたいのは、先の表の②⑥⑬⑮⑯を除いて、『勢語臆断』と『秘々注』が一致しているということである。つまり『秘々注』一書を参照することで、『勢語臆断』の第六段の注釈の骨格ができあがると言ってもよい。

そして、このような両書の一致は、この第六段だけにとどまるものではない。例えば、第十七段の場合。併記して示せば、次の通り。なお論述の都合上、引用されている和歌に番号を付した。

『勢語臆断』

年ころおとつれさりける人の桜のさかりに……

此段にむかしとなきは落たるなるへし。

（中略）

けふこすはあすは雪とそふりなまし

此かへしも古今にいれり。けふきたればこそ、有しながらの桜ともみれ。あすは木のもとの雪とふりて、消すしては有とも、花とはいかゝみむとなり。けふきつる故にこそ人も侍けりとはのたまへ。さらすはあすは心のかはりてその人とも見じとなり。

①けふだにも庭をさかりとうつる花消すは有とも雪かとも見よ

②庭の面に消すは有とも花と見る雪は春まてつきてふらなん

③《花さそふ庭の春風跡もなしとはゝそ人の雪とたに見む》（《》は朱書加筆）

『秘々注』

としごろをとづれざりける人の……

……又けふは其人とも見れ、もしけふ尋ねこすは、あすははや心かはりて、人の物となりなむ。しからは、桜の雪とふりて、花とは見えぬことく、むかしみし中ともみらるましきと也。（中略）

引哥、

④新古けふたにも庭をさかりにうつる花消すはありとも雪かとも見よ　太上天皇
⑤同けふこすは庭にや跡のいとはれんとへかし人の花のさかりを　後京極
⑥風雅たのめこしきのふの桜ふりぬともとは、やあすの雪のこの本　伏見院
⑦新古桜色の夜の春風跡もなしとは、そ人の雪とたにみん　定家卿
⑧庭の面に消すはありとも花とみる雪は春まてつきてふらなん　同

前半の注釈状況は、両書共に先に検討したのと同様「諸注集成」であるので、詳述しない。末尾に引かれた和歌についてのみ見ておきたい。『勢語臆断』の②、『秘々注』の⑧の定家詠は、『闕疑抄』や『伊勢物語集註』等にも引かれるもの。けれども、『勢語臆断』①③と『秘々注』④⑦は管見の限りではこれらの一書にしか見出せない。たまたま両書共に同等の知見に達した結果かもしれない。しかし、同時にどちらかがどちらかを参照した可能性も示唆しているものと思われる。

また、例えば、四十八段「今ぞ知る苦しき……」の歌の注釈の場合。

『勢語臆断』

人を待はくるしき物なりけりと今そしるといふ心にて、第二句より上へかへるなり。よりて二句の下も句絶なり。人を待わふるによりて、人またむ里をはかれすとふへき物なりとわか心に領解したる心なり。人またんは人のまたんにても、人をまたむにてもたがふへからず。惣しての世の事をいへり。これ身をつみて人のいたさ知といふ恕のこゝろなり。さきの哥に君によりおもひならひぬとよめるにおなし。約束してこぬ人をばさしもうらみはらたゝじして、人またん里をばめがれずとふへき物なりとおもひしるといへる温和なる心なり。かゝる心ありてぞ、哥といふものはよまれ侍るへき。

『秘々注』

抄　此哥、古今第十八紀利貞か、あはのすけにまかりけるときに、馬の餞せんとて、けふといひをくれりける時に、爰かしこにまかりありきて、夜ふくるまて見えさりけれは遣しける、業平朝臣と有。私　転倒の一二句也。くるしき物と今そしると也。待人の遅きにつきて、人まつはくるしき物と、今しりたり。此くるしさにて思へは、待里のある方へはかれす、とふへかりけりと領解する也。一本　我身つめりて、人のいたさをしれと云やうの心也。抄　此句法、おもしろし。

歌の一、二句を入れ替えて理解するべきであるなど、両書の見解が一致するところは多いが、特に注意しておきたいのは、『勢語臆断』の「これ身をつみて人のいたさ知といふ恕のこゝろなり」という部分である。この部分について、大谷雅夫氏は、特に「恕のこゝろなり」というところに注目されて、それが「己を捨てて人の身となり、他人の心を理解し、寛宥することを「恕」と説く伊藤仁斎の倫理思想に通底するものでもあっただろう」と説かれたけれども、[8]この四十八段のこの歌に「身をつみて人のいたさ知」ると注釈を施したのは、契沖だけではなかった。『秘々注』の引く「一本」、つまり一華堂乗阿編の『伊勢物語集註』も同様の注釈を施しているのである。慶安五年に刊行されていた『伊勢物語集註』を契沖が利用した可能性は否定できない。しかし、『勢語臆断』全体に『伊勢物語集註』の顕著な利用が認められるわけではなく、むしろ『秘々注』を参照したとも推量されるのである。

以上、『勢語臆断』と『秘々注』が極めて近似した注釈を施している例に、いくつか検討を加えてきた。すべてが偶然の一致である可能性は、もちろん、ある。しかし、これほどの一致を見る限り、やはりどちらかがどちらかを参照した可能性も、考慮しておかねばなるまい。そこで、改めて、この二書の先後関係を確認しておく必要があろう。『勢語臆断』は、多くの加筆が認められるけれども、その奥書から元禄五年には、ひとまず成立していたと考えられる。一方、『秘々注』は、東洋文庫岩崎文庫本の奥書「享保十八年」を成立の下限と見ることができる。したがって、その点だけを見れば、『秘々注』が『勢語臆断』を参照したと考えるのが妥当であろう。しかしながら、『秘々注』がもし『勢語臆断』を利用したのであれば、この注釈の性格上そのことを明記したのではないかと推量される。また谷山茂氏は前掲論文のなかで、

その頃、難波の地には、長雅より約十年の後輩、長伯よりは約十年の先輩である契沖阿闍梨などが、早くも「古学」の鼻祖として、新しい学風を拓いていた筈である。けれども、伊勢物語の研究史上にも画期的な意義をもっている契沖の勢語臆断が刊行されたのは、長伯の歿後であった。従って、長伯はいまだ勢語臆断を見ていなかったのではないかと思われる。あるいは、すでに契沖などの新しい研究態度やその業績のことも仄聞していたであろうが、彼長伯はそういう声をよそにして、大勢の門弟を擁しつつ、得々と旧注の啓蒙的地下的講釈をつづけていたのではないかと思われる。

と述べられた。『秘々注』が『勢語臆断』を参照した可能性は低いと考えざるを得ない。では、その逆、『勢語臆断』が『秘々注』を参照した可能性は全く考えられないであろうか。『秘々注』は「享保十八年」の奥書を持つものの、それは長伯の段階でまとめられた年号、あるいは長伯からある者へ伝授された年号であるのであって、成立を示しているわけではない。長雅が関わっていることが、奥書から明らかであることを考慮すれば、遅くとも長雅没年の宝永七年までには、本書の形に近いものが一書として成立していたと考えられる。さらに、本書の、師説を忠実に受け継いで行く性格を考慮するならば、現在の形そのままではないにしても、原型は、貞徳存命中、あるいは死後それ程遠くない時点で編纂されていた可能性もあろう。それをもとに長雅が講義し、長伯がそれを伝授されたのである。したがって、元禄五年の『勢語臆断』成立までに、現存している『秘々注』そのものの形ではないにしても、その原本と

でも言うべき貞徳流の『伊勢物語』注釈書を、契沖は、参照しえた可能性がある。先の十七段の例のように契沖の加筆したところが一致している場合があることもその可能性を高めようか。

とはいうものの『秘々注』の「私」説のなかには『勢語臆断』と一致する部分も見受けられる。したがって、「私」（長伯か）が『勢語臆断』を利用した可能性も無いわけではない。ならば、享和年間まで刊行されないまま埋もれていたとも言える『勢語臆断』の、ほぼ同時代的な享受の例として認められる。そして、逆に言えばこのことは、両者が何らかの交流を持っていたという傍証にもなるわけで、諸注集成的な部分を『勢語臆断』が参照した可能性もより高くなろう。

五　契沖を取り巻く学問環境

論じてきたように『勢語臆断』と『秘々注』の二つの注釈書を突き合わせることで、貞徳流の者たち（長雅あるいは長伯か）と契沖の両者に交流のあったことが推測される。本章第一節で検証したように、長孝の『古今仰恋』と契沖の『古今余材抄』には、その方法や達成の面で、多くの共通点を見出せた。そこでは、両者が同じ知見に達していたということばかりを強調したが、ここに至って、地下（貞徳）流の歌人と契沖の交流の可能性も少なからず出てきたのである。

何よりもこの推測がより説得性を持つためには、長雅、あるいは長伯と契沖の間の直接交流を示す証拠が必要であろう。そこで、想い起こされるのが、信多純一氏の御論である。信多氏は、長雅編の『住吉社奉納千首和歌』に契沖受戒の師・快円他、契沖ゆかりの人々の名が多数見えることから、この月峯寺智龍やすぐかたわらの山辺の人森本正辰等は歌道にも志深く、元禄十二年秋から一年久安寺に居した平間長雅と交わる雅友であった。（中略）ところで、この『千首和歌』（宝永六年長雅編『住吉社奉納千首和歌』…引用者注）には、契沖受戒の師快円の歌二首を、「泉州大鳥神鳳寺比丘」として収めている。さらに契沖の法友宝山寺湛海の弟昌賢湛山、（以下、名前を列挙、略する）等、契沖ゆかりの人々が歌を献じていることを知る。（中略）真言律僧として名高い快円慧空が歌道に執心とは初めて知ったことであるが、快円と長雅の繋がりは並一通りではなかった。（中略）契沖と長雅の直接の交友関係は目下のところ辿り得ないでいるが、少なくとも久安寺の円海以下の真言僧達が快円同様和歌に親しみ、この方面に人脈もあった契沖とその法・歌の両面で繋がっていったものと見てよいのではあるまいか。（中略）かく、契沖とそれをめぐる人々を追うに従い、大きい潮流に次第に巻き込まれてゆく。法において浄厳和尚の一流に、そして地下歌壇の渦巻く混沌の中に。

と述べられた[9]。信多氏の御説は十分に首肯される。しかし、残念ながら、挙げられた資料は、直接の交流の蓋然性を高めるのには、すこぶる有効であるけれども、直接の交流が窺える資料ではない。『秘々注』との関係だけに絞って言えば、長雅が久安寺に退居した元禄十二年には既に『勢語臆断』は成立していた。さかのぼっての交流についてはもちろん確認できない。直接の関係を探ることは断念せざるを得ないのである[10]。

けれども、注釈内容の検討から導き出せることで言えば、かつて、阿部秋生氏が「契沖の文献学といわれる方法の来由については、これまた先学の諸説があり、間然するところはないが、いささか異を立てれば、腑に落ちるとまでゆかないところもある」とされ、神道や漢学などに比して、

歌学において、中世の伝授思想や言葉の禁制を否認し、自由な題材、表現を求める新風が動いていたことの契沖の研究態度への影響という点は、はるかに具体性がある。しかし、これも、中世歌学の否認、破壊までは来てい

たが、それと文献学的方法の建設との間には、まだ越え難い溝がある。

と述べられたことに、[11] 貞徳流の学芸（注釈や歌学）との関係を示すことで、答えることはできないであろうか。既に論じたことも含めて、「否認」や「破壊」だけではなく、「中世歌学」の継承という最も基盤のところで、貞徳流の学芸は大いに寄与するところがあったのではないかと考えられるのである。従来指摘されてきた下河辺長流との関係に加えて、長孝や長雅、長伯といった貞徳流の学芸も、契沖の注釈学の、その根底を支えていた可能性はないだろうか。

ずいぶんと推量に推量を重ねてしまった。これ以上の憶測は、慎むべきであろう。当時刊行されていた資料を以って、ほぼ『勢語臆断』の諸注を集成した部分は覆われるのであるし、それ以外の『秘々注』との一致も共に同じ知見に到達していた結果であると考えて不自然なことはない。『秘々注』は、それがたとえ形式的なもので、奥書の常套句であるにしても「雖一子、猥不伝之、深函底者也」と見え、第三節で取り上げた『秘注』とは異なり、伝来の秘伝書として成立していた。それなりの血脈は保持されていたはずである。本節では、契沖の学問に比べて、「ただ諸注を集成したに過ぎない」という決まりきった評価のもと、その意義すら問われることのなかった貞徳流の『秘々注』の如き注釈も、契沖と同程度の自覚に達する部分があったことを、改めて評価しておきたい。

六　おわりに

当然のことであるが、「諸注集成」の時代を経て、「新注」と呼ばれる時代が到来した。そして、「新注」の萌芽は、この「諸注集成」にも窺えるように思われる。例えば、それは、「愚案」という遜った言い方や「私説」と断って自説を述べようとするところに見出される。ならば、『勢語臆断』のような形で一書を編む準備は、十分に調っていたように見受けられる。

しかし、貞徳をはじめとする者たちは、そのようには、しなかった。そうする方法を選ばなかった。いや、そうすることは思いもよらなかったのだろう。地下の彼らには、自説を立てることより、師説を継承することの方がより重要なことだったに違いない。例えば、貞徳が『戴恩記』のなかで、師の恩の大切さを説き、師の名を何人も列挙したのは、その象徴的な表れと言えよう。

一方、契沖は、師と呼ぶべき人を求めなかった（『厚顔抄』）。故に、その学問は高く評価され、名を残すこととなった。しかし、それは、あくまでも現代の私どもの評価であって、師説とは無縁であった契沖は、その意味で、孤高の人であった。

【注】

（1）片桐洋一氏『伊勢物語の研究〔研究篇〕』（一九八七年十一月第五版、明治書院刊）など。

（2）野崎守英氏「学問の成立―契沖『勢語臆断』の場合―」（『国文学解釈と鑑賞』、一九八〇年九月、至文堂刊）など。

（3）山本登朗氏「伊勢物語と尚書―三条西家における伊勢物語理解の一面」（『中世と漢文学』【和漢比較文学叢書5】、一九八七年七月、汲古書院刊）。

（4）『勢語臆断』の引用は、『契沖全集』第九巻（一九七四年四月、岩波書店刊）による。なお煩雑になるので、書き込みなどは省き、論述の都合上、それぞれの説の冒頭に番号を付して示すことにする。

（5）『闕疑抄』は便宜上、大阪女子大学附属図書館蔵の寛永十九年版の版本をもとに、片桐洋一氏『伊勢物語の研究　資料篇』（一九八七年十一月第四版、明治書院刊）に翻刻された慶長二年中院通勝奥書本も参照した。『伊勢物語集註』は、『鉄心斎文庫伊勢物語古注釈叢刊』七・八（一九九〇年一月、八木書店刊）、『伊勢物語拾穂抄』は版本（延宝八年刊）、後水尾院の『御抄』は『御撰集』第四巻（一九一六年六月、列聖全集編纂会刊）をそれぞれ用いた。

（6）「諸注集成」ということで言えば、延宝八年に刊行されていた北村季吟の『伊勢物語拾穂抄』も考慮するべきであろう。が、私の見るところ、『拾穂抄』には季吟なりの意図的な選択が働いているように思われ、それを貞徳流の「諸注集成」の代表とするのは躊躇される面がある。よって貞徳の流れを汲み、地下らしい「諸注集成」の有り様を示しているものとして、本章前節では、長雅の、本節では長伯の注釈を取り上げることとした。

（7）谷山茂氏「伊勢物語秘々注」（『谷山茂著作集』六、一九八四年十一月、角川書店刊）。

（8）大谷雅夫氏「近世前期の学問－契沖・仁斎」（『岩波講座　日本文学史』第八巻、一九九六年八月、岩波書店刊）。

（9）信多純一氏「阿闍梨契沖伝こぼればなし」（『契沖全集　月報14』、一九七五年七月、岩波書店刊）。

（10）本章第六節において、契沖と貞徳流伝書の関係および、契沖と長雅、両者に直接関係のあった伊勢の神官、中西信慶のことについて触れる。ともに直接関係を伝える資料ではないが、傍証とはなり、いささか交流の可能性を高めることができると思われる。

（11）阿部秋生氏「契沖の方法の来由」（『契沖全集　月報9』、一九七四年四月、岩波書店刊）。

第五節　貞徳流秘伝書の形成－『伊勢物語奥旨秘訣』の場合－

一　はじめに

『伊勢物語奥旨秘訣』（以下『奥旨秘訣』と略す）は『伊勢物語』の地下流の秘伝書の一つである。細川幽斎（玄旨法印）の『闕疑抄』の引用も認められ、幽斎以来の相伝奥書を持つけれども、幽斎が直接関わっているとは考え難く、おそらくは松永貞徳周辺でまとめられたと推察される。

内容は、「題号口訣」「読曲清濁」「一花堂読曲清濁」「極秘裏説条目口訣」「極秘七箇大事裏説口訣」から成るのが、本来の完全な姿であると思われるが、「読曲」を欠くものなど、異本と呼ぶべきものも多く伝わる。『奥旨秘訣』は、小高敏郎氏（『続篇』）に東洋文庫蔵巻子本の紹介があり、また稲賀敬二氏による翻刻が具わるが[1]、伝本についての詳しい報告は特にされていない。

本節では、従来触れられることのなかった、『奥旨秘訣』と貞徳門流の『伊勢物語』の注釈書との関連などについて述べるとともに、伝本についての基礎的な報告に努め、もって貞徳流の代表的な秘伝書の形成について考察することにしたい。

二　貞徳流伊勢注との関係

『奥旨秘訣』が、松永貞徳を経由して望月長孝、平間長雅、さらには有賀長伯の相伝識語を有するとしても、その注説の内容が果たして貞徳以来のものであるのかどうかは、十分に検討されてきたとは言い難い。もちろんこの相伝識語の持つ意味はすこぶる重いと思われるけれども、内容の面からも貞徳流のものであることを確認しておく必要があろう。そこで、第四節で論じた有賀長伯に相伝された『伊勢物語秘々注』（以下『秘々注』と略す）と比較することで、その点を確かめておきたい。

例えば、『奥旨秘訣』（鉄心斎文庫巻子本による、以下同）は、「極秘裏説条目口訣」の「はらからすみけり」には次のような説を挙げる。

一、はらからすみけり　一説、兄弟住たるにてはなし。熟語の格を以て書る筆法なりと云々。但此説当流に不用。実はいもうとに思ひかけたるなり。されは、わかむらさきのすり衣と哥によめり。証哥、別にあり。

前半部の「此説当流に不用」に完全に合致する注釈は見出せないけれども、『伊勢物語集註』（『鉄心斎文庫　伊勢物語古注釈叢刊』による）に引く、

はらからとは、万葉第三に兄弟と書たり。一人の事を兄弟と書たるは熟語なるゆへ也。

と言う説に近いと思われる。特に後半部がこの流派の主張ということになるが、それは、『秘々注』（大阪市立大学学術総合情報センター森文庫本による）の初段の注釈の師説、

はらからすみけり　（前略）師説、姉を恋るにや、妹を恋るにや、わかちしれす、よつて説々おほし。是は、

妹を恋る也。妹に若の字例多し。又兄弟の内妹をおもひかけること、後拾恋一、はらから侍りける女の許に弟をおもひかけて姉なる女の許に遣しける、小舟さしわたのはらからしるへせよいつれか海人の玉もかるうら。

と、ほぼ一致している。『奥旨秘訣』の「証哥、別にあり」という「証哥」が何の「証哥」であるのかは、にわかに断定できないけれども、『秘々注』が末尾に引く『後拾遺集』の和歌と対応していると見ることもできよう。また『秘々注』の「師説」が誰の説であるのかは判断し難いけれども、他の用例も考慮すれば、直接には「長雅説」を指すとしても、広く貞徳流の説と捉えておいてよいと思われる。このような例は、他にも窺える。

また『秘々注』の第三段の「思ひあらば……」の注釈の末尾に「猶秘訣口伝有。七ケの大事の一也」とある。これは『奥旨秘訣』の「極秘七箇大事裏説口訣」に対応している。

以上のことから、『奥旨秘訣』は、その内容面からも確かに貞徳流の秘伝書であると考えてよいだろう。

三　伝本とその系統

『奥旨秘訣』の伝本は、『国書総目録』などの類では、次に挙げるだけである。

①『補訂版国書総目録』（一九八九年九月、岩波書店刊）

伊勢物語奥旨秘訣　東洋岩崎（慶安元長頭丸・寛文八広沢長孝跋本写一軸）（天明二有賀長収奥書本）・大阪府・旧下郷

②『古典籍総合目録』（一九九〇年二月、岩波書店刊）

伊勢物語奥旨秘訣　国文研初雁（一冊）

なお共に「『伊勢物語古註釈の研究』によれば」として「『伊勢物語奥旨秘訣貞徳翁伝』あり」とする。この点について大津有一氏は、

近年の古書店の目録に『伊勢物語奥旨秘訣貞徳翁伝』といふのが二部出たことがある。早速註文したが、売切れて入手出来なかつた。

と記されている。[2]『総目録』の「旧下郷」（下郷文庫）は、戦災で焼失。小高敏郎氏が『続篇』で紹介されたのが、東洋文庫本「慶安元長頭丸・寛文八広沢長孝跋本写一軸」であろう。また国文学研究資料館初雁文庫本については、簡単な解題が具わる。[3]

右に加えて、国文学研究資料館のマイクロ資料目録などを利用し、検索した結果、左のごとき伝本が確認された（マイクロフィルムによるものも含める）。この節の目的は内容の検討であるので、読曲清濁を欠くものも考察の対象にした。[4]書誌的なことは全て省略し、内容を確認したものを次に挙げる。

①鉄心斎文庫巻子本（声点を欠く）

②鉄心斎文庫冊子本（声点あり）

ともに『鉄心斎文庫　伊勢物語古注釈叢刊　十二』（『伊勢物語秘注』・『伊勢物語奥旨秘訣』（冊子本）（巻子本）（二〇〇二年二月、八木書店刊）の影印による。[5]

巻子本は、二種の「読曲」の声点を欠く。末尾に慶安元年の長頭丸（貞徳）の奥書、寛文八年の広沢長孝の奥書を記す。豊後岡藩の藩校、由学館の旧蔵。冊子本には、声点が付されている。享保十四年の有賀長伯の奥書を記す。他の伝本もこの奥書を持つものが多い。

③国文学研究資料館初雁文庫本（声点あり）

④中田剛直氏旧蔵本（注説の内容に大きな脱落有り）
⑤北駕文庫本（声点あり）
⑥熊本大学付属図書館本（二つの読曲を欠く）
⑦『中世文芸』三十一号に翻刻された稲賀敬二氏蔵本（このなかで、稲賀氏は、広島大学に寄贈された斎藤清衛博士旧蔵本についても言及する）
⑧『季吟本への道のり』（一九八三年三月、新典社刊）に翻刻された野村貴次氏蔵本
⑨東洋文庫岩崎文庫巻子本（声点あり）
⑩東洋文庫岩崎文庫冊子本（声点あり）
⑪大阪府立図書館石崎文庫本（二つの読曲を欠く）

さらに鉄心斎文庫のご好意で、『鉄心斎文庫伊勢物語図録第十五集』に紹介された三本も調査させていただいたので、それも加えることにする。

⑫図録番号十四の小本（一華堂読曲を欠く）
⑬図録番号十五の仮綴じ本（声点ところどころ）
⑭図録番号二十四の折本（二つの読曲を欠く）

以上である。ただし、④は本文の乱れが大きいので、以降の検討の対象からは外すことにする。管見に及んだ範囲で、二つの「読曲」の有無以外で、大きな異同は次の部分である。

「極秘裏説條目口訣」のうち、

Ａ「いとはしたなくて」の項目の書き入れの有無など。
Ｂ「といふ哥の心はへなり」の項目の書き込みの有無。
Ｃ「富士山」の項目の書き込みの有無。
Ｄ「いもうとのおかしけなる」の項目の書き込みの有無。
Ｅ「むかし世心……」の項目の書き込みの有無。

「極秘七箇大事裏説口訣」のうち、
Ｆ「おもひあらば……」の注説の多・少。
Ｇ「むかしの哥に、芦の屋の……」の注説の多・少。

結論を先取りして言えば、これらの七項目の注説の示し方から、『奥旨秘訣』の本文は、およそ三つの系統に分けることができると思われる。煩雑になることを避けるために、最も大きな異同箇所の中から三例を具体例として挙げ、三系統に分かれる根拠を示しつつ、考察を加えることにしたい。

【資料一】Ｄ「いもうとのおかしけなる」の項目
『鉄心斎文庫巻子本』（《　》は行間の書き込み）
一　いもうとのおかしけなりける
《是はかりに用捨すへきにあらす。其外法外の事多し。所詮》
業平の心をかくるとみるへし。

《かの心地まとひに立かへりみれは、教誡になる也。》

源氏なとにあまたある事也。

《しかも実事なき事なれは、用捨すへからす》

この書き込み形式とでも呼ぶべき書式で記されるものは、「鉄心斎文庫本」の二本以外に⑤⑨⑩の伝本。先に示したA～Eの書き込みの有無ということで言えば、これらの伝本はすべて「書き込み」という形式で、本文が示されている。

『初雁文庫本』

一　いもうとのおかしけなりける

業平の心をかくると見るへし。源氏なとにあまたある事也。

先の「鉄心斎文庫本」系統の書き込み部分を削除した本文である。この系統の伝本は「初雁文庫本」以外に⑫⑬⑭の鉄心斎文庫本。先のA～Eについてもすべて同様で、書き込みがない。

『熊本大学付属図書館本』

△いもうとのおかしけなりける

業平の心をかくるとみるへし。是はかりに用捨すへきにあらず。其外法外の事多し。所詮、彼心地まとひに立かへりみれは、かへりて教誡になるなり。実事なき事なれは、用捨すへからす。源氏なとにあまた有る事也。

「熊本大学付属図書館本」は、『中世文芸』に翻刻されたものと同系統である。国文学研究資料館のフィルムで確認できたので、便宜上この本による。『鉄心斎文庫本』などに見られる書き込み部分を本文化している。『熊本大学付属図書館本』の他に⑦⑧⑪がこの本文を持つ。先のA～Eについても概ね書き込みが本文化されている。『鉄心斎文庫本』によって、影印が刊行されるまで『奥旨秘訣』の現代における流布本と呼ぶべきテキストは、活字になった⑦あるいは⑧であったと思われる。しかし、このテキストの形態からわざわざ一部分を分かち書きして、行間書き込み形式とでも呼ぶべき『鉄心斎文庫本』のごとき本文が生じるとは考え難い。したがって、少なくとも、『鉄心斎文庫本』系統の本文は、⑦⑧の本文の成立以前の形態を留めていると推量される。このような書き込み形式に着目しての系統分けは、「極秘七箇大事裏説口訣」における注説の「多・少」とも基本的に対応している。

それでは続いて、「極秘七箇大事裏説口訣」について見ておきたい。先に示した三系統の代表的な本文を併記して示そう。

【資料二】F「おもひあらば……」の注釈の多・少

『鉄心斎文庫巻子本』

一　思ひあらはむくらの宿にねもしなんひしきものには袖をしつゝも

此五文字大事也。只今のこのおもひか其まゝあらは、葎の宿にもねんとなり。此おもひあらはのおもひの字、念の字也。念力さへあらは、むくらの宿、たとへは虎臥野へになりとも、ねもしなんときくへし。念力徹岩ともいへり。業平の哥を本哥にとりて、雅経朝臣

堪てやは思ひありともいかゝせんむくらの宿の秋の夕暮

此哥、業平の哥をきゝえぬ内は、千年工夫してもすまぬ哥也。また

おもふへき我後の世はあるかなきかなけれはこそは此世にはすめ　慈鎮

此哥念の心にかけてきかねは、無のみに落る也。尤大切なる事にこそ。

『初雁文庫本』

一　思ひあらはむくらの宿にねもしなん
此五文字大事也。此心は、只今のこの思ひか其まゝあらは、むくらの宿にもねんと也。此思ひの字、念の字なり。
有念者葎屋戸尓眠毛為何
引敷物尓者袖乎為乍裳

『熊本大学付属図書館本』

△思ひあらは葎の宿にねもしなむひしき物には袖をしつゝも
此五文字大事也。此心は、只今のおもひか其まゝあらは、葎の宿にもねんと也。此おもひあらはのおもひの字、念の字なり。念力さへあらは、葎の宿、たとへは虎臥野へになりとも、ねもしなんと聞えし。念力徹岩とも云り。
有念者葎屋戸尓眠毛為何引敷物尓者袖乎為乍裳
業平の哥を本哥にとりて、
雅経朝臣
堪てやは思ひありともいかゝせん葎の宿の秋の夕くれ
此哥、業平の歌を聞えぬ中は、千年工夫してもすまぬ哥也。亦、慈鎮
思ふへき我後の世はあるかなきかなけれは社は此世にはすめ
此哥念の心にかけてきかねは、無のみに落るなり。尤大切なる事にこそ。

右に見られるように、Dの例と全く同じように三系統に分類される。『鉄心斎文庫本』系統の本文を仮に基準にして、述べるならば、その本文を極端に省略して、真名本の歌を記すのが、『初雁文庫本』系統、その両者を合わせるかたちが、『熊本大学付属図書館本』（⑦⑧も含む）の系統ということになる。但し、今は説明しやすいように敢えて『鉄心斎文庫本』系統の本文を基準にしたので、「省略」という言い方をしたが、『鉄心斎文庫本』系統と『初雁文庫本』系統とは、まったく注釈内容が異なるとも考えられるのであって、単純な先後関係だけでは説明できない。

G「むかしの哥に、芦の屋の……」は、『鉄心斎文庫本』では、

一、むかしの哥に

芦の屋のなたのしほやまいとまなみつけのおくしもさゝすきにけり

萬葉の哥に、志加の海士のめかりしほやきいとまなみくしけの小櫛とりもみなくに、此哥をとりて、むかしの躰の哥を読れたるといふ事なり。「とよみけるそ、この里をよみける。こゝをなん芦の屋のなたとはいひける」とあり。此詞にて、猶あきらか也。萬葉の哥は、筑前の志加の浦、業平の哥は、芦屋の灘なるよし、ことはりたり。さなけれは、全業平の古哥へつらへるに似たり。むかしの哥、畢竟萬葉の古風によまれたるといふ事也。詩なとにも古躰に作る事あり。其ことくなるを云也。

となっている。この部分は、基本的に『熊本大学付属図書館本』も同じである。『初雁文庫本』では、

一、むかしの哥に

芦のやのなたのしほやまいとまなみ

つけのおくしもさゝすきにけり

萬葉の哥に、志賀の海士のめかりしほやきいとまなみくしけの小櫛とりも見なくに、此哥をとりて、昔の躰の

哥をよまれたると云事也。詩なとにも古躰に作る事あり。其ごとく成るを云也。
となっており、Fの場合と同じように、極端に短くなっている。『初雁文庫本』系統の本文を基準にして言えば、『鉄心斎文庫本』系統の本文の、ちょうど前半と後半を合わせた本文になる。逆に『鉄心斎文庫本』系統の本文から見れば、『初雁文庫本』系統の真ん中に注説を挿入しているということになる。『初雁文庫本』系統の後半部の始まりが、ちょうど「云事也」で終わったところから接続しているので、目移りによる単純な脱落の可能性も否定できないけれども、今まで述べてきたことも考慮して、本来このような本文であったと、今は考えておきたい。

さて以上の点から、少なくとも『熊本大学付属図書館本』系統が、書き込み形式を本文化していることからも、最も後発の本文であると考えられる。『鉄心斎文庫本』系統と『初雁文庫本』系統の先後関係については、どちらの可能性も想定でき、本文の違いを先後関係だけで論じることは難しいと思われる。『奥旨秘訣』が秘伝書であるということを重く見るならば、相伝者により伝えられる内容に違いがあったことも考慮されるべきではないだろうか。憶測の域を出ないが、可能性のひとつとして提示しておきたい。

四　おわりに

以上、『奥旨秘訣』の形成を考えるために、敢えて単純化して本文の異同からのみ三系統に分けて論じてきた。けれども、その実態はもっと複雑であることも予想される。この系統分類をさらに緻密なものとするには、未調査の伝本、さらに多くの異本系統の伝本を加え、そこに伝授者の存在をも考慮しながら、検討される必要があろう。

が、一方でその緻密さが果たして有意な結果を導くであろうかという疑念もある。それらは空しい努力に終わってしまう可能性も否定できない。乱暴な言い方になるけれども、あまりにも煩雑になり過ぎるのではないかと推測されるからである。特に長伯以降、ばらまかれるようにして行われたであろう伝授の実態を思う時、上野洋三氏によれば秘伝書は一種の修了証書であったとも言えるわけで、[6]その時代まで下ってしまえば、そこに本文の内容にまで十分に配慮された伝授が行われたかどうかは疑わしい。地下流の極めて象徴的で典型的な秘伝書形成の様相を、この『奥旨秘訣』に見ることができるのではないだろうか。

【注】

（1）稲賀敬二氏「「伊勢物語奥旨秘訣」「伊勢物語口訣」解説並翻刻（一）」（『中世文芸』三十一号、一九六五年三月）。

（2）大津有一氏『伊勢物語古注釈の研究』（一九五四年三月、石川国文学会刊）。なお引用は、片桐洋一氏によって再刊され、青木賜鶴子氏の補注が加えられた『伊勢物語古注釈の研究（増訂版）』（一九八六年二月、八木書店刊）による。

（3）国文学研究資料館編『初雁文庫主要書目解題』（一九八六年、明治書院刊）。

（4）島本昌一氏の「貞徳と『伊勢物語秘訣』（一）」（『近世初期文芸』第16号、一九九九年十二月）によれば、今挙げた以外に「書陵部古今伝授資料十五」と静嘉堂文庫『長雅秘訣六種』に収められたものを挙げておられる。伝本の異同に関する言及はない。また祐徳稲荷神社にも蔵せられていることは、後藤康文氏が『伊勢物語誤写誤読論』（二〇〇〇年五月、笠間書院刊）の中で資料の一つとして引用されていることからも明らかである。個人で所蔵されているということも仄聞したこともあるので、伝本はかなり多いと推測される。「はじめに」で述べたように内容の一部を欠くような「異本」まで含めると現存伝本の数はさらに増加すると考えられる。

（5）本節は『鉄心斎文庫　伊勢物語古注釈叢刊　十二』（『伊勢物語秘注』・『伊勢物語奥旨秘訣』（冊子本）（巻子本）（二〇〇二年二月、八木書店刊）に執筆した解題をもとに、改稿したものである。

（6）上野洋三氏『元禄和歌史の基礎構築』（二〇〇三年十月、岩波書店刊）Ⅱ部第2章「有賀長伯の出版活動」。

第六節　貞徳流秘伝書と契沖と

一　はじめに

『六条家古今和歌集伝授』（仮称、九州大学音無文庫本内題による）は、「和歌三神・和歌三聖」を冒頭に「三鳥」「三木一草」「八のかしは」「十種のほとゝぎす」「三わすれの事」「よるべの水の事」「作者三種伝授」「伊勢物語三ヶの習」「源氏物語三ヶ之大事」の計十項目に亘る秘伝を記した秘伝書である。本書は、また「若狭少将俊成卿－下河辺長流－契沖－貞裴－酒井宇右衛門寸江」という相伝識語を持つ。その相伝識語には「六条家相承」と見え、本書が「六条家」を称する秘伝書であることが知られる。

相伝識語には直接、名前を見出せないけれども、その秘伝の内容は松永貞徳を師と仰ぐ血脈（貞徳流）に伝えられたものと関わり合う面がすこぶる大きく、本書は貞徳流の伝書であると認められる。

このような本書の相伝識語の中に、契沖が名を連ねていることは、貞徳流と契沖の交流を窺わせるものとして注目される。さらに両者の交流が認められるならば、本章第一節、第三節、第四節で述べてきた契沖と貞徳流の関連を示す、傍証となりえよう。また本書は彼らの交流を軸とした、当時の学問の環境（文化圏）を思い描くよすがともなりえようか。契沖の学問も、少なからず、このような環境の下に形成されたと推量される。本書には、契沖の注釈との関わりもいくぶんかは認められ、契沖を取り巻く学問の環境を知るうえで、示唆するところ、小さくはないと思われる。

以下、本書の一つ一つの項目を他の様々な伝書とつきあわせることで、本書が貞徳流の伝書であることを検証することに努め、その結果を踏まえて、改めて相伝識語の持つ意味について考察を加えたい。

二　伝本をめぐって

内容の検討に入る前に、まず本書の伝本について簡単に述べておきたい。現在までに知りえた伝本は、次の二本である。

①大阪市立大学学術情報総合センター森文庫本
　外題…ナシ
　内題…古今傳授
②九州大学音無文庫本
　外題…六条家古今傳授抄（題簽）
　内題…六条家古今和歌集傳授

両伝本に内容面での大きな違いは認められない。が、森文庫本に比して、九大本には書写の際の脱文と思われる部分や誤写などが見受けられるので、本稿での引用は、森文庫本を底本とした。またこの資料は、奥書部分が、紀海音の伝記資料として知られ、『紀海音全集　第八巻』（一九八〇年十二月、清文堂刊）には、九州大学本によって、奥書部分が挙げられている。解題に、「なお、書中、貞峨の契因（本文では契周とある）への改名の時期を記すのは伝として重要」とその意義を説かれている。が、本稿ではその点については、特に問題としない。また「本文では契周とある」と注記されているが、これは森文庫本によれば、「契因」であり、九大本の書写がよくないことがこの点からも知られる。

二　内容の検証

「はじめに」で示したように、本書の内容は、いわゆる古今伝授に関わるもの、そこから派生したもの、『伊勢物語』・『源氏物語』の秘伝と多岐に亘っている。便宜上、九大本の内題をもって、本書の仮称としたが、内容に則して言えば不十分である。また「和歌三神・和歌三聖」から「源氏物語三ヶ之大事」までの項目を記した後、「古今集聞書」として「和歌三神・和歌三聖」「三鳥」「三木一草」「八のかしは」「作者三種の傳受」等が繰り返され、細字注が加えられている。その後に、

右、古今集聞書者先師御講談之節文台之本ニ而書付置しを、書付進候。六条家之伝受是ニ而相済申候。此後八雲口訣、書付進候。努〳〵不可有他見者也。

寛延二年巳四月吉辰

若狭少将俊成卿

下河辺　長流

同律師　契沖
先師法橋貞ससङ
右六条家相承　　酒井宇右衛門　　寸江

と、相伝識語が記されている。この部分は、「先師御講談之節文台之本ニ而書付置しを、書付進候」とあるように、師の講義ノオトを写したものと考えられよう。細字注以外は重複しているので、考察の対象としない。

以下に本書の内容について、掲載の順序にしたがって、注釈を施す形式で検討を加えてゆく。必要に応じて、本文も挙げることにする。引用に際しては、私に句読点を補い、適宜新字体に改めた。その項目の全文を掲げた場合には（全文）と注記し、省略した場合にはその旨を記した。なお項目名が立てられていない場合は、仮に項目名をつけ、［　］に入れて示した。

［和歌三神・三聖］（全文）

和歌三神
底筒男命　そこつゝをのみこと
中筒男命　なかつゝをのみこと
表筒男命　うはつゝをのみこと
和歌三聖
衣通姫
人丸
赤人

世の人三神と三聖とわかちをしらず。大事の秘事なり。

この和歌の「三神」と「三聖」は、『八雲神詠伝』に一致する。歌学者流の『八雲神詠伝』の成立には、松永貞徳が関わっていると推量され、[1]『戴恩記』の「切紙之目録少々」にも「八雲神詠の口決一冊」と見える。また先に見た相伝識語にも「此後八雲口訣、書付進候」とあり、この伝書の後に『八雲神詠伝』が、書写された可能性のあることを示唆している。貞徳と相伝者の一人である貞峨との関わりで注目されるのは、次の『狂歌落葉囊』（寛保元年版・大阪府立図書館本による）の序文の後に見える「古今傳授八雲傳授人麿傳授系圖」である。そこには、

○玄旨法印－松永貞徳－貞因－貞室－貞柳－貞峩－柳因

という相伝系図が挙げられ、貞徳から貞峨への流れを辿ることができる。なお、同じところに「誹諧系圖」も挙げられており、そこにも、

○松永貞徳－貞室－永田貞因－貞因次男法橋貞峩

と見える。冒頭に『八雲神詠伝』に関わりのある内容が述べられていることは、先の相伝系図とも関連して、本書が貞徳流と関わりのあることを推測させる。

三鳥（全文）

よぶことり

猿とも云ひ、人とも言へど、当流には鳩と云ふがよし。

西行法師

山畑のそはのたつきにゐるはとのともなふこえのすこき夕くれ

是よふこ鳥の正説也。字は呼子鳥、二条家はかたちあつてなきものを此よふこ鳥の大事とすれは、二条家には、こたまと云ふをよしとす。

をちこちのたつ木もしらぬ山中におほつかなくもよふこ鳥かな

是よふこ鳥の正説なり。

も丶ちとり

春たちて、百千の鳥のさへつるを言。うくひすと云ふはわろし。

我宿のえのみもりはむも丶ちとりちとりは来れと君はきまさす

此説よし、もろ〳〵の鳥の事也。二条家、冷泉家、六条家みな是をよしとす。

いなおほせとり

山とりと言ひ、んまと言ふ、みなわろし。せきれいと云ふ鳥也。

逢事をいなおほせ鳥のをしへすは恋する事をたれかしらまし

せきれいのお、かしらをた丶くを見て始てとつく事をおほへしなり。右の歌にてしるへし。三家とも是をよしとす。

三鳥の秘伝として「よぶこどり」「ももちどり」「いなおほせどり」が挙げられるのは、宗祇流の切紙などに見える極めて典型的な形である。けれども、それぞれの説は、その宗祇流の切紙などに窺われるような極端な付会説をとらず、むしろ穏当なものと言えよう。相伝者の一人に挙げられる契沖の『古今余材抄』には、それぞれの説がすべて窺える。例えば「よぶこどり」について、『古今余材抄』の西行の和歌が引かれる前後を引用すると次のとおり。[2]

（前略）世に年よりこよと鳴とてやかてしか名付たる鳩は、げにも然聞ゆれは、昔よりかくはよめり。西行上人

哥に

山はたのそはつのたつ木にゐる鳩の友よふ聲のすこき夕くれ

雨鳩呼婦ともいへり。（中略）仲正か哥をもて曾丹か哥に引合せて證するに、彼年よりこよといふ鳩にや。但かくいへはとて是なんそれとさためて申すにはあらす。見及へる事を注し置はかり也。（以下略）

西行の歌を証歌として挙げ「是なんそれとさためて申すにはあらす。見及へる事を注し置はかり也」と慎重な態度をとるものの、契沖は「鳩」説を認めている。また「ももちどり」についても、『古今余材抄』には、

顕注に、も、ちとりとはうくひすをいふ云々。春立てうら、かなるに、諸の鳥のやはらきなけは、百千の鳥とは申にこそ。萬葉に

我宿のえのみもりはむ百千鳥ちとりはくれときみはきまさぬ

とあれは、もろ〳〵の鳥ときこゆ。（以下略）

と見え、「我宿の」の歌を挙げ、「もろ〳〵の鳥」説を採る点が一致する。もっとも、如上のことを一つの証拠として、直ちに本書への契沖の関与の真偽を判断しようとするのは、早計であろう。ただ、このことが本書の相伝識語の中に、契沖の名が記されていることの妥当性を保証すると思われる。

三木一草（内容略す）

［三木］

相生の松・をがたまの木・めどのけづり花

一草の事

かはなくさ

「三鳥」の時のように他家と区別して六条家の説をとりたてて述べるところはない。三木といえば、「をがたまの木」「めどにけづり花」「かはなくさ」を指すのがもっともふつうの形だろう。多くの伝本が知られている『古今三鳥剪紙伝授』[3]も本書と同じように「三木一草」を記すが、その内容は「三木」を「をがたまの木」「とし木」「めどにけづり花」、「一草」を「かはなくさ」としていて、本書とは一致しない。このように「三木」と「一草」を明確に区別し、「三木」の一つとして「相生の松」を立てるのは、例えば『古今奥秘口訣』（初雁文庫蔵）が「相生松」「ひもろき」「妻戸削花」を「三木」とする例も見られるけれども、比較的珍しいのではなかろうか。もちろん「相生の松」は『古今集』仮名序に見え、諸注釈書の問題とするところではある。例えば、『毘沙門堂旧蔵古今集注』[4]には次のように記されている。本書の記事と対応させて示すと次の通りである。

『毘沙門堂旧蔵古今集注』

又高サコトハ、ヨロツノ山ノ高所ヲ云事アリ。（中略）サレハ松ノ生合ヘキ事ナシ。実ハ、高砂トハ、上代也。聖武、平城等ノ代ニ萬葉集ヲ撰ラル、ヲ云也。スミノエトハ、今世ニスミヲハスル延喜御時、古今ヲ撰スル事、万葉ヲ撰スル時ニ相同シト也。其ヲ相ヲヒトハ云也。

『六条家古今和歌集伝授』

相生の松

高砂、住の江の松もあいおいのやうにと有。たかさことは、上古万えふしうの哥を言。住の江とは、当代古きんしうの哥を言。あはせて一部となれは、あいおいとかく。松は、千とせをふるためしにいわひ言なり。住吉と言ふにめてたく聞ゆれはなり。

右に示した如く、ほぼ同じ内容である。なお、この『毘沙門堂旧蔵古今集注』は、第一章第一節でも指摘したように、貞徳の古今集注釈書『傳授鈔』と深い関わりが見出せる注釈書である。

八のかしはの事（内容略す）

このてかしは・むらかしは・いはと柏・なには柏・玉かしは・みつの柏・葉ひろかしは・くものかしは

この項は、貞徳の子孫、松永家に伝来する『柏秘伝之巻』と深い関わりが見出せる。(5) 多くの柏が記される、その冒頭に挙げられている八つの柏は「くものかしは」を除いて一致するからである。『柏秘伝之巻』では、「くものかしは」の代わりに「すま柏」が入っている。ただし、各々の説については、必ずしも一致しているわけではない。『柏秘伝之巻』は末尾に、

右柏秘伝抄奥義、今般師弟之以因口受致畢。一子相伝之外、門弟へ誓紙以相伝申候也。堅ク他見申間敷候也。

元祖　松永貞徳翁　在判

とあり、貞徳の伝書であることが知られる。小高氏、島本氏ともに貞徳の直接関与を疑問視されるが、本稿の立場としては、その真偽は問わない。それがたとえ「貞徳仮託書」であっても、貞徳の名を冠して伝えられている限り、貞徳のものとして享受されてきたと考えられるからである。ここでは「柏伝」が貞徳流に関わる秘伝であることが確認されれば十分である。また『古今集』の秘伝書の一つで、初雁文庫や大阪府立図書館石崎文庫などに伝本の知られる『古今六鳥八柏之事』に挙げられる「八柏」も、『柏秘伝之巻』と同様「くものかしは」を除いて一致する。また『古今六鳥八柏之事』には、最後に挙げられる「村かしはの事」の末尾に「付」として「雲のかしは」が記されている。が、『六条家古今和歌集伝授』と『古今六鳥八柏之事』の説は、例えば「たまかしは」を例に見ても、

『六条家古今和歌集伝授』

玉かしは

はまくりの事をも、石の事をも言ふなり。

『古今六鳥八柏之事』（初雁文庫本）

一、玉かしはの事

難波江のもにうつもるゝ玉かしはあらはれてたにひとをこひはや

是は、はまくり也。かひのたまとてあり。

とあって、必ずしも一致しているとは言い難い。先の『柏秘伝之巻』同様、挙げる「柏」の種類は同じであっても、それぞれの流派によって、その説は微妙に改変されていたのであろう。

［相伝識語①］

唯受一人の秘伝、努々他見有間敷者也。依今懇望、形見なから、口に筆を取候畢

弥生晦日　　　　　先師貞寝庵法橋　　朱印

古今集に習おほしと言へ共、三木三鳥一草八の柏を極秘として其外には品々の伝受多。右六条家奉相承、努々他見他言不可有者也。

于時寛延元戊辰天八月定日

六条家相伝

若狭少将俊成卿
下河辺長流
同律師契沖
先師法橋貞㝚
同承　酒井宇右衛門寸江

ここに始めて、相伝識語が見える。ここまでの「三木三鳥一草八の柏」を極秘とする旨が記されている。この相伝識語の持つ意味については、後述。

十種のほとゝきす
第一　郭公とかく事
郭公とかきて、あきらかなきみとよむ。此鳥、四五月、田をつくる時をもよほすゆへに明王の徳になそらへて郭公とかくなり。
第二　時鳥
是も前と同しく田の時をちかへぬをほむる也。是にてまへの説よしあしを弁へし。
第三　無常鳥
十王経の説也。しでの山より来りて、むじやうすゝむるゆへなり。（以下、内容略す。異名のみ記す）
第四　童子鳥／第五　沓手鳥／第六　いもせとり／第七　士田田長／第八　みつきすこ鳥／第九　くぎら／第十　杜鵑

右、十種ほと〻きす、かくの如し。

右に挙げられた十種は『古今和歌集灌頂口伝』に全く一致する。この『古今和歌集灌頂口伝』のうち、天理図書館本には、その相伝者の一人として「長頭丸（貞徳）」の名が見え、この書が貞徳流にも相伝されていたことが窺える。(6)

例えば「いもせとり」を例に示すと、

『六条家古今和歌集伝授』

第六　いもせとり

此鳥いんよくふかく、子をうみてもぬくめる事を、すをうくひすにかる也。

うくひすのかひこの中のほと〻きすしやがち〻に〻てしやがは〻に似す

『古今和歌集灌頂口伝』

六にいもせこ鳥といふ。この鳥きはめていんよく多きゆへに、うぐいすにとつぎて子をうむ。万葉云、

鶯のかひこの中の郭公しやが父に似てしやが母に似ず

となっており、その説は、本書の方が、簡略化されていることが多いが、おおむね同じであると見てよい。

三わすれの事（全文）

忘くさ　くわんざうの事也。住吉のわすれ艸は水せん也。これ大事の伝受也。

わすれ水　常には、池にても、庭にてもひてりには水のかはきて、雨ふりに斗たまるをわすれ水とも、又うもれ水とも云。住吉のわすれ水はかくら堂のうしろあさ〻はぬまに有也。そこの水の事也。住吉の沙さはをの〻忘水と、さだいえ卿よませ玉ひ候。

わすれ貝　　つねははまくり也。住吉の忘れがひ、あはびの事也。

右、住吉の三ッ忘の大事、努々他言有間敷もの也。

「忘くさ」は、いろいろな秘伝書にしばしば取り上げられる。けれども、このように「住吉の三ッ忘の大事」としてまとめられるのは、管見の限りでは見当たらない。なお、相伝者の一人である貞峨との関係でいえば、浄瑠璃作者紀海音でもある彼の作品『本朝五翠殿』（『紀海音全集』第四巻による）に、

程なく敵に勝時の。声帆に上て。帰る鴈春の海辺の住吉の。浦にしあらば世の中の。浮忘れ貝わすれ水。忘れ草々とりゐらみ。かやぶきたてるみやしろの……

と見え、本書との関連が推測される。

よるべの水の事（全文）

賀茂の明神

住吉の明神

此やしろの玉かきに竹のつゝをむすひ付て有、その水の事也。六条家相承には両社にかきる也。さもこそはよるべの水にみくさいめとよみ候。さた家卿は、よるへの水はたよりの水也。いつくの宮ともかきるへからすとそ。二条家、冷泉家、此かたをよしとす。六条家は、はしめをよしとす。

「よるべの水」だけで一項目を立てること、さらに「六条家相承には両社にかきる也」と「六条家」を主張していることが注意される。この歌語は、六条家においては顕昭の『袖中抄』などに取り上げられ、一方、定家もまた『僻案抄』に取り上げている。この「よるべの水」は『住吉社歌合』の判詞で俊成が清輔の歌を難じたことに端を発し、六

条家と御子左家との間で、しばしば議論となった歌語である。

作者三種伝受（全文）

古今集の中に、よみ人しらす、題しらすとあるには、やんことなき女房こうゐの名をかくしたる也。よみ人しらすとはかりあるは、ながされし人也。たいしらすと斗有は、いやしき人也。

この「作者三種伝受」もほぼ同じ内容が『古今和歌集灌頂口伝』に見える。確認のために引用しておく。

『古今和歌集灌頂口伝』

一、作者三種口伝

古今集に、題不知、読人不知とかき、又はよみ人しらずとばかりかくは口伝ある事なり。其故は、題不知・よみ人しらずは、やごとなき女房、あるひは后宮の御事也。よみ人しらずとかくは、勅かんの人、題不知とかくは、いやしき人の事也。

［相伝識語②］

右、古今一部の大事、不残相伝者也。努々他見不可有。別帋に伊勢物語、源氏物語の秘事書付可進候。

寛延元辰年八月良辰

六条家相承　　酒井宇右衛門寸江

二つ目の相伝識語である。ここまでを「古今一部の大事」とし、本来は「別帋」として「伊勢物語、源氏物語の秘事」が付されていたことが知られる。本書では続いて「伊勢物語三ヶの習」、「源氏物語三ヶ之大事」が記される。

伊勢物語三ヶの習（全文）

ひをりの日の事

日おりとは、ひきたをると云ふこと葉の畧也。右近の馬場の日をりの日、むかひにたてたる車の下すたれより、女の顔のほのかに見へけれは、よみて遣しける。

顕昭曰、此事、天下第一の難儀也と云々。五月三日は、左近の荒手結なり。四日は、右近のあらてつかひ也。五日は、さこんの真手つかひ也。六日は、うこんの真手つかひ也。あらてつかひの日は、射手の近衛の舎人、水干袴にくゝりをあけて、褐のしりを引出して、そのうへにむかはきをはくなり。まてつかひの日は、くれなゐの下のはかま、おりもの、さしぬきに、下りをあげず、褐のしりをまへさまにひき、たをりてまへにはさめり。されは此までつがひの日をひをりの日と云ふ。としより朝臣

なかきねも花のたもとにかをるなりけふ山ゆみのひをりなるらん

ひをりを日おりとかく事、大事をかくしたるものなり。

しほじりの事

その山、こゝにたとへはひえの山をはたちばかりあげたらんほとして、なりはしほ尻のやうになん有ける。じやくれん法師かいわく、あまのしほたるあとにすなの高くもり上ケたるかうへはほそく下ぶくらにて能似たると云ふ事なりと云り。まことは、家々に有つぼ、しほのなりに似たりと云事也。此ものかたり、わざと所々にいやしきこと葉を書し事、作者のしゆかうなり。いやしきとていろ〳〵さたにおよふ。とかく云ひたれと、もちゆるにたらぬ事也。日本第一のふしの山を、わつかのつほ塩にたとふる事、和哥に、まなこひらけし人なら

ては中々がてんゆかぬ事なり。

都鳥の事

いろ〳〵説あれ共、みな〳〵もちゆへからす。鳥を云ふ時は、かもめの事也。みやことは、うつくしきをほめたること葉也。

いつみに下りけるに都鳥の鳴けれは

いづみしきぶ

人とはゝありのまに〳〵みやことりみやこの事をわれにきかせよ

右伊勢物語三ヶ大事、六条家相伝之極秘、努々不可有他見者也。

末尾に「六条家相伝之極秘」と、特に「六条家」を強調する点が注意される。このうち「都鳥」は、貞徳流の『伊勢物語奥旨秘訣』の中の「極秘七箇大事裏説口訣」に、

△都鳥　みやこ鳥は、鷗の事也。（以下略）

と見え、結論は、本書の説と一致する。また冒頭に挙げられる「ひをりの日」は、「顕昭曰」とあるように『袖中抄』の説を踏まえる如くである。

源氏物語三ヶ之大事

［揚名介］

夕顔のまきに曰、やうめいの助なる人、揚名は、名をあくるとよむ。是をほむるとそしると有。よく〳〵くふうすへし。小野、宮どのは関白にておはせども、おと、の九条どのにけおされたまひ、くにのまつりごとも九

条殿よりおこなはせ玉ふ故、小野、宮どのをひと〳〵の異名に揚名の関白とそいひける。（中略）禁中節会の折節、守の人さはる事有は、ひたちの介、其かはりをつとむ。ほかの介はかつてならす。夫ゆへ名をあくるの介とは、ひたちの介を云ふ。これかほめたるなり。

二条家はこれをよしとす。

六条家ははしめをよしとす。

みつかひとつの事

あふひの巻に云、ねの日は、いくつかまいらすへからん、三かひとつにてもあらんかし。祝言有て、三日の夜は、いわ井の餅をすやるなり。此餅、昔は銀器四杯にもりたるを、四つのかつをいみて、三か一とは、源氏取あへすの玉ふなり。三かひとつと云のおこりは、むかし老人の年をとひけるに、ありのまゝにはいはて、翁かとしは、正月朔日のきのへ子に生れ、けふまては四百四十五きのへね、其末は、三かひとつなりとこたへし。甲子は六十日にまはる。四百四拾五甲子は、七十三の翁なり。六十日の三か一とは、二十日の事也。此ためしにてのたまひし也。ねの日のもちにたより有故也。

とのゐもの、ふくろの事（内容略す）

右源氏物語三ヶ之大事、家〳〵に説有といへとも、信用すへからす。

松永家伝来の『歌道秘伝巻』に収載されている「源氏巻三ヶ條秘事」が「楊名介」「三つが一つ」「宿居物袋」の項目を立てており、本書と一致する。(7) しかし、内容に関しては、必ずしも一致しているとは言い難い。例えば「三つが一つ」は、「源氏巻三ヶ條秘事」には、

一　三ツが壱つとは、源氏巻内、葵の巻、紫の上へ新枕三ヶ夜の餅の事也といふ。亥ノ子ノ翌日成故ニ、子ノ子

三ツか一ツにやあらんと惟光の詞也。源氏紫の上の御年十四才也。死を忌れて、三ツが一ツといふ。三ツが一ツ
左傳集にも譬へて出る也。源氏物語ハ、和漢の書物にたくへて撰まれし巻なり。

とある。内容については、例えば『源語秘訣三箇大事抜書』(8)に、

一、子のこの餅、昔は銀器四坏に盛たるを、中比より四の字をはゞかりて三坏に盛たるべし。されどもこの物語は、いまだ四坏をもりし時分の事なれば、四坏の説を用ゆべき也。四の数をいみてみつが一つとは、源氏の君のとりあへずのたまふなり。

と見え、本書と極めて近い説を載せる。なお、これらの説は『河海抄』などにも窺え、『源氏物語』注釈史上、とりわけて珍しい説というわけではない。『源語秘訣三箇大事抜書』は、貞徳から長孝への相伝識語を有しており、貞徳流の伝書の一つである。「揚名介」「とのゐ物の嚢」は、本書の説と大きな相違はなく、ここにも貞徳流の伝書との一致が見て取れる。

［相伝識語③］

六条家相承

古今集

伊勢物語

源氏物語

右三部之深秘唯受一人可仰信者也。

六月日　　　　　　　　　　貞峨　朱印

元文元年仲夏改名

紀法橋　契因　書判

右、三部之伝受、先師より相傳趣不残書付侍る。輒他見せられ候はゝ三神之御罰有之者也。可秘〳〵。

寛延二歳巳四月吉日

六条家相承　酒井宇右衛門寸江

三つ目の相伝識語。最も詳しく、貞峨の改名記事を記している。一でも触れたように、この改名記事は貞峨の伝記資料の一つとして夙に知られるところである。なお、先に述べたように、このあと「古今集聞書」が続き、既に引用した四つ目の相伝識語が末尾に記される。

以上、その内容を概観しつつ、本書が、貞徳の直接関与する伝書、あるいは貞徳流が相伝してきた伝書と大変深く関わっていることを確認してきた。本書は、その内容からは、貞徳流の伝書と重なる部分がすこぶる多く、少なくとも内容の面からは、貞徳流の伝書と見て差し支えない。

そのことを踏まえた上で、契沖が名を連ねる相伝識語や六条家相承と称することの意味について、次に考察を試みたいと思う。

四　相伝識語をめぐって

以上見てきたように、本書には都合四ヶ所、相伝識語が見える。貞峨の契因改名に関わるものも含めて、根幹となる四人の相伝者に違いはない。その筆頭に挙げられる「若狭少将俊成卿」については、九大本・森文庫本ともにはっきりとこう記されているけれども、「（藤原）俊成」であるとはもちろん考えられない。「若狭少将」と記されていること、「下河辺長流」の前に配されていることを考慮すると、「勝俊」の勘違い（字体からの誤写はこの二書からだけでは想定しにくい）、つまり「木下長嘯子」とするのが妥当である。長嘯子（勝俊）から長流へと続くのは、長流が長嘯子に私淑していたことからも不自然なつながりではない。

また『万葉代匠記』のことは言うまでもなく、『百人一首改観抄』における『百人一首三奥抄』の利用のことなどを想い起こすならば、長流から契沖への相伝は、十分にありえよう。

契沖から貞峨への流れについては、貞峨の兄の貞柳の伝である『貞柳伝』(9)に「柳翁弟を貞峨といひ、医師にて契沖に従て和哥を学べり」と見えることや、『狂歌時雨の橋』に「やまと歌は古契沖、長流につきて其の奥を極め」とあることが知られており、兄貞柳との関係からも、貞峨が契沖について和歌を学んだことはおそらく間違いはあるまい。(10)また貞峨（海音）が浄瑠璃に利用した『万葉集』の訓が契沖のものに一致するという指摘もある。(11)

貞峨を経て、この書は「酒井宇右衛門寸江」なる人物に相伝されているが、彼の伝については、今のところ詳らかにしえない。九大本は、さらに「浮屠湛然」と署名する僧侶が、この書を相伝しているけれども、彼についても同様である。この末尾に記された二人はともかくとして、前の四人について、各々別々には、そのつながりをたどることは困難ではない。が、このように四人揃っての相伝識語を有するのは、本書だけではないだろうか。

このなかで、特に「契沖―貞峨」の部分については、改めて注意しておきたい。契沖は伝授には否定的であると一般には理解されており、このようないかがわしい秘伝書の相伝者の一人として、契沖の名が見えるのはそぐわないとされてきたからである。けれども、そのような契沖と伝授の関わりを示す資料が全く存在しないわけではない。そこで想い起こされるのが、先に挙げた『貞柳伝』の、次の記事である。

古今三鳥の伝ありて、奥に

此一条千金莫伝之秘事なれども、此度愚老草庵をしつらひ、并ニ本尊造立の願望遂可申事、偏其方一人助力によれり。是全哥道執心浅からぬ志を感じて、古今大事授与者也。

貞享二丙寅九月吉日　　契沖

鯛屋善八殿

右之條々其方懇望によりて、此度伝授せしむる也。努々他見有間敷候。

宝暦八戊寅十月吉日　　貞堂

今来貞思殿

契沖が何者かから「古今三鳥の伝」を受け、さらにそれを「鯛屋善八」（貞峨の兄貞柳）に伝授したことが、この資料から確認される[12]。契沖もまた（それが彼の本意ではなかったとしても）「伝授」という世界に名を連ねることがそれほど不自然ではない環境にいたことを、この資料は物語っていよう。契沖を相伝者の一人とし「三鳥の伝」も記している本書は、いくぶんかこの資料の信憑性を高めることになろうか。

そしてさらに、本書の成立に貞徳流が関わっていたことを思い合わせるならば、ここに契沖の名が記されることは、全くゆえのないことではない。

本章第四節でも触れたが、貞徳の門弟・平間長雅の編纂になる『住吉社奉納和歌』に、契沖受戒の師・快円の名が見えることなどを指摘され、信多純一氏は次のように述べられた[13]。

契沖と長雅の直接の交友関係は目下のところ辿りえないでいるが、少なくとも久安寺の円海以下の真言僧たちが快円同様和歌に親しみ、この方面に人脈もあった契沖とその法・歌の両面で繋がっていったものと見てよいのではあるまいか。

信多氏の言われるごとく、未だ長雅と契沖との直接関係を示す資料は見出せていない。けれども、二人に共通して関わりのあった人物は、存在する。それは、伊勢神宮の神官・中西信慶である。信慶と契沖の関係は、その書簡から窺える。また長雅との関係は、信慶の『愚詠草稿』（神宮文庫蔵）に、元禄二年から長雅との交流が見え、さらに長伯とも関わりがあったことが確認される。が、そこからも、契沖と長雅の具体的な交流の形跡を見つけ出すには至らなかった。

本章第一節、第三節、第四節そして、この節での考察をとおして、契沖と貞徳門流の関わりの外堀はほぼ埋まったのではないかと思われる。けれども、直接の関係を示す資料が見出されない今は、注釈の面においては、契沖と貞徳門流が、同程度の知見に達成していたこと、また伝書のことで言えば、契沖も決して伝授とは無縁ではいられない環境にいたことを、改めて確認しておきたい。

五　六条家相承ということ

最後にこの資料が「六条家」と冠していること、また各項目の随所に「六条家には」という物言いが窺えることについて、考えをめぐらすことにする。すでに内容の検討でも見たように、相伝識語にも「六条家相承」と見える。本書が、二条家や冷泉家などに対して、六条家を名乗る秘伝書であることが知られよう。

とは言うものの、顕季を頭にいただき、顕輔、清輔、顕昭と続いてゆく正統な「六条家」の学統が、近世のこの時期まで脈々と引き継がれてきたとは到底考えられない。通説に従えば、南北朝中期には、六条家は断絶したと考えられている（『和歌大辞典』など）。ならば、本書にいう「六条家」とはいったいどのような家（流派）が意識されているのであろうか。

本文中に「二条家・冷泉家」をひとまとまりとして記述していることから、「定家の流派」に対して、自らの流派を「六条家」と称したと、まずは考えられよう。そこで推量するに、二条家や冷泉家の説がどのようなものであるのかはよく知らないけれども、少なくとも自分たちはその末流であるとも名乗れないものたち、つまり堂上の立場にはないものたちが、家としての正統性を主張するために「六条家」を持ち出した可能性はないだろうか。

内容に目を向けると、この種の秘伝書には珍しく「よるべの水」が取り上げられていたことが注意される。すでに述べたように、この歌語は六条家と御子左家との対立でかまびすしく議論された歌語であり、六条家にとっては、重要な歌語であった。また「伊勢物語三ヶの習」のひとつに「ひをりの日」が挙げられ、「顕昭曰」として『袖中抄』が引用されていた。この「ひをりの日」は、『袖中抄』の冒頭に取り上げられており、六条家で重視されていた言葉だと考えられる。以上のことなどから、本書が六条家と名乗る理由は、いちおう内容の面からも認められる。

さらにこの書が貞徳流の伝書とみなしうることを考慮するならば、貞徳流のものが六条家と称したとも考えられる。先に挙げた「よるべの水」「ひをりの日」は、ともに貞徳の歌学書『歌林樸樕』に取り上げられている。既に第一章で検証したように、貞徳の著作には、顕昭を中心とする六条家の学芸が色濃く反映しており、貞徳の顕昭に対する評価もすこぶる高い。貞徳流のものが自らを六条家と称する、あるいは、そう見なされることが不自然ではない素地はあったと思われる。あるいは、この点は、もっと積極的に評価するべきであろうか。「六条家相承」と記された識語からは、遠い過去に断絶した、あの「六条家」の学統を、われわれこそが受け継いでいるのだ、という貞徳流の自負を読みとるべきであるかもしれない。

その貞徳流同様、契沖も顕昭を高く評価しており、六条家の評価という点で、両者は同じ視点に立つ。本書は、その契沖も「六条家相承」と記される識語の中に取り込まれており、改めて貞徳流と契沖の緊密な関係を窺わせるのである。

六　おわりに

以上、『六条家古今和歌集伝授』の内容を紹介しつつ、そこから浮かび上がってくるいくつかの問題について検討を加えてきた。この書自体は、種々の秘伝書の寄せ集めでしかなく、秘伝書としての独自性も薄いものであった。しかし、特に貞徳流と契沖との関わりを考えるにあたって、本書はすこぶる有益であったと言える。考察を加えてきたごとく、本書への契沖の関与は、十分に考えうることなのである。契沖は、「伝授」ということを全く否定し、新しい学問を独自に築き上げてきたかのように喧伝されることが多い。しかし、本書のごとき伝書も含み込んだ、当時の学問の環境から、全く無縁であったというわけではないだろう。何よりもその証左のひとつとして本書は位置づけられるのである。

【注】

（1）三輪正胤先生『歌学秘伝の研究』（一九九四年三月、風間書房刊）第四章第二節。

（2）『契沖全集』第八巻（一九七三年三月、岩波書店刊）による。一部表記を改めたところがある。

（3）武井和人氏『一条兼良の書誌的研究』（一九八七年四月、桜楓社刊）第4章第1節。

（4）片桐洋一氏編『毘沙門堂本古今集注』（一九九八年十月、八木書店刊）により、適宜句読点を付した。
（5）小高敏郎氏『続篇』に紹介があり、島本昌一氏「貞徳研究のための資料集〔三〕－その一　松永家資料（3）－」（『近世初期文芸』第八号、一九九一年十二月）に翻刻と解題が具わる。引用は同書の翻刻により、適宜句読点を付した。
（6）前掲、三輪正胤先生『歌学秘伝の研究』第三章第一節。
（7）前掲、島本昌一氏「貞徳研究のための資料集〔三〕－その一　松永家資料（3）－」。
（8）堤康夫氏『源氏物語注釈史の基礎的研究』（一九九四年二月、おうふう刊）の「資料編」の翻刻による。
（9）大谷篤蔵氏「（翻刻）狂歌『貞柳伝』」（『文林』第十二号、一九七八年三月）により、適宜新字体に改めた。
（10）吉永孝雄氏「紀海音傳の研究」（『国語と国文学』、一九三六年五月）。
（11）潁原退蔵氏「江戸時代の文藝と萬葉集」（『萬葉集講座第四巻　史的研究篇』、一九三三年七月、春陽堂刊）。
（12）信多純一氏は、「阿闍梨契沖伝漫考」（大谷篤蔵編『近世大阪藝文叢談』、一九七三年三月、大阪藝文會刊）で、この資料が信用に足ることを論じられた。その上で草庵を円珠庵と考え、貞享二年には、円珠庵が完成していたことの根拠の一つとされた。
（13）信多純一氏「阿闍梨契沖伝こぼればなし」（『契沖全集　月報一四』、一九七五年七月、岩波書店刊）。

第三章　歌論と実作と

第一節　長孝の歌論－『哥道或問』をめぐって－

一　はじめに

第二章第一節および第二節において、望月長孝の『古今和歌集』注釈書『古今仰恋』を取り上げ、長孝の学芸について論じた。特に第二節においては本節で取り上げる『哥道或問』との関係についても述べたが、本節では改めて『哥道或問』を中心に考察し、長孝の学芸の全容を把握することに努めたい。また松永貞徳から始まるこの時代の地下歌学の一端を窺うようすがとしたい。

二　『哥道或問』の概要

『哥道或問』は、原本内題（『哥道或問』）の下に「廣澤長孝家説」（天理図書館本）と見える歌論書である。未翻刻の資料ではあるが、上野洋三氏による簡にして要を得た解説が具わっている。(1)『哥道或問』の概要を知るために、まずそれを引用しておこう。

歌道或問《かどうわくもん》　一冊。和歌。望月長孝著。成立年未詳。長孝の歌論書。原本の内題の下に「広沢長孝家説」とあるのみで伝来に疑問がないではないが、説くところに、同じ長孝の著『古今集仰恋』と一致する点があり、ひとまず長孝の著書と認めてよかろう。

〔内容〕和歌の徳は、人の心の「執着」が滞って「陰」となるのを「和歌にていひほどく」ところにあるとし、そのためには「風躰よき」「自己の歌」を詠めという。そして「風躰よきといふは天地のおのづから成躰なり」「天地自然の道理叶ふやうによむときは風躰も自然によし」と説く。基本は神道・儒道にあるらしいが、「真実正直に己がおもひを」詠むときには「俗語」でもよいとするところに、それも理論上のことにすぎないが、特徴がある。まとまった長孝の歌論としては唯一のものである。

『哥道或問』（以下『或問』と略する）の大まかな性格は、ほぼこれに尽くされているといっても過言ではなく、本節もまた、この解題を本文に即して、具体的に検証するところから出発することになる。

内容の検討に入る前に、『或問』を長孝自身の著作と認めてよいかということが、まず問題となろう。この論の目的は、『或問』から、長孝その人の個性を読み取ろうとするものではない。したがって、『或問』が「広沢（望月）長孝」と言う名を冠され、伝来したこと、つまり貞徳門流（地下）の歌論書と見なされてきた事実で、十分である。よって、この点に関して、これ以上の考証は行わない。長孝のもう一つの著作『古今仰恋』と一致する点があること、上野氏の説かれるごとくであり、その点については既に述べたところである。(2) 以下に検討を加えるように、この歌論書は、内容の面からも貞徳から始まる地下の歌学の特徴を具えており、仮に長孝その人の著作ではないにしても、貞徳流のものであることは認められよう。もちろん長孝著を否定する、積極的な理由はない。とりあえず、長孝著としておいて差し支えないと思われる。

以下、『或問』の説くところにしたがって検討してゆくことにしたい。なお、『或問』は、享保十二年に源長教が書写したものを、宝暦十一年広瀬兵助が転写した天理図書館本の他、祐徳稲荷神社中川文庫本が知られている(3)（内題には『廣澤流歌道或問』とある）。祐徳稲荷神社本の方が、優れた本文を有するところもあるが、虫損甚だしく、本節では、天理図書館本を中心に、祐徳稲荷神社本を参照して私に校訂した本文を用いることにした。引用に際し、適宜句読点を付した。

三　前半の三つの問答をめぐって

『或問』は、その名の通り「或」者が歌学についての「問」を発し、それに答えるという問答形式で展開されている。全体は、七つの問答から構成されており、前半の三つの問答が「詠歌」に関してのもの、後半の三つの問答が「歌道」に関してのもの、さらに最後の問答では歌人の心得が述べられている。

まず、前半の三つの問答についてまとめれば、おおよそ次のようになる。

和歌は「物の興を一入に哀とをもはせんとするのみ」であって、「自身をおさめ、家をとゝのへなとする益有ル」とは思われない。「只日本の風俗、人の慰となむ思」われるが、そのほかに「人の益となれることはり」があるのかと、第一の問答が始まる。それに対し、「心を清くなす祓のもと」が、「和歌の本根」であると説く。「人の心のうちに執着する事の有るは、尤陰気にして神の清心にたかふ」から、「其執着する所を和哥にていひほとく」のだとする。特に「恋」の「病」を例に挙げ、

元来、この病、自己の心根より出たる病なれは他の力をかり、人の業をもつて治しかたし。是に用る良薬、外に

> なし。たゝ和哥なり。和哥は、心のきよき所より起りて、神のたすけを兼たれは、治せすといふことあるへからす。

とする。

この「和歌」の根本論に続いて、実際にどのような歌を詠めばよいのかを示したのが、二つ目の問答である。議論は、「執着を拂ふことはり、さる事なから、人の執着のふかきに、かりそめに和哥をよみてやかて拂ふ」ことができるのかという、前段の問い直しから始まる。それに対しては「和哥にて執着をはらふこと、右いひしことくうたかひなし」と断言する。そしてそのためには「自己の歌」を詠まねばならないと言う。「自己の哥と云は人のいひふるさぬ所」を詠んだ歌である。「今の世」には、「古人のいみしく、うるはしく読置れたる、其心を其まゝとりて、詞つゝき云かへ、心はありのまゝにいひ出したるやうのうた」が多い。しかし、それらは「魂なきうた」である。「魂あたらしく仕立たる自己のうた」を詠まなければ、「心の執着」も祓えないとする。新しい趣向の歌を詠めというのである。そして、最後は、

> 古人云残さゝれは、全躰あたらしきといふうた、今の世にいてきかたき事なれと、修練の功によりて、手仁葉一字にても、新しく成やうあるへし。これをよく／＼学へしとそ、先達も申されき。

と結ばれる。結果的に「修練」を重ねることでしか新しい趣向の歌に到達する術はない。このことは、『或問』の中で繰り返し強調される。このように新しい趣向の歌を詠むために「修練」の大切さを説くのは、例えば『資慶卿口傳』[4]に、

> 其処（能く聞こゆるやうに詠ずる事―引用者注）に向て工夫稽古をくはへ、鍛錬の功を成候へば、一きはあがり申事に候。

とあり、同じく烏丸資慶の『続耳底記』[5]にも、

此間を幾重も〳〵けいこ候へく候。歌の練磨此一事に候。無他候。（中略）先如此、御稽古有へく候。

と強調されるところであり、『或問』の説くところと揆を一にしていよう。このことは、堂上歌論でもしばしば述べられるところであって、『或問』、堂上歌論ともに変わるところがない。それを受けて、

又とふ。人の読ふるさぬ所にてたにあれは、俗語なと交りても風躰宜しからすとも、真実胸中より出てあるは祓となるへきや。

と、三つめの問答が始まる。議論はより緻密になり、「自己の歌」とは何かということを、もう少し絞りこもうとする。「俗躰ましれるは、和哥にあらす」と、答えは明快である。ところが、続いて次のような一文が付されているのが、注目される。

真実正直に己かおもひをつゝけん哥は、云ふるせる事にても、俗語にても、風躰あしくとも、文字餘るとも、たらすとも、其誠より神慮に叶ひ、願ひも成就し、心も清浄に成事、疑ひなし。

この点と、さらにこのあとに繰り広げられる議論は、上野氏の解説でも指摘されたように、本書の最も注目するべきところであると思われるので、次章で改めて考察することにしたい。

続いて第三の問答の締め括りを見ておく。理想的な歌を「人の家造り」に準えて説き、

うち聞には、ふるきやうなれと、よく〳〵おもひ、吟詠すれは、底意なく、珍かなる所、是也。これ感を生する哥也。頓阿法印の哥におゝく見ゆ。此所をよく〳〵修練すへしとなり。

と結ぶ。例えば、少し時代は下るけれども『詞林拾葉』[6]に、

・中にも頓阿の歌をつねに感得すべし。

・又歌書をよむには、先草庵集を本として見れば、草庵集にて歌の意きこえかぬるゆゑに、おのづから外の歌書をみるやうなり。如此心得るがよし。いづれとも取りとめずひろくみるはあしく、はじめは草庵集と心得て見るべし。

・歌の手本には、とかく頓阿うたなり。似せそこなひても、けがはなし。

などと見えるように、当時、頓阿の歌への評価は極めて高く、それが、堂上の、特に初学のものにとって、一つの見習うべき規範となっていた。ならば、その頓阿の歌に学べと説く『或問』と、堂上の歌論と、詠歌に対する基本姿勢は、落ち着くところ、同じであったと見てよい。

けれども、これらを、第二章第一節で論じた『古今仰恋』の時のように長孝の達成と見ることは不当であろう。『仰恋』の場合は伝来の説を批判したり、その上で新説を提示するなどの姿勢が窺われた。が、今まで述べてきた部分について、『或問』では、堂上歌論との一致は見出せるが、その埒外にはない。長孝が、細川幽斎から松永貞徳を経ての二条家流の歌学をむしろ忠実に継承している結果なのであろう。おそらくは幽斎を一つの分岐点として、堂上にも、地下にも、それほど大きく違うことのない歌学が継承されていたと考えられるからである。いまは、その具体的な一面を『或問』の記述に見ておきたい。

四　俗語許容をめぐって

三では、専ら『或問』の説くところにしたがって、前半の詠歌に関する三つの問答について検討した。結果的に、『或問』もまた、当時の堂上歌論の埒外にはなかったのである。けれども、その範囲を逸脱する面も確かに見受けられるのであって、それが地下（長孝）歌論の一つの特徴と見做しうるであろう。先に言及しなかった問題について、改めて考察を加えることにしたい。

第二の問答で、「俗躰ましれるは、和哥にあらす」としながらも、「真実正直に己かおもひをつ、けん哥」ならば、「云ふるせる事にても、俗語にても、風躰あしくとも、文字餘るとも、たらすとも」差し支えないとし、基本的には和歌に俗語を用いることは禁止するけれども、それが「真実正直」の歌であるならば、和歌に「俗語」を用いてもよい場合があると述べていた。執着を払うためには、「自己の歌」を詠まねばならないが、自己の歌とは「ひとのいひふるさぬ所」の「魂あたらしく仕立たる自己のうた」でなければならない。

当時の堂上の和歌の特徴が、「余情を失い、それに代わってより微細な風情・事柄が緻密に盛り込まれようとする」ことにあるとまとめられた大谷俊太氏は、その特徴が生じてくる背景について、

中世を経過するにつれて、詠まれた歌が蓄積されるということは、趣向が詠み尽くされていくということでもある。つまり、後世になればなるほど新趣向の歌は詠みにくい理屈になる。それでなくとも奇をてらわず、異風異体に流れず、新しい趣向で歌を仕立て上げるのには、相当の才能と熟達を必要とするであろう。

と述べられた(7)。大谷氏の言われるように、定家の『詠歌大概』冒頭の一節「情以新為先」の解釈に端を発した、「情」つまり「趣向」を新しく詠めという堂上歌論の中心理論を、実作にまで応用することはかなり困難になっていたと推量される。

このような閉塞した状況の中にあって、『或問』は「俗語」を詠むことを認めた。それは俗語まで歌語の範囲を拡げることで、「自己の歌」を詠むことを可能にする、実際的な打開策であったと見受けられる。ここには、堂上歌論のように伝統に束縛されないしなやかな発想が窺われる。と同時に、極めて現実的な地下歌人たちのしたたかな一面

も垣間見られよう。それ以前は当然のこととして、『愚問賢注』あたりから「俗語」を歌に詠むことは厳しく戒められ、それがことさら明記されるようになった[8]。もちろん長孝の時代においても、特に堂上では、初心のものが奇をてらった詞を使って歌を詠むことは、強く戒められていた。例えば、『資慶卿口授[9]』には、

初心のほとは、ありかゝりのつねのことはにてよみならふへし。珍しきことはは宗匠よりつたへて、師伝をもてよむへし。常の人すくれてめつしきことはをよむことは、宗匠よりゆるさぬなり。

と見える。しかし、その一方で「師伝」があれば用いてもよいとも述べている。この点には注意するべきであろう。『資慶卿口授』をそのまま適用することには慎重であるべきだが、既に第一章で考察してきたように、松永貞徳は「珍しい歌語」を多く収集し、その歌語に「自説」（弟子から見れば「師伝」ということになる）を施すことに熱心であった。貞徳はそれまではむしろ忌避されていた万葉語や、あるいは連歌語を積極的に歌語として認定したのである。第一章でとりあげた『歌林樸樕』や『和歌宝樹』の編纂はその具体的な成果である。歌語を収集することで、その範囲を拡大し、解説を施し、さらに自説を付す。言わば「ことば」を抱え込むことが、かろうじて彼らを「師」為らしめていたのである。

「俗語」ということに関していえば、既に第一章でも引用した資料であるけれども、同じく貞徳が『堀川百首肝要抄』の中で、

なころは、大波也。なは波の下略。こは声の下略。ろは万の詞の付字也。こもし、にこる歟。おつるは、恐る、也。つの字、にこるへし。俗言の様なれ共、かやうの古哥にあれは読にはゝからす。【なころ】

と述べていたことが想い起される。このような歌語の拡大は、少なくとも貞徳の歌学が志向した一面であり、俗語を認めるという『或問』の一節も、同じ立場から述べられたものであると考えられる。

このように歌語を収集し、実用的な書を編むことと実作とがどれほど関わっていたのかは、今後慎重に検証を重ねていく必要があろう。その試みの一つとして、たまたま目に付いた例を挙げれば[10]、『和歌宝樹』で取り上げた「サラヰスル」という詞を用いて、貞徳には、

千代の春をけふぞしめはふあたらしき松の戸なればさらひせねども（『逍遊集』四七、詞書「正保四年花開宿の東にうつりて」。なお二七八八も同じ歌）

の歌があり、また長孝にも、

やどごとにさらへするてふ塵ひぢの積りやすくも暮るる年かな（『広沢輯藻』六七二、詞書「年のくれによみける」）

の歌がある。この詞は、俊頼の『散木奇歌集』に、

さらひするむろのやしまのことこひに身のなりはてん程をしるかな（詞書「歳暮の歌とてよめる」）

と見られ、それを顕昭が『散木集注』で注釈を施し、さらにそれを受けて貞徳が『和歌宝樹』に取り上げたのだろう。しかし、『新編国歌大観』を検する限り、これら以外には用例を見出しえない。このように『散木奇歌集』にいちおうの証歌を求められる歌語や、万葉語や連歌語を「俗語」とは呼べないにしても、貞徳の提唱する歌語の拡大は、ある程度は実作にも反映していたのではないかと推測される。『或問』の俗語肯定も、あながち「理論上のこと」ばかりであるとは言い切れないのである[11]。

以上、歌語の範囲の拡大という観点から、『或問』に窺える「俗語」許容の問題について考えてきた。しかし、この営みは、同時に歌語の範囲を規定することにもなろう。つまり範囲を拡大しつつ、ここまでを「歌語」として許容すると、その範囲を規定しているのである。貞徳をはじめとしてその門流のものたちが、このように歌語の範囲を規定しようとしている点は注意される。

その言うところを額面通りに受け取ることはいささか問題があるにしても、[12]貞徳は「俳諧」を「俳言」という「ことば」で規定しようとした（『増山之井』）。されば和歌を「歌語」をもって規定しようとする発想も、ごく自然に抱いていたと忖度される。「和歌とは何か」という根源的な問いに対し「歌語を用いたもの」と答える。ならば当然「歌語とは何か」と続いて問いかけられよう。歌語の収集を中心とした、貞徳の一連の著作は、その具体的な解答という一面も持ち合わせているのではないだろうか。[13]そしてこのことは、とかく「こころ」の問題にのみ関わって、詠歌について何一つ具体的なことを示さない堂上歌論に比して、「歌とは何か」ということに極めて具体的に応えたことにもなろう。ここには、俳諧と和歌というジャンルの違いを、用いる「ことば」の違いで明確化しようとする、貞徳たちの意識が窺われるように思われる。[14]

五　後半の四つの問答をめぐって

第四以下の問答は、「歌道とは何か」ということに中心がある。順を追って概要を確認しよう。

にほんは、神道のみ也。哥道といふは、神道より出て道といふには、たゝさること、いふ人有。さらは、さのみ高く心得へき道にはあらぬやうにおもはれ侍る。

という問いかけから第四の問答は始められる。その点については「神道より出てはかなきわさのやうに心得るは、大成誤也。神道は神の體也。哥道は、神道の御心也」と神道と歌道の役割の違うことをもって応じる。そしてさらに次のように詳述される。

天地人の三才にていは、神道は、天地の事、日本のもの、なりはしめを神代巻にしるして、神の体を心得、神のわさをなすか神道也。歌道は人の世となれる時、行ふへき道を、伊弉諾尊の御心にはかり給ひて、三神を生し給ふ神の心の道也。神道と哥道と、もとはおなしうして、人うけ得てならふ心の用ひやう、たかへり。

議論の焦点は、あくまでも「神道と哥道と、もとはおなし」であって、どちらも大変重要な日本の「道」であるということであろう。それに対し、「哥道は、人のわさの道なるゆへ佛道とは、心こと也、儒道は、現世の教なれは、似たるやうなれと、心大きにたかへり」と、儒佛道と歌道とには、はっきりと一線を画している。

「能因法師」という、実際に「仏道をむねとする人」の歌に「神感」が有ったことを例に、儒佛道と歌道との関係を改めて問い直すのが五つめの問答である。一見、矛盾点を衝く問いかけに、

能因は、仏道の人なれと、哥道の信仰すくれしゆへに旱魃を仏道を以ていのらす。和哥をもつていのられたり。神も其信に感して、雨をふらし給へり。すへて儒佛の道に入し人の後に、哥道を信するは、神明の感あるへし。

と、答えは、明快である。ここに能因が例として挙げられているのは、「前に述られし」とあることから、二つ目の問答で、

能因法師は和哥を以て、旱魃を退治し、天地の病をさへ治せしなり。

と、和歌の効能を述べたところと呼応しているのであろう。第二章第二節で述べたように、ここで能因が「天地の病」を治したとするのは、例えば宗祇の『両度聞書』の仮名序の注釈、

此一段は歌の徳なり。此心に事理の両義あり。動天地の事、能因法師「天の川なはしろ水にせきくだせあまくだります神ならば神」とよみて、雨の下りしなどは、事の義なり。

を引用しつつ、他の説話も交えて、『古今仰恋』においても説かれるところである。

六つめの問答は、伝授に関するものである。この問答は地下歌論の特質をよく表していると思われるので、改めて

次の章で取り上げたい。最後の問答では、歌人の心得を説く。

又問。哥人の情は東を見て、西を忘れ、北にむかへて、南を思はぬやうに心得ると、先達の教へ侍るかし。これはあた心、信なき教ともいふへし。いかゝしたる儀に侍るにや。

と、問いかけられる。このことは「尤六かしき事」であると前置きして、「執着を捨る心」にこの教えは由来するのだと答える。全体の構成からいえば、第一の問答とちょうど呼応することになる。

歌人の心得は、

所詮哥人は、情をあくまて高くもち、身はかるく、心はをもく、今の世の事を聊もうらやむへからす。今の世は、十世もむかしにをとり、人もむかしに似す。才智は勿論也。むかしをしたひて、今をとれりとのみ思ふ時は、ものゝうらやみなし。さる時は貪欲の心もあらし。

と、説かれ、やはり「執着を捨る心」が強調されている。なお、末尾には、次に挙げる六首の和歌を載せる。

・いさこゝに我世はへなん菅原や伏見のさとのあれまくもをし
・こぬ人をまつ夕くれの穐風はいかにふけはかわひしかるらん
・あかてこそ思はん中ははなれなめそをたに後のわすれかたみに
・蜑のかるもに住虫の我からとねをこそなかめ世をはうらみし
・人はいさ心もしらす故郷は花そむかしの香ににほひける
・うつろはぬこゝろのふかく有けれはこゝろ敷花春にあへると

それぞれ・古今九八一・古今七七七・古今七一七・古今八〇七・古今四二・後撰一一五六と、出典は確認しうる。けれども今のところ、これらの和歌がまとまって挙げられている理由は判然としない。

六　伝授をめぐって

残しておいた第六の問答は、次のように始められる。

又問。陰気は、かくれて、けからはしといふに、伝受のこと、古今伝授、伊勢物語の秘事なとて哥の人の家にかくし給ふ事有。これも陰の心にて、けからはしきにあらすや。

これは、第一の問答の中で「陰気」は「神の清心にたかふ」ということを受けて、「伝受」はまさに「隠す」こと、つまり「陰の心」であるのに、汚らわしくないのかと、伝授を批判するのである。しかし、この『或問』という歌論書自体が「伝授」の世界で成り立っているわけであって、この問いは、言わば、『或問』という書、ひいては地下歌人の存在意義をも問うものであると言える。逆にこの問いに明確に応じることができなければ、地下歌論の世界は全て崩壊することを意味する。用意された答えは、以下のものである。

答て云。是はかくすにはあらす。求得る事あたはさる也。志ふかく、何とそして、哥道をはけみ、これをしらんと鍛練をは必知へき事なり。みたりにはあらはささるか日本の風也。心ふかくして、詞にもいひかたく、筆にも書とりかたき事多し。心をはけみ、労苦をし、道、修練のうへ、求得る時は、かりそめのことも容易に思はぬなり。まして伝授秘事は、心浅くおもひては、うはへすむやうなれと、底意通さす。一大事と心得て、仮名字一字にても、かりそめにはみるましき事也と心得てみるときは、詞にあらはしかたく、筆にてかきとりかたき意味も其修練の功と深切におもふとにて悟りうるなり。先達の秀哥とも、みな表に顕れたる斗の心にてはなし。底心ふかく、庸才の人のおしへはかりにたかふ事多し。修練のうへ、師に求て、ふかく心得るとき、正意を弁へしる事なり。其意味、心得る程の人とみれは、師も包ます伝ふるならし。

まず「伝授」とは、「かくすにはあらす」と言い切る。ただし、歌道の奥義を「みたりにはあらはささるか日本の風」である。さらに、それは「心ふかくして、詞にもいひかたく、筆にも書とりかたき事」が多い。けれども、とにかく「修練」を重ね、「師に求」めれば、「正意を弁へしる事」ことができる。そのような人には「師も包ます伝」える、というのである。あくまでも個人の「修練」が強調されるけれども、つまるところ「師伝」を受けなければならないわけであるから、それは「伝授」に他ならない。したがって「伝授」は正当化されることになる。結果として、予定通りの答えに帰着したことになろう。言うまでもなく、そうなるようにこの問答自体が仕組まれていたのである。

しかし、ここで問わなければならないのは、何故わざわざこのような問答が仕組まれたのかということである。実際の問答がどれほど『或問』に反映されているのかは、判然としない。あるいは、実際にこのような問いが門弟から発せられた可能性も否定できない。けれども、結果として、このように書き留められている限り、師も承知の上で、この問答は残されたということになる。そもそも「伝授」に疑問を挟むところから、この問答は異質である。少なくとも堂上歌壇において「伝授」は当然の営為であって、疑問を挟む余地は全くなかった。

しかし、貞徳をはじめ、地下のものたちは、いわゆる古今伝授を正式には受けていなかった。[15] そのことへの反動と自由さが、彼らに秘伝を公開させたと思われる。貞徳は、『戴恩記』（日本古典文学大系による）の中で、

丸も歌書をよめと、下京の友達どもすゝめしにより、なにの思案もなく、百人一首・つれ〳〵草を、人の発起もなきに群集のなかにて大事の名目などをよみちらし侍りけるを……

と述べている。このことが中院通勝の知るところとなり、通勝の怒りをかったことを、貞徳は述懐し、後悔している。けれども、ここに述べられるように秘伝の公開が行われたことは事実と見てよいであろう。あるいはそれは、出版に

まで及んだかと推量される。[16] また、貞徳らは「当時」の古今伝授には常に一定の距離を置き、批判的な態度で接していた。[17]

しかし、そのような状況を全く意に介することなく、堂上歌壇において伝授の系譜は脈々と保持されていた。秘伝の暴露は、地下歌人自らの首を絞めるだけであった。秘伝は、その内容が知られてしまえば、何の意味もないからである。もはや、そこに「秘伝」を伝える「師」の存在意義はなくなってしまう。結果として、何の権威も持たない彼らの「師」としての立場を危うくしただけである。

その点について、貞徳は敏感であった。『詠歌大概』の「和歌無師匠」をめぐっての注釈、「「和歌無師匠」とあれば、師伝といふ事有まじきと思ふ人あり。それはおろかなる事なり」（『戴恩記』）を代表的な例として、以下、『戴恩記』にはくどいほど「師」の重要性が繰り返される。内容を知っていることよりも「師伝」という行為そのものが重要であると説いたのである。貞徳以下、長孝、平間長雅、有賀長伯へと受け継がれて行く貞徳流の『詠歌大概』の注釈『詠歌大概安心秘訣』の中では、「真実歌の心は作者の心なれは、習をしゆるの義」はないが、

よみかたの上の古実、当世さりあふへき詞、うたの病等に至るまて、二条家の正流を受つきたる師に逢て、きかねはすまぬ事なり。

と、もっとも現実的なレベルで「師」が重要であることが述べられる。いずれにしても、地下歌人たちは、「師伝」の大切さを意識して強調した。一方、堂上歌壇においては、その点は全く意識されることはなかった。古今伝授を正式に受けているものたちにとって、「師」という存在は自明のものであったはずである。もちろん「伝授」についても然りである。「古今伝授」が厳として力を持っていた堂上歌壇にあって、「伝授」はとり立てて問題にするべきことではない。

『或問』のこの問答は、貞徳の「師」の重要性を説く論理と極めて類似している。地下のものたちは、「伝授」を取り上げ、その矛盾点を衝き、冷静の眼を以て批判した。堂上のように、伝統には縛られないしなやかな態度が、そこには認められる。しかし、結果として、

修練のうへ、師に求て、ふかく心得るとき。正意を弁へしる事なり。其意味、心得る程の人とみれは、師も包ます伝ふるならし。

と、「師に求」めれば「師も包ます伝」えると、「伝授」の重要性が改めて確認されるばかりなのである。むしろ、いったん否定の論理から入ることで、その重要性は一段と強調されることにもなろう。ここに彼らの「したたかさ」が窺える。彼らこそ「伝授」にすがらなければ、生きていけなかったのである。

七　おわりに

以上、『或問』をめぐって、地下歌学の一面について考察を加えてきた。それは、堂上歌学の伝統から大きくはみ出すものではなかった。論述の違いを問題にしなければ、大きな違いは、ない。そこに堂上と地下の具体的な交渉の影を認めうるのか否かは、今のところ判然としないけれども。

とは言うものの、確かに『或問』に主張するところがあったことも事実である。それは、考察を加えてきたように「俗語」と「伝授」をめぐっての議論であった。そのどちらにも、堂上歌論には見られない、伝統的な歌学からの「しなやかさ」と、逆にその伝統を「正式には」継承することなく、なお生きて行くための「したたかさ」が見て取れた。

『或問』は、神道を基盤におくところなど、やや特異な面も有している。しかし、これも歌学者流『八雲神詠伝』の成立に関わりのあると目される貞徳の門弟の歌論としては、むしろ当然のことであろう。これとて、長孝らの置かれた文化の環境から、特筆するべきことでもないのかもしれない。けれどもその具体相は、いまだ不明である。後考を俟ちたい。

【注】

（1）『日本古典文学大辞典』（一九八三年十月、岩波書店刊）。
（2）第二章第二節参照。
（3）上野氏の解説では天理図書館本が、唯一の伝本であるとされていたが、日下幸男氏『近世古今伝授史の研究　地下篇』（一九九八年十月、新典社刊）に、その存在について記されている。
（4）烏丸資慶述。『日本歌学大系』第六巻による。大谷俊太氏「堂上の和歌と歌論」（岩波講座『日本文学史』第八巻、一九九六年八月）にも、「近代」の和歌の曖昧さを排除することの一例として「能く聞こゆるやうに詠ずる事」というこの条を引く。本稿では、その部分はそれとして、そのために「工夫稽古を加へ、鍛錬」することが重要であると説くところに注目した。
（5）烏丸資慶述、細川行孝記。引用は、近世和歌研究会編『近世歌学集成』（一九九七年十月、明治書院刊）による。
（6）武者小路実陰述、似雲記。引用は、『歌論歌学集成　第十五巻』（一九九九年十一月、三弥井書店刊）による。
（7）前掲、大谷俊太氏「堂上の和歌と歌論」（岩波講座『日本文学史』第八巻、一九九六年八月）による。
（8）この点は、鈴木元氏『室町の歌学と連歌』（一九九七年五月、新典社刊）の特に「第三章　中世後期歌学一面」に詳述されている。
（9）烏丸資慶述、岡西惟中記。引用は、近世和歌研究会編『近世歌学集成』（一九九七年十月、明治書院刊）による。
（10）『逍遊集』『広沢輯藻』は『新編国歌大観』、『散木奇歌集』は『私歌集大成』による。

(11)　神作研一氏「『難三長和歌』をめぐって」(『和歌　解釈のパラダイム』所収、一九九八年十一月、笠間書院刊)によれば、長孝・長雅・長伯の和歌に批判を加えた、恵藤一雄著『難三長和歌』(祐徳稲荷神社中川文庫蔵)には、長孝らが「珍しきことば」を使うことへの批判が窺えると言う。このことは、逆に、同時代のものに批判されるような新奇な言葉を、貞徳流のものたちが積極的に取り込んでいたことの一つの証左となろう。

(12)　乾裕幸氏「俳言の論─初期俳諧におけることばの問題─」(『文学』、一九七二年六月、岩波書店刊)参照。

(13)　例えば、貞徳は「俳言」を集めた『御傘』を編纂していることが、思い合わされる。

(14)　論の展開上、『或問』の問答からずいぶん離れてしまったが、第四以降に見られる「哥道とは何か」という問答の検討に移る前に、今一つ注目しておきたいことがある。それは、第三の問答に見られる和歌の風躰に関して述べた次のような一節である。

　　風躰よきといふは、天地のおのつから成躰なり。私有りては、風躰あしく風躰は人にていわく物体の形也。松は屈曲なるか、自然なり。竹は直きか、自然也。

松と竹の比喩を用い、さらに「私有」ることを戒める物言いから、芭蕉俳論の最も著名なうちの一つ、次の『三冊子』の一節が直ちに想起されよう。

　　「松の事は松に習へ、竹の事は竹に習へ」と師の詞のありしも、私意をはなれよといふ事なり。この習へといふ所を己がままにとりて、終に習はざるなり。

先学によりさまざまに議論されてきたこの部分について、新たなことを付け加える準備は、今のところ、ない。また表現の類似が、必ずしもその精神性の達成と合致するものではないことも承知している。けれども、表現が類似し、時代的にも近接している『或問』について、管見の限りでは、今まで一度も言及されたことがなかったのではないだろうか。武者小路実陰の『詞林拾葉』にも似たような表現が見られるが、時代は、『或問』が先行する。『或問』にもまた、部分的ではあるにしろ、芭蕉俳論に到達する一面を有していた可能性を指摘しておきたい。

(15)　この点については、第一章の特に第一節、第二節で詳述した。

（16）近世初期に出版された歌書の中には、本来は秘伝書として伝来したものが少なからずある。これらの出版に地下歌人が関与したのではないかということについては、第一章第五節において試論を展開した。

（17）以下、古今伝授に対する貞徳らの身の処し方や「師伝」の重要性を繰り返し説くことなどについては、第一章第一節、第二節など参照。なお論述の都合上、重複するところがあることをお断りしておく。

第二節　長伯の歌論―『以敬斎聞書』を読む―

一　はじめに

本節では、有賀長伯の歌学書『以敬斎聞書』を取り上げる。松永貞徳以来の地下の歌学の達成を見届けるとともに、若年から多くの啓蒙書を著し、平間長雅亡き後、地下歌壇の中心的役割を果たすようになった長伯の志にも考察を及ぼしたい。

二『以敬斎聞書』を読むために

Ⅰ　伝本をめぐって

『以敬斎聞書』は、翻刻もなく、辞書類にも立項されていない。長伯の伝記資料として、利用されることはあったけれども、ほとんど未紹介の資料といってよい。そこで、まずその伝本についての報告と、これから論を進めるに当たっての大前提として、この聞書が確かに有賀長伯の歌学についての私見が書き留められたものとして扱ってよいかどうかということについて確認しておきたい。まず、現在知られ、管見に及んだ伝本は、次のとおり。古書店の目録でも何度か眼にしたので、現存伝本の数はもう少し増えるかと思われる。

①国会図書館蔵本

（奥書）

于時宝暦十二壬午年無上月中旬　　後藤守始翁基邑欽書写之

明和七庚寅年初秋下旬　　筏《ママ》安定書写之

右の奥書に現れた人物については、未詳。

②天理図書館蔵本

（奥書）

初心の輩心得になるへき事なれは、書写之置侍りぬ

明和七年庚寅八月　　七十五翁光僴

明和七年に書写した「光僴」は岡田光僴のことであろう。烏丸光栄門下。国書人名辞典によれば、元禄九（一六九六）年生まれであるから、明和七（一七七〇）年に七十五歳であることとも矛盾しない。

③石川県立図書館蔵李花亭文庫本

奥書類一切なし。

①②は配列順序同じ。③は前半と後半が全く入れ替わっている。伝本により叙述に細かな相違は存在するが、内容を問題とするならば、その点を考慮しなければならないほどの大きな違いではない。伝本のなかで、善本と呼ぶべき本はなく、便宜上、国会図書館本を底本としたが、他本を参照し改めた箇所もある。引用に際し、適宜句読点を付した。

Ⅱ　問者（編者）に関わる資料

伝本の奥書などからは、この『以敬斎聞書』の書写者しか知り得ないのであるが、記事からは、問者に関連する資料が窺える。【古今伝授至極の秘巻名目事】には、

古今伝授の秘巻数巻の中に至極の秘巻は、五巻有なり。其五巻は、十八ケ條切帋二巻、天真独朗二巻、牡丹花肖柏伝一巻也。是当流伝授至極の秘巻也。

私云、此事は、吟松斎の没後に古今伝授の筥を預り侍りし時、師に聞侍りぬ。

右の「私云」のなかに「吟松斎」と見える。「吟松斎」は羽間重義のことであり、例えば、東洋文庫本『西行上人談抄』の奥書にも見える。『西行上人談抄』の奥書には、「吟松斎」の本と「予の所持本」と校合したとあり、「享保十六年八月」の「辻経定」の署名がある。長伯門弟であり、羽間重義とも関わるということで言えば、この辻経定あたりが、聞書の問者（一書としてまとめるに当たっての編者）に比定されるが、推量の域を出ない。また、【夕嵐あらし今はと山やおもふの哥の事】の項目の中に「私云、解釈の事、師に直には聞侍らす。此哥の事、兎や角と云し比、師にあひぬれは、かく申されしと撫松斎の語られし……」と「撫松斎」なる人物も見える（【定家卿の哥聞かけの事】にも）。その号からは、加藤景範である可能性もあるが、未詳である。

Ⅲ　本文中の「師」が長伯であることの確認

以上のことをふまえたうえで、長伯の歌学書としてこの聞書について論じていくためには、この聞書が確かに長伯の意見を反映している書であることを確認しておく必要があろう。例えば、【縄の海の事】は、

なはの海は、摂津国の名所にて、縄の海と云り。縄の浦といふ処、昔は、しらす、今は、なし。此所を考に家隆卿の哥に、縄の海を雲井になして詠れはとをくもあらす弥陀の御国は。此哥は、摂津国天王寺辺に閑居し玉ひ、終焉の前によみ玉ひし也。家隆卿の座地は、天王寺勝曼院のうしろ也。此所にむかひに見ゆる海と聞えたり。さあれは、縄の海とて別にあらす。則難波の海也。難波と書て、万葉の仮名によめは、なは也。是則なにはの中略にして難波の海なるへしと愚案に思ひ侍るは、いかゝと問けれは、師答て曰、名所記に縄の海と別に出たる故に秋のね覚なとにも別に出せし也。実にさも有へき也との玉ひし。

とあって、門弟の「愚案」に対して、「名所記に縄の海と別に出たる故に秋のね覚なとにも別に出せし也」と答えている。この「秋のね覚」は、元禄五年に刊行された長伯の編著である。また【朝ゐ仮名の事】にも、

予問、朝居を朝寝とも書侍るか、寝の字ならは、いのかななるへきや、いかゝ。師云、ゐのしのやうに覚へ侍りしか、近比吟味すれは、いもしよき也。

私云、是は先年、師の編述せられし和哥八重垣、和哥分類なとに朝居と有て、勿論ゐのかな也。是は朝寝することならは、朝寝の字なるへし。寝は、いぬるとよみて、いをやすく、いこそねられね、皆此は寝の字也。然は居の字、ゐの仮名はいかゝ。寝の字いかなるへしとおもふより、問侍りし也。果して師も吟味の上、右のごとく、答玉ひし。

と、「師の編述せられし和哥八重垣、和哥分類」と見える。これらもまた長伯によって刊行された和歌の啓蒙書の一つである（『和哥八重垣』は元禄十三年刊、『和哥分類』は元禄十一年刊）。したがって、本書に表れる「師」は疑いなく長伯を指し、本書はその長伯と門弟の歌学に関する聞書をまとめたものであることが確認されるのである。

三　ことば Ⅰ

二において、この資料が従来あまり知られていない点を考慮して、やや迂遠な作業であったが、この『以敬斎聞書』の概要を述べ、また長伯の考えを反映している聞書であることを確かめた。以下、特徴のよく表れている記事を詳細に読み進めて行くことで、長伯の歌学について考察したい。

『以敬斎聞書』の内容は、多岐に亘る。例えば、歌作には直接関わらない懐紙の使い方や歌会の作法、心得など歌人として生きてゆくためには当然必要なことが、具体的に記述されており、紙幅の多くもそれらのことに費やされている。伝本のひとつである天理本の奥書に「初心の輩、心得になるへき事なれは」と見えることからも、まずもって、その点に中心が置かれているのである。その中で、ことば（歌語）についての覚書は、直接に歌作に関わることで、この流派の特徴がよく表れているところがあり、注意される。例えば、

旅路、忍路は、哥によみさふなる詞にて、証例なき詞なるゆへ、不可詠之由、師資相承しきたり。夫故、其旨を守て、かたく詠せぬ也。然るに、近年、有人の哥に、旅路をよみたるに、師の合点せられし。不審に覚えけるに、又、師の息、泰通の哥に旅路を詠せられし。父子の間なれは、師の見られぬ事は、不可有。「いかなる事にや」といよ〳〵不審に覚えけるゆへ、此両度の不審を師に問侍りけれは、師云、されはよ、彼ふたつの詞は、不可詠

の旨、古来より当流の教也。此不可詠と云、あなかちあしき詞といふにてはなく、証例なきによりての事也。然るに、近比、旅路と云詞も詠る証哥を、一、二首見出して侍るゆへ、証例あれは、しゐて禁する詞にあらす。是まて、証例なきゆへとての沙汰なれは、合点はし侍る也。忍路は、証哥見えされは、猶不可詠と被教し。

【旅路といふ詞の事】

旅路や忍ひ路は、「哥によみさふなる詞」であるが、「証例なき詞なるゆへ」詠まないということを師資相承して、堅く守ってきた。ところが、最近それを詠み込んだ歌に長伯が合点を付していた。また、長伯の息子・泰通も旅路を歌に詠んでいた。いったいどういうことなのかと、門弟に問われる。それに対して、長伯は、詠まないことは、「古来より当流の習ひ」であるが、その理由は「あなかちあしき詞といふにてはなく、証例なきによりての事也」と答える。そして最近その「証哥」を見出した。ならば、「しゐて禁する詞にあらす」と、用例さえ見つかれば、新しい歌語として認定されることになるのである。長伯が見出した証歌が何であったのかはわからないけれども、国会本には、『みつね集』の「君かゆく道もたひちの都には又もかへるのやまそ有てふ」が書き込まれている。但し、この歌は『哥仙家集』にしか見えない。また貞徳の『逍遊集』に「くれかかりいそぐ旅路の関守はまだ宵にぬることぞわびしき（関路行客）」の一首が見える。確かに証歌と呼ぶべき歌は存在したのである。

このような徹底した用例主義は、逆に用例さえ見つかれば、歌の姿などとは関係なく、歌作してよいという極めて安易な結論にたどり着き、合点を施すほどに評価されもするのである。堂上よりも地下の方が「歌語」に対して頑なにとらわれるところがあるとも指摘されている[1]。また既に第一章で考察したように、このような姿勢は、この流派の祖でもある貞徳にも、しばしば窺えるところであった。歌語に対する飽くなき関心は、二つの歌学書となって結実したと見受けられるのである。例えばその歌語に対する厳格さは、「おのつから」を初句に読むことについても、おのつからの初五字、能〳〵自然の事には詠すれは、むさとは置ぬ初五もし也。

と、規制することになる。この点は、例えば、『烏丸光栄卿口授』[2]のなかで、「おのつから……」とある歌の初句の「おのつから」を「むすふより」と添削して、「をのつから、五文字初心斟酌之」と述べているように、堂上でも戒められていた。が、『和歌問答』には、

御先祖弘資卿は古今伝授の上なから、

をのつからいとふにはあらてとふ人の跡たえはつる庭の白ゆき

勅点に、をのつから初五文字に可憚事に候へ共、此詠にては不苦候よし也。然らは歌による事也。

ともあるように、その戒めは必ずしも厳格なものではなかった。しかし、長伯は実作においてもこのことを頑なに守ったらしく、実に正しく呼応するように、長伯の家集[3]を確認しても「おのつから」を初句に用いたのは「をのつから聞やあはせん思へとも人の物いひかくれなき世に（忍恋）」の一首のみしか見出せない[4]。このような実作との関係を長伯はかなり意識していたところがあり、同様のことは、「つつ留め」などについても見受けられる[5]。

また、同じく歌語に対する戒めの中で、

おもふそよ、みよや人といふ五文字、当時堂上に専好よみたまへる詞なれと、甚平懐なる詞にて、耳に立て聞へ侍る也。好み詠へからすとそ。【思ふそよ見よや人といへる詞の事】

という記事は、歌語の戒めということだけではなく、当時の地下歌人が堂上歌壇（人）に対してどのような意識を抱いていたのかを窺う資料としても注目に値しよう。「思ふそよ・みよや人といふ詞」が「甚平懐なる詞にて、耳に立て聞へ侍る」ので、詠んではいけないと規制する。「当時堂上に専好よみたまへる詞」であると敢えて断るところに、単純な歌語の規制の問題ではなく、「地下と堂上」という構図のなかで、長伯が当時の堂上歌壇に批判的な眼を向け

ていた一例と見ることができるのではないだろうか。[6] そして、このことが単なる印象からの批判でないことは、例えば、『後水尾院御集』には「思うぞよ天つ日嗣も天の川神代の契り絶えぬ行へに（三三一）」をはじめとして、「思うぞよ」と言う表現が比較的多く見出せることからも確認される。[7]

四　ことば　Ⅱ

このような厳格さを持ちながら、歌語について、これまで見てきた記述とは、一見矛盾した言説も窺える。例えば【歌の詞ことによるへき事】では、

予、彼岸の結願の日、天王寺に詣てけるに、俄村雨し、群集の貴賤われさきにと六時堂にはしり入侍りける程に、予もかの堂に入て、暫雨やとりしける間に思ひつゝけ侍りぬ。「おしなへて法の台にいる人は一味の雨にあへはなりけり」。かく詠して後、能〱思案しけるに、下句「雨にあへはなりけり」、雨にあふといふこと俗言なりとふと思ひつゝけて、此哥を師に見せける時、下句を「一味の雨にあへは也けり」「一味の雨の降はなりけり」両様に書て問曰、此四五句の中「一味の雨にあへは」といたしたく侍れと、「雨にあふ」とは俗語のやうに存候ゆへ、「雨のふれは」とも書付侍る。但し世の常の雨にもあらす、一味の雨といふには、あへはといひてもくるしかるましきか。一味の雨におひては、あへはといふ方も寄所有て覚え候。いかゝいたし侍らんといひけれは、師答曰、むへなり。一味の雨なれは、その方しかるへしとなん。（私云は省略）

と、述べられる。この標題にも示される「歌の詞ことによるへき事」という考え方は、貞徳の『三十六人集注釈』[8]に、

物別、哥道には、よき詞なし。あしき詞なし。たゝつゝけやうにて、よくもあしくも成詞、一とをり侍る。【桜

木の花】

物別哥に能詞、あしき詞は有へからす。たゝ作者のつゝけやうによるなりと師伝侍りき。【へひ弓】

などと見える考え方を踏襲したものであろう。そもそもは、『毎月抄』（『日本古典文学大系』による）の、

すべて詞に、あしきもなくよろしきも有るべからず。たゞつゞけがらにて哥詞の勝劣侍るべし。

に基づくと思われるこの考え方は、例えば、『資慶卿口授』（『日本歌学大系』による）に「惣じて和歌はつゞけがらにことの外大事の有る事なりと仰せられし」などと見られるように当時の堂上においても種々の聞書類に窺われ、すこぶる重要視されていた。(9)その意味で、貞徳の考えを引き継ぎながら、長伯もまた当時の歌学の埒外にはなかったと言える。しかしながら、その議論が、つづけようによっては「俗言」まで詠んでも差し支えないとするのは、堂上歌論にはもちろん窺えず、やはりこの流派の特徴と見なしてよいだろう。その点については、既に第一章第四節で論じた『三十六人集注釈』のなかの例や、本章第一節で、長孝の歌論『哥道或問』の一節を取り上げて言及したところであるので、繰り返すことはしない。貞徳以来の、この流派の歌語に対する一貫した姿勢であると考えてよい。

ならば、このような歌語への一種のおおらかさは、先程の厳格な姿勢とは全く矛盾するものなのであろうか。おそらくそうではあるまい。一見歌語に対して厳格に見える姿勢も、用例（証歌）さえ見つかれば、掌を返すような対応も見受けられた。また、「つづけよう」を重視すると言う態度も俗語の許容も、基本的には歌語にこだわるということであって、表面上はかけ離れているようにも見えるけれども、その点で一致している。後に述べるように、理論上は「こころ」を重視して詠むことを説く『以敬斎聞書』ではあるけれども、いざ実作ということになると「ことば」にこだわることでしか新しい歌を詠み得なかったのではなかったか。結果的に、歌一首の姿には、あまり心が行き届かなかったとも言えるのである。

五　こころ

三・四で述べた「ことば」に関する議論は、極めて具体的な問題であって、図示を多用する故実や作法のことを含め、この具体性は、この聞書に一貫していると言えよう。その中にあって、抽象的な歌論と呼ぶべき部分は、それほど多くは見出せない。状況は、堂上の聞書類と同じである(10)。その中にあってわずかに見出せる、その一例。

師云、いかに哥学ありても、よみ方の口伝なきものは、真実の所をしらす。たとへは、仏道の上にても、学者と道人とのことし。何程学文は、広くし侍りても、道心なくは、実の道にはうとかるへし。たとひ学文なくとも、道心堅固なれは、真の仏道者なるへし。学文広くして、我か博識にまかせて、口にいひの丶しるとも、道人に出合て、唯一言の下に閉口すへし。哥学は、様〳〵と故人の書残したる事多けれは、夫を知る迄也。よみ方の伝を得て、哥道をしるは、是即道人也。其故は、哥をよみ出すは、仮初の所行にあらす。実は、心地より発る所にして、心法のさた也。哥学をのみ広くしける人も、よみ方の口伝をしれる人に逢ては、一言の下に閉口すへし。されは先年、或人、学広くして、よみ方の口伝はなく、広博のみを以て、哥しりかほにの丶しりけるか、長雅の許に来りて、物語のつゐてに「時鳥鳴つる方をなかむれはた丶有明の月そのこれる」、此哥、誠におもしろき秀哥也。此哥に義をつけて見は、百色にもつけられるへしといひし折節、予、未わかかりしか、其傍に居侍りしかは、「頓て此哥は、た丶此哥のま丶に聞てこそ感深く、余情もあれ、さやうに百色にも義をつけなは、秀歌の詮はなく侍る」といひけれは、彼のもの、一言の下に閉口し侍りぬ。是らにて思ひしるへしと語り玉ひし。

【哥学とよみかたの事】

後に述べるように「哥学とよみ方」という問題の設定自体は、貞徳以来の議論の延長線上にあると見てよい。前半の主張は、「よみ方の口伝」の重要性の強調。「されは先年」から後半に、「歌学をのみ広くしける人も、よみかたの口伝を知れる人に逢ては、一言の下に閉口すへし」ということの実証として、「時鳥鳴つる方をなかむれは」という歌にまつわる長伯自身の経験が語られる。なるほど「哥学ひろくして、よみかたの伝はな」い者への批判にはなっていよう。最後は「是らにて思ひしるへし」と結ばれることになる。ところが「よみ方の口伝」の内実は一向に要領を得ない。ただ前半と同様「よみ方の口伝」の重要性が強調されるばかりである。

ならば「よみ方の口伝」とは何か。第一章第二節でも取り上げたが、今一度確認しておきたい。例えば、幽斎の『耳底記』(11)に、

一、歌のよみかたの口伝、すこしの事にもあるなり。ならはひでしらる、ことも、あはひにありごとは、あらふずれとも、習はではなるまひもの也。（慶長三年八月四日）

をはじめとして、多くの用例を拾うことができる。それらについて、検討された大谷俊太氏は「因りて幽斎の言う『読方ノ口伝』とは多く題詠歌の詠み方を説いたものと考えられよう。(12)」と結論づけられた。また貞徳（『戴恩記』）にも、

又紙面にのせず、詞にて伝ふる秘事多し。定家卿より幽斎法印まで、一器の水を一器にうつすやうに、口づから伝へ給しなり。是よみかたの口伝と申秘事也。詠歌大概にもれたるよみかたあるまじきやうに、人のおもふべけれど、大概と書にてある事をしるべし。又人丸相伝といふ事あり。是は、さしてよみ方の用にた、ざれども、此道をまなぶ人は必伝ふべき事也。（『日本古典文学大系』による）

などをはじめとして、多くの用例が見出される。そして、例えば、『歌林樸樕』（内閣文庫本による）の、「読方ニハ、

定家卿、哥学ニハ、顕昭也。」という例に顕著なように、読方と歌学が対比されて言及されることが多い。長伯の物言いと重ね合わせれば「歌学」は、「知識」に関わること、もう少し広げて言えば、「ことば」に関わることであると理解できる。しかし、その内実は、幽斎の言うところも、また貞徳の説くところも、必ずしも判然とはしない。けれども、少なくとも貞徳が「（ことばの）知識」と対比して捉えていることを思い合わせるならば、「よみかた」は歌作の上での趣向、言わば「こころ」に関わる議論であることは、認められよう。[13] ゆえに長伯もまた「実は、心地より発る所にして、心法の沙汰也」と説くのである。こと実作においては「歌語」に専ら関わってきたと思われる長伯にとっても、「こころ」の問題は避けがたいことであり、それこそが「よみかたの口伝」として、「伝授」されるべきことがらであったのである。

六　規　範

五に見たような、「こころ」に関わる議論を展開しつつ、いったい長伯は、歌の理想をどのように考えていたのであろうか。『以敬斎聞書』は「新歌・古歌」について、「新哥は、打聞、おもしろき様に聞へ侍りても、意味、古哥に及難し」と述べ、大弐高遠と貫之、経信卿と躬恒の歌などを具体例に挙げ、対比させながら、

惣して新哥と古哥とをくらへ見れは、何も如是。其故は、新哥は、詞をかさりて、つくろいよめる也。表花やかに聞ゆれとも、其意味及かたし。古哥は、自然と詠し出せる故、つくろいたる所なけれは、表はさまて面白からぬ様なれと、意味において甚深なる事極なし。

と、結論する。もともとは定家の『詠歌大概』の一節「取古歌、詠新歌」の「古歌」と「新歌」の解釈に端を発する

と思われるこの議論は、新歌の「詞をかさりて、つくろいよ」んだ、言わば表面的な面白さではなく、古歌の「つくろいたる所」のない点に「意味」の深さを認め評価する。「意味」という物言いが判然としないところはあるけれども、「詞をかざる」と言うことと対比されて用いられていることから、「こころ」に関わっての言い方であると考えられる。例えば『初懐紙評註』（古典俳文学大系による）に「其余情のこもり侍るを、意味と申べきか」などと見えることも、その推量を支えてくれよう。歌はこの古歌のように詠まねばならない。その点をまず押さえたうえで、なお、この議論が興味深いのは、それが当代の歌の評価にまで及んでいる点である。つまり、

今同し新哥にても、差別有へし。長嘯哥に、

都人夏にいる野の初尾花手枕かれて秋風そふく

此哥、みるより面白覚侍る也。又、貞徳の哥に、

故郷のいもか手枕夏さめて尾花かもとに秋風そふく

此哥は、初の哥より面白からす聞へ侍れと、意味に於ては、甚深也。其故は、詞にいひつくさすして、余情をふくめるなり。されは、至りてよき哥は、表のおもしろくも聞えぬ様なるは、意味ふかきか故也。

と、長嘯子と貞徳の歌を比べ、表面的に面白く見える長嘯子の歌よりも、一見面白くない歌である貞徳の歌を「余情をふくめる」歌として評価しているのである。長伯が貞徳以来の地下の門流であることを考慮すれば、この貞徳への評価自体は、当然のことであろう。ここでは「詞をかさりて、つくろいよめる也。表花やかに聞ゆれとも、其意味及かたし。」と「新哥」と同じように、長嘯子の歌の「表面上の面白さ」が批難されている点に注意しておきたい。(14)

ならば、どんな歌が理想とされ、規範とされたのであろうか。「共偽恋」という題をどのように詠むのかと言うことを取り上げて、長伯は、

共偽恋といふ題、殊外難題也。或人此題を取て、「我かたもまことなけれは人も又あらぬ涙の袖や見すらん」と云哥をよみけれは、師の批判に、此哥にては、互に恋の情はなき也。共に偽のことはりはあれとも、肝心の恋の本情なし。されは、逍遙院殿の哥に「共偽恋　人はいさ疑おほき契りをも頼になすそ我かまことなき」。此哥にて心得よと被示し。【共偽恋の題哥よむ心得の事】

と、述べる。ここでは「共偽恋」という題の詠み方について、或人の詠んだ歌を「互に恋の情はなき也。共に偽のことはりはあれとも、肝心の恋の本情なし」と長伯が批判しており、この題のよき作例として、逍遙院殿（三条西実隆）の歌を挙げるのである。つまり、実隆の歌に、ひとつの規範を見出しているように思われる。もちろんここはただ「共偽恋」という題の詠み方についての意見であると受け取っておくべきかもしれない。しかし、実隆の歌が、幽斎などから「近代の歌」として捉えられ、高く評価されていることを考え合わせるならば[15]、この発言は実隆の歌に対する長伯の評価としても受け取っておいてもよいと思われる。

七　添削

このような歌の理想の姿が、当然、実作において反映されなければならず、また一方で、冒頭で述べたような、ことばに対する誤りも糺さなければならない。堂上には、数多くの添削の生の資料が残されており、その様相を知る扶けとなる。地下ではそのような資料がまとまったかたちで知られていなかったのであるが、上野洋三氏・神作研一氏によって、地下の添削資料が発見され、現在、調査・整理が進められている[16]。いずれ全体像が明らかになると期待される。その添削の心得を知るうえからも、そして『以敬斎聞書』の特徴のひとつとしても、次に挙げる添削に言及する記述はすこぶる興味深い。

哥をてん削するに、建立門と破滅門と二つ有也。此事、何にもある事なれとも、殊に人の哥見て添削するに第一心得へき事也。伝授を得すして人の哥を添削するは、皆破滅門也。その故は、人の詠草を見るといなや、いと悪き所を見付て、直してんとおもふより、其哥の悪き所をのみ見出して、我能直したる手柄を見せんと志す。是破滅門也。何れの人も他人の哥を見るは、此心持也。道の道統をも受、宗匠ともよはれ、門人なとを助る人、か、る志にては、道の繁昌なりかたかるへし。建立門といふは、まつ人の詠草を見るやいなや、先よき所を見付て、その趣を立て、悪所あらは、随分ならぬ迄も作者のよみ出したる意のそこねぬやうに、能哥に直してんと、養育の心を専として、添削をする事也。是哥を取立る意、尤建立門にあらすや。直して手柄を見せんとはせさる也。五常にていはゝ、仁也。仏道の上にてならは、慈悲也。此所、添削する第一の秘伝也。先師長雅、門人の詠草を多くは当師長伯に下直しをさせ玉ひし時、此事呉〳〵教え玉ひけると、当師の、予に伝へ玉ひし。有かたき伝也。

【哥を添削するに建立門と破滅門との二つ有事】

添削にあたっては、まず「よき所を見付て、その趣を立て」よと言う。そして、「悪所あらは」「作者のよみ出したる意のそこねぬやうに能哥に直」すのだと説く。「養育の心を専らと」することが添削の第一の心得だと教えるのである。その心は、「仁」であり「慈悲」にも通じると言う。私どもにもいちいち納得できる、極めてわかりやすい教えだが、注意しておくべきは、その点を「第一の秘伝」と位置付け、「伝授を得すして人の哥を添削するは、皆破滅門也」と述べているところであろう。当時の地下歌人にとっての「添削」は生きて行くということに密接に関わる重要な生業であったに違いない。その点をまた「伝授」として「制度化」するところに(17)、門弟拡大に向けてのこの流派の特色が窺えるのである。

さらにそれが実際の添削に及んだ例も見出せる。

師の語り玉ひしは、先師長孝の門人なりける僧、別恋の哥よみて、長孝に見せける。其哥、上句は失念し侍りぬ。別れのつらき事共、上より云下して、下句「よそにもつけよ鳥の初声」とよみし。長孝、此哥を見て、泪をなかして、「あな浅ましや、なさけなの心根や。哥の道といふものはか〻る変見にあらす。和哥は、情を以第一とし侍るに、此歌の心は、鳥の声にわかれ行我身のつらき余りに、われのみにかくては残念也。よそにつけて外の人にも別をいそかせよと、鳥に下知したるはさりとてはなさけなや。我身のつらきに引あて〻、他人の上のつらからん事をおもひやりて、われこそちからなく、かくつらき別をするとても、せめてはよそになつけそと他人の上を思ひて、他をたすくるこそは、此道の本情なれ。身を捨ても、他をたすくるは、菩薩の行也。身のつらきを人の上にもと願は、仁・義・礼・知・信の五常にもはつれ、殊に出家の御身として、心の中も推はかられ、御修行の程、いとひきくしられ侍そかし」と大に恥しめ、いさめて、此下句を「よそになつけそ鳥の初声」となをされしと也。少しのことにて、雲泥の違ひとなりて、たふとき哥に成侍る也。「よそにもつけよ」「よそになつけそ」、実に一字千金也。ヶ様の事、能〳〵心得よと語り玉ひし。【歌にて人の心根みゆる事】

「実に一字千金也」と言うように、わずかな字を置き換えることによって、歌全体の意を転換する見事な添削である。このように、すぐに実際の添削にも応用できるように示されているのである。また、「我身のつらきに引あて〻は、他人の上のつらからんことをおもひやりて」「他をたすくるこそは、此道の本情なれ。身を捨ても、他をたすくるは、菩薩の行也」と説くところなどは、先に見た添削の心得にも通じていよう。この後半の添削の実践は、それはそれとして、この部分は、もう一点、「和哥は、情を以第一とし侍る」と、歌の根本理念に及んでいるところにも注意される。

「和哥は、情を以第一とし侍る」と「なさけ」を和歌を詠むことの中心に据え、「他人の上」を「おもひやる」ということを、歌道の「本情」とするとらえ方は、例えば契沖の『勢語臆断』[18]の注釈にも、

人を待はくるしき物なりけりと今そしるといふ心にて、第二句より上へかへるなり。（中略）人またんは人のまたんにても、人をまたむにてもたがふへからす。惣しての世の事をいへり。これ身をつみて人のいたさ知といふ恕のこゝろなり。（中略）かゝる心ありてぞ、哥といふものはよまれ侍るへき。

と窺える。長伯が契沖の影響を直接に受けているという可能性も考えられなくはない。しかし、ここは方途は異なるけれども、それぞれが研鑽の結果、「歌を詠む」と言うことについて結果的に極めて似通った理念に到達したと考えられる。長伯の歌論のひとつの達成として捉えておきたい。

八　おわりに

以上、『以敬斎聞書』を伝記資料としてではなく、長伯の歌学を窺う資料として、読み進めてきた。見てきたように、すべての言説が、長伯の独自の論では、もちろんない。けれども、具体的な例の挙げ方や論の展開、また説明の方法などには、彼なりの工夫も窺われ、そこから「長伯の歌論」を引き出すことも、あながち無理なことではないように思われる。

注意すべき記事が他にないわけではない。堂上歌学との関係や広く日本歌学史上における位置づけなど、論じるべきことも多いが、本節では専ら「聞書を読む」ことを通して、地下歌人の歌論の一端に迫ろうと試みた。

【注】

（1）上野洋三氏『元禄和歌史の基礎構築』（二〇〇三年十月、岩波書店刊）Ⅰ部第2章「堂上と地下－江戸時代前期の和歌史」。

（2）『近世歌学集成』（一九九七年、明治書院刊）による。以下、同書に収められている歌学書は、全てこれによっている。

（3）『秋葉愚草』（内閣文庫）を確認し、『以敬斎長伯家集』（東洋文庫）も参照した。

（4）ところが、この戒めがありながらも「おのすから」を初句に詠む歌は、決して少なくはない。貞徳（『逍遊集』）には、「おのづから葎を門の松にみてあれたる宿の春にあふかな（四六）」をはじめとして、十九首も見られる。この戒めは、地下においても、実際にはあまり機能していなかった。にもかかわらず、長伯は、実作にも忠実に論を反映させているのである。

（5）次の第三節参照。

（6）他にも、「公事の題の事」のなかで、「すへて禁中と出たるは、しかとみたる様には詠せす、外より思ひやり、見やりなとするやうに詠か地下人たる者、読方の習也」と、地下たる者としての「公事の題」の読みようを説いている。題詠の注意であることに変わりはないが、地下が堂上と一線を画している具体例としても注意しておきたい。

（7）「みよや人」の例は、新編国歌大観を検索する限りでは見出せない。但し、「みよや」の用例は多い。

（8）『三十六人集注釈』については、第一章第四節参照。引用は、便宜上岩瀬文庫本により、適宜句読点などを付した。

（9）『資慶卿口授』以外にも、『詞林拾葉』（武者小路実陰述、似雲記）などにも繰り返し説かれるところである。

（10）上野洋三氏『元禄和歌史の基礎構築』（二〇〇三年十月、岩波書店刊）Ⅲ部第1章「元禄堂上歌論の到達点－聞書の世界」。

（11）引用は、大阪女子大学蔵寛文元年版本により、適宜句読点を付した。清濁は本文のとおり。

（12）大谷俊太氏「謙退の心－近世初期堂上和歌一面－」（『国語国文』第五四巻第五号、一九八五年五月）。

（13）「よみかた」自体は「詠み方」であり、実際の詠歌の方法を言う場合も多い。ただしここはそれが「読み方の口伝」として、秘伝化された場合の意味と内実について問題にしている。

（14）物言いが直接に一致しているわけではないので、慎重に考えるべきであろうが、この「表面上の面白さ」への批難に、大谷俊太氏が「面白がらするは面白からず－室町・江戸の和歌における作為と自然－」で説かれた、幽斎の言が思い合わされ

る（『文学』、二〇〇二年三－四月号、岩波書店刊）。

（15）島津忠夫氏「『耳底記』－光広の聞書を通して幽斎歌論の特質を探る－」（『和歌文学史の研究』、一九九七年六月、角川書店刊）、鈴木健一氏「近世における三玉集享受の諸相」（『近世堂上歌壇の研究』、一九九六年十一月、汲古書院刊）など。

（16）二〇〇一年十一月十七日の中日新聞夕刊、同十二月四日文化面（上野洋三氏執筆）に紹介記事が、広報『とみか』の「郷土資料館だより　とみかのむかし」の連載20・21に上野洋三氏、22・23・24・25に神作研一氏による紹介・考察が掲載されている。またそれらの成果はその後、神作研一氏「元禄の添削」（『近世文藝』81号、二〇〇五年一月）としてまとめられた。また二〇〇三年の八月の調査において、稿者も閲覧の機会を得た。

（17）第二章第五節でも述べたが、さまざまな伝書が一種の免許のごとく授けられることから、それは「制度化」とよんでもよいのではないだろうか。「権威化」と言うだけではない要素が加わると思われる。

（18）『伊勢物語』四十八段「今そしるくるしき物と人またむ……」の注釈の一節。このことについては、第二章第四節においても言及した。引用は、『契沖全集』第九巻（一九七四年四月、岩波書店刊）による。

第三節　貞徳流歌学とテニハ説

一　はじめに

地下歌学とテニハ秘伝の関係について、元禄十四年に刊行された『和歌極秘伝抄』という書物を手がかりに考えたいと思う。この書は、従来のテニハ研究史では、ほとんど取り上げられることがなかった。[1] 管見の限りでは、『国語学史』[2]に、

> 「八重垣」とほぼ同じ時期に刊行された「和歌極秘伝抄」（元禄十四年刊）では、「哥のとまり字の口伝」として、「哉（かへる哉・中の哉・ふきながしの哉）・同じく哉どめの口訣・らん留りの事・て留りの事・つ、どまりの事・同口伝・すらんと留る事・らしと留る事・こそけれぞけるといふ事……」などの説明を加えている。「てにをは」の秘伝書の内容と通じるところがある。

とわずかに言及されるのみである。しかし、特に歌の「留め」の問題について、『和歌極秘伝抄』は興味深い記事を有しており、地下歌学におけるテニハ秘伝を理解するうえで、重要な書物であると思われる。この点について記されているところを検討しつつ、地下歌人たちがこの問題を実作面において、どのように捉えていたのかについても言及

したい。

二　『和歌極秘伝抄』の位置

『和歌極秘伝抄』のテニハ記事について考察する前に『和歌極秘伝抄』とは、いったいどのような書物であるのか、確認しておきたい。『和歌極秘伝抄』、元禄十四年五月、教来寺彌兵衛板行。『和歌文学大辞典』（明治書院刊）、『日本古典文学大辞典』（岩波書店刊）など、主だった辞典類に記載はない。「殆ど名もしれぬ人々」によって行われた「暴露的刊行書」のひとつである。(3) わずかに川平ひとし氏が『詠歌大概』の「《地下一流》以外の非公家」の注釈書の一つとして、『続和歌極秘伝抄』所収の『詠歌大概』の注釈書を紹介された折に、『続和歌極秘伝抄』に先立つ書物として『和歌極秘伝抄』が存在したことに触れられ、その序文を紹介・翻刻されたに過ぎない。(4)

内容について知るために、目録を挙げると以下の通り。「哥のとまり字の口伝」「詠哥制の詞口伝」「百人一首五哥の口伝」「同他流の口伝」「伊勢物語七ケの秘事」「つれ〴〵草三ケの口伝」「古今和哥集三鳥の口伝」「同七首の秘事」「三木の口伝」「一首十躰」「一首五躰」「木綿襷の哥」。以上、まさに「和歌」の「極秘」を集成した書物であることが知られよう。そして、全五十一丁のうち三分の一に当たる十七丁まで（前三丁は序文と目録）「哥のとまり字の口伝」、つまり歌の「テニハ」（留め）に関わる秘伝に費やされている。本稿では、この点に着目し、検討を加える。それぞれの項目について、詳細な検討を加えた上での『和歌極秘伝抄』の歌学史上における総合的な位置づけは、稿を改めて考えることにしたい。ここでは、論を進めるに際して必要だと思われることを簡単に述べておくことにする。

例えば、目録の中の「伊勢物語七ケの秘事」について言えば、『和歌極秘伝抄』は、次の七つを挙げる（項目のみ記す）。

おもひあらはむくらの宿に……

月やあらぬ春やむかしの……

あくたかは

しほしり

都鳥

あまのさかて

終に行道とはかねて……

同様に「極秘七箇大事裏説口訣」を持つ、貞徳流の『伊勢物語奥旨秘訣』[5]では次の七つを挙げる（項目のみ記す）。

おもひあらは葎の宿に……

あくた川

都鳥

わか人をやるへきにしもあらねは

世中にたえて桜の……

むかしの哥に

御神けきやう

『和歌極秘伝抄』の秘伝は、貞徳流のものと重なるわけではないけれども、すべてが、新たに創作されているわけではないことが知られよう。また「百人一首五哥の口伝」「同他流の口伝」「つれく〳〵草三ケの口伝」などは、貞徳流のそれらと全く一致している。この本は、貞徳流と全く交流の無いところで編纂されたとは考え難い。秘伝のいちいちの出典を指摘し、それらを集成するという営為を合理的に説明することは困難だが、少なくとも貞徳流の秘伝を意識しながら、敢えて、新しい流派を興そうとしているようにも見受けられるのである。したがって、先に川平氏が、『続和歌極秘伝抄』所収の『詠歌大概』の注釈書を「《地下一流》以外の非公家」として位置づけられたのは、的確な判断であった。けれども、「《地下一流》以外」が決して、《地下一流》と関らなかったわけではないということをここでは確認し、『和歌極秘伝抄』の成立に関わったものを、そのあたりに見定めておきたい。

三　『和歌極秘伝抄』と『和歌八重垣』と

おおまかに歌学史上における『和歌極秘伝抄』の位置を以上のように認めたうえで、『和歌極秘伝抄』のテニハ記事について、検討を加えることにしたい。「目録」に言うところの「哥のとまり字の口伝」のうち、特に「哉とめ」「らん留り」「つゝとまり」について、『和歌極秘伝抄』の本文を示し、順次考察を加えていくことにする。

論述の都合上、結論を先取りして言えば、『和歌極秘伝抄』の「哥のとまり字の口伝」の「哉とめ」「らん留り」「つゝとまり」に「て留りの事」を加えた四項目は、『和歌八重垣』巻二　詞部類・註釈読方　二「九　哥のとまりの事」のこの部分にほとんど一致するのである。

『和歌八重垣』は、有賀長伯の著した歌学の啓蒙書で、元禄十三年四月刊行。それ以降、明治に至るまで、何度も版を重ねている。『和歌八重垣』刊行後、わずか一年あまりで、『和歌極秘伝抄』はこの『和歌八重垣』を利用して編纂されたということになる。そして現に『和歌極秘伝抄』は、そのことを「らん留りの事」のところで明記している。

「らん留りの事」の部分を両書を併記して示すと次のとおりである。(6)

『和歌極秘伝抄』

らん留りの事

らんとまりは、大体上にうたがひの文字を置て、らんととむる也。又上にやと置て、下にてらんとはぬる也。た、し上にうたかひの詞あれは、やとをかすしてもくるしからす。疑の詞とは、

○いかに　○なに　○たれ　○いつ　○いつく　○いかて　○いく　○いつれ　○か　○かは　○かも　○たそ

なとのたくひなり。たとへは、

○や　　上にやと置て、らんと留たる哥には、

春日野の若なつみにや白妙の袖ふりはへて人の行らん

○いかに

雪とのみふるたにあるを桜花いかに散とか風の吹らん

○いつく

くるとあくとめかれぬ物を桜花いつくのくまに移ひぬらん

○か

おほそらは恋しき人のかたみかは物思ふことになかめらるらん

○いつれ

山かくす春の霞そうらめしきいつれ都のさかひ成らん

又前のことく上にうたかひの言葉もなく、またはやともをかすしてはねたるあり。

久かたの光のとけき春の日にしつ心なく花のちるらん
　春日野に若なつみつゝ君か代をいはふ心は神そしるらん
此哥うたかひの詞もなく、又やともをかずして、らんとはねたり。和歌八重垣にも此はねやう口伝といへり。尤口伝なれとも、爰に云へし。是は、心のうちに花の心又神の心をおしはかりたれは、らんとはねたるなり。惣別哥のてにをはにには、いろ〳〵ならひをいへとも、よくがてんをして、あとさきの道理のよくきこゆるやうにあれはよし。此故にてにはの習といふ事、畢竟はなき事なり。

『和歌八重垣』
一、らん留りの事　　らんとめは、大体上にうたがひの文字をゝきて、らんととむる也。うたがひの文字とは、○なに　○なぞ　○いつ　○いづく　○いかに　○いかて　○いく　○いづれ　○たれ　○や　○か　○かは　○かも　○たぞ　　　　などのたぐひ也。
　春日野のわかなつみにや白妙の袖ふりはへて人のゆくらん
　　五句の中、いつこにても如此やの字を入て、らんと留る也。
くるとあくとめかれぬ物を桜花いつのくまにうつろひぬらん
同前。
雪とのみふるたにあるを桜花いかにちれとか風の吹らん
同前。いかて、いかなゝともおなし。
大空は恋しき人のかたみかは物思ふことになかめらるらん

同前。

山かくす春の霞そうらめしきいつれ都のさかひ成らん

同然。

こぬ人を待夕くれの秋風はいかに吹はかわひしかるらん

此外証歌かす〳〵しるすに及はす。をの〳〵此格也。又前のことく上にうたかひの字なくて、はねたるもあり。たとへは、

久かたのひかりのとけき春の日にしつ心なく花のちるらん

是は、春の日にといふ下へ、いかてと心をそへて聞也。口伝也。（以下略）

証歌として引用された和歌から記述に及ぶまで、ほとんど一致していることが確認されよう。そのことを隠すわけではなく、「和歌八重垣にも此はねやう口伝といへり」と『和歌八重垣』を見ていたことが明かされている。そして「尤口伝なれとも、爰に云へし」と『和歌八重垣』が「口伝」としたところを暴露する。この暴露された「口伝」が本当に長伯の口伝であったのかどうかは、長伯の口伝が知られていないので、判断できないないけれども、『和歌極秘伝抄』は、少なくともそのような口伝暴露の姿勢を装うのである。『和歌極秘伝抄』は「口伝」に続いて、

惣別哥のてにをはにには、いろ〳〵ならひをいへとも、よくがてんをして、あとさきの道理のよくきこゆるやうにあれはよし。此故にてにはの習といふ事、畢竟はなき事なり。

と、「テニハの習い」までも否定する。この事は、「テニハの習い」について多くのことを記す『和歌八重垣』その書自体をも否定することに繋がろう。『和歌極秘伝抄』は、長伯の口伝を暴き、さらにその啓蒙的態度までを批判する書としての一面を持つと考えられる。

『和歌極秘伝抄』では、さらに二ヶ所「哉とめ」と「つゝとまりの事」のところで口伝が暴露されている。これらの「留め」は、堂上・地下を問わず、大変重要な歌学伝授のひとつであった。[7] 続いて、この最も重要とされた二つの「留め」について、考察を加えることにしたい。

四　「かな留め」をめぐって

「かな留め」についてまとめられた「テニハ」関係の資料、『手尓葉大概抄之抄』『天仁遠波十三ヶ条口伝』『歌道秘蔵録』『春樹顕秘抄』と順に見てくると、ほぼ『春樹顕秘抄』[8]に至って、それまでの説が集成され、整理されていることがよくわかる。次に示すごとくである。

第十二　哉といふ手仁葉の事

　ねかひの哉
あふけともこたへぬ空の青緑むなしくはてぬ行末も哉
　手にはの哉
東路の不破の関屋の鈴虫をむまやにふるとおもひける哉
　かへる哉
君か代に逢坂山の岩清水こかくれたりと思ひける哉
　おもふましきもの哉とかへる也。
　肝心の哉　　又中の哉といふ

わすれては打歎かるゝ夕かな我のみしりて過る月日を

かしこまるしてに涙のかゝる哉又いつかはと思ふ哀に

吹なかしの哉

桜さく遠山鳥のしたり尾のなか〳〵し日もあかぬ色哉

『春樹顕秘抄』の作者（編者）については必ずしも定説を見ない。細川幽斎－烏丸光広の奥書、また平間長雅の名前がその奥書に見えるものもある。このような、「集成」「整理」という学問のあり方を鑑みれば、長雅周辺の仕事であったのではないかと推察される。この『春樹顕秘抄』をもとに自らの説を加えつつまとめられたのが、長伯の『春樹顕秘増抄』である。そこでは、いちいちの「かな」の説明の前に、総説として次の一節が加えられている(9)。

一、かなとめはいたりて大事也。初学の人の哉とめは、大かたてにはふる物也。留りても哥の尾かれに聞ゆ。よくうつりたるは、たとへは、いたにくき打たるやうにて、よくすはりて、物つよく聞ゆ。能々習ふへし。猶口伝有こと也。凡哉には、ふきなかしの哉、かへるかな、いたむかな、かんしんかな、中の哉有。

このなかで、「初学の人の哉とめは、大かたてにはふる物也」と、「哉留め」を「初学の人」が使うことを戒めている点が注意される。また「猶口伝有こと也」とさらに重要な秘密があることも示唆される。『春樹顕秘増抄』は基本的に秘伝書なのである。同じ長伯の『和歌八重垣』では、「九　哥のとまりの事」の第一番目に「哉とめの事」が取り上げられている。それは、『春樹顕秘増抄』とほぼ同じ内容である。そして、末尾に、先に引いた『春樹顕秘増抄』の総説と同様のことが述べられている。

凡哉どめに、さして、かゝへのてにをはもなく、かくいひてとまるといふ格式も無。たゞ上よりよくうつりて、きびしくとまりたるは、一首の上のつよく聞え、又うつりあしければは、ことの外、尾枯に聞ゆる物也。初心の哥は、おほくはかなどめとまらす。又は、おがれになる物也。よく〳〵心をつくべし。

と、本来秘伝であるはずの内容が公開されているのである（後述）。いちいち挙げることはしないけれども、『和歌極秘伝抄』もこの『和歌八重垣』とほとんど同じ内容を述べている。そしてさらにその末尾に「口訣」が明かされている。『春樹顕秘増抄』では「猶口伝有こと也」と記されていたところである。

　同しく哉とめの口決

哥に、つゝとめ、哉とめとて、大事の事にいへとも、二色に心得てをけは、別の事もなし。二色とは、かなといふに、おもきとかろきと也。かろきとは、

　　桜さく遠山鳥のしたりおの長々し日もあかぬ色哉

といへるは、かろき也。又おもき哉とは、

　　君か代にあへるは誰もうれしきに花は色にも出にける哉

とよめるは、おもき哉なり。哉とめの習ひとて、色々人の秘密にすれとも、此二の心得の外はなし。其子細は、古哥において、よく〳〵吟味してみるへし。哉といふ詞は、みな治定したる言葉也。疑の言葉にもなるといふ義はわろし。此哥の心は、花は色にも出にける哉をおもき哉とは君か代のめてたきに逢事は、たれも〳〵うれしけれとも、心の中はかり思ふ事なるか、花は、色に出て見せたる哉といへは、上へかへしたる心哉といふ言葉にてきこえたれは、おもきかなといへるなり。

『春樹顕秘増抄』や『和歌八重垣』がその使用にあたって、初学のものへ注意を促し、重きを置いた点を「哉とめの習ひとて、色々人の秘密にすれとも、此二の心得の外はなし」と言い切っている。この「テニハの習い」そのものまでも否定する姿勢は、先に「らん」のところで見たのと全く同様である。

五　つつ留めをめぐって

続いて、「つつ留め」について検討することにしたい。この「つつ留め」は、「かな留め」以上に厳しく戒められている。まず『和歌八重垣』の記事を引用しよう。

一、つゝどめの事　玄旨法印曰、三光院殿の仰に、つゝどまりの哥、未練の作者当時よむとも云おほせがたし。用捨すべしと云々。今は、いよ〳〵用捨して、大体の哥よみのせぬ事也。又云、つゝは、とまりにも、中にもつゝ〳〵と心のつきて、程ふる心ありとなん。

たこのうらに打いてゝみれは白妙のふしのたかねに雪はふりつゝ、ふりつゝ〳〵〳〵と心のつゝきて、程ふる心あり。

「今は、いよ〳〵用捨して、大体の哥よみのせぬ事也」と言うのは、あるいは、事実を述べているに過ぎないのかもしれないが、同時に「つつ留め」を禁止することにもなるだろう。同様の記事は、長雅の『百人一首抄』(10)の「たこの浦に打出て見れは白妙の」の注釈にも、

つゝとめ二義あり。なからといふ心につかふもあり。

梅かえにきゐる鶯春かけてなけともいまた雪はふりつゝ、是なからとつかひたり。亦つゝといかほとも下へつゝく心につかふもあり。ふりつゝ〳〵と下へつゝく心也。露にぬれつゝ、身もこかれつゝの類也。是等、手本に成るつゝとめ也。今はよまぬ事也。

と窺え、「つつ」を詠むことを戒めることは、少なくとも長雅以来の説であったことが確認される。

また「かな」と同じく「つつ」にも「口伝」が存在した。例えば、貞徳の『歌林樸樕』（内閣文庫本による）に、

一、ツヽトマリハ口伝アリ。

大方ツヽノ詞ハ、万葉ニ乍ト云字ヲカキテ、程ヲ歴ル心アリ。其心ナキハ、虚筒トテ、連歌師モ嫌也。

と見え、また『春樹顕秘増抄』も、

第十五　つゝ留の事

一、つゝとめに口伝あり。つゝには、程ふるつゝ、なからのつゝとてあり。いひかなへかたきものなれは、大かたの哥よみは心つかひすへきよし先達申給へり。仍用捨せしむる也。終句の外の四句にあるつゝは、そのさたに及はす。

田子のうらに打出てみれは白妙のふしのたかねに雪はふりつゝ

思ひつゝぬれはや人のみえつらん夢としりせはさめさらましを

是等は、程ふるつゝ也。つゝくつゝともいふ。

かきくらし雪はふりつゝしかすかに我家のそのに鶯のなく

是は、なからのつゝ也。

と記す。そして、この「つつ」のところも『和歌極秘伝抄』は、

つゝとまりの事

つゝといふに二つあり。程ふるつゝ、なからつゝ也。程ふるつゝといふは、つゝといひて、日かすを経たる心、又とし経たる心をふくめり。たとへは、

たこの浦に打出て見れは白妙のふしの高根に雪はふりつゝ

此哥は、ふりつゝ〳〵と心のつゝきて、程ふる心あり。是程経るつゝなり。又ながらつゝと云は、
秋の田のかりほの庵の苫をあらみ我衣手は露にぬれつゝ
此御哥は、我衣手は露にぬれなからといふ事なるゆへ、なからつゝといふなり。

と、ほぼ『和歌八重垣』と同様の説を載せ、さらに、「同口伝」として、

つゝといふに二つあり。富士のたかねに雪はふりつゝといふは、上にいひのこしたる心をつゝと云言葉にこめてよみたるこゝろなり。田子の浦に出て見れは富士の高根の雪のおもしろさ、田子のうらの景気のおもしろさ、何ともいふにいはれぬけしきにこそあれといふ心をふくめて、つゝとおかれたる也。いかにも上手のわさなり。
あすからは若なつまんとしまし野にきのふもけふも雪はふりつゝ
といふ哥は、上へかへして聞へし。いふ心は、かやうに雪のふりては、若なつむへき遊興もなるましきか、何とせんそと上へかへして、置たる也。むかしより、つゝとめとてむつかしき事にいへとも、別の事もなし。たゝ此心得にて合点有へし。

と、その口伝を暴露しているのである。この暴露された口伝が、必ずしも『春樹顕秘増抄』の「口伝」つまり長伯の伝えようとしていた「口伝」であるかどうか定かではない。しかし、ここで重要なのは、その内容ではない。先に述べてきた「らん」「かな」とともに長伯が「口伝有り」としたところに対応するように、その「口伝」が暴露されていることであろう。長伯が秘伝としたところに対応するように、『和歌極秘伝抄』はその秘伝を暴くのである。「むかしより、つゝとめとてむつかしき事にいへとも、別の事もなし。たゝ此心得にて合点有へし」と締め括るのも、また先程と同じ構図である。

「かな留め」の場合、「つつ留め」の場合と、右に示した『和歌八重垣』の内容に「てにをは」秘伝の一部が公開さ

れていることを指摘された上野洋三氏は、続いて「場合によっては、『八重垣』の方が詳しいことさえもあることが示される。読者はここに長伯の出版活動の終了宣言を読みとることが可能である。そして同時にこの秘伝公開があまりにさりげなく、あっけなく行われていることにも些かの思いを致すべきではなかろうか」と述べられた。[11] ならばその秘伝をも暴露する体裁を取り、『和歌八重垣』の内容を全て包含する『和歌極秘伝抄』の刊行によって、歌学としての「テニハ」の問題（少なくとも「かな留め」「つつ留め」）はすべて曝け出されたということになる。秘伝を作り出す営みが、新説を産み出してきたとするならば、『和歌極秘伝抄』の刊行は、歌学の問題として「テニハ」を論じることの終了宣言と見ることもできよう。「テニハの習い」などというのはことさら問題にするほど難しいものではないのだという、長伯の著作に向けられた批判的な眼差しもその表われである。以降の歌学史上に「テニハ」の議論が全くないわけではないけれども、「テニハ」の問題は「歌学」を離れて、現代私どもが「語学」と呼ぶ領域の問題へと向かったのではなかったと推量されるのである。[12]

六　テニハ秘伝と実作と

以上、いわゆる啓蒙書、そして「出版された」秘伝書がほぼ同じ視点から、和歌における「留め」の問題について、注意を促していたことを確認してきた。では具体的にこれらの諸説は、彼らの実作に、どのように関わっているのであろうか。歌学書で述べられていることが、必ずしも実作に反映していないことは、しばしば説かれるところであるが、最後にこの点について考察することにしたい。

鈴木健一氏は「近世和歌の文法」[13]のなかで、「けるかな」「かな」について、加藤千蔭をはじめとして、おもに近世後期歌人の「かな留め」と「けるかな留め」について調査された。その鈴木氏の顰に倣い、長伯（地下流）について調査したい。先に述べてきた歌論と実作が如何に関わるかを、具体的に考えるためである。

なお、伝本間による歌数の違い、歌の出入りなどを考慮するならば、本来は彼らの私家集の伝本研究を踏まえたうえで、この調査は、行われなければならないであろう。が、本稿では、ふたつの「留め」の歌論上の問題と実作との関係を、とりあえずはおおづかみに考えようとする試みであって、その点は考慮せず、便宜上、新編国歌大観に収録されているものはそれを、未翻刻のものは手元に紙焼きの具わるものを使用したことをお断りしておきたい。したがって、正確には、「その伝本における」報告ということになる。調査の対象は、地下歌人の私家集。長伯の伝書の奥書に名前を連ねる松永貞徳・望月長孝・平間長雅、そして長伯。比較のために同時代の堂上歌人として、烏丸光広（『黄葉和歌集』）、後水尾院（『後水尾院御集』）を参照した。また、貞徳の師であり、地下派の祖として、奥書のはじめに名前を見せることの多い、細川幽斎（『衆妙集』）についても調査した。

①かなの場合

貞徳（『逍遊集』）、四九五首（約一六％）

長孝（『広沢輯藻』）、五〇首（約五％）

長雅（『風観窓長雅家集』（刈谷市立図書館村上文庫本による））、三四首（約二・五％）

長伯（『秋葉愚草』（内閣文庫本による）、歌数が二首少ない同系統『以敬斎長伯家集』（東洋文庫本）も参照した）、一八首（約一・三％）

烏丸光広（『黄葉和歌集』）、八八首（約五・三％）

後水尾院（『後水尾院御集』）、七一首（約五％）

細川幽斎（『衆妙集』）、七八首（約一〇％）

試みに鈴木氏の調査結果も参照させていただくと、例えば、いちばん割合の高いのが、香川景樹の二六・四％、低いのが、小沢芦庵の二・八％である。ちなみに古今集は、五・三％、新古今集は、一〇・四％である。[14] 一つの私家集にどの程度の「かな留め」が表れるのかは、全ての時代を見渡して考えるべきこともあるだろう。それはそれとして、ほぼ同時代、近世初期に焦点を絞って、右の結果を見れば、まず、貞徳の割合が非常に高いことが注目される。「たつ霞かな」「花の色かな」「月の影かな」「山桜かな」などの同じ表現[15]で五首以上に及ぶものが見られることが、その物理的な理由であるけれども、俳諧の表現との関連も視野に入れておくべきかもしれない。貞門の最初の撰集『犬子集』には「《SはPかな》と典型的な判断の形をとるものが、全体の一割を超える」という上野洋三氏の指摘もある。[16] この点について論じる十分な用意がないので、今は、事実の指摘と問題提起にとどめておきたい。また、長雅、長伯の割合が低いことも認められよう。特に長伯は、わずか十八首しか詠んでいないのである。[17]

②つつの場合

貞徳（『逍遊集』）、一七首（約〇・六％）
長孝（『広沢輯藻』）、四首（約〇・四％）
長雅（『風観窓長雅家集』）、なし
長伯（『秋葉愚草』）、なし
烏丸光広（『黄葉和歌集』）、八首（約〇・五％）
後水尾院（『後水尾院御集』）、十首（約〇・七％）
細川幽斎（『衆妙集』）、八首（約一％）

一見してわかるように、どの私家集もその数は決して多くはない。それは「つつ」留めの表現が、ことに「つゝ」止めの展相ということに限らず古代和歌全般の歴史の上から当然注目されるべき玉葉和歌集・風雅和歌集に、「つゝ」止めの表現価値の特に見るべきものがないことは、「つゝ」止め歌が新古今集の時代以後歴史的意義のある展開を見せず、結局は新古今人の達成したその意味に追随しつつもそれを見失っていくというだけの形骸化に終わったことを代表して告げるものであるといってよい。

と、森重敏氏が指摘するように、[18]「つつ留め」は、新古今集を一つの頂点として、その「表現価値」が「凋落」していったのであろう。近世前期において詠まれなくなったのも、必然であるとも言える。しかし、右に示したように、一首も詠まれないということもなかったわけで、例えば、「あひみてはねがひもみつの浦にやく今ひとしほに身もこがれつつ」の貞徳詠のように本歌取りを用いながら、恋の歌に詠もうとする積極的な工夫も見られる。貞徳の「つつ留め」は、全一七首のうち実に一三首までが、恋の歌なのである。歌人（表現する者）としては、あまり上手く詠まれなくなった「つつ」を、何とか詠んでみたいという欲求にかられたのではなかったかとも推量される。

その中で、長雅や長伯が一首も詠まなかったというのは、むしろ注目に値しよう。もちろん彼らが生涯を通して、一首も詠まなかったのかどうかは、十二分な調査を経なければ結論は出せない。しかし、少なくとも、その代表的な私家集に収められていないという事実は重く受け止めるべきではないだろうか。

「かな」の場合、そして「つつ」の場合と、これらの結果を、歌学の実作への反映と見るかどうかは、なお、慎重に考える必要があろう。けれども、長伯に特に顕著な両者の呼応関係が、全く意識されていなかったとも考え難いのではないだろうか。少なくとも今のところ用例が見出せない「つつ留め」に関しては、そのように考えてもよいと思われる。それが単純に伝統の呪縛ではなかったことは、幽斎以下に用例が拾えることからも明らかであろう。特に強く戒められているとは言えないまでも、堂上歌学においても、例えば、「つゝ・哉止は、習なくては、よむまじき事也」[19]という程度には意識されていた。同じ地下歌人の河瀬菅雄の場合も、元禄十三年、静空に伝授した『手尓遠波切紙』（九州大学音無文庫本）には、「されと歌にはすくなし。詞などには、多く云ならはせり。さはいへと、よしなくてはつゝけぬことゝそ」と、やはり詠むことを戒める記述が見出せる。[20]もちろん森重氏の指摘する表現上の行き詰りも、彼らは感じていないわけではなかっただろう。しかし、彼らは、それでも詠んだのである。あるいは「だからこそ」と言ってもいいかもしれない。だからこそ、我こそが「つつ留め」を用いてすばらしい歌を詠もうと。

ところが、長伯は詠まなかった。それはやはり自らが編んだ啓蒙書の記述を意識してのことではなかったか。論の実践として、歌は詠まれた。そうであるならば、長伯にとって「歌を詠む」という行為は、いったいどんな意味があったのだろうか。当時、歌を詠むということに、今日私どもが言うところの芸術的な意味がどの程度あるのかは、なお議論のあるところであろう。が、表現する者として、多少なりともそのことが意識されていたとするならば、長伯のあり方は、歌を芸術という枠組みからずいぶんと切り離してしまうことになろう。「テニハ」は和歌の修辞の問題であり、それは、芸術とは切り離せない問題であったはずである。一方で秘伝が秘伝として一人歩きすることもまた有り得ることである。しかし、その影響が実作にダイレクトに及ぶのならば、それは表現の幅を狭めるだけである。自ら規範を定め、その範疇でしか歌を詠むことをしなかったのならば、歌は縮小再生産を繰り返すほかかない。

七　おわりに

以上、テニハ秘伝のうち、特に「かな留め」「つつ留め」について、『和歌極秘伝抄』を中心に考察を加えてきた。

本稿では専らその秘伝と出版や地下歌学における意味を問題としたため、その内容に関する検討は、十分ではない。国語学的な視点から改めて論ずべき問題が多く残った。すべて今後の課題としたい。

また、「留め」の問題は、それらが和歌の修辞に密接に関わるものである以上、実作との関わりについても踏み込まざるをえないと考え、拙速になることを承知で、私見を述べた。が、近世初期の地下の歌についての研究は、現在、全く手付かずであると言っても過言ではないだろう。指摘したような自らの編んだ啓蒙書との関連、その作歌の方法など和歌史・歌学史・学芸史の面からも注目するべきことは多い。それらのことに関する具体的な考察は後考を期したい。

【注】

（1）例えば、テニハ秘伝のまとまった研究書としてはほとんど唯一のものと思われる、根来司氏『てにをは研究史―てにをは秘伝書を中心として―』（一九八〇年、明治書院刊）にも、『和歌極秘伝抄』については言及されていない。

（2）古田東朔氏、築島裕氏著『国語学史』（一九九二年五月、十二刷、東京大学出版会刊）の第三章近世、第二節「てにをは」秘伝書の公刊と増補（古田氏執筆）。

（3）上野洋三氏『元禄和歌史の基礎構築』（二〇〇三年十月、岩波書店刊）Ⅱ部第2章「有賀長伯の出版活動」。

（4）川平ひとし氏「資料紹介『詠歌之大概』諸抄採拾―近世和歌手引書所載の註二種―」（跡見学園女子大学『国文学科報』十六号、一九八八年三月）。川平氏は、その論文の注九の中で、『和歌極秘伝抄』の目録を挙げて「中世以来の知識がどのように組み入れられているか、一々について精査してみるべきであろう」と問題提起をされたが、その後、特にこの資料についてのまとまった研究は聞かない。

（5）第二章第五節参照。引用は、便宜上、初雁文庫本による。

（6）『和歌極秘伝抄』は、便宜上、国文学研究資料館のマイクロフィルム（徳島県立図書館森文庫本）による。『和歌八重垣』は「元禄十三年卯月吉祥日、二条通丁子屋町、山岡四郎兵衛・江戸芝神明前町、同甚四郎」の刊記を持つ大阪女子大学附属図書館蔵本による。引用に際し、和歌の出典や作者注記などを省略し、適宜句読点を付した。

（7）大谷俊太氏「テニハ伝授と余情―つつ留り・かな留りをめぐって―」（テニハ秘伝研究会編『テニハ秘伝の研究』、二〇〇三年二月、勉誠出版刊）など。

（8）『姉小路式・歌道秘蔵録・春樹顕秘抄・春樹顕秘増抄（勉誠社文庫24）』（一九七七年十二月、勉誠出版刊）による。

（9）前掲、『姉小路式・歌道秘蔵録・春樹顕秘抄・春樹顕秘増抄（勉誠社文庫24）』。

（10）大阪府立中之島図書館蔵。長雅から岡高倫へ宝永元年伝授された『百人一首』の聞書。その後さらに門弟へ伝授された。引用に際し適宜句読点を付した。

（11）前掲、上野洋三氏「有賀長伯の出版活動」。

（12）川平ひとし氏「歌学と語学―創作論の枠とその帰趨―」（『中世和歌論』、二〇〇三年三月、笠間書院刊）。

（13）鈴木健一氏「近世和歌の文法」（『国文法講座』第五巻、一九八七年六月、明治書院刊）。

（14）鈴木氏は、「かな」と「けるかな」を分けて報告されたが、本稿で扱ったのは、「かな留め」であるので、この両方を西田が加えて示したことをお断りしておく。

（15）例に挙げた以外には、「花を見るかな」「花ざかりかな」「月を見るかな」「空にしるかな」「ほとゝぎすかな」「飛ぶ螢かな」「初時雨かな」「ぬるる袖かな」「年の暮れかな」「君が御代かな」。

（16）上野洋三氏「切字断章」（『鑑賞　日本古典文学』第三十三巻「俳句・俳論」、一九七七年十月、角川書店刊）。

（17）ちなみにその十八首のなかにも「飛螢かな」「うつ衣哉」「散紅葉哉」「立千鳥哉」は、二首ずつ見える。

（18）森重敏氏「古代和歌における「つつ」の展相」（『国語国文』第三十六巻十二号、一九六七年十二月）。

（19）『雲上歌訓』所引「尊師聞書」（新日本古典文学大系）による。

（20）ただし菅雄の実作面における影響は未調査。なお、菅雄の「つつ留め」については、大内瑞恵氏「『百人一首さねかづら』

について―河瀬菅雄の「百人一首」研究―」(『国文学論考』第三十六号、二〇〇〇年三月)にも論じられている。

第四節　伝統と実感と－風景をうたうこと－

一　はじめに

第三節までは、近世前期における歌論と実作の関係について、長孝や長伯の歌学書を手がかりに、いささか言及してきた。本節では、近世前期の和歌そのものについて、「風景を詠む」という視点から、考察を試みる。なお、和歌の用例は特に断らない限り、すべて『新編国歌大観』による。

二　実感を詠む－『以敬斎聞書』の記事から－

師語云、ひくらしといふ虫は、蜩の字を書て、蝉の種類也。形は、則小き蝉也。夏より秋かけて、鳴もの也。夕に専らなくものゆへ、日くらしといふ也。打まかせては、夕のもの也。古哥にも、

日暮しの啼つるなへに日は暮ぬとおもふは山のかけにそ有ける

日暮しの声聞山の近けれや啼つるなへに入日さすらむ

日暮しのなく夕そうかりけるいつもつきせぬ思ひなれとも
なと、よめり。然るに先師長雅居士、摂津国池田のおく、久安寺といふ山寺に庵しめて、閑居の折ふしまかりつるに、雅師云、毎朝、日くらしの啼侍る、其声すくれて、おもしろくこそ侍れ。こよひ宿して、明朝、聞玉ひとあり。日くらしは、夕のものとこそいへ、いと珍らしと思ひて、其夜をあかし、あくるあした聞に、雅師の語り玉ふにたかはす鳴音のすくれて、いと面白、世の常、夕に啼よりは、声よし。鈴虫のことし。誠に珍らしく侍ると申て、帰りにき。其後、日暮しの朝啼といふ証例も有にやと思ひて、心かけ侍りしに、有時見当り侍りけるは、新勅撰集夏の部に、詞書、石山にて暁日暮しの鳴を聞てとあり、藤原実方朝臣「葉をしけみ外山の陰やまかふらんあくるもしらぬ日くらしの声」是を見出て後、書付て参らせけれは、先師悦玉ひしとなんかたり玉へり。
私云、猶、日くらしを今よまんに、此証例ありとて、むさと暁なとによむましき事也。是は、其ことはりを詞書にいひてよめり。何の子細もなく暁、朝にはいかゝ。打任て夕の物なれはなり。

右に引いたのは、有賀長伯の『以敬斎聞書』の一節（【日暮らしの啼は夕に限らさる事】）[1]である。この記事には、当時の「歌を詠む」ということについて、注意するべきことがらが述べられているように思われる。「風景を詠む」ことを考察するにあたって、まず、この記事を読むことをきっかけに考えてゆきたい。
「ひぐらし」を和歌に詠むということについて、長伯はまず、その基本的な知識を確認する。それは「夏より秋かけて鳴もの」であり、「夕のもの」であるということである。このことは、例えば『八雲御抄』あたりから説かれるのもので、『八雲御抄』を下敷きにした啓蒙書版行に努めた長伯にあってすれば、これらの知識は当然のものであったろう。彼は、この点をさらに「証歌」を示すことで裏付ける。それぞれの出典は、『古今集』・『後撰集』・『新古今集』である。

ところが、その前提を覆す出来事が起こったことを次に記す。それは師・平間長雅の「ひぐらし」に関わる話である。長雅は自身が退居した久安寺という山寺で、毎朝「ひくらし」が大変面白く鳴くのだという。この高揚した口吻に長雅の「実感」が窺える。あの夕に鳴くとされる「日くらし」が、朝にこれほどすばらしく鳴くということに、長雅は感動したのである。だから、是非聞きに来いと長伯を久安寺へ誘う。翌朝、長伯の持つ知識からは考えられないことが起こる。長伯は、その感動を「鳴音のすくれて、いと面白、世の常、夕に啼よりは、声よし。鈴虫のことし。誠に珍らしく侍る」と語っている。ここで注意したいのは、長雅・長伯という歌人二人して、その感動を直ちに歌に詠もうとはしていない点である。彼らがそれを歌に詠みたかったであろうことは、それに続く行為が裏付けていよう。長伯は帰って早速「ひくらし」を「朝」に詠む証歌はないかと気に掛け始める。そして、見出した『新勅撰和歌集』の藤原実方詠を長雅に知らせている。それを見て、長雅もまた悦ぶのである。自らの「感動」が歌によって裏付けられた「悦び」であり、またそのことを歌として詠むことの確証を得た「悦び」であったのだろう。実感を和歌として定着させるためには、何よりもまず、「証歌」が必要だった。それなくしては、「感動」はただの「感動」のまま埋もれてゆくしかなかったのである。

さらにこの記事には、「私云」という形で、長伯の門人の意見が付け加えられている。これが、長雅・長伯の「証歌があればそれでよし」とした姿勢をむしろ戒めている点が注意される。長雅や長伯が証歌を以って、伝統から抜け出そうとしたのに対し、「此証例ありとて、むさと暁なとによむましき事也」とむしろ門人はそれを引き止めるのである。和歌が「伝統」という呪縛から抜け出せないまま、むしろ縮小再生産を繰り返して行くしかなかった一面をこのことはよく伝えていよう。

三　風景を詠む－伝統との共感－

Ⅰ　集大成の時代

「ひくらし」を詠むことを例に、歌が「実感を詠む」ためにはこの時代には証歌が存在することが何よりの必要条件であったことを述べた。そのことは直ちに風景を詠むことにも関わると思われる。眼の前に広がる風景をただ詠めばよいというわけではなかったのである。そのような状況のなかで、眼前に広がる風景と伝統的に歌に詠まれてきた風景とのギャップが大きければ大きいほど、彼らは歌を詠むことを躊躇したはずである。もちろん「居ながらにして風景を知る」と言われる歌人たちにとって、必ずしも眼前の風景を詠むことが望まれていたわけではない。これから中心に扱おうとする中世後期から近世初期という時代にも、広く流布し、版行もされた『竹園抄』（『日本歌学大系』第参巻による）「名物題事」には、

難波江の歌よまむには、葦は見えずともよむべし。明石・更級にはくもりたる夜も、月の明かなるやうを詠むべし。吉野・志賀には花散りて後も、花あるやうによむべし。惣て名物名所にむかひては、其時はなしといへども、有るやうに詠むべきなり。花・郭公・月・雪は、殊に興あるやうによむべし。

と、「題詠についての注意」という条件は付くけれども、必ずしも実景をそのまま歌に詠むというわけではないことが説かれている。伝統を踏み外さずに詠むことこそが、まずは重要であったわけである。されば、時代が下れば下るほどその用例は増加し、固定化するのは当然の結果であろう。かくのごとき状況の中で、いわゆる「名所和歌一覧」

のようなものが編まれ始めたことは、時代の要求に応えたものであったといえよう。[2] 中世後期から近世初期という時代に特徴的であったのは、それらの証歌（用例）が集大成される傾向にあったことであろう。

集大成されたものが存在するということは、そう苦労することなしに、全体を見渡せる環境が整えられたということである。しかし、このことは、必ずしも和歌を詠むものにとって幸福であったとは言えまい。同時にそれは、大きな矛盾を孕むことになったはずだ。集成された歌どもは、新しい趣向で歌を詠むことが望まれた時代状況の中にあって、大きく眼の前に立ちはだかることになったに違いない。いくら趣向を凝らしても、このマンネリズムから抜け出すことは、極めて困難であったと推量される。眼前に立ちはだかる多くの歌、それを前に、いったい彼らは、自らの歌をどう詠みえたのか。その伝統に押しつぶされて、もはや縮小再生産を繰り返すに過ぎなかったのであろうか。例えばである。仮にこの時代（中世後期から近世初期）に身を置いたとして、ある風景を歌に詠もうとすれば、たちどころに次のごとき環境が整う。[3] 話を具体的に運ぶために、ちょうどこの過渡期に生きた地下の代表的な歌人である松永貞徳を中心に、「すみよし」（「すみのえ」も含む）を詠むことを想定して、無理をすることなく整い得る状況を考えてみたい。[4]

まず名所詠に際して、参照されたと考えられるものに、『歌枕名寄』がある。『歌枕名寄』第十四巻「畿内部　十四」に「住吉篇」があり、二百首余りが集められる（伝本により若干の相違はある）。また、貞徳の没する承応二年までに刊行されていた名所和歌集に里村昌琢編の『類字名所和歌集』がある。版本の丁数にして十丁半、計二一八首。二書に重複する歌もあるけれども、まずこの程度の伝統が彼の前に立ちはだかることになる。そこに、名所を中心としない、いわゆる類題集（『題林愚抄』など）も存在したのであって、それらを加えると、相当数の歌の用例が具わることになる。貞徳のすべての「すみよし」詠にそれらが参照されたということでは、もちろんないが、そこには貞徳の時代の

「すみよし」を詠むためのスタンダードが示されていると見て、差し支えはなかろう。

今、それらの歌をここに列挙してもいたずらに紙幅を費やすだけだろう。各々の歌の分析の折に関連することについて、随時触れることにする。そこで、ここでは試みに連歌の寄合書を引いておくことにしたい。連歌の寄合書には、それまでの和歌の伝統が凝縮して集められており、和歌の伝統を知るうえで、すこぶる有効であると思われるからである。あるいは、実際に、これらが歌を作るということにおいても参照された可能性もあろう。

『連歌付合の事』（『中世の文学』（三弥井書店刊）による）には、「住吉ニ八」として「宮井、松、翁、釣舟、難波、津守浦、岸、あはぢ嶋」が挙げられている。また、『連歌作法（修茂寄合）』（『未刊国文資料』による）には、

住吉岡・里・浦・岸・浜・市あり

翁　歌　松　御祓　市　奥津風　細江　朝かほ　菊　藤　渚にあやめ、岸に忘草もよめり。

と記され、さらに、

住吉やほそ江にさせるみほつくしのふかきにまけぬ人はあらしな（詞花）

わすれ草つみて帰らん住吉のきしかたの世は思出もなし（後拾遺）

すみよしの岸の小萩にうちそへて波の花さへみゆる今日哉（堀河百首）

の三首の歌が挙げられている。また、例えば、

松風ものどかに立つや住吉の市のちまたに出づるなり。（中略）ここはところも住吉の神と君とは隔てなき、誓ひぞ深き瑞籬の久しき世々のためしとて、ここに御幸を深緑、松にたぐへて千代までも（中略）いざいざ市に出汐の月面白き松の風（以下略）

のごとき謡曲《岩船》などの一節も、詠歌に際し、彼らの脳裏をかすめたのではなかったか。和歌の伝統とは言いな

がら、この時代には、それらを踏まえた連歌や謡曲の影響も、実際の作歌の場では考慮しておくべきかと思われる。このように整いうる環境をひとまず見渡したうえで、以下に貞徳の「すみよし」詠をあげ、その表現について順次検討を加えてゆくことにしたい。

Ⅱ　貞徳の「すみよし」詠をめぐって

貞徳の家集『逍遊集』に収められた「すみよし（すみのえ）」詠は、十八首。そのうち風景を詠むこととは基本的に関わらない「神祇」を除いて、検討を加えることにしたい。先に見た伝統に貞徳がどのようなスタンスをとり得たのかを具体的に確認しておきたいのである。（便宜上それぞれの歌に番号を付した）

①住の江や霞の上にほのぼのとただうたかたのあはぢしまかな（一一九・江上霞）
②松かげや千年もここに住吉の岸ねの草の夏をわすれて（九七六・樹陰納涼）
③こと浦も今夜の月はみつらめど住吉のさとすみよしのはま（一四三三・八月十五夜百五十首のうち）
④春の海べ雁なく秋も雪ふれば岸ねの草よ住吉のはま（一九三七・浜雪）
⑤住よしや雪のあしたにみ渡せば松のこずゑも沖つしら波（一九四一・海辺雪）
⑥住吉のまつ夜のそらは瑞籬の久しき物と君はしらずや（二〇五四・待恋）
⑦おのづから宿にすみのえ高砂もうつすとみゆる庭の月影（二四〇八・庭上松）
⑧住吉やうらわの松のひまごとにあらはれいづるにしのうみかな（二四一五・浦松）

①は、「住の江」から霞の向こうに「淡路島」が見えるという風景。例えば『類字名所和歌集』に引かれる「住吉の沖つ塩あひはみえわかて霞にまかふ淡路嶋山」（新続古今雑上、四辻入道前左大臣）などと同じ趣向である。住吉から淡

路島が見えるというのは、実景であったのかもしれないが、あるいは、絵などの影響によるのかもしれない。[5]②④にみえる「岸ね」は、管見の限り、中世以前の和歌には用例が見出せない。『黄葉和歌集』（烏丸光広）に「春風の吹きなびかせるあをやぎに岸根の草ぞみだれあひたる」（17・岸柳）と見える。貞徳や光広のころに歌語として定着したのであろうか、以降は、後水尾院をはじめとして、堂上の和歌に用例が散見する。「岸根」の早い例として、『毛利千句注』（金子金治郎氏『連歌古注釈の研究』による）に、

岸根の柳かせやふくらん（昌叱）

きしねの柳の枝花のしからみと成て、せきとめたれとも、風の又吹なかしたる也。

と見えることから、あるいは連歌語として認識されていた可能性もあろう。『黄葉和歌集』は、まさにこの『毛利千句注』の用例と重なり合うもので「海辺、川端などで水に接するばかりの土地」（『時代別国語大辞典　室町時代編』）と理解しておいてよいだろう。貞徳詠も基本的にこの意で理解できる。②の納涼題に「夏を忘れる」と詠むことは、類題集に見える定型の一つ。④の歌意は判然としないところもあるけれども、貞徳としては、連歌語（あるいは俗語のつもりか）を詠み込むことで「すみよし」詠のマンネリズムから逃れようと試みたのかもしれない。③は、『類字名所和歌集』の「住吉の神の御前の浜きよみこと浦よりも月はさやけき」（風雅秋下、前参議俊言）と同趣向。⑤の「海辺雪」題に「住吉」を詠むのは『題林愚抄』などに「住吉の松やいずくとふる雪にながひもしらずとほつ里人」と見える。この歌は、松の梢に降りかかる白雪を「白波」に見立てた。④⑤ともに「住吉」に「雪」を詠むのであるが、この用例は存外少ない。貞徳の見た実景が反映しているのであろうか。⑥は、同趣向の和歌が多く見出せる。あるいは先に引いた謡曲《岩船》の一節なども思い合わされたのかもしれない。⑧の「浦松」題は、後水尾院が『麓木抄』で、

たとへは、浦松などといはんには、眼前に其景気みるやうに、浦に松のある体を思やりなとして趣向をもとむへき

也。

と述べるところ。貞徳詠が実景に基づくと見る可能性が無いわけではない。けれども、『類字名所和歌集』に「西の海やあはきか原の塩ちより顕れ初しすみよしの神」（続古今神祇、卜部兼直）などの歌があることを思い合わせれば、松の間から「神の示現」ではなく「西の海」が見えたというのは、それまでの歌とは、やや異なった視点を提供したのかもしれない。

第一章をとおして検討してきたように、歌語の拡大を唱え、俗語に近い奇異を衒った歌語を用いてでも、貞徳には「新しい歌」を詠むことを志すという面が窺えた。「すみよし」詠についても、そのような歌語へのこだわりと実作に際しての工夫は少なからず読み取ることができる。しかし、それを趣向の問題に転じれば、「すみよし」詠に限れば、ほぼその伝統の枠組みに収まると見てよい。むしろその工夫のあとがいささか奇異に映るのは、そうでない大部分（歌語・趣向ともに）が、伝統の枠組みから大きく抜け出していないからであろう。このことは何も「すみよし」詠に限ったことではあるまい。もう少し問題を広げて言えば、「風景」を詠むと言うことについては、それほどまでに伝統の縛りがかかっていたと思われるのである。

では、貞徳は、住吉の風景の美しさに感動はしなかったのであろうか。あるいは、思い描いていた「住吉」と眼前に広がる風景とのギャップに失望はしなかったのであろうか。いずれの場合にしても、心が動かなかったわけではないはずだ。次節ではこの点について考えたい。

四　風景の再発見

柄谷行人氏は、『日本近代文学の起源』（一九八〇年八月、講談社刊）に収められた「風景の発見」のなかで、

> 私の考えでは、「風景」が日本で見出されたのは明治二十年代である。むろん見出されるまでもなく、風景はあったというべきかもしれない。しかし、風景としての風景はそれ以前には存在しなかった。

と述べ、さらに近代以前の文芸と風景の関係について、山水画のことを例に、

> つまり「山水画」において、画家は「もの」をみるのではなく、ある先験的な概念をみるのである。同じようにいえば、実朝も芭蕉もけっして「風景」をみたのではない。彼らにとって風景は言葉であり、過去の文学にほかならなかった。

と述べられた。実朝と芭蕉を同列に扱うこと、つまり和歌と俳諧が同レベルでは論じられないことについては後に改めて検討することとして、柄谷氏があたかも近代以前の人間が、眼の前に広がる風景に、いささかも心が開かれないまま、何の感動もしなかったかのごとくに述べるのは、もう少し厳密に考えるべきであろうと思う。私は、近代以前においても、新しい風景の発見は常に行われていたはずだと考える。それは何もその地に新しい美的要素を発見することだけではない。初めて訪れた地が誰にとっても新鮮でないはずがない。観念を越え、それは、実感として、ある。歌を詠もうとした契機に、その感動がなり得なかったとは言えまい。

例えば少し時代は下るけれども、元禄三年の奥書を持つ大坂周辺の地下歌人の歌を集めた『堀江草』[6]という歌集がある。そこには題詠ではなく、確実に住吉に行って、実見したことを詞書に持つ歌が見られる（歌には便宜上番号を付した）。

　　住吉にまうて、浦にて日くらし夜に入てかへるとて月をなかめてよみ侍る　　不水子

①住の江の松の梢に影冴てうら風かすむはるの夜の月（一七八）

住吉にまいりて松をよみ侍る　　放閑鳥子

②めぐみある是もしるしに神垣や栄ひさしき住吉の松（一三一四）

「住吉にまうて、」「住吉にまいりて」と詞書に見えることから、「住吉」の風景を実見して詠まれた歌に違いない。歌を詠もうとした理由の一つに、その風景への感動を挙げておいてもよいだろう。しかし、注意しておきたいのは、このように実景を前にして詠まれたはずの歌が先に見た貞徳の歌のように、ある類型からはそれほど踏み出せないでいるということである。確かにそのような「風景」を実見したのかもしれないけれども、①について言えば、すべての要素（住の江の松の梢・松の梢の月影・住の江の浦風・霞む春の夜の月）が、『類字名所和歌集』などをはじめとして類題集に見出せる。それらを全て詠み込んだものは見出せなかったが、実景を詠んだとも言えないだろう。②は、神祇詠に同じ趣向のものが多く見出せる。

また、光広の『黄葉和歌集』には「住吉の浜の松かげにややひさしく眺望して」（五五三）という詞書をもつ歌がある。詠まれた歌は「もしほ草書きもやられず心さへ春の海辺の浪にとられて」であり、ここにも実景の「住吉」が詠み込まれているとは言い難い。いま、実景を見たにもかかわらず、歌の表現が類型を出ない場合、実景を見ることがほとんど歌に反映しない場合の、二つの例を見た。これらのことを考慮するならば、柄谷氏の言うように「風景の発見」が行われなかったのではなく、近代以前（少なくとも近世前期まで）には、「発見された風景」をそのまま「文学表現」（この場合は「和歌」）として定着させる「手立て」がなかったと考えるほうが妥当ではないだろうか。享受者の側から言えば、それを「文芸」として捉える「回路」が成立していなかったということになる。改めて、冒頭で引いた長雅と長伯の話が想い起こされよう。当時、和歌において、それが「文芸」として確立し、保証されるためには、「証歌」という「装置」を潜り抜けなければならなかったと思われる。

ならば、証歌とは、何か。それは、単に過去に用例があるということだけではなく、少なくともその歌を詠んだ歌人、ひいては伝統との共感を意味するものではなかったか。このころからさかんに編纂されるようになった類題集や、名所和歌集の類は、もちろん初学の参考書としての役割も果たしたであろう。しかし、それらは自らの実感を再確認するためにも用いられたのではなかったか。証歌（用例）を見出すことは、自らの実感を保証し、それは同時に古人と共感することにもなる。そうすることで初めて、自らの歌が詠めるのだ。自分が発見した風景は、伝統に照らし合わされ、再発見されなければ歌にはならなかったのである。結果として、表現が類型に陥り、陳腐になってしまうのは、もはや避け難い。けれども、それはそれでよかったのではないか。マンネリズムに対し、「新趣向」を求めることが望まれながら、開き直ったかのように、縮小再生産を繰り返し得たのは、このマンネリズムこそ、古人（伝統）との共感であったからではないだろうか。

五　俳諧の風景―伝統を乗り越える視点―

俳諧は、連歌とは違い、少なくとも和歌の伝統からは、自由に「風景」を詠むようになったと見受けられる。連歌は、例えば先に見た付合集のように、和歌の伝統に多くをよっていた。俳諧は、ひとまず、その伝統からは距離を置いていたと考えられる。それは、「和歌」という伝統に対するアンチテーゼとしてあったのかもしれないけれども。

では、先に取り上げた「すみよし」は俳諧ではどう詠まれているのであろうか。例えば、芭蕉には、「すみよし」をめぐって、次の句が残されている。

　　舛かふて分別替る月見哉（元禄七年）

『笈日記』(『古典俳大系文学6』(集英社刊)による)に「今宵は十三夜の月をかけて、すみよしの市に詣けるに」などと見えるように、句の作られた状況は、明らかである。「住吉の市」に行ったのだから、「住吉の市」を題材に詠むことは当然であるのだろう。さまざまに説かれる解釈にも、特に異論はない。ただ、例えば、東海呑吐『芭蕉句解』(明和六年自序)[7]に、

宝市とて、住吉の祭に月夜かけて桝を売る也。古例たえず。須磨明石室兵庫津まで見え渡り、月の夜は殊に絶景なり。

と記されている。「月の夜は殊に絶景」であった住吉に来て、その風景をどうして芭蕉は詠まなかったのだろうという素朴な疑問が頭の中を駆け巡るのである。「九月十三日だったから」では答えにはなるまい。それは「住吉の市」を詠んだという理由にはなり得ても、「住吉の風景」を詠まないという積極的な理由にはならないからだ。『毛吹草』巻二「暮秋」に「住吉市　十三夜」と見える。したがって芭蕉は、俳諧としてはむしろ正当な句作をしたとも言えよう。あるいはそれは、『連歌作法(修茂寄合)』(未刊国文資料による)の「住吉」の寄合のひとつに「市」と窺えることから、連歌の伝統に寄りかかっての句作であったかもしれない。先に引いた謡曲《岩船》にも、「松風ものどかに立つや住吉の市のちまたに出づるなり」という一節があった。中世以来「住吉の市」はよく知られていたのである。以上のことを思い合わせるならば、仮に「住吉の市」を実見しなかったとしても、芭蕉はそう詠んだのではなかったかと憶測したくなる。それが「俳諧」の「風景」であったからだ。

また、同じく「すみよし」を詠んだ句として、連句(延宝六年・わすれ草)の付句に、

木具屋の扇沖の春風　信徳
住吉の汐干に見えぬ小刀砥　桃青

がある。これもまた『毛吹草』巻二「三月」に「住吉塩干　同（三日）」と窺えるところ。この句も、芭蕉はただ、「俳諧」の「伝統」によって句作をしたに過ぎないのだろうか。

『摂陽群談』（元禄四年刊行、大日本地誌大系による）には、住吉大神社の項に、

毎歳三月三日汐干祭。此日、当社の浦辺より、淡路の海に至り、白浜と成て、人皆洲中に遊ぶ。（中略）九月十三日、宝市の神拝あり。（以下略）

と見える。この記事から察するに「すみよし」の「汐干祭」や「宝の市」は、当時の人々には親しみのある行事だったと思われる。にもかかわらずあれほど膨大な歌を検索しても、「すみよし」に「市」や「汐干」は詠んだ例は見つからない。少なくとも歌人たちには「市」や「汐干」の風景は見えていなかったのである。それでは「市」自体、歌に詠むことが珍しかったのかといえば、そうではない。例えば正徹の『草根集』にも「市」は詠まれている。証歌がないわけではないのである。ただ「すみよし」に「市」を詠むという回路が歌人たちには、繋がっていなかった。けれども、「住吉の市」や「住吉の汐干」の賑わいを知る人々にとって、住吉は白砂青松の地だけでは、必ずしも、なかったのである。俳諧が捉えたのは、まさにそんな同時代の雰囲気ではなかったか。先例が認められるとしても、それはまさしく実景であった。

しかし、それが「俳諧」の「伝統」として「制度化」するのも、また時間の問題であったであろう。「俳諧」の発見した風景は、発見と同時に新しい「伝統」の中に閉じ込められることになる。状況は和歌とさして変わりない。『類字名所和歌集』などが編纂されたように『俳諧類船集』や「名所句集」などが編纂されてゆくことになるのである。

六　おわりに

眼前に広がる風景を、何のためらいも無く、素直に歌や俳諧に詠むこと、それは、過去や同時代の何ものとも共感することなしに、「詠む」ということなのであろう。言い換えれば、そのことは、証歌など必要なしに、「個人の内面」の美意識にのみよりかかって「風景」の価値が保証されるということである。

そのこと自体がダイレクトに高い文芸性を獲得するためには、私どもの国においては、今しばらく時間が必要であったのである。(8)

【注】

（1）『以敬斎聞書』については、本章第二節参照。引用は、国会図書館本により、石川県立図書館李花亭文庫本も参照した。適宜句読点を付した。

（2）風景を詠むということからいえば、必ずしも名所歌枕を詠むことだけを対象とする必要はないが、本稿では論を具体的に進めるためにそのことに絞って考えることにしたことをお断りしておきたい。

（3）これらの条件は、おそらく現在でもそう変わらないだろう。次に見る「すみよし」を詠むこととして現代の辞書の類を引いてみても、近世和歌の用例が新たに追加されているわけではない。それが辞書の編纂者が近世和歌の用例まで博捜した結果だとすれば、そのことは近世の和歌が新しい趣向を詠み得なかったことを物語っていよう。そうでないとすれば、そのことは近世和歌研究の現況を図らずも象徴していることになろう。

（4）「すみよし」を題材に取り上げようとするのは、「和歌の神」であった「すみよし」に京阪圏に住んでいた歌人は一度は訪れていたであろうと推量されるからである。したがって、たとえ題詠であっても、その前提として実見はしていると考えられるからである。

（5）大阪市立大学学術情報センター森文庫には、「法皇御屏風和歌　住吉之絵」と内題にある中院通茂などの「すみよし」詠を集めたものがある。このように「すみよし」は屏風歌としても詠まれたのだろう。

（6）上野洋三氏編『近世和歌撰集集成　地下篇』（一九八五年四月、明治書院刊）による。

（7）岩田九郎氏『諸注評釈　芭蕉俳句大成』（一九六七年七月、明治書院刊）による。

（8）神作研一氏「〈実景論〉をめぐって－香川景樹歌論の位相－」（『雅俗』第七号、二〇〇〇年一月、雅俗の会刊）には、香川景樹が「実景」を重んじていたことと、その和歌史における意味などについて、画論との関わりなどを視野に入れて、詳細に論じられている。本節との関わりで言えば、当時の歌壇の縮小再生産に甘んじる停滞ぶりを、歌人自ら反省し、その打破を試みたと言えようか。また「時宜」と言う視点から、富士谷御杖も題詠批判を通して「和歌とは何か」と言うことを真摯に考えていたということ、中森康之氏「二つの時宜－支考と御杖の表現理論－」（『近世文芸』71号、二〇〇〇年一月）に手際よく論じられていて、参考になる。いずれにしても、「歌を詠む」ということが「伝統」から切り離されて、改めて問われる時代に突入した、その表われなのであろう。本節では、今の私どもの眼からは、歌にとって停滞にしか見えない時代に、その時代に生きた歌人や俳諧師たちは、何を考えて、歌を詠み、句を作っていたのかを「風景を詠む」ということを題材として考察しようと試みた。

今後の課題と展望

本書で扱った注釈書や聞書類、また和歌は、決して、その個人の伝記資料たるべく、著され、残されてきたわけではない。本書では、あくまでも資料の内容の検討をとおして、取り上げたそれぞれの資料の学芸史上における定位を目指した。本書で考証に努めてきたことは、文学史の教科書にしてしまえば、わずか数行の記述で足りてしまうことかもしれない。けれども、「誰が著したのか」ということではなく、「何を著したのか」を問うことが、学芸史を構想するためには、意味のあることだと思うのである。

それぞれの節ごとに気づいた問題点や残された課題について触れてきたが、今後の研究の展望も含めて、その点について改めて述べることで、結びとしたい。

古典の注釈については、「続き」ばかりが強調されるものには「切れ」の側面を、「切れ」ばかりが問題とされる場合には、できる限り「続き」の面を考えることで、学芸史への定位をこころみてきた。注釈を個人の営為に還元するのではなく、いったん注釈の歴史の中に位置づけたうえで、はじめて個性の問題について考察するべきであると考えるからである。その意味では、それぞれの注釈のもつ個別の特徴の検討は十分であったとは、言い難い。

歌学書については歌学史上における位置づけには留意したが、同時代の他の学芸との関わりについての考察に行き届かない面が残った。それはとりもなおさず、俳論や詩論をはじめとする同時代における他の学芸について、十分な配慮ができるほどに、私の準備が調っていなかったためである。今後の課題としたい。その点を見究めることができれば、広くこの時代の文芸思潮をつかむことにも通じるであろうと期待される。

言うまでもなく、本書において主として扱った貞徳やその門流たちの時代をくぐりぬけて、はじめて一般に「国学」と呼ばれる学問が確立されるのである。したがって、その「国学」の側から見て、貞徳や門流の学芸を「国学以前」とか「前期国学」と呼ぶのは不当であろう。その「国学」の嚆矢と位置づけられる契沖の学芸と、彼らの学芸とを比較することを手がかりに、その達成については論じたが、彼らや契沖の学芸が有していたはずの、それぞれの「新しさ」までには考察が及ばなかった。言わば時代の達成とでも呼びうる部分を引き算した先に、彼らのそれぞれの個性を反映させた、いかなる学芸の到達があったのか。そして、それらをも含みこんで、どのように「国学」へと受け継がれてゆくのか。あるいはゆかないのか。この点も課題として残る。

また、本書で取り上げた松永貞徳も、またその門流も、みな歌人であり、歌論と実作との関係や歌そのものの表現に関わる問題については、さらに考察を深めなければならないだろう。その点については、考えの一端を、気づく限り示すことに努め、また、まとまった形では、第三章において論じたが、なお十分ではなく、やはり今後の課題としなければなるまい。

初出一覧

一書としてまとめるにあたり、全ての旧稿に手を加えた。したがって本書をもって定稿とする。旧稿との対応を示すと、以下のとおりである。

はじめに―本書の目的と構成―（新稿）

第一章　松永貞徳の学芸

第一節　貞徳の歌学の方法―『傳授鈔』を中心に―
　貞徳歌学の方法―『傳授鈔』を中心に―（『文学史研究』第35号、一九九四年十二月、大阪市立大学国語国文学研究室文学史研究会刊）

第二節　貞徳の志向―『歌林樸樕』をめぐって―
　貞徳の志向―『歌林樸樕』をめぐって―（季刊『文学』第6巻第3号、一九九五年七月、岩波書店刊）

第三節　『和歌宝樹』の編纂
　貞徳の歌学書撰述をめぐって―『和歌宝樹』を中心に―（『国語国文』第66巻第1号、一九九七年一月、京都大学国語国文学会『国語国文』編集部刊）

第四節　『三十六人集注釈』の著述Ⅰ―注釈の内容をめぐって―
　三十六人集の注釈をめぐって―幽斎と貞徳、その歌学の特徴など―（『和歌文学研究』第80号、二〇〇〇年

六月刊）

第五節　『三十六人集注釈』の著述Ⅱ－和歌本文をめぐって－

近世初期の歌書の出版について－「三十六人集注釈」の和歌本文を手がかりに－（『雅俗』第9号、「特集　写本と刊本」、二〇〇二年一月、「雅俗の会」刊）の後半部。

第六節　『堀河百首』の注釈をめぐって

『堀河百首肝要抄』について－編者と注釈と－（『女子大文学　国文篇』第55号、二〇〇四年三月、大阪女子大学国文学研究室刊）

第二章　貞徳門流の学芸

第一節　望月長孝『古今仰恋』の方法と達成

望月長孝『古今仰恋』の方法と達成（『国語国文』第73巻第12号、二〇〇四年十二月、京都大学国語国文学会『国語国文』編集部刊）

第二節　『古今仰恋』仮名序注の性格

望月長孝『古今仰恋』仮名序注の性格（『女子大文学　国文篇』第56号、二〇〇五年三月、大阪女子大学日本語日本文学研究室刊）

第三節　平間長雅『伊勢物語秘注』の形成

『鉄心斎文庫　伊勢物語注釈書叢刊十二』解題（『伊勢物語秘注』・『伊勢物語奥旨秘訣』（冊子本）（巻子本）二〇〇二年二月、八木書店刊）

第四節　有賀長伯『伊勢物語秘々注』の方法

諸注集成の再評価―契沖『勢語臆断』と貞徳流『伊勢物語秘々注』と―（『女子大文学　国文篇』第50号、一九九九年三月、大阪女子大学国文学研究室刊）

第五節　貞徳流秘伝書の形成―『伊勢物語奥旨秘訣』の場合―

『鉄心斎文庫　伊勢物語注釈書叢刊十二』解題（『伊勢物語秘注』・『伊勢物語奥旨秘訣』（冊子本）（巻子本）二〇〇二年三月、八木書店刊）

第六節　貞徳流秘伝書と契沖

『六条家古今和歌集伝授』の位置―貞徳流秘伝書と契沖―（『文学史研究』第38号一九九七年十二月、大阪市立大学国語国文学研究室文学史研究会刊）

第三章　歌論と実作と

第一節　望月長孝の歌論―『哥道或問』をめぐって―

近世初期地下歌学一斑―望月長孝『哥道或問』をめぐって―（『大阪市立大学文学部創立五十周年記念　国語国文学論集』、一九九九年六月、和泉書院刊）

第二節　有賀長伯の歌論―『以敬斎聞書』を読む―

聞書の意義―『以敬斎聞書』を読む―（『江戸文学』27号（「【特集】近世和歌と古典学」林達也・鈴木健一監修）二〇〇二年十一月、ぺりかん社刊）

第三節　貞徳流歌学とテニハ説

テニハ秘伝と地下歌学―「かな留め」「つつ留め」を中心に―（『テニハ秘伝の研究』、二〇〇三年二月、勉誠出版刊）

第四節　伝統と実感と―風景をうたうこと―

伝統と実感と―和歌の風景・俳諧の風景―（『歌われた風景』、和歌文学会（渡部泰明・川村晃生）編、二〇〇〇年十月、笠間書院刊）

今後の課題と展望（新稿）

あとがき

本書は、二〇〇三年十一月に、大阪市立大学に提出した学位（博士）申請論文（二〇〇四年三月、博士（文学）授与）に基づいている。その折に審査してくださった、主査の阪口弘之先生、副査の村田正博先生、山口久和先生には、大変お世話になった。記して、感謝申し上げる。

本書の基となった博士申請論文は、大阪府立大学との統合を翌年に控える最も慌しく、いろんなことで多忙な時期に、内地研修に出させていただき、その時に提出したものである。内地研修の機会を与えてくださった大阪女子大学（当時）の同僚諸氏、またその内地研修を受け入れてくださった大阪市立大学（国語国文学教室）の先生方にも御礼を申し上げたい。

先述の博士論文審査の口頭試問のなかでは、細かな字句の誤りから、論文の本質的な問題に関わること、また今後の研究の見通しまで、さまざまにご指摘、ご教示いただいた。本書では、できる限り、その点にも応えるよう、心がけたが、十分に消化できなかったところもある。すべて今後の課題としたい。

こうして本書が成ったのは、多くの方々に支えられ、励まされてきたからであって、最後にその感謝の念を、書き付けておくことにしたい。

大阪府立大学総合科学部に入学し、不思議な魅力にいつしか惹きこまれていったのが、三輪正胤先生の講義であった。研究者人生のすべての出発に三輪先生の存在がある。拙著の内容を踏まえ、今後の指針をも示していただいた文章を巻頭にいただくことができた。まずもって感謝申し上げたい。

その三輪先生のところで、勉強することを決めて、三回生になるのを待ちかねて受講した演習は、たった一ヶ月で休講になってしまう。三輪先生が脳出血で、倒れてしまわれたからだ。あまりにも中途半端で、もう少し勉強したいという、漠然とした気持ちから、大学院進学を決めた。三輪先生は、勉強する気なら、修士課程しかない大阪府立大学（当時）に進学するのではなく、別の大学院への進学を勧められた。

そこで、卒業論文でも取り上げた、中世の注釈について研究するべく、既に論文などでお名前を存じ上げていた大阪市立大学の伊藤正義先生のところで勉強させていただこうと思い、受験した。が、失敗。その面接の折に伊藤先生から、勉強を続けたいなら、いくらでも方法があるということを示唆していただき、既に合格していた大阪府立大学の大学院で学びつつ、お願いして、伊藤先生を中心として、開催されていた中世文学研究会（後に神戸古典文学研究会となる）に参加させていただくことになった。

その研究会は、時代もジャンルも超えての研究会で、発表時間も十分にあり、質疑も十分に時間をかけて行われる。自分でも一番弱いと考えていたところに質問が集中し、論証や資料の不十分さや視野の狭さを思い知らされることがしばしばであった。また一方で、思いがけないことを質問していただき、新たな課題が拡がってゆくことも多くあった。本書の論文の多くは、この研究会で、発表させていただいたものである。お名前を記すことは省略させていただくけれども、この研究会のみなさんには、研究の基礎をお教えいただいた。記して、感謝に代えたい。

その後、大阪市立大学の大学院博士課程に進学を許された。後に、伊藤先生が大阪市立大学を退かれてからも、この研究会を通して、伊藤先生には、種々ご指導を賜っている。研究会の席で、また、その後の酒の席で、伊藤先生には、何よりも学問の厳しさをお教えいただいた。と同時に学問のおもしろさも教えていただいたと思う。研究らしい研究を始めることができたのは、研究会に参加させていただき、伊藤先生のご指導を賜ったおかげである。また先生には、博士論文をまとめるに際し、既発表の論文を何から何まですべて集めて、収集のつかなくなった目次をお見せした時に、貞徳とその門弟だけにしぼればよいとアドバイスをしていただいた。その一言で、博士論文作成のはじめの一歩が踏み出せたように思う。

当初、三輪先生のところで、中世の『古今和歌集』の注釈書の研究を志し、また伊藤先生にお世話になろうと決めたのも、中世の注釈世界にあこがれてのことであった。にもかかわらず、松永貞徳とその門流に研究が向かったのは、第一章第一節に取り上げた貞徳の『傳授鈔』にめぐりあったからである。中世の古今注の影響を受けた注釈について調べてゆくなかで、『傳授鈔』に行きついたのであった。

また、ちょうどその時に、日本近世文学会が大阪市立大学で開催され、その展示のために森文庫を改めて見直したことが、自分でおもしろいと思って進めていた貞徳の著作の見直しと交差したのであった。

このことが、貞徳をはじめとする地下歌人の学芸に向かうことになったきっかけである。森文庫の調査で、中世だけを専攻していた眼からでは、発見できなかった多くの歌書が、自分に親しいものとして立ち現われたのである。

加えて、当時、個人的に進めていた、岩瀬文庫や東洋文庫の調査が、そのことと関わっていくことを体験し、とにかくこれらを読むおもしろさにとりつかれた。

その日本近世文学会を引き受けられ、展観のために、当時の大学院生に森文庫の調査を命じられたのは、阪口弘之先生であった。この学会がなければ、そして森文庫を見直す機会が与えられなければ、近世という方向に眼を転じてはいなかったと思う。阪口先生には、先にも記したように、本書の基となった学位論文の主査もしていただいた。重ねて御礼を申し上げたい。

本書はこれまでに書いたものをまとめたわけだが、これをもって定稿とする。その時々において、直接に間接に拙論に意見をよせていただいた多くの先学、研究者仲間にも感謝申し上げる。なかでも学習院大学の鈴木健一氏には、特に記して、御礼を申し上げたい。大学の後輩でもなく、たまたま学会を通して懇意にしていただくようになり、論文の遣り取りをする関係のなかで、「博士論文をまとめたら、声を掛けてください」と言うお言葉に甘えて、簡易製本した提出論文をお送りしたら、即座に、出版を勧めてくださり、汲古書院への仲介の労までとってくださった。また最後になってしまったが、本書の出版をお引き受け下さった汲古書院の石坂叡志社長、編集部の小林淳氏に深謝申し上げる。特に小林淳氏は、初めての著書出版で慣れない私を導いていただくとともに、初校校正の折に、慌てて一節増補するということにも寛容に対処していただいた。

なお、本書出版に際し、独立行政法人日本学術振興会平成十七年度科学研究費補助金（研究成果公開促進費）の交付を受けた。

二〇〇五年十一月

西田正宏

著者略歴

西田正宏（にしだ　まさひろ）

1965年　大阪府に生まれる。
1989年　大阪府立大学総合科学部卒業。
1991年　大阪府立大学大学院総合科学研究科修士課程文化学専攻修了（学術修士）。
1997年　大阪市立大学大学院文学研究科後期博士課程国文学専攻単位取得退学。
1998年　大阪女子大学学芸学部助手
1999年　大阪女子大学人文社会学部講師
2004年　大阪市立大学より、博士（文学）の学位を受ける。
現在、公立大学法人大阪府立大学人間社会学部助教授

松永貞徳と門流の学芸の研究

二〇〇六年二月三日　発行

著者　西田正宏
発行者　石坂叡志
整版印刷　富士リプロ

発行所　汲古書院
〒102-0072　東京都千代田区飯田橋二-五-四
電話　〇三（三二六五）九七六四
FAX　〇三（三二二二）一八四五

ISBN4-7629-3543-3　C3092

KYUKO-SHOIN, Co., Ltd. Tokyo.

主要人名・書名索引

凡　例

＊本書に登場する主要な人名と書名を抜き出し、時代を問わず現代仮名遣いの50音順に配列した。

＊人名は、現代まで採り、書名は、江戸時代以前のものとした。

＊概ね一節にひとりの人物の、ひとつの著作を中心に論じている場合が多く、その節で中心に取り上げた著作と人物については、途中、頁数がとぶことがあっても、そこで中心に扱っているという意味で、その節の頁数を示すことにした。

人 名 索 引

あ行

さ行

た行

な行

は行

ま行

や行

ら行

わ行

書名索引

あ行

か行

な行

は行

ま行